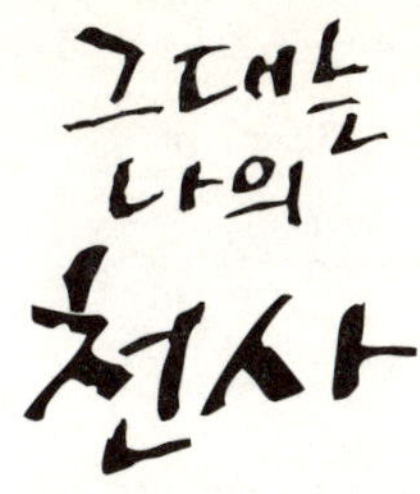

그대는 나의 천사

갤런 폴리 지음 | 정진 옮김

큰나무

Lady of Desire

그대는 나의 천사

그대는 나의 천사

정 진
서울대학교 서양학과 졸업. 한국외대 동시통역대학원 한노과 졸업.
역서로『위험한 정열』,『사랑의 마법사』,『로열 데이트』,『날 사랑한다면』
『차가운 정열』 등이 있다.
현재 로맨스 전문 번역가로 활동 중이다.

그대는 나의 천사

초판 인쇄 | 2004년 10월 20일
초판 발행 | 2003년 10월 25일

지은이 | 갤런 폴리
옮긴이 | 정진
펴낸이 | 한익수
펴낸곳 | 도서출판 큰나무

등록 | 1993년 11월 30일(제5-396호)
주소 | 120-837 서울시 서대문구 충정로 3가 3-95 2층
전화 | 02) 365-1845 · 1846 팩스 | 02) 365-1847
e-mail | btreepub@chollian.net
홈페이지 | www.bigtreepub.co.kr

값 9,500원

ISBN 89-7891-195-1 03840

그들이 같이 있는 모습을 보자 제이신다는 이상한 슬픔이 몰려드는 것을
느꼈다. 오, 내가 무슨 짓을 한 거지?
그녀는 절망에 빠져 생각했다. 랙퍼드가 화를 내고 나간 순간
그녀는 진실을 깨닫게 되었다…….
랙퍼드가 그녀를 필요로 한다는 사실을.
진실로 필요로 한다는 사실을. 여태껏 그녀를 필요로 한 사람은
아무도 없었다. 아무도…….

1998년 출간한 첫 작품 <The Pirate Prince>로 로맨틱 타임즈 독자들이 선정한 최고의 역사 로맨스작품상을 받으며 화려하게 등장한 갤런 폴리가 19세기 초 영국 호스클리프 가문을 배경으로 한 새로운 시리즈물로 독자들을 찾아왔습니다.

이 책은 그 시리즈물 중, 공작가의 큰아들이자 현 공작인 로버트, 쌍둥이 형제인 데미언과 루시언의 이야기에 이어 공작가의 유일한 여자 형제인 제이신다의 사랑 이야기입니다.

엄청난 스캔들 메이커로 공작부인임에도 불구하고 '창녀'라고 불렸던 어머니의 미모와 기질을 그대로 물려받은 제이신다는 어렸을 때부터 사교계의 모든 사람들로부터 공작부인처럼 될 거라는 기대(?)와 호기심의 눈초리를 받게 됩니다. 심지어 동생을 사랑하는 오빠들조차 제이신다가 그렇게 될까 봐 전전긍긍하고요.

결국 제이신다의 사소한 장난(?)에 격분한 집안의 장남이자 공작인 로버트가 서둘러 결혼할 것을 명령하게 되자, 불같은 제이신다는 사랑 없는 결혼을 피하기 위해 집을 나갑니다.

그러다 우여곡절 끝에 어두운 뒷골목에서 악명 높은 갱두목이자 유명한 도둑인 블레이드를 만나게 되죠. 블레이드는 상대파와 싸우던 장면을 목격한 제이신다를 자신의 아지트로 끌고 갑니다. 경찰에 신고하도록 내버려 둘 수 없다는 명목으로 말이죠. 하지만 제이신다는 사실 예전에 블레이드를 한 번 본 적이 있었습니다. 언제? 어디서? 어떻게? 글쎄요…….미리 다 말해 버리면 재미가 없잖아요.

얼마 전에 인터넷에서 캘런 폴리의 인터뷰 기사를 읽은 적이 있습니다. 그녀는 17살 때 작가가 되고 싶다는 생각을 처음 했다고 합니다. 아니 글 쓰는 직업을 갖고 싶다고, 자신의 재능은 거기에 있다고 생각했다더군요. 대학을 다니는 5년 동안 낮에는 글을 쓰고 저녁에는 웨이트리스로 일을 했다고 합니다. 어지간한 끈기와 열정, 낙천적인 성격 없이는 불가능한 일이 었겠죠. 물론 재능도 있어야 하겠지만요.

갤런 폴리는 자신의 작품 여주인공들의 성격에 대해 이렇게 말하더군요.

자기 작품의 여자주인공들은 다 모험심이 강하고, 남자주인공들이 아무리 거칠고, 힘세고, 절대 상처 따위는 입지 않을 것처럼 보여도 누군가가 용감하게 다가가서 구해 주지 않으면 안 된다는 걸 아는, 기꺼이 상대를 믿는 그런 용감한 성격이라고요.

이 작품의 제이신다가 정말 그렇습니다.

용감하고 씩씩하고 사랑스러운 제이신다의 이야기를 여러분도 즐겁게 읽어 주시길 바랍니다.

참, 이 작품에 나오는 제이신다의 캠페니언이자 어릴 적부터의 친구인 리지 이야기가 호스클리프 시리즈의 다음 작품으로 최근에 미국에서 출간되었다는 소식도 알려 드립니다.

제목은 <Devil Takes A Bride>입니다.

정 진

1

1816년 런던.

전세 마차 한 대가 돌로 된 아치형 입구를 지나 횃불이 밝혀진 여인숙 안마당으로 들어섰다. 하지만 단 하나뿐인 손님이 내리도록 도와 주기 위해 마부가 마부석에서 내리기도 전에, 아니 마차를 완전히 세우기도 전에 문이 벌컥 열리더니 손님이 뛰어내렸다. 헝클어진 머리에 불 같은 성격과 반항기가 번뜩이는 검은 눈의 아가씨였다.

하녀나 샤프롱도 거느리지 않은 레이디 제이신다 나이트는 돌아보지도 않고 마차 문을 꽝 닫았다. 몸을 돌린 그녀는 작은 가죽 손가방을 고쳐 멘 뒤 회랑과 흰색 난간이 있는 2층짜리 여인숙을 훑어보았다. 두 소년이 그녀를 돕기 위해 달려 나왔다.

"내 짐을 날라다 줘."

소년들은 목깃과 소매 끝에 반질반질한 검은담비 털이 달린 진홍색 벨벳 레딩코트 차림의 아름다운 그녀를 멍하니 쳐다보았지만 그녀는 무시한 채 마부에게 돈을 지불한 후 자갈이 깔린 마당을 성큼성큼 가로질렀다. 금빛 곱슬머리가 단호한 걸음걸이에 맞춰 출렁거렸다.

제이신다는 복잡한 여인숙 문지방에서 걸음을 멈추고는 초라한 행색에 지쳐 보이는 다양한 여행객들을 조심스럽게 훑어보았다. 어린아이가 어머니의 등에 업혀 울고 있었고 평범한 시골 사람들이 의자와 벤치에 앉아 역마차를 기다리며 꾸벅꾸벅 졸고 있었다. 주정뱅이가 한쪽 구석에서 소란을 떨고 있었고 거지 소년이 축축한 한기를 피해 몰래 들어와 기세 좋게 불길이 타오르는 난로 근처에 자리를 잡았다.

일부러 의식적으로 턱을 치켜든 제이신다는 귀족 집안 출신의 수많은 구애자들이 보았다면 '먼지구덩이'라고 불렀을 긴 복도를 지나갔다. 사람들의 시선이 느껴졌다. 몇몇은 무례하게, 몇몇은 그저 호기심 어린 눈길로 그녀를 쳐다보고 있었다. 한 남자가 자신의 발을 힐끔거리는 게 눈에 띄었다. 그제야 제이신다는 걸을 때마다 긴 코트자락 밑으로 황금색 댄스 슬리퍼가 보인다는 걸 알아챘다.

관심을 끄라는 듯 남자에게 얼굴을 찌푸려 보이며 그녀는 털로 된 코트자락을 발 위로 홱 잡아당기고는 발을 드러내지 않으려 최선을 다하며 나무로 된 높은 카운터 앞으로 갔다. 카운터 뒤에는 예약을 받는 남자가 로비의 혼란을 무시한 채 구겨진 런던 타임스를 읽고 있었고 그 머리 뒤쪽에는 도착 시간과 출발 시간, 요금, 목적지가 적힌 칠판이 걸려 있었다.

제이신다는 활기차게 장갑을 벗으며 당당한 모습을 보이려 했다.

"저, 도버로 가고 싶은데요."

"마차는 2시에 출발합니다."

남자가 신문을 내리지도 않은 채 무뚝뚝하게 대답했다.

남자의 무례함과 빈약한 서비스에 그녀가 눈을 크게 떴다.

"내 말을 잘못 이해했군요. 난 역마차를 빌리겠다는 거예요."

그제야 남자가 관심을 보였다. 노란색 마차를 빌릴 수 있는 사람은 부자들뿐이었다. 남자는 신문 너머로 제이신다를 슬쩍 쳐다보더니 의자에서 몸을 일으켜 그녀의 예약을 받기 위해 카운터 위로 몸을 숙였다. 그 때 마침 소년들이 급하게 싼 그녀의 여행용 트렁크를 낑낑대며 들고 들어왔다. 예약으로 코를 문질렀다.

　“목적지는 어디입니까?”을 받는 남자가 깃털 펜을 잉크병에서 뽑아 들고는 잉크가 묻은 손가락

　“도버요.”

　제이신다가 똑 부러지게 다시 대답했다.

　“마차는 얼마나 빨리 준비계를 힐끗 보더니 어깨를 으쓱했다.

　“20분 정도면 됩니다.”

　“말 네 마리와 마부 둘이 필요해요.”

　“그럼 돈이 더 드는데요.”

　“상관없어요.”가 되죠?”

　남자가 등 뒤의 지저분한 벽시

　제이신다는 아무 생각 없이 가방에서 작은 가죽 지갑을 꺼내 소년들에게 팁을 주었다.

　기니와 반짝이는 크라운과 실링으로 불룩한 지갑을 본 남자의 눈이 멍해졌다. 펜이 백지 영수증 위로 움직이면서 남자의 태도가 순식간에 달라졌다.

　“어흠, 성함이?”

　“스미스예요. 미스 제인 스미스.”

　제이신다는 자연스럽게 거짓말을 했다.

　남자가 그녀의 주위를 둘러보며 샤프롱이나 하인, 혹은 하녀를 찾았다. 다행히도 평생 처음으로 그녀의 곁에는 아무도 없었다. 남자가 숱이 성긴 눈썹을 치켜올렸다.

　“혼자 여행하시는 건가요, 스미스 양?”

　제이신다가 턱을 약간 들어올렸다.

　“그렇다고 할 수 있죠.”

　의심스럽다는 남자의 표정이 그녀의 경계심을 돋우었다. 노련한 도박꾼처럼 남자의 눈을 똑바로 바라본 채 제이신다는 동전 몇 개를 책상 너머로 밀었다. 남자가 입을 오므리며 동전을 주머니에 집어넣고 더 이상 질문을 하지 않자 그녀는 안도의 한숨을 내쉬었다.

남자는 가짜 이름을 장부와 영수증에 적은 다음 그녀의 뒤에 있는 여행용 트렁크 두 개를 펜으로 가리켰다.

"짐은 저게 전부인가요, 어……, 스미스 양?"

제이신다는 고개를 끄덕이며 장갑 낀 손으로 트렁크 걸쇠 근처에 새겨진 금박 문장을 자연스럽게 가렸다. 그리고는 남자가 고개를 숙여 다시 영수증을 작성하길 기다렸다. 만약 남자가 문장을 본다면 어떤 뇌물도 소용없을 것이다. 그녀를 집으로 끌고 가기 위해 금방이라도 들이닥칠 무서운 오빠들이 있는 올맥 무도회장으로 돌아가야만 할 것이다. 그녀의 도망을 도와 주거나 부추기는 건 나이트 가문의 5형제를 모욕하는 짓이었고, 어떤 남자도 감히 그런 멍청한 실수를 하려 들지는 않을 터였다. 하지만 그녀는 포기하지 않았다. 도버로 간 뒤 그 곳에서 칼레로 갈 작정이었다. 아무도 그녀를 막을 수 없었다.

남자는 돈을 받은 뒤 마차를 준비하도록 소년들을 내보냈다. 아이들이 마차 짐칸에 실기 위해 트렁크를 들고 나갔다. 제이신다는 초조하게 로비를 서성이다가 역마차의 도착과 출발을 알리는 나팔 소리가 날 때마다 뛸 듯이 놀랐다.

마차가 준비되는 동안 기다려야 했기에 그녀는 촛대가 걸려 있는 벽 근처 벤치에 앉았다. 보닛의 리본을 푼 다음 애독한 나머지 적당히 낡아빠진 바이런의 <해적>을 기다리는 동안 읽기 위해 가방에서 꺼냈다. 그녀는 멋진 범법자의 로맨스에 빠져들려고 애써 보았지만 흥분 때문에 집중이 되지 않았다.

그녀는 다시 한 번 초조하게 여행 서류들을 확인한 다음 책갈피에 안전하게 끼워 두었다. 대륙을 여행했던 기억들이 떠올랐다. 2년 전 엄격한 큰오빠이자 주 후견인이며 호크스클리프 공작인 로버트가 빈 회의에 참석하는 영국 사절로 임명되었을 때 그는 아내인 벨과 제이신다 그리고 그녀의 말벗인 리지를 같이 데리고 가서 종전을 축하하는 화려한 행사들을 즐기게 해 주었다. 나폴레옹을 몰아낸 덕분에 이제는 안심하고 대륙을 여행할 수 있었다. 그래서 로버트는 그들을 빈과 더불어 그 외의 아름다운 도시에도 여러 군데 데리고 가 주었다. 가는 도시마다 매력적인 젊은 신사들과 시시덕거렸던 당시의 추억을 떠올리자 제이신다는 심술궂은 즐거움을 느꼈다. 그 때는 정말 즐거웠다. 하지만 눈이 먼 큐피드 덕분에 사랑을 해 보지는 못했다. 빌어먹을 큐피드. 그녀는 여러 도시들 중에서도 어머니가 사랑했던 파리가 특히 마음에 들었다.

이제 곧 파리에 가게 될 거야, 제이신다가 꿈꾸듯 생각했다. 잔인한 학살에서 살아남은 엄마의 매력적인 프랑스 귀족 친구들과 함께 지내게 될 거야. 마침내 자유로워지는 거야. 절대 이 곳에 남아 그리피스 경과 강제로 결혼하지는 않을 거야. 그가 완벽한 남자라고 해도, 컴벌랜드 북쪽 황무지에 두 집안의 영지가 맞닿아 있어 그 결혼이 아무리 이득이 된다 해도 싫었다. 심지어 그가 오빠들의 어린 시절과 이튼과 옥스퍼드의 학창 시절 내내 절친한 친구였고, 또 오빠들이 그녀의 남편으로 유일하게 만장일치로 선택한 사람이라고 해도 싫었다.

거의 40대가 다 된 세련된 미남자 이안 프레스코트는 그리피스 후작으로 냉정하고 침착했다. 오빠들은 바로 그의 그런 성격이 그녀의 '치기 어린 열정' 및 '고집'과 어울릴 거라고 했다. 이안은 제이신다가 결혼할 마음이 들 때면 언제라도 결혼할 준비가 되어 있다고 했지만, 그녀는 사랑하는 영혼의 짝이 아니라 친오빠들 못지 않게 오빠처럼 생각하는 남자와는 결혼하고 싶지 않았다. 그녀에게 부드러운 목소리로 명령을 내리고, 그녀 대신 결정을 내리고, 그녀를 마치 작고 예쁜 바보처럼 대하는 능숙하고 인내심 많은 또 다른 보호자와는 절대 결혼하고 싶지 않았다.

오늘 밤 올맥에서-오빠들은 제이신다가 감히 올맥에서는 소동을 피우지 못할 거라고 생각하는 것 같았다-로버트가 말했다. 얼마 전 애스코트 경마장에서 그녀가 잘못된 행동을 보인 뒤로는 유력한 두 가문에서 고대하던 일을 더 이상 지체할 수가 없다고 말이다. 결혼

협상은 거의 끝났고 내일 결혼식 날짜를 잡을 거라고 했다. 그녀는 충격을 받았다.

오빠들의 문제는 그녀에 관해서라면 과잉 보호를 해 대고 절대 농담이라고는 모른다는 점이었다. 애스코트 경마장 사건은 전혀 해가 되지 않는 가벼운 웃음거리였는데, 그녀는 시치미를 딱 떼며 생각했다.

어쨌든 자신의 운명을 통고 받은 그녀는 즉시 극적인 행동을 취해야 한다는 걸 깨달았다. 로버트가 엄숙한 눈빛을 하고 있을 때는 이성적으로 설득하기가 불가능했다. 노기등등한 눈빛과 으르렁대는 말투를 떠올리니 이제는 로버트가 어린 시절 내내 놀려먹었던 그저 사랑이 넘치는 고지식한 큰오빠가 더 이상 아니라는 사실이 새삼 생각났다. 그는 영국에서 가장 막강한 권력을 지닌 인물로 손꼽힐 정도였으며 섭정 왕세자도 그를 두려워할 정도였다. 그녀는 올맥을 나와 급히 집으로 가서 서둘러 짐을 싼 뒤 그녀의 집인 그린 파크에 있는 나이트 저택 앞 세인트 제임스 거리로 접어든 첫 번째 마차를 세웠다.

"한 푼 줍쇼, 부인."

작고 겁먹은 목소리에 놀라 생각에서 깨어난 제이신다는 여행 서류에서 눈을 들었다. 순간 연민이 가슴을 쳤다.

좀 전에 난로가로 숨어들었던 지저분한 부랑아가 그녀의 앞에 서 있었다. 소년은 작고 지저분한 손을 내민 채 애원하듯이 그녀를 쳐다보고 있었다. 아홉 살 정도로 보였다. 강아지같이 커다란 갈색 눈에 더러운 얼굴로 뼈만 앙상했고 넝마보다 조금 나아 보일까 한 지저분한 옷 때문에 마치 허수아비처럼 보였다. 신발도 없이 맨발이었다. 제이신다의 심장이 죄어들었다.

불쌍해라.

"제발요, 부인."

불쌍한 소년은 몸을 떨면서 등 뒤로 예약 담당자를 몰래 힐끔거렸다. 눈에 띄어 밖으로 쫓겨날까 봐 두렵다는 듯.

"그래."

그녀는 부드럽게 중얼거리며 손가방을 열었다. 엄청나게 뚱뚱한 잔돈 지갑을 꺼낸 그녀는 반짝이는 기니 세 닢을 집어 들었다. 그리고 하나 더. 프랑스까지는 멀었고 돈이 많이 드는 만큼 그 정도가 최대한 빼낼 수 있는 돈이었다.

소년은 눈을 크게 뜬 채 한 재산이 됨직한 반짝이는 주화를 쳐다보기만 할 뿐 받지 않았다. 감히 그럴 수 없다는 듯.

믿을 수 없다는 아이의 태도에 그녀의 시선이 부드러워졌다. 분명이 아이는 친절이라고는 받아 본 적이 한 번도 없을 것이다. 제이신다는 왼손으로 지갑을 느슨하게 쥐고 주화를 든 오른손을 내밀었다.

"어서 받아. 괜찮아……"

더러운 손이 불쑥 튀어나오더니 그녀의 지갑을 낚아챘다. 아이는 잔돈 지갑을 가슴에 단단히 끌어안은 채 재빨리 로비를 가로질러 도망쳤다. 아이에게 주려고 했던 4기니를 손에 쥔 채 제이신다는 놀라 잠시 가만히 서 있었다. 맹렬한 분노가 끓어올랐다.

"거기 서, 이 도둑놈!"

그녀에게 주의를 기울이는 사람은 없었다. 도둑을 맞았다는 것보다 그 사실이 더 충격적이었다.

제이신다의 눈이 가늘어졌다.

"당장 서!"

중얼거린 그녀는 놓아 두면 도둑맞을 게 분명한 손가방을 어깨에 둘러메고 직접 좀도둑 꼬마를 뒤쫓았다. 잠시 후 싸늘하고 축축한 4월의 대기 속으로 뛰쳐나오자 꾸불꾸불한 안마당을 뛰어가고 있는 소년이 보였다.

"너! 당장 멈춰!"

망나니 녀석이 안마당을 둘러싼 벽 모퉁이로 사라지면서 터뜨리는 승리에 찬 웃음소리가 들렸다. 아이는 고양이처럼 빨랐다. 평생 도망다니는 데 익숙한 게 틀림없었다. 제이신다는 치마를 들어 올리고 아이를 뒤쫓아 이슬에 젖은 자갈길을 달렸다. 하지만 차라리 맨발이 나을 뻔했다. 댄스 슬리퍼는 금방 젖어 찢어져 버렸기 때문이다.

묶지 않았던 보닛이 넘어가 등 뒤에서 덜렁거렸다. 제이신다는 보닛을 그대로 둔 채 높다란 벽돌 벽 모퉁이로 뛰어들었다. 그 지갑에는 전 재산이 들어 있었다. 지갑 없이는 모든 계획이 허사였다.

소년이 드루리 레인을 달려가는 게 보였다.

"이리로 돌아와, 이 나쁜 녀석아!"

지나가는 마차를 피하며 제이신다는 아이에게서 눈을 떼지 않은 채 전속력으로 뛰었다. 손가방이 옆구리를 쳤다.

뻔뻔하고 무례한 소매치기 녀석이 고개를 돌려 그녀를 보았다. 추격을 피하기 위해 소년이 어두운 골목으로 숨어들었지만 제이신다는 주저하지 않고 무모하게 소년의 뒤를 쫓아 어둡고 좁은 미로로 점점 더 깊이 들어갔다. 이제는 자존심의 문제였다. 하찮은 부랑아에게 바보처럼 당할 수는 없었다. 절대로.

여우 사냥에 능숙한 스포츠 우먼이라는 명성을 얻게 해 준 고집과 단호함을 드러내며 계속 달리던 그녀는 무릎의 충격도 무시한 채 마치 생선 장사 아낙네처럼 고함을 질러댔다. 확고한 끈기에 반해 숨이 가빠지기 시작했다.

"이 일로 넌 교수형을 당할 수도 있어! 이 나쁜 녀석아!"

소년은 그녀를 무시한 채, 좁고 구불구불한 골목길을 민첩하게 지나 코벤트 가든 시장으로 나 있는 기분 나쁜 뒷골목으로 뛰어들었다. 부서진 벽돌담을 따라 여기저기서 쥐들이 기어다니고 있었지만 약삭빠른 사냥감에 온통 정신이 팔려 있던 그녀는 알아채지 못했다.

제대로 먹지 못한 소년은 금방 지치기 시작했다. 눈앞에 보이는 승리에 그녀는 다시 한 번 속력을 내었다. 손끝이 소년에게 닿았다. 소년이 어깨너머를 힐끔 보았다. 그녀는 몸을 앞으로 던져 소년의 더러운 코트 목깃을 붙잡았다.

그녀가 아이의 몸을 획 돌려세우자 소년이 비명을 질렀다. 아이는 낚싯줄에 걸린 물고기처럼 반항했지만 그녀는 아랑곳 않고 코트를 단단히 잡았다.

"당장 내놔!"

숨을 거칠게 몰아쉬며 제이신다가 명령했다. 코트 깃에 매달린 아이가 몸을 휙 돌려 그녀의 정강이를 찼다.

제이신다가 분노로 눈썹을 찌푸리면서 아이의 귀를 잡았다.

"아야!"

"이 못된 녀석. 내가 몇 달치 벌이보다 더 많은 돈을 줬잖아?"

"몰라요! 놔 줘요!"

제이신다는 아이가 더러운 두 손으로 꽉 움켜쥐고 있는 지갑을 자유로운 한 손으로 빼앗으려 했다. 몸싸움을 벌이는 동안 무도회에 가기 전에 하녀가 공들여 만져 준 근사한 머리가 점점 더 헝클어졌다.

"이 짐승, 어서 돌려줘! 난 프랑스로 가야 해. 그러려면 돈이 필요하단 말야."

"아야!"

지갑이 뜯어져 반짝이는 주화가 쏟아지자 아이가 화난 고양이 같은 소리를 질렀다.

보름달 빛을 받은 잔돈들이 금색과 은색의 폭죽처럼 공기 중으로 튀어오르더니 먼지투성이인 골목의 돌 바닥 위로 철썩 소리를 내며 사방에서 떨어졌다. 아이는 바닥에 몸을 던지더니 손에 닿는 대로 서둘러 동전을 모았다.

"그대로 둬! 그건 내 돈이야!"

"줍는 사람이……."

입을 열던 소년이 갑자기 얼어붙은 채 시선을 들었다.

갑자기 행동을 멈추는 아이에게 놀라 제이신다 역시 행동을 멈췄다.

"왜 그래?"

"쉬이!"

멀리서 나는 소리를 들으려는 듯 소년이 머리를 치켜들었다. 아이는 흰자위가 보일 정도로 눈을 크게 뜬 채 어둠 속을 노려보았다. 주운 동전을 움켜쥔 채, 마치 맹수의 조심스러운 접근을 경고해 주는 초자연적인 감각을 가진 작은 동물처럼.

보름달이 머리 위에서 밝게 빛나고 있었고, 벽을 따라 짙은 그림자가 져 있는 골목 한가운데까지 달빛이 비쳐들고 있었지만 어둠은 손으로 만질 수 있을 것만 같았다.

"내가……."

"누가 오고 있어요!"

또 속임수를 쓰는 게 아닐까 의심하며 제이신다는 귀를 기울였다. 하지만 곧 인내심은 사라져 버렸다.

"난 아무 소리도 들리지 않는……."

하지만 그 말을 내뱉자마자, 전투를 알리는 것 같은 야만적인 거친 함성이 미로처럼 얽힌 어두운 골목 저쪽에서 들려왔다. 제이신다가 숨을 들이쉬었다.

"맙소사! 저게 뭐니?"

"재칼이에요."

소년이 숨을 헐떡이더니 벌떡 일어나서 어둠 속으로 달려갔다.

제이신다는 경악을 하며 시선으로 아이를 뒤쫓았다.

"이 녀석! 당장 돌아와!"

물론 아이는 돌아오지 않았다. 마치 뒷골목의 고양이처럼 조용히 사라졌다.

"이런!"

허리에 손을 올려놓은 채 씩씩거리며 아이가 사라진 곳을 노려보던 그녀는 어두운 골목을 벗어나고 싶은 마음에서 서둘러 움직였다. 불안한 시선으로 주위를 둘러보며 허리를 굽혀 더러운 진흙 바닥에서 금색과 은색의 잔돈을 집어 가방에 던졌다. 제이신다는 진흙탕에서 돈을 주워야 하는 역겨움에 인상을 쓰며, 로비에 있던 모든 사람들에게 돈을 보여 준 어리석은 자신에게 욕설을 퍼부었다. 그 때 갑자기 골목을 따라 빠르게 그녀 쪽으로 다가오고 있는 발자국 소리가 들렸다.

그녀는 핏기가 가신 얼굴로 고개를 치켜들고 어둠 속을 노려보았다. 자갈에 부딪치는 딱딱한 장화발 소리와 거친 남자의 고함 소리가 들렸다. 거친 욕설이 미로 같은 골목 안으로 울려 퍼졌다.

"악마야."

제이신다가 속삭이며 벌떡 일어섰다. 이런 뒷골목에는 약삭빠른 어린 소매치기보다 더 크고 위험한 사람들이 돌아다닌다는 생각이 뒤늦게 떠올랐다.

목소리가 점점 더 가까이 다가오며 좁은 골목 안 여기저기에 울려 퍼지자 그녀는 당황했다. 몸을 휙 돌렸지만 어디로 도망쳐야 할지 알 수가 없었다.

가방을 단단히 움켜쥔 채 그녀는 어둠 속으로 녹아들려는 듯 뒤에 있던 벽돌담 쪽으로 뒷걸음질을 쳤다. 하지만 남자의 형상을 한 그림자들이 다가오는 게 눈에 띄자 위엄 따위는 포기하고 담 가에 있는 쓰레기더미로 파고들었다. 고물더미로 기어든 그녀는 '트로터즈 오리엔털 투스 파우더'라는 빛 바랜 나무 간판 아래쪽의 작은 공간으로 몸을 숨긴 채, 부서진 낡은 통을 쇠막대기로 받쳤다. 그녀는 엉금엉금 몸을 돌려 골목을 내다보았다. 심장이 목에 걸려 있었다. 근처에는 반쯤 만들다 만 부츠와 녹슨 쇠사슬 위에 한때 공장의 빗장으로 쓰였던 두꺼운 판자에 감긴 실패가 버려져 있었다. 그녀는 조심스럽게 실패를 똑바로 세워 간판 끝에 세웠다. 자신의 모습이 제대로 감춰질 수 있도록. 겁에 질린 자신의 숨소리가 가득 찰 정도로 좁은 공간이었지만 그래도 간판과 실패 사이로 골목길을 내다볼 수는 있었다.

최대의 라이벌인 대프니 테일러가 지금 내 꼴을 본다면 엄청 웃겠지! 제이신다가 생각했다. 다음 순간 남자 여섯이 골목으로 들어오자 그녀는 숨을 죽였다. 남자들의 손에 들린 칼이 달빛에 번뜩였다. 총소리 한 방이 골목 안에 울려 퍼지더니 총알이 머리 위로 쌩 지나갔다. 그녀는 비명을 억누르며 고개를 숙였다. 총소리가 계속 들리더니 다음 순간 더 많은 발자국 소리가 골목길을 따라 그녀를 향해 전속력으로 달려왔다.

안개에 쌓인 골목에서 나타난 거구의 남자 네 명이 작은 틈 사이로 보였다. 남자들이 가까이 다가오자 어둠 속에서 제이신다의 눈이 커졌다. 그들이 들고 있는 끔찍한 무기들이 눈에 들어왔다. 칼, 납으로 된 기다란 파이프, 뾰족한 못이 박힌 끔찍한 나무 곤봉. 들킬까봐 그녀는 숨도 쉬지 않았다.

아이가 도망친 것도 놀랄 일이 아니었다. 갱들이야, 그녀는 팔에 소름이 돋는 걸 느끼며 깨달았다. 런던의 갱들이 희생자들에게 저질렀다는 짓과 무시무시한 이야기들이 떠오르자 몸이 떨렸다. 만약 들키면 신의 도움이 필요할 거야, 그녀는 생각했다. 애용하던 장전된 사냥총이 있었으면 하는 마음이 간절했다.

"위치로 가. 그 놈들이 우리 뒤를 바싹 쫓아오고 있어!"

갈색머리를 길게 길렀으며 키가 크고 체격이 단단한 남자가 명령을 내렸다.

"그 자식을 죽였잖아, 오딜? 두목이 그 자식을 베는 걸 봤는데!"

"몰라. 그 놈이 죽었다면 좋겠지만. 빌어먹을!"

추적자들이 골목 안으로 뛰어 들어와 덤비자 남자가 중얼거렸다.

제이신다의 눈앞에서 싸움이 벌어졌다. 두 패의 갱들은 알아들을 수 없는 욕설을 상대방에게 퍼부으며 격렬하게 싸웠다.

그들이 내뱉는 런던 토박이 사투리와 '불량배들 사이의 은어' 때문에 제이신다는 한 마디도 이해할 수 없었다. 그들은 마치 다른 나라 말을 하는 것 같았다. 어둠이 최악의 장면을 가리고 있었기 때문에 민첩하고 잔인한 동작들과 곤봉 휘두르는 소리, 칼 휘두르는 소리밖에 들리지 않았지만 소리만으로도 충분히 끔찍했다.

하지만 제이신다의 바람과는 반대로 남자들은 멀어져 가기는커녕, 당혹스럽게도 또 다른 세 남자가 싸우고 있는 여섯 동료를 도와 주기 위해서 다른 쪽에서 골목 안으로 뛰어들었다. 이제는 네 추적자들이 거꾸로 수적 열세에 놓였다. 사방을 적들이 둘러싸자 추적자들의 욕설과 거친 숨소리가 들렸다.

다음 순간 느닷없이 바로 위에서 무시무시한 고함 소리가 천둥처럼 울려 퍼졌다.

크고 건장한 그림자가 곰팡내 나는 벽돌더미 위로, 그녀가 숨어 있는 바로 옆으로 호랑이같이 민첩하게 뛰어들자 제이신다는 숨을 헐떡이며 위를 쳐다보았다. 어둠 속에서 거칠게 번뜩이는 녹색 눈이 보였다.

"오딜!"

제이신다는 새로 도착한 남자를 뚫어지게 쳐다보았다. 골목 안의 싸움이 중단되었다. 다른 남자들이 귀에 거슬리는 욕설들을 내뱉었다. 달빛이 남자의 긴 황갈색 머리와 넓은 어깨 위에서 하얗게 빛났다. 남자의 손에 들린 단도가 마치 번개의 파편인 양 달빛에 반짝였다.

오딜이 분명한 단단한 체격의 갈색 머리 남자가 욕설을 내뱉으며 이마의 땀을 닦았다.

"아직 안 뒈졌어, 이 개자식아?"

어둠에 싸인 남자가 냉소적인 웃음을 띤 채 위협하듯 앞으로 한 발 나섰다. 제이신다의 눈이 천천히 커졌다.

바이런의 <해적>이 살아 숨쉬는 인간으로 모습을 드러낸 것 같았다. 골목 안으로 쏟아지는 달빛이 검정 일색인 남자의 몸을 드러내며 전사처럼 단단하고도 조각 같은 얼굴로 미끄러졌다. 남자는 반쯤 풀어 헤친 헐렁한 천연 리넨 셔츠 위에 짧은 검정 코트를 걸치고 있었고, 검은 바지가 단단한 엉덩이와 긴 다리를 감싸고 있었다. 남자가 주먹을 꼭 쥔 손을 옆으로 내리고 있었기 때문에 그 손가락에 있는 화려한 금반지가 제이신다의 눈에 들어왔다.

그녀는 숨을 죽인 채 남자를 뚫어지게 쳐다보았다. 힐끗 보는 것만으로도 본능적으로 이 남자가 이 벽돌과 모르타르로 된 정글의 왕이라는 사실을 알 수 있었다.

다음 순간 남자가 공격을 개시했다. 남자가 투스 파우더사의 간판을 박차고-그 순간 그가 신고 있던 부츠의 굽이 머리 위에서 쿵 굴렀고 그 무게로 간판이 삐거덕 소리를 냈다-싸움터의 한복판으로 뛰어들었다. 커다란 반지를 낀 손으로 남자가 주먹을 날리자 턱을 맞은 오딜의 몸이 마치 포탄을 맞은 것처럼 골목 안을 날아갔다.

그 순간 지옥의 입구가 다시 열렸다.

틈새에 눈을 갖다 댄 채 제이신다는 남자가 적들을 무찌르는 광경을 지켜보았다. 어두운 흥분이 그녀의 혈관을 타고 흘러내렸다. 그가 주먹을 날린 뒤부터 그의 부하들은 다시 신나게 적들에게 달려들었다. 여전히 수적으로는 열세였지만 두목의 출현으로 차이는 없어진 것 같았다. 골목 여기저기에서 싸움이 격렬하게 진행되었다.

"내가 여러 번 경고했을 텐데."

적을 땅에 메다꽂으면서 갱 두목이 으르렁거렸다.

"내 구역을 건드리지 말라고. 아니면 죽여 버리겠다고 말이야."

그가 엎어진 남자의 배를 걷어차더니 내리 덮치면서 위협했다.

제이신다의 얼굴이 창백해졌다.

주먹질과 욕설, 남자들이 헐떡이며 내뱉는 말소리가 골목을 가득 채웠다. 다음 순간 달빛 속에 다시 모습을 드러낸 남자가 늘씬한 허리를 겨냥한 오딜의 못투성이 곤봉을 민첩하게 피했다. 제이신다는 가만히 숨을 들이마셨다. 곤봉은 조잡했지만 끔찍한 무기였다. 긴 못이 촘촘하게 박힌 철퇴가 살을 발기발기 찢으려 들었다. 하지만 곤봉이 허공을 가를 때마다 목표물은 간발의 차이로 벗어나곤 했다. 곤봉을 위협적으로 휘두르면서 오딜이 앞으로 나왔다.

싸우는 그들이 가까이 다가올수록 제이신다는 통 쪽으로 몸을 붙였다. 그들이 다시 두 걸음을 더 다가오는 바람에 그들의 몸에서 나오는 열기가 느껴질 정도였다. 제이신다는 몸을 웅크렸다. 오딜이 으르렁거리며 다시 곤봉을 휘두르자 남자가 비틀거리며 옆으로 비켰다. 커다란 곤봉이 나무통으로, 즉 제이신다의 머리 바로 몇 치 위로 떨어지면서 먼지와 파편이 비처럼 쏟아졌다.

제이신다는 자신이 어떻게 비명을 참았는지, 갑작스러운 먼지에도 불구하고 어떻게 기침을 참았는지도 몰랐다. 다행히도 간판은 제자리에 그대로 남아 그녀를 가려 주었다. 하지만 근처 어디선가 쿵 소리가 크게 들렸다. 다음 순간 그녀는 남자가 쓰레기더미 한가운데에 쓰러졌다는 사실을 알았다. 그녀는 머리 위에서 흔들거리는 간판을 꼭 움켜쥔 채 숨을 헐떡이며, 남자의 손에 있던 단도가 쓰레기더미 위로 떨어지는 광경을 보았다. 그녀의 손이 닿는 곳에 떨어진 단도가 달빛을 받아 번뜩이고 있었다.

오딜이 간판에서 곤봉을 비틀어 빼냈다. 아직 쓰러져 있던 갱 두목이 손을 뻗어 칼을 찾았다. 골목에서는 고함 소리가 쩌렁쩌렁 울렸고 남자는 무모한 싸움에 완전히 정신이 팔려 두 발자국밖에 떨어져 있지 않은데도 그녀를 알아채지 못했다. 제이신다의 심장이 두근거렸다. 남자가 방어할 수 있도록 칼을 그의 손 쪽으로 밀어 주라고 온몸이 비명을 질러 댔다. 하지만 만약 그들이 그녀를 본다면?

어둠 속에서 오딜의 눈이 사악하게 빛났다. 그가 결정적인 타격을 가하기 위해 곤봉을 머리 위로 들어올렸다. 제이신다는 참지 못하고 금색 슬리퍼를 신은 발을 내밀어 단도를 살짝 남자 쪽으로 밀어 주었다. 하지만 더듬거리던 그의 손에 잡힌 것은 녹슨 쇠사슬이었다. 남자의 손가락이 쇠사슬을 움켜쥐었다. 그는 고함을 지르며 마치 채찍을 휘두르듯 쇠사슬을 위로 들어 올려 오딜의 얼굴을 강타했다. 오딜이 비명을 지르며 곤봉을 떨어뜨리고 손으로 다친 눈을 감쌌다. 잠시 앞이 안 보여 싸울 수 없게 된 그는 후퇴를 택했다.

갱 두목이 단도를 집어 들고 벌떡 일어섰다. 그의 분노 앞에 적들의 저항이 순식간에 무너졌다. 적들이 몸을 돌려 도망쳤다.

"저 자들을 뒤쫓아!"

두목이 부하들에게 고함을 질렀다.

제이신다는 오딜의 무리가 도망치는 것을 보았다. 남은 사람들이

추격을 시작하자 골목은 텅 비었다. 갱 두목 역시 그들을 뒤쫓기 시작했다. 피를 보고 싶은 욕구를 아직 식히지 못한 듯.

"블레이드, 기다려! 라일리가 다쳤어!"

그 소리에 남자가 속도를 늦추었지만 멈춰 서지는 않았다. 그는 자신을 부른 남자에게 격렬한 분노가 담긴 시선을 어깨너머로 던졌다.

"자네가 보살펴 줘! 베인브리지 스트리트로 데리고 가! 난 오딜을 끝장낼 테니까!"

어둠 속에서 땅 위에 누워 있는 남자가 보였다. 다른 두 남자가 쓰러진 남자를 양쪽에서 내려다보고 있었다.

"심하게 다쳤어."

"빌리."

가느다란 목소리가 애원했다.

지금 본 광경 때문에 아직도 충격에 휩싸여 있던 제이신다의 머릿속에는 그의 이름이 제대로 들어오지 않았다. 화가 나서 미칠 것 같은 표정을 지은 갱 두목이 동료들에게로 돌아오며 도망친 적들에게 어깨너머로 욕설을 퍼부었다.

"빌어먹을 쥐새끼들……."

그의 말을 들은 제이신다가 눈을 깜박였다.

"빌리."

부상당한 남자가 다시 숨을 헐떡였다.

"아, 라일리. 이 바보 같은 아일랜드 녀석, 대체 지금 무슨 짓을 한 거야?"

갱 두목이 부상당한 남자 옆에 한쪽 무릎을 꿇고 몸을 숙이며 무뚝뚝하게 물었다.

"난 이제 죽을 거야, 빌리!"

"그런 말도 안 되는 소리는 하지도 마, 제발. 입 닥치고 이거나 마셔."

그가 남자의 입가에 물병을 갖다 댔다.

"아일랜드 남자를 죽이기란 빌어먹을 재칼 녀석들을 죽이는 것보다 더 어렵다며. 네가 항상 그렇게 말했잖아?"

"맙소사!"

부상당한 남자가 말을 내뱉었다.

"괜찮아, 친구."

갱 두목이 아일랜드 남자의 피 묻은 손을 잡았다.

"제발, 라일리, 제발."

그의 목소리에서 팽팽한 절망감이 배어났다.

숨은 곳에 깊이 몸을 감춘 제이신다는 저도 모르게 어둠 속을 뚫어지게 쳐다보았다. 저 불쌍한 남자가 내 눈앞에서 죽는 건 아니겠지.

"오딜을 죽이겠다고 맹세해 줘."

부상당한 남자가 떨리는 목소리로 날카롭게 말했다.

"신의 이름을 걸고 맹세해, 라일리. 무슨 일이 있어도 그를 죽이고 말 거야. 맹세해."

그의 맹세가 계속 이어졌지만 피할 수 없는 죽음을 막지는 못했다. 잠시 후 부상당한 남자는 죽었다.

살아남은 세 사람은 아무 말도 하지 않았다.

제이신다는 고개를 숙일 때 드러난 젊은 갱 두목의 매 같은 옆얼굴을 뚫어지게 쳐다보았다.

골목에는 아무 소리도 들리지 않았다. 심지어 바람마저 멈춘 채였다.

"짧고, 더럽고…… 야만적인."

어둠을 벨 만큼 날카로운 그의 낮은 목소리에는 쓸쓸함이 담겨 있었다. 그가 일어서더니 거칠게 고개를 흔들었다.

"라일리를 묻어 줘."

명령을 내린 그는 제이신다가 숨어 있는 곳을 위험할 만큼 가까이에서 휙 지나갔다. 그녀는 당황한 눈으로 그의 모습을 뒤쫓았다. 귀가 잘못된 게 아니라면, 저 무법자가 방금 인용한 건 홉스의 말이잖아?

불가능해, 그녀가 생각했다. 잔인하고 거친 런던 뒷골목의 갱 두목이 글을 읽을 수 있다는 건 불가능하다고. 분명 어디서 그 유명한 인용구를 듣고 그저 뜻도 모른 채 따라 했을 것이다.

"라일리의 몸을 들어. 가자, 이제."

종마처럼 초조하게 몸을 움직여 대며 그가 부하들에게 명령했다.

그래, 그렇게 해, 제발. 제이신다는 속까지 덜덜 떨며 말없이 중얼거렸다. 어서 갱들이 골목을 떠나길 초조하게 기다렸다. 그래야만 이 지저분한 쓰레기더미에서 나와 마차를 예약한 여인숙으로 돌아갈 수 있지 않은가. 하지만 지금 당장은 어쩔 수 없는 매혹을 느끼며 약탈을 일삼는 그 야만인을 유심히 쳐다볼 수밖에 없었다. 누굴까?

그는 어딘가 친숙했다. 뭔가 생각날 듯한데. 그를 아는 것 같은 느낌이 들었다. 하지만 어떻게? 전혀 다른 세계 사람인데. 아마 저런 남자에 대한 이야기를 수도 없이 읽어서 그런 게 분명해, 그녀는 이렇게 곰곰이 생각했다. 저 남자는 바이런의 <해적>에서 금방이라도 빠져나온 남자 같잖아. 그는 위험한 짐승이야. 사악하고, 거칠고, 건방지고, 천한 인간이라고. 큰 키에 늘씬한 몸매, 근육질의 허벅지를 가진 갱 두목의 몸에서는 세상에 대한 불만이 노골적으로 드러났다. 하지만 어딘지 피곤해 보이는 모습이 그녀의 연민을 자극했다.

그가 인용한 말이 그녀를 괴롭혔다. 자신의 비참한 상태를 인식할 수 없을 만큼 무식한 게 오히려 그에게는 나을 텐데. 이렇게 사는 것보다 더 끔찍한 건 그런 비참한 존재의 절망을 온전히 느낄 수 있는 감성을 가진 상태일 테니까, 제이신다가 생각했다. 마치 그녀가 쳐다보는 것을 알아차리기라도 한 듯 갱 두목이 반쯤 몸을 돌리자 생각에 잠긴 그의 초췌한 얼굴이 드러났다.

부하들을 기다리는 그의 넓은 어깨는 살짝 처졌고 손은 늘씬한 허리에 느슨하게 올라와 있었다.

그가 잠시 멈춰 서서 코트 밑으로 왼쪽 옆구리를 내려다보자 제이신다는 그가 부상을 당했다는 걸 알아차렸다. 하얀 셔츠 위로 드러난 검은 얼룩을 보니 꽤 심각한 것 같았다. 갱 두목은 다시 검은 가죽 코트를 내려 상처를 감추고 이마의 땀을 닦은 뒤 몸을 돌려 죽은 동료를 데리고 오는 다른 두 남자를 기다렸다.

그가 그들에게 먼저 가라고 고개를 끄덕였다.

"내가 후미를 맡을게."

지시대로 두 남자들이 앞장섰다. 갱 두목이 칼을 뽑아 들자 매끄러우면서도 끔찍한 금속 소리가 났다. 그리고 그는 근처에 재칼 패거리가 잠복하고 있지 않은지 등 뒤를 살폈다. 제이신다의 입장에서도 그런 사태가 벌어지는 것은 끔찍했다. 그녀도 재칼 일당이 죽은 동료들을 데리러 돌아오기 전에 빨리 골목을 벗어나야 했다.

잘 가요, 야만인. 그에게 조금은 매혹당한 제이신다는 거들먹거리며 골목을 내려가는 갱 두목의 뒷모습을 지켜보았다. 그녀는 자신을 이 어두운 미로로 끌어들인 소매치기 소년을 떠올리며, 갱 두목 역시 이 곳 생활을 그런 식으로 시작했을까 궁금해했다. 부유한 사람들의 바로 코앞에서 이런 식으로 살아가는 사람들이 있다니 믿어지지가 않았다. 서로가 서로의 존재 따윈 까맣게 모른다는 게 말이다. 그럼에도 그 남자들이 사라지는 것은 조금도 유감스럽지 않았다.

남자들이 라일리의 시체를 들고 사라지는 광경을 우울하게 지켜보던 제이신다는 거의 위험에서 벗어났다는 데 안도하며 천천히 숨을 내쉬었다. 지금쯤이면 그녀를 영국 해협으로 데려다 줄 역마차가 준비되었을 것이다.

바로 그 순간 아무런 경고도 없이 재앙이 들이닥쳤다.

털 없는 꼬리와 발톱이 달린 작고 미끈거리는 뭔가가 재빨리 그녀의 발 위를 지나갔다. 반사적인 발길질과 혐오감이 밴 작은 비명 소리가 저도 모르게 순식간에 튀어나왔다. 그녀의 겁에 질린 행동에 간판이 흔들리면서 어깨 위로 떨어지는 바람에 실패가 넘어지더니 그녀가 미처 잡기도 전에 저리로 굴러가 버렸다. 쥐는 사라졌지만 숨죽인 비명 소리를 다시 거둬들이기에는 너무 늦은 뒤였다.

제이신다는 뒤늦게 겁에 질린 채, 판지로 된 원통형 실패가 갱 두목의 닳아빠진 검정 부츠의 바로 앞까지 굴러가는 광경을 지켜보았다.

순간 분노의 함성이 골목을 가득 채웠다. 잠시 후 그의 부하들이 시체를 내려놓고 쓰레기 더미를 둘러쌌다. 공포에 질린 제이신다는 더 안쪽으로 숨어들며 미친 듯이 사방을 둘러보았다. 심장이 격렬하게 뛰었다.

"나와! 거기서 나와, 이 개자식!"

"여기 숨어 있는 놈을 잡았어, 블레이드! 아마 부상을 당했을 거야."

"저런, 그럼 끝장을 내야지."

제이신다는 낮고 차가운 갱 두목의 끔찍한 목소리를 즉시 알아챘다.

"나에게 맡겨."

"조심해, 친구……."

오, 안 돼. 두꺼운 금반지를 낀 못이 박힌 단단한 손이 반쯤 부서진 간판 끝을 들어올리자 제이신다는 공포와 두려움으로 인해 몸이 마비되었다. 한 손에 칼을 쥔 갱 두목이 해적같이 고함을 지르며 간판을 한쪽으로 던졌다. 그가 그녀를 향해 몸을 숙이자 제이신다는 펄쩍 뛰며 뒤로 물러났다.

"안 돼."

그가 놀란 듯 으르렁거리며 동작을 멈췄다.

"어?"

그녀는 꼼짝도 앉은 채 침을 꿀꺽 삼켰다. 얼굴 바로 앞에 있는 커다란 칼을 보자 숨도 쉴 수 없었다. 겁에 질린 시선을 천천히 들자 갱 두목의 강렬한 녹색 눈과 마주쳤다.

2

머리를 너무 맞아서 이상하게 된 게 아닌가 싶어 블레이드는 눈을 꼭 감았다. 하지만 다시 눈을 떠도 그 여자는 여전히 그 곳에 있었다. 무릎을 팔로 감싼 채 만들다 만 벽돌 더미와 부서진 나무통 사이에 말이다. 블레이드는 조심스럽게 그녀를 쳐다보았다.

"이런, 이런, 이게 뭐지?"

그는 현기증을 떨쳐내며 천천히 여자 앞에 앉았다. 그의 부하들이 한쪽을 둘러쌌다.

"맙소사?"

"여자잖아."

"아하, 정말 예쁜데, 달링?"

블레이드는 그녀에게서 시선을 떼지 않은 채 말했다. 그는 칼을 칼집에 넣고는 여자를 일으켜 세워 주려고 손을 내밀었다.

여자는 꼼짝도 하지 않았다.

"이리로 나와, 길 잃은 작은 고양이. 해치지 않을 거야. 제대로 보기나 하자고."

여자가 경멸스럽다는 듯 도도하게 그를 힐끔거렸다. 기분이 상한 블레이드는 손을 거둬들였다.

"왜? 우리하고 말을 하기엔 너무 대단한가 보지?"

"조심해. 오딜의 여자일지도 몰라."

플래허티가 경고했다.

블레이드가 콧방귀를 뀌었다.

"몇백 년이 지나도 그 자식은 이런 여자 근처에도 못 가 볼걸."

탐욕스럽게 그녀를 훑어보던 블레이드는 다른 사람이 훔쳐서 숨겨둔 보석을 막 찾아낸 기분이 들었다.

여자의 머리카락은 밝은 금발로 치렁치렁하게 늘어져 있었다. 머리에 꽂힌 별 모양의 작은 핀에서 빠져 나온 짧은 머리 몇 가닥이 부드러운 이마를 덮고 있었고, 예쁘장한 둥근 눈썹 밑의 검은 눈은 도전적으로 번뜩이고 있었다. 동그란 얼굴형에 높은 광대뼈, 보조개. 꼬마 요정같이 섬세한 얼굴이었다. 늘씬한 몸매를 드러내는 짙은 붉은 색 코트 때문에 루비 같은 입술이 도드라져 보였다. 블레이드가 눈썹을 찌푸렸다. 이 근방에는 저런 코트를 입는 사람이 없었다.

"무슨 일이시죠?"

여자가 교양 있는 액센트를 구사하며 차갑게 불쑥 내뱉었다.

블레이드의 시선이 그녀의 가슴에서 번뜩이는 눈으로 올라왔다.

"말을 할 줄 아는군."

"네."

"아주 유감인데. 완벽한 여자를 발견했다고 생각했는데."

그가 길게 말꼬리를 늘였다.

남성 우월주의자 같은 농담에 그녀가 눈을 가늘게 뜨자 긴 속눈썹이 팔딱였다.

블레이드가 입술을 냉소적으로 뒤틀었다. 그는 거절당한 손을 보고 얼굴을 찌푸리고는 손에 묻은 먼지와 피를 검은 바지에 닦은 다음 당당하게 손을 내밀었다.

"일어나시지요, 공주님."

“고맙지만 난 이 곳에 있겠어요.”

“쓰레기더미에?”

“네. 그럼 안녕히 가세요.”

여자는 마치 심부름꾼 소년에게 하는 것처럼 오만하게 말했다.

그녀의 무모한 태도에 부하들이 불편한 시선을 교환했지만 블레이드는 잠시 턱을 쓰다듬다가 그녀를 용서해 주기로 했다. 겉으로는 용감한 척하고 있지만 속으로는 아마 겁이 나서 제정신이 아닐 테니까 말이다.

“거긴 별로 편해 보이지가 않는데.”

“아주 편해요. 그리고 그건 당신이 상관할 일이 아니잖아요!”

“허어, 저런. 하지만 나한테 상관이 있으니 어쩌겠소, 예쁜이.”

그가 부드럽게 말했다.

“왜요?”

“내 구역이니까.”

그 뒤에 찾아온 침묵은 너무나 강렬했다.

“그렇군요.”

여자가 작은 목소리로 딱딱하게 말했다. 자신이 사로잡혔다는 사실을 명확하게 깨달은 듯이. 하지만 그녀는 어떻게든 시간을 벌어 보려고 했다.

“이 골목이 당신 구역이라면 쓰레기더미도 당신 것이겠군요.”

“맞소.”

그녀와 똑같이 비꼬는 말투로 그가 대답했다.

“아주 자랑스럽겠어요.”

부하들은 웃음을 터뜨렸지만 블레이드는 화가 나서 눈을 가늘게 떴다. 이만하면 충분해. 그가 여자의 허리를 붙잡아 끌어 내자 여자는 발로 차며 비명을 질러 댔다.

“빌어먹을 여자, 가만히 있어.”

여자가 손톱으로 얼굴을 할퀴자 그가 소리를 질렀다.

부하들이 시끄럽게 웃어댔다. 블레이드가 여자의 발을 땅에 내려 놓자마자 여자는 그에게 가방을 휘두르고 도망쳤다. 그러나 두 발자 국을 채 떼기도 전에, 늘 도움이 되던 플래허티가 여자의 팔을 잡았 다. 금발 여인은 조금도 망설이지 않고 몸을 휙 돌려 그의 얼굴에 주 먹을 날렸다.

블레이드는 경악을 금치 못하고 웃음을 터뜨렸다. 놀라서 욕설을 내뱉던 플래허티가 여자의 팔을 놓쳤지만 다음 순간 세이지가 여자 를 가로막고 섰다.

블레이드가 성큼성큼 여자의 뒤로 다가가 건방진 웃음을 터뜨리며 허리를 단단히 안았다.

"나한테서 더러운 손을 치워, 이 비열한 자식!"

"소용없어, 아가씨. 당신은 우리와 함께 갈 거야. 당신은 오늘 밤 보지 말았어야 할 광경을 보았지. 보 스트리트에 신고하게 내버려둘 수는 없어."

"그럴 생각 없어요!"

"당연히 당신은 그렇게 말하겠지. 하지만 어떻게 믿지? 난 당신을 몰라. 어쩌면 다른 속셈이 있을지도 모르지. 경찰들에겐 난 커다란 사냥감이거든. 빌리 블레이드를 교수대로 보내면 출세는 보장받을 테 니까."

"빌리 블레이드?"

그녀가 그의 품에서 얼어붙으며 그를 쳐다보았다. 그를 아는 게 분명했다.

플래허티가 눈썹을 들어 올리며 그를 향해 씩 웃었다.

"두목 명성이 대단한가 봐."

그 순간 여자가 팔꿈치로 그의 배를 치고 발을 밟더니 다시 도망 치려 했다. 여자는 어깨너머로 가방을 휘둘렀지만 블레이드가 제때 고개를 돌리는 바람에 얼굴을 살짝 지나 귀에 맞았다.

그녀가 자신의 악명을 들은 적이 있다니 괜히 기분이 좋아 블레이드는 웃음을 터뜨렸다. 신문에 난 그의 기사를 읽은 모양이었다. 마치 화난 요정 같은 그녀의 공격은 전혀 아프지 않았지만, 어쨌든 그 때문에 그녀를 움켜쥐고 있던 손아귀의 힘이 느슨해졌다. 순간 여자가 도망치기 시작했다.

여자에게 맞은 뺨을 문지르고 있던 플래허티가 어둠 속에서 여자의 발을 걸었다. 금발이 땅에 고꾸라졌다. 헝클어진 머리카락 사이로 보이는 눈에는 공포가 가득했다.

블레이드는 플래허티에게 마음에 안 든다는 표정을 지었지만, 이 작은 말괄량이를 놀려먹은 자신에게 순간 죄책감을 느꼈다. 사실 그녀의 투지는 어느 정도 존경스럽기까지 했다.

그래서 그는 순전히 그녀를 일으켜 세워 줄 요량으로 다가갔다. 하지만 의도와는 달리 위협적으로 그녀를 내려다보는 꼴이 되고 말았다. 그녀의 시선이 허리에 찬 단도에 닿은 순간, 커다란 갈색 눈에 눈물이 고였다.

"어서 끝내!"

여자가 소리쳤다. 차가운 오만함이 무너지며 두려움에 떠는 순진한 소녀의 모습이 드러났다.

"나도 그 편이 더 나아!"

블레이드는 여자의 절망적인 목소리에 멈칫했다. 다음 순간 바보 같은 여자가 무슨 생각을 하고 있는 것인지 깨달았다. 자신이 정말 그녀를 죽이리라 여기고 있는 것이다. 맙소사, 신문에서 대체 뭐라고 써 댄 거지? 난 절대 힘없는 여자들을 죽인 적은 없었는데.

부하들은 여전히 웃어대고 있었다.

"입 다물어."

블레이드가 소리를 질렀다. 기분이 상한 그는 인상을 찌푸렸다. 부하들과 자신의 경박함이 조금 부끄러웠다.

"나에게 무슨 일이 생긴다 해도 더 이상 상관 안 해."

그녀가 말했다.

"깨끗하게 끝내. 그게 유일한 부탁이야."

"바보 같은 말은 그만 하고 어서 일어나지."

블레이드는 그녀의 털 코트 목깃 뒤쪽을 잡고는 전혀 부드럽다고 할 수 없는 태도로 그녀를 일으켜 세웠다.

제이신다는 거칠고 무례한 행동에 숨을 헐떡였지만 곧 위엄을 회복했다. 일어난 그녀는 자신을 앞세우는 블레이드를 어깨너머로 쳐다 보았다. 블레이드는 다시 머리를 맞을까 봐 여자의 가방을 빼앗아 사지에게 던졌다.

"돌려줘!"

가방을 잡으려는 여자의 힘없는 시도를 무시한 채 그는 흉터가 있는 전 하사관에게 몸을 돌렸다.

"대신 들고 가. 하지만 가방에서 한푼이라도 가져간다면 그 대가를 치를 줄 알아."

사지가 투덜거리며 알아들었다는 표시를 했다. 그런 다음 플래허티와 함께 차가운 땅바닥에 던져 놓은 라일리의 시신을 가지러 갔다.

블레이드는 여자의 날씬한 팔을 쥐고는 잔소리 말라는 듯 단호한 표정을 지어 보였다.

"어서 걸어."

오, 이제 기억났어. 블레이드가 골목 바깥으로 밀자 제이신다는 살짝 비틀거렸다. 그는 조각 같은 얼굴을 굳힌 채 단호한 눈길로 어둠 속을 주시하며 이따금 어깨너머를 보았다.

그의 포로가 된 제이신다는 입을 꾹 다물고 얌전히 명령에 따랐지만 머릿속은 기억을 떠올리느라 바빴다. 빌리 블레이드가 그녀의 쌍둥이 오빠인 루시언과 대미언을 만나러 나이트 하우스로 찾아왔던 그 날이, 눈이 잔뜩 쌓여 있던 화창한 오후가 떠올랐다.

거의 일 년 반 전이었기 때문에 기억이 희미했다. 전쟁 영웅인 대미언 오빠가 그 당시 간호사였던-지금은 아내가 된-미랜다를 데리고 크리스마스를 가족들과 함께 보내기 위해 찾아왔을 때였다. 누군가가 미랜다를 해치려 했기 때문에 당시 쌍둥이 오빠들은 힘을 합쳐 그녀를 보호하고 있었다. 그 때 나이트 하우스의 현관에서 그녀는 블레이드와 잠깐 부딪쳤었다. 어떻게 잊어버릴 수 있었을까? 공원을 산책하기 위해 서둘러 집을 나서던 그녀의 곁을 블레이드가 지나가는 바람에 그녀도 집사도 놀랐었다. 그녀를 나른하게 쳐다보던 블레이드가 난봉꾼 같은 미소를 짓자 대미언 오빠는 그에게 경고를 했었다.

"블레이드."

덕분에 그의 이름을 알 수 있었다.

제이신다가 블레이드 같은 남자를 본 것은 그 때가 처음이었다. 당시 그는 검은 가죽 바지를 입고 지저분한 금발을 길게 기르고 있었다. 오만한 걸음걸이와 검은 벨벳 코트 밑으로 살짝 보이던 화려한 보라색 조끼, 단춧구멍에 꽂고 있던 빨간색 카네이션이 기억났다. 그의 모습이 혐오스러우면서도 매혹적이었으므로 그녀는 창가로 달려가 그의 뒷모습을 지켜보았다. 쌍둥이 오빠가 감히 집으로 찾아온 그를 보고 화를 낸 걸 보면 그는 겉으로 보이는 모습 그대로 위험한 남자인 게 분명했다.

쌍둥이 오빠들은 신비에 싸인 거칠고 대담한 젊은 살인자에 대해 아무 말도 하지 않았다. 그 때문에 제이신다와 그녀의 절친한 친구 리지는 '빌리 블레이드'가 런던의 지하 범죄 세계에 있는 루시언의 정보원으로, 당시 미랜다를 뒤쫓고 있는 악당에 대한 정보를 가지고 왔을 거라고 반쯤은 농담삼아 말했다. 외교관이자 전직 스파이였던 루시언은 가끔씩 보 스트리트에 범죄 해결의 단서가 될 정보를 제공해 주었다. 그는 정보를 모으기 위해 갖가지 종류의 악당들과 관련을 맺고 있었기 때문이었다. 지금에야 블레이드에 대한 자신과 리지의 엉뚱한 추측이 옳았다는 사실을 알 수 있었다. 그렇다면 그녀는 위험에 빠진 것이 틀림없었다.

아까 그녀는 욕망이 담긴 블레이드의 시선을 분명히 느낄 수 있었다. 게다가 그는 난폭한 범죄자였다. 목적지가 어디든 그 곳에 도착한 뒤 그가 다가온다면, 물리칠 수 있는 유일한 방법은 자신이 루시언과 대미언의 동생이라고 밝히는 것밖에 없었다. 하지만 사실을 밝히는 순간 블레이드는 그녀를 곧장 오빠들에게 데려다 줄 것이다. 그러면 자유로워질 수 있는 단 한 번의 기회를 망칠 뿐만 아니라 도망치려 했다는 것 때문에 더 큰 곤경에 빠지게 될 것이 뻔했다. 로버트는 분명 억지로라도 그녀를 그리피스 경과 결혼시키려 들 터였다.

자신이 처한 상황이 실로 난감함에도 제이신다는 침착하라고, 경계를 늦추지 말고 일이 어떻게 되어 가는지 확실해질 때까지 입을 다물라고 스스로를 타일렀다. 자신의 신분을 밝히는 건 최후의 수단으로 남겨 두자고.

교차로에 다다르자 어둠 속에서 갑자기 다른 남자들의 목소리가 들려왔다. 오딜과의 끔찍한 전투가 또 벌어질까 봐 두려워진 그녀는 크고 건장한 블레이드의 곁에 본능적으로 바싹 다가섰다.

"네이트!"

블레이드가 골목길 끝을 보며 한 남자의 이름을 불렀다.

검은 곱슬머리에 큰 키, 야윈 몸매의 남자가 활짝 웃으며 대략 열두 명 정도의 거친 악당들을 이끌고 어둠 속에서 나타났다. 남자들은 서로 인사를 나누고 라일리의 죽음에 대해 무뚝뚝한 애도를 표한 다음 알아들을 수 없는 은어로 전투에 대해 떠들어 대며 북서쪽으로 계속 나아갔다. 어디로 가는지는 전혀 몰랐지만 그녀 역시 따라가는 수밖에 없었다.

남자들이 그녀에게 호기심이 어린 눈길을 던졌지만 블레이드는 아무 말도 하지 않았고, 남자들 역시 감히 묻지 않았다. 그는 그녀의 어깨에 손을 얹는 걸로 그녀가 자신의 보호 하에 있다는 점을 명백히 밝혔다. 지금은 그러는 편이 최선이라고 생각한 제이신다도 가만히 있었다.

사람이 전혀 없는 교차로에 다다르자 네이트라는 남자가 어둠 속에서 기다리고 있던 전세 마차를 향해 손을 흔들었다. 그들과 한패임이 분명한 마부가 부상자들을 데려가기 위해 기다리고 있었던 모양이었다. 라일리의 시체를 마차에 싣고 난 다음 부상이 심한 사람들이 먼저 올라탔다. 초라한 마차가 출발하자 나머지 사람들은 두세 명씩 짝을 지어 흩어져서 베인브리지 스트리트에 있는 본거지로 향했다. 블레이드는 주의를 끌지 않기 위한 행동이라고 말했다.

네이트와 블레이드 그리고 제이신다가 짝을 이뤄 길을 걸었다.

"후우!"

깡마른 요크셔 출신의 남자가 코앞에 대고 손을 흔들었다.

"이게 대체 무슨 냄새지?"

곁눈질을 해 보니 블레이드가 입을 다물라는 듯이 네이트에게 조심스러운 표정을 짓고 있었다. 그제야 제이신다는 불쾌한 냄새가 다름 아닌 자신에게서 나고 있다는 사실을 깨달았다. 근사한 벨벳 레딩 코트에 쓰레기더미의 지독한 악취가 배어 있었던 것이다. 그 순간 그녀가 느낀 창피함이란! 정말 그 날 밤 있었던 일 중 가장 최악이었다. 킥킥대는 대프니 테일러의 웃음소리가 들리는 듯했다.

"죄송합니다만, 당신이 방금 말씀하신 그 불쾌한 냄새는 내 코트에서 나는 것 같군요."

제이신다는 비참함과 산산이 부서진 자존심을 감추며 억지로 이를 악물고 말했다.

네이트가 정말 당황한 듯 움찔했다.

"오, 아가씨. 정말 몰랐습니다. 용서해 주십시오!"

블레이드가 녹색 눈을 반짝이며 쩔쩔매는 그녀를 보고는 부드럽게 웃었다.

"이런, 이런, 달링. 당신은 여전히 장미꽃처럼 아름답게 보여. 비록 장미 향기를 풍기지는 않지만. 괜찮다면 내 코트를 입지. 약간 피가 묻긴 했지만……."

그가 코트를 벗으려 했다.

"고맙지만 그러실 필요 없어요."

얼굴을 찌푸린 제이신다는 조금 느슨하던 블레이드의 팔에서 몸을 뺐다.

블레이드과 네이트는 그런 그녀를 보며 웃음을 터뜨렸다.

"대단한걸."

네이트가 킬킬거리며 블레이드에게 말했다.

"어디서 발견했어?"

블레이드가 무슨 일이 있었는지를 설명하는 동안 제이신다는 갈수록 형편없어 보이는 주위를 두리번거렸다. 더럽고 좁은 길 주변으로 다 쓰러져 가는 가게들과 의심스러워 보이는 술집들이 늘어서 있었고, 골목마다 낡은 포스터들이 마치 오래된 수의처럼 펄럭이고 있었다. 길에서 만난 사람들은 블레이드를 보고 도망치거나 혹은 섭정 왕세자를 알현하듯 공손하게 절을 했다. 그 사이 블레이드는 쓰레기더미에서 그녀를 찾은 이야기를 마쳤다. 그는 이 선량한 요크셔 남자를 다른 남자들보다 한결 동등하게 대하고 있었다.

"저 여자는 내내 그 곳에 있었어."

그녀에게 의심의 눈초리를 보내며 블레이드가 말을 마쳤다.

"그런데 이름이 뭐야?"

네이트가 물었다.

"알았다면 내가 말했겠지. 네가 물어 봐, 네이트. 그녀는 날 좋아하지 않아."

제이신다는 이름을 대지 않는 자신을 조롱하는 블레이드에게 단호한 표정을 지어 보였다. 그를 만족시켜 줄 생각은 없었다.

"아, 그럼 서로 소개를 해야지."

블레이드의 말대로 네이트가 그녀에게 몸을 돌렸다.

"내서니얼 호킨스입니다, 아가씨. 성함이 어떻게 되시는지요?"

"스미스예요."

제이신다는 마차를 예약하는 남자에게 댔던 이름을 침착하게 말했다.

"제인 스미스요."

날카롭고 강렬하면서도 놀랄 만큼 지적인 블레이드의 눈길이 그녀
에게 닿았다.

"거짓말."

그가 부드럽게 말했다.

"내가 거짓말을 한다는 건가요?"

그녀가 외쳤다. 맙소사, 어떻게 알았지?

"그런데……, 결혼하셨나요, 아님 미혼이신가요, 제인 스미스 양?"

"미혼이에요."

"그렇다면 스미스 양, 이쪽은 제 제일 친한 친구이자 세인트 자일
스 거리 파이어 호크스의 두목인 빌리 블레이드입니다."

"그런 사람이 날 거짓말쟁이라고 비난하는군요, 블레이드 씨."

제이신다는 네이트의 웃고 있는 얼굴에서 시선을 돌려 블레이드를
보며 비아냥거렸다.

"그럼 그 쓰레기더미 속에서 정확히 무얼 하고 있었는지 말할 수
도 있겠군, 스미스 양."

블레이드가 말했다.

"굳이 알고 싶으시다면, 난 도둑을 만났어요. 불스 헤드 인에서 마
차를 기다리다……."

제이신다는 그들에게 거지 소년이 지갑을 훔쳐 달아난 이야기를
털어놓았다.

"그 아이가 어떻게 생겼죠?"

네이트가 블레이드와 불길한 표정을 주고받으며 물었다.

"갈색 눈에 비쩍 말랐고 아홉 살쯤 되어 보였어요."

"에디로군."

블레이드가 고개를 설레설레 흔들었다.

"그 녀석을 혼내 주어야겠군."

"그 아일 알아요?"

제이신다가 외쳤다.

"에디 너클, 고아죠."
네이트가 나지막하게 웃음을 터뜨렸다.
"너클?"
블레이드는 제이신다의 이야기에 상당히 동요한 표정으로 몸을 살짝 숙였다.
"소매치기를 가리키는 이 곳의 은어죠."
네이트가 유쾌하게 눈을 찡긋하며 그녀에게 말했다.
바로 그 때 머리 위 어둠 속에서 남자의 목소리가 들렸다.
"거기 누구야?"
제이신다가 놀라 위를 쳐다보았다.
"무기를 내려 놔, 마이키. 우리야."
손을 입가에 대고 네이트가 소리쳤다.
주변 건물 옥상에 총을 들고 서 있는 남자들을 본 제이신다는 놀란 눈으로 블레이드를 쳐다보았다.
"보초요."
그가 중얼거렸다.
"블레이드! 네이트! 오딜을 잡았어?"
지붕 위의 남자가 흥분한 목소리로 물었다.
"아니."
블레이드가 짜증스럽다는 듯 대답했다.
"다음 번에 잡을 거야."
블레이드의 근거지 안으로 들어가면서 네이트가 남자를 안심시켰다.
제이신다는 블레이드에게로 몸을 돌렸다.
"정말 전쟁을 벌이고 있는 거로군요?"
그가 단호하게 고개를 끄덕였다.
"하지만 왜요?"
"블레이드는 약한 사람을 괴롭히는 사람은 다 싫어하니까."
네이트가 말했다.

"재칼 놈들이 내 구역에 들어와 불을 지르고 가게를 때려부수고 그 주인들에게 보호세를 요구했어. 그뿐만 아니라 길거리에서 선량한 사람들을 때리고 여자들을 해쳤지. 난 놈들을 런던에서 몰아내겠다고 약속했어."

무시무시한 눈으로 어두운 길바닥을 내려다보며 블레이드가 중얼거렸다.

"누구한테요?"

그의 옆얼굴에 드러난 강철같이 단호한 결심에 약간 겸허한 기분을 느끼며 그녀가 물었다.

"저 사람들에게."

골목을 도는 순간 블레이드가 술집 앞에 모여 있는 40여 명의 사람들을 향해 고갯짓을 했다.

파티라도 여는 듯 몇몇 사람들이 벌겋게 타오르는 타르가 담긴 나무 통 주위에 서 있었다. 그리고 다른 사람들은 아코디언과 날카로운 피콜로 그리고 보드런의 강렬한 리듬에 맞춰 춤을 추고 있었다. 웃음소리가 음악 소리보다 더 크게 들렸다. 생선을 요리하는 냄새가 났다. 거칠고 보잘것없는 파티가 분명했지만 올맥에서 열리는 무도회보다 수백 배는 더 즐거워 보였다.

가까이 다가가자 그들의 본거지가 시야에 들어왔다. 제이신다는 걸음을 멈춘 채 그 곳을 뚫어지게 쳐다보았다. 정말 이상한 곳이야.

여기저기에 걸려 있는 희미한 불빛에 드러난 그들의 소굴은 이런저런 조각들을 덕지덕지 붙어놓은 것 같았다. 어두운 하늘을 배경삼아 이상한 각도로 서 있는 집은 왁자지껄했다. 아편굴처럼 연기를 내뿜는 굴뚝과 총안이 설치된 지붕 있는 3층 벽돌 건물에는 원형, 정사각형, 직사각형 등 온갖 모양의 창문들이 이상한 곳에 자리 잡고 있었다. 마치 쥐덫처럼 정교한 홈통과 곳곳에 있는 나무 통으로 이어지는 구불구불한 빗물통, 밧줄이 달린 나무로 된 작은 윈치, 건물 앞에 설치된 도르래가 보였다. 지붕 위의 한 남자가 이상한 장치를 사용해

하층민 모자를 쓰고 있는 땅 위의 퉁퉁한 여자에게서 뭔가를 받아 들어올리고 있었다.

"충분히 봤으면 이제 안으로 들어가지. 어서."

블레이드가 중얼거렸다.

그 집에 신비한 매력을 느끼며 제이신다는 그의 뒤를 따랐다.

"블레이드야! 블레이드! 네이트!"

그들이 다가가자 누군가가 외쳤다.

순식간에 사람들이 그들을 둘러쌌다. 다들 블레이드를 반기며 사방에서 손을 내밀어 마치 그가 행운의 부적이라도 되는 듯이 만졌다. 블레이드가 지나가자 사람들은 그가 용을 처지하고 돌아온 젊은 용사라도 되는 양 등을 두들겨 주며 악수를 했다. 하지만 제이신다는 그들의 즐거운 모습의 이면에 초조한 근심 걱정이 깔려 있음을 알아챘다. 그들을 반기는 저속하고 난폭한 사람들의 눈초리에 못 이긴 나머지 제이신다는 블레이드의 팔을 잡았다.

"블레이드, 오딜을 잡았어? 놈은 죽은 거야?"

한 남자가 외쳤다.

사람들이 숨을 죽인 채 그의 대답을 기다렸다. 제이신다는 자신을 붙든 남자를 보았다.

아주 힘이 드는 것 같았지만 그래도 블레이드는 어깨를 펴고 턱을 치켜들었다.

"아니, 오늘 밤은 아니야. 항상 그랬듯이 겁쟁이처럼 달아났어. 놈은 아직 살아 있지."

사람들이 냉정한 소식을 받아들이는 동안 긴 시간이 흘렀다.

"다들 우울한 얼굴은 집어치워!"

네이트가 갑자기 화를 내며 블레이드를 가리켰다.

"블레이드가 언제 약속을 어긴 적 있어? 그가 오딜을 잡겠다고 했잖아. 그럼 그렇게 할 거야! 자, 음악을 울려! 여기는 안전해."

그의 말에 따라 피리 연주자가 경쾌한 가락으로 긴장감을 날리자 북 치는 남자도 합세했다. 아코디언 연주자가 힘차게 아코디언을 켜댔다. 사람들이 환호성을 질렀고 파티는 재개되었다.

"이쪽이야, 제인 스미스."

블레이드가 무뚝뚝하게 중얼거리며 앞장을 섰다.

그들이 사람들 사이를 지나가자 사람들은 다시 활기차게 그의 등을 두드리며 환호했다.

"블레이드, 자네는 그 놈을 잡을 거야! 잡고말고!"

블레이드는 얼굴을 찌푸린 채 그들을 무시했다. 그는 제이신다의 손목을 잡아끌며 네이트에게 낮은 목소리로 명령을 내렸다.

"사람들에게 너무 많이 마시지 말라고 해."

"알았어."

네이트는 대답을 하더니 몸을 돌려 에일 한 잔을 받아들고는 가슴이 풍만한 창녀에게서 뜨거운 키스를 받으며 파티에 참가했다.

블레이드는 사지에게서 제이신다의 가방을 돌려 받아 그녀에게 건넨 뒤 건물 뒤로 안내했다. 술집 뒤에 좁은 뒷골목 쪽으로 커다란 사무실이 나 있었다. 넓은 헛간 문 위에 걸린 두 개의 등불 아래로 사람들이 쉴새없이 움직이고 있었다. 험악하게 생긴 남자들 여섯이 마차에 나무 상자를 싣고 있었고 키가 작은 남자 하나가 작은 칠판과 연필을 든 채 마차 발판에 올라서 있었다. 물건 세는 일을 맡고 있는 모양이었다. 그 남자는 블레이드에게 열심히 손을 흔들었고, 아무렇지도 않게 머스킷총을 어깨에 올려놓은 기다란 회색 코트를 입은 마부 역시 블레이드에게 인사를 건넸다.

"블레이드."

"안녕, 알. 모든 게 잘 되어가고 있겠지."

블레이드가 나이 든 남자와 악수를 했다.

"곧 출발할 거야, 대장."

"오늘 밤은 조심해. 길에 노상 강도들이 득시글거리니까."

블레이드의 농담에 남자가 웃음을 터뜨렸다. 블레이드는 씩 웃더니 남자의 등을 두드리고는 문으로 이어진 시멘트 계단 쪽으로 제이 신다를 데리고 갔다. 합법적인 사업같이 보였지만 그녀는 블레이드를 의심스럽다는 듯 쳐다보았다.

"저 남자들이 마차에 싣고 있는 게 뭐죠?"

"중고품이야."

그가 모호하게 대답했다.

바로 그 때 새된 목소리가 골목에 울려 퍼졌다.

"블레이드! 블레이드!"

작은 소년이 문가에 불쑥 나타나 나무 상자를 싣고 있는 남자들을 뚫고 달려왔다.

"내 돈을 훔쳐간 아이예요!"

제이신다가 외쳤다.

"잠시 뒤로 물러서 있어."

블레이드가 그녀를 등 뒤의 어둠 속으로 밀어 넣으며 중얼거렸다.

"저 녀석이 뭐라고 하는지 들어보고 싶어."

"안녕, 블레이드! 오딜을 잡았어요?"

흥분한 강아지처럼 몸을 떨며 소년이 그에게로 달려왔다.

"그 자식을 때려줬어요? 분명 그 자식 코피를 터뜨려 줬을 거예요, 당연히 그랬겠죠! 아, 참, 블레이드, 블레이드. 있잖아요, 블레이드, 보여 줄 게 있어요! 이것 좀 봐요!"

에디 너클이 거창하게 두 손을 들어 올려 블레이드에게 반짝이는 잔돈들을 보여 주었다.

그녀의 잔돈을. 제이신다가 눈을 가늘게 떴다.

"누군가는 오늘 밤 아주 바빴겠구나."

블레이드가 느릿느릿한 말투로 말했다.

"어디서 났지, 에디?"

"불스 헤드 인에서요."

소년이 존경스럽다는 눈빛으로 그를 올려다보며 자신의 영웅에게 잘 보이려고 애썼다.

"두목도 날 봤어야 했는데, 이야, 블레이드! 나한테 당한 얼간이는 뭐에 맞았는지도 몰랐을걸요! 난 그 놈이 고함을 치기도 전에 도망쳤어요! 사실은 두 명이 더 있었어요. 그러니까 몽땅 세 명이었죠. 다들 몸집도 컸어요. 거의 두목만큼요."

"그래?"

블레이드가 가볍게 말했다.

"에디, 내가 널 만나고 싶어하는 사람을 데리고 왔는데, 자……, 스미스 양이다."

그가 등 뒤로 손을 뻗어 그녀의 손목을 살짝 잡더니 앞으로 당겼다.

에디의 눈이 커졌다. 제이신다는 소년에게 고소하다는 표정을 지어 보였다.

"빌어먹을."

소년이 중얼거리더니 달아나려고 몸을 휙 돌렸다. 하지만 블레이드가 소년의 목덜미를 낚아챘다.

"너한테 할 말이 있어. 스미스 양, 이쪽으로."

"아야, 블레이드, 놔 줘요! 그냥 농담이었어요!"

에디는 계속 투덜대면서도 블레이드의 명령대로 앞장을 서서 계단으로 갔다. 그들은 넓은 작업실로 들어갔다. 방 한가운데에는 커다란 테이블이 놓여 있었고 한쪽 구석에는 낡은 책상이, 그리고 오른쪽 벽에는 불기가 없는 나지막한 검은 석탄 난로가 있었다. 그을음이 가득한 석고 벽에 먼지투성이 선반들이 몇 개 달려 있었고 구석에는 작은 상자들이 쌓여 있었다. 블레이드가 머리로 테이블 가에 있는 길다란 나무 걸상을 가리켰다.

"당신 돈을 살펴볼 동안 잠시 저기 앉아 있어."

"돈을 돌려줄 거예요?"

제이신다가 놀라서 물었다.

"미리 속단하지는 말라고."

블레이드가 꾸짖는 듯한 미소를 살짝 지어 보이더니 에디를 옆에 있는 작은 사무실로 데리고 갔다. 그는 문을 조금 열어 놓은 다음 에디에게 몸을 돌렸다.

"빌어먹을, 에디. 열 번째 생일을 맞기도 전에 교수형을 당하고 싶어 환장한 거니?"

제이신다는 엄격한 얼굴로 옆구리를 문지르며 소매치기 소년을 야단치고 있는 블레이드의 말을 건성으로 들었다. 그의 행동에 짧은 검은 재킷이 약간 위로 올라가더니 나이트가로 찾아온 그 날 그가 꽂고 있던 붉은 카네이션 같은 핏자국이 하얀 셔츠 위로 드러났다. 자신의 상처에 무심한 그의 태도가 그녀를 혼란스럽게 했다.

제이신다는 억지로 그에게서 시선을 떼었다. 그리고는 험상궂은 도둑들이 나무 상자를 가지고 방으로 들어올 때마다 곁을 지나가며 코를 찡그린다는 사실을 알아챘다. 그녀는 레딩 코트에 밴 고약한 냄새를 떠올리며 움찔했다. 그녀는 허리띠와 단추를 푼 뒤 역겨운 코트를 난폭하게 벗어 던졌지만 그 즉시 후회했다. 주위에 있던 남자들이 동작을 멈췄던 것이다.

그들은 꼼짝도 하지 않은 채 그녀를 뚫어지게 쳐다보았다. 몇몇은 나무 상자를 그대로 들고 있었다. 제이신다는 초조하게 자신의 모습을 내려다보았다. 올맥에서 열리는 무도회에 참석하기 위해 입었던 금실 자수가 놓인 하얀 비단 드레스 차림 그대로였다. 이 남자들은 이렇게 아름다운 드레스를 본 적이 없을 것이다. 남자들의 비열한 시선이 온몸을 훑고 지나가자 제이신다는 어깨를 드러내는 드레스의 목선을 끌어올리려 했다. 하지만 도둑들은 사악한 웃음을 교환하며 들고 있던 상자를 내려놓았다. 한두 명 정도만이 그녀의 가슴을 노골적으로 쳐다보았을 뿐 나머지의 눈은 그녀의 목에 가 있었다. 그제야 자신이 목걸이를 하고 있다는 사실을 깨달은 제이신다는 창백한 얼굴로 천천히 손을 들어 화려한 다이아몬드 목걸이를 가렸다.

아마 건물 한 채 값은 나갈 목걸이였다. 남자들이 굶주린 늑대처럼 다가오자 그녀는 숨을 헐떡이며 뒤로 물러났다.

"저기, 블레이드?"

제이신다는 뒷걸음질치며 그를 불렀다. 하지만 에디가 큰 목소리로 그에게 넋두리를 늘어놓고 있었다.

"블레이드?"

그녀는 좀더 큰 목소리로 불렀다. 등이 무거운 테이블에 부딪히자 그녀는 자신이 갇혔다는 걸 깨달았다.

"블레이드!"

그녀는 두려움에 질려 반쯤 열린 문을 돌아보았다. 블레이드가 에디를 한참 야단치다 말을 멈추더니 순간 그녀를 뚫어지게 쳐다보았다. 놀란 그의 시선이 그녀의 온몸을 휩쓸고 지나갔다.

어두운 골목에서 본 그녀의 모습이 그를 현혹시켰다면, 지금 이 순간 밝은 불빛 아래 드러난 환상적인 모습은 너무나 큰 충격이었다. 머리가 멍해지고 목소리가 나오지 않았다. 그녀는 마치 여신 같았다. 반짝이는 검은 눈, 우유색 피부, 하얀 어깨 위로 늘어뜨린 황금빛 불꽃 같은 머리카락에 넋이 나간 그는 제대로 생각을 할 수가 없었다. 달콤하고 나긋나긋한 팔을 훑던 그의 시선이 가슴 골짜기에 멈췄다. 순간 그는 격렬한 고통을 느꼈다.

사각으로 낮게 파이고 금실 자수가 놓인 드레스 목선은 잘 익은 복숭아처럼 사랑스럽고 동그란 가슴을 드러내고 있었다. 가슴 윗부분을 쳐다보자 입에 침에 고였다. 그리고 마침내 그의 머릿속에 처음 든 생각은 젖꼭지가 다 보인다는 것이었다. 남자를 미치게 만들기에 충분한 광경이었다.

"블레이드!"

부하들도 그와 똑같이 느끼는 것이 분명했다. 다음 순간 블레이드는 즉시 이성을 찾았다.

그는 격렬한 욕설을 내뱉으며 문을 꽝 열고 작업실로 들어왔다.

"그 여자한테서 물러서! 당장! 작업을 재개해, 어서!"

남자들 사이를 지나 제이신다에게 다가가며 블레이드가 명령했다.

그는 그녀의 팔을 붙잡아 등 뒤로 끌어당겼다. 제이신다는 그에게 달라붙으며 등 뒤에서 남자들을 훔쳐보았다.

"일을 하라고 말했다."

블레이드가 으르렁거리며 경고했지만 난폭한 남자들은 꼼짝도 하지 않았다.

"예쁜 계집이야, 블레이드. 혼자서만 가질 거야?"

"이 여자는 아무도 못 건드려."

"여잔 두목이 갖고 다이아몬드는 우리한테 주는 게 어때?"

"맞아. 여자의 근사한 드레스도 줘, 응? 전당포에서 꽤 값을 쳐 줄 거야. 옷은 두목이 벗기라고."

블레이드의 등 뒤에서 제이신다가 혐오감에 숨을 헐떡였다.

"절대 안 볼게!"

다른 남자가 말했다.

남자들이 상스러운 웃음을 터뜨렸지만 블레이드의 목소리는 위험스러울 만큼 침착했다.

"네놈들에게 한 번만 더 말하지. 만약 짐승처럼 행동할 생각이라면 빌어먹을 재칼 놈들에게 가는 게 나을 거야. 난 그런 놈들은 필요 없으니까. 자, 마차에 짐을 마저 실어. 내일 아침까지는 선적을 끝내야 해. 또 할 말이 있나?"

몇몇이 투덜거렸지만 결국 남자들은 퉁퉁 부어터진 얼굴로 천천히 물러섰다. 그들이 잔뜩 불만스러운 듯한 얼굴로 일을 다시 시작하자 블레이드는 얼굴을 잔뜩 찌푸린 채 제이신다에게 돌아섰다. 잠시 그녀를 무섭게 노려본 그는 테이블 위에 놓인 가방을 집어 들고는 그녀의 손목을 잡고 방을 나와 좁고 더러운 계단으로 데려갔다.

"어디로 가는 거예요?"

그를 쫓아가느라 기다란 치맛자락을 밟고 만 제이신다가 외쳤다.

"조용히 하고 저 놈들이 반란을 일으키기 전에 어서 날 따라오라고.”

블레이드가 으르렁거렸다.

그녀의 손을 단단히 움켜쥔 채 블레이드는 계단을 올라갔다. 제이신다는 한 손으로 치맛자락을 들고 서둘러 그의 뒤를 쫓았다.

“내 드레스를 가져가겠다고 협박하다니, 믿을 수가 없어요!”

“믿을 수 없다고?”

계단 꼭대기에 이르자 블레이드는 그녀를 끌어당기며 좁은 복도의 오른쪽에 나 있는 방문을 열어젖혔다.

그 순간 열정이 가득한 여자의 숨가쁜 목소리가 그를 반겼다.

“빌리!”

“나가!”

블레이드가 명령했다.

그의 무례한 명령에 성질 급한 여자가 외국어로 욕설을 내뱉자 복도에 서 있던 제이신다는 눈을 커다랗게 떴다. 잠시 후 여자가 황급히 시골풍의 웃옷을 여미며 방에서 뛰쳐나왔다. 이국적인 외모에 검은머리, 갈색 피부를 가진 집시 여자였다.

금발을 본 순간 여자는 분노로 얼굴을 붉히며 블레이드에게 몸을 휙 돌렸다.

“이 년은 누구야? 고급 매춘부를 데리고 온 거야?”

“뭐라고요?”

거만한 태도로 제이신다는 소리를 질렀다.

칼로타가 그녀에게 몸을 돌렸다.

“이이는 내 거야, 이…….”

칼로타가 순진한 여자를 때리려고 손을 쳐든 순간 블레이드가 그 손을 잡았다.

“한 번이라도 숙녀답게 행동해 봐, 엉?”

제이신다는 눈을 휘둥그렇게 뜨고 놀란 표정으로 집시 여자를 쳐다보았다. 여자들끼리 난투극을 벌이게 된다면 꽤 신나겠다는 표정으로. 블레이드는 거친 여자를 붙들어 밖으로 데려갔다. 칼로타는 험악한 욕설을 내뱉더니 쿵쾅거리며 복도 저편으로 사라져 갔다. 애써 화를 참으며 손님에게로 돌아선 블레이드는 두 여자의 차이를 강렬하게 느끼지 않을 수 없었다. 칼로타는 이국적인 아름다움을 가졌지만, 화려하고 우아하고 세련된 이 여자 앞에서 칼로타의 천한 말투와 행동은 그를 당황스럽게 했다. 제이신다가 거칠고 초라한 그의 세계를 놀란 눈으로 둘러보는 동안 그는 그녀를 살짝 훔쳐보았다.

그녀의 아름다움은 원초적이면서도 섬세했다. 도자기 조각품처럼 섬세한 얼굴은 활기에 찼다가 구름이 꼈다가 해가 나기를 반복하는 영국의 날씨만큼이나 변덕스러운 성격을 그대로 드러내고 있었다. 이런 여자들은 자신만의 규칙에 따라 게임을 하거나, 그렇지 않으면 절대 손도 까딱하지 않을 부류라고 블레이드는 생각했다. 하지만 볼수록 그녀에게서는 순수함이 느껴졌다. 쌍꺼풀 없는 관능적인 눈은 자유분방한 기질을 드러내고 있었지만, 가까이 다가가자 그녀의 머리카락만큼 밝게 빛나는 순수한 영혼을 느낄 수 있었다. 자신의 영혼을 발가벗기는 것 같은 그 순수함을 대하자 그는 미친 듯이 도망치고 싶어졌다.

아, 이 여자는 남자를 지옥에서 헤매게 할 여자였다. 블레이드는 뼛속 깊이 그 점을 깨달았다. 너무 위험해. 그는 조용히 문을 활짝 연 다음 방으로 들어가라고 고개를 끄덕였다.

"먼저 들어가지, 스미스 양."

"하지만……."

단둘이 그의 방에 있게 된다는 사실이 당혹스러워 제이신다가 말꼬리를 흐렸다.

블레이드의 입가에 짓궂은 미소가 떠올랐다.

"날 실망시키지 마시지, 귀염둥이."

은밀하게 도전적으로 눈을 반짝이며 그가 중얼거렸다.

"이제 와서 지각 있는 행동을 하려는 건 아니겠지?"

3

　제이신다는 블레이드의 부드러운 조롱에 콧방귀를 뀌었지만 점잖은 비난에 화를 낼 수는 없었다. 소년에게서 이미 이야기의 전말을 들었으니 만큼 그는 그녀가 거리의 부랑아에게 당했다는 사실을 알고 있을 터였다. 남아 있는 자존심을 끌어 모아 턱을 치켜든 그녀는 적절치 않은 행동은 하지 말라는 차갑지만 부질없는 경고의 시선을 그에게로 던지고는 용감하게 방으로 들어갔다. 블레이드는 즐거운 표정으로 그녀의 그런 모습을 지켜보고 있었다.

　슬쩍 둘러보니 방 안은 복도와 같은 낡고 칙칙한 황갈색 벽에 진갈색 나무 바닥으로 되어 있었다. 벽돌로 된 난로 앞에는 실밥이 다 풀린 낡은 깔개가 놓여 있었고, 작은 철제 주전자 밑에서는 석탄이 이글거리고 있었다. 임시 침대로 쓰고 있는 벽 가에 놓인 낮은 접이식 의자에는 길다란 천이 덮여 있었다. 자세히 들여다보니 고급 캐시미어였다. 훔친 물건이 분명했다. 최고급 캐시미어 천에는 빨강, 오렌지, 금색의 소용돌이 문양이 그려져 있었다. 제이신다는 블레이드가 화려한 보라색 조끼와 붉은 카네이션으로 치장하고 나이트 하우스에 왔던 날을 떠올리며 몰래 미소를 지었다. 그는 화려한 색깔을 좋아하는 것 외에는 아주 소박하게 사는 것 같았다. 하지만 깔끔한 성격이 아닌 건 확실했다. 쥐 한 마리가 벽 틈새를 뛰어다니다 구멍 속으로 사라졌다. 유리잔에 든 촛불이 방 여기저기에 놓여 있었는데 그 불빛에 드러난 가구들은 지저분하고 낡아 보였다. 옷장 하나, 낡은 책상과 단순한 나무 의자, 그리고 금박 액자에 끼운 카날레토의 근사한 그림이 놓인 서랍장 하나가 전부였다.

대운하 위를 떠도는 곤돌라와 빨간색과 금색의 풍부한 터치로 그려진 베네치아 궁전을 본 순간 제이신다의 눈이 믿을 수 없다는 듯이 커졌다. 맙소사, 저 그림은 레이디 소더비의 거실에서 본 건데! 그의 직업을 확실히 깨달은 그녀가 놀라서 방 주인에게로 몸을 돌렸다. 남의 물건 아닌가!

그녀의 생각을 전혀 모른 채로 뒤따라 들어온 블레이드는 문을 잠근 다음 거기에 등을 기대며 천천히 팔짱을 끼었다.

그의 뻔뻔스러운 도둑질에 놀란 제이신다가 그림을 가리켰다.

"저 그림은……?"

블레이드의 눈 깊숙한 곳에서 언뜻 죄책감 같은 것이 비쳤다. 차갑고 짙은 녹색 띠가 연한 바다 빛깔의 홍채 주위를 감싸고 있는 그의 눈은 매혹적이었다.

"아름답지?"

"어떻게 저 그림을 구했죠?"

그녀가 대답을 요구했다.

"어떻게 구했을 것 같아?"

제이신다는 허리에 손을 올려놓은 채 그를 노려보았다. 무슨 말을 해야 할지 몰랐다.

"그렇게 사는 건 위험해요."

그의 장난스러운 미소를 보자 무릎이 후들거렸다.

"그럴지도 모르지. 하지만 내가 내일 죽는다 해도, 적어도 이 곳에 사는 동안 많은 즐거움을 누렸다는 건 알고 죽겠지."

“제정신이 아니로군요.”

블레이드가 부드럽게 웃었다. 반짝이는 그의 눈길이 그녀를 애무했다.

“잠시 동안이라도 난 저 그림을 가져야 했어. 난 아름다운 걸 좋아하거든.”

블레이드는 그녀를 쳐다보다가 머리를 문에 기댄 채 동경하듯이 그림을 쳐다보았다. 잠시 후 다시 입을 연 그의 목소리에는 거친 하층민의 악센트가 씻은 듯이 사라지고 없었다.

“조만간 팔아야 하겠지만 저 그림은…… 날 매혹시켜. 때때로 침대에 누워 잠들 때까지 저 그림을 쳐다보곤 하지. 그럼 내가 베네치아에 있는 꿈을 꾸거든. 푸른 하늘, 얼굴에 닿는 햇살, 파도 소리.”

그가 희미하게 자조적인 미소를 지어 보였다.

“하지만 화가들은 거짓말쟁이야. 저렇게 아름다운 곳이 실제로 존재할 리가 없어.”

“아뇨, 있어요. 난 저 곳에 가 봤어요.”

제이신다가 그림에서 시선을 돌려 그를 쳐다보았다.

블레이드가 갑자기 조심스럽게 그녀를 보았다.

“내 말이 믿어지지 않아요?”

그는 대답하지 않았다.

“당신도 가 봐야 해요.”

그녀는 조심스럽게 놀리는 듯한 미소를 지어 보였다.

“어쩌면 아름다운 경치가 당신의 도덕심을 키워 줄지도 모르잖아요.”

블레이드가 콧방귀를 뀌었다.

“휴가를 갈 시간 따윈 없어. 컬린 오딜을 해치워야 하니까.”

“그렇겠죠. 그런데 많이 다쳤어요?”

그가 어깨를 으쓱했다.

“죽지는 않아.”

두 사람은 서로를 쳐다보았다. 한순간 마법에 걸린 듯 두 사람 사이에 놓인 침묵이 팽팽한 악기의 현처럼 파르르 떨렸다. 방이 더 좁아진 것 같았다. 그의 신중한 얼굴과 조각같이 매끈한 뺨, 날카로운 광대뼈를 비추는 촛불이 더 밝아진 것만 같았다. 그 때 블레이드가 낮은 목소리로 절박하게 다시 물었다.

“당신은 누구지? 사실을 알아야겠어.”

“나도 당신한테 똑같은 질문을 하고 싶군요.”

“내가 먼저 물었어.”

“이미 말했잖아요…….”

“아니, 제인 스미스는 절대 저런 다이아몬드 목걸이를 하지 않아. 예전에 당신을 본 적이 있어.”

조심해, 제이신다는 다이아몬드 목걸이를 만지며 자신에게 경고했다. 저 남자는 까막눈일지언정 자기가 보고 있는 것의 가치를 알 만큼은 영리해. 그녀는 진실의 절반만을 털어놓았다.

“나도 역시 당신이 눈에 익지만 어디서 어떻게 만났는지 기억이 나지 않아요.”

블레이드가 그 말의 진의를 따지듯 유심히 쳐다보았다.

“에디는 당신이 도버로 가는 마치를 예약했다고, 해협을 건널 생각인 것 같았다고 하던데.”

“맞아요.”

“이유는?”

“괜찮다면 무슈, 난 거기에 대해서는 아무 말도 하고 싶지 않아요.”

블레이드가 생각에 잠긴 눈으로 고개를 살짝 들었다.

“내게 한 가지 이론이 있는데 들어보겠어?”

제이신다는 대답을 하지 않았지만 그는 계속해서 말했다.

“당신은 파리로 사랑의 도피를 하던 중이었던 것 같은데.”

“뭐라고요?”

"그런 짓거리가 요즘 젊은 레이디들 사이에서 유행이라고 하더군."

"말도 안 되는 소리 말아요! 그런 게 아니에요."

"아니라고? 유일하게 말이 되는 설명인데? 당신이 누군지는 모르겠지만 절대 평범한 사람은 아니야. 나 역시 당신 같은 숙녀라면 하인 하나 거느리지 않고서는 집 밖으로 나오지 않는 게 상식이라는 걸 모를 만큼 무식한 놈도 아니고. 자, 여인숙 얘기로 돌아가서, 당신 샤프롱이나 하인 그리고 하녀는 어디 있지?"

제이신다는 어떻게 대답해야 할지 몰라 우물쭈물했다.

"그럼 유일한 결론은 당신이 숙녀가 아니라는 건데, 그건 말도 안 되는 소리지. 당신 태도는 나무랄 데가 없거든. 아니면 당신이 택한 애인을 가족들이 허락하지 않는다는 것뿐이겠지."

"그런 편협한 생각을 하다니 아주 놀랍군요, 블레이드 씨."

제이신다가 턱을 들어올렸다.

"정말 숙녀가 그런 행동을 하는 건 오직 사랑 때문이라고 생각하는 건가요?"

"그건 모르겠는데. 당신이야말로 내가 말을 걸어 본 유일한 숙녀니까."

그가 무모하게 씩 웃자 그녀의 심장이 두근거렸다.

그녀는 당황한 얼굴로 그를 쳐다보았다.

"분명히 말하지만 당신도 내가 말을 걸어 본 첫 번째 갱 두목이에요."

"잘됐군! 혹시 실수를 해도 서로를 용서할 수 있을 테니까 말야."

블레이드가 갑자기 유쾌하게 빈정대며 방 안을 어슬렁거렸다. 그는 상의 주머니에서 작은 금속 상자를 꺼내 엽궐련 한 개비를 집어 들었다. 그가 촛불 위로 몸을 숙여 담배에 불을 붙여도 제이신다는 그에게 신사는 숙녀 앞에서 담배를 피우지 않는다고 감히 말하지 못했다.

블레이드는 몸을 세우더니 담배를 입에 문 채 위험한 표정을 지으며 그녀를 보았다.

"그럼, 행운의 신랑은 어디 있지? 어, 그렇지, 스미스 양이라고? 해안에서 만나기로 했나, 아니면 불스 헤드 인에서 기다리고 있었던 건가?"

그가 말을 멈춘 채 담배 연기를 뿜었다. 그리고 단조롭게 말을 이었다.

"신랑이 늦었나?"

"블레이드, 제발. 날 그냥 내보내 줘요. 절대 보 스트리트에 고발하지 않을게요. 내 약속을 믿고 날 그냥 여인숙으로 데려다 주면 안 돼요? 그럼 난 내 길을 갈 테고, 우린 절대 두 번 다시 서로를 생각할 일도 없을 거예요."

"그럴 수 있을 것 같지 않은데."

그의 뜨거운 눈길이 마치 애무하듯이 그녀의 몸을 샅샅이 훑어 내렸다.

"당신을 낚다니, 당신 애인은 정말 대단한 남자인가 보군."

제이신다는 그의 나른한 칭찬이 당황스러워 얼굴을 붉혔다. 생각할 새도 없이 말이 튀어나왔다.

"내가 파리로 가는 게 결혼을 하기 위해서가 아니라 결혼을 피하기 위해서라는 생각은 들지 않나요? 이런!"

알겠다는 듯 능글맞은 웃음을 지으며 블레이드가 눈썹을 치켜들자 제이신다는 고함을 질렀다. 정말 끔찍한 남자라는 생각이 들었다. 블레이드의 수완에 의해 교묘하게 목적지를 털어놓고 말았음을 깨달은 그녀는 입을 꽉 다물고 얼굴을 찌푸렸다.

"아하, 그러니까 집에서 도망치고 있던 중이었군."

그가 뚫어지게 쳐다보며 그녀에게로 천천히 다가왔다.

"만약 그렇다면요? 그게 당신이랑 무슨 상관이죠?"

그녀가 초조하게 블레이드의 허리를 가리켰다.

"피가 흐르고 있어요."

“당신은 절대 살아남지 못할 거야. 절대 프랑스까지 가지 못할 거라고.”

“오, 아뇨. 난 갈 거예요.”

“당신은 아홉 살짜리 소매치기한테도 당했어. 거기다가 바보처럼 그 아이를 뒤쫓아 빈민굴까지 들어왔고. 그 아이가 어디로 도망치고 있는지 생각해 보기나 한 거야? 도둑의 뒤는 절대 쫓아가는 게 아니야. 런던에서 일어나는 대부분의 살인 사건은 그렇게 일어나지. 당신을 보라고.”

담배를 손가락에 끼운 채 블레이드가 얼굴을 찌푸리며 그녀의 발끝에서 머리끝까지를 가리켰다.

“당신은 공주처럼 차려입은 채 당신 목숨을 세 번은 빼앗고도 남을 만한 거금을 지갑 속에 넣고 돌아다녔어. 다이아몬드는 차치하더라도 말이지. 그 애가 마음만 먹었다면 당신은 죽었을 거야, 맙소사, 여자들이란! 만약 나 대신 오딜이 당신을 발견했다면 무슨 일이 생겼을지 알기나 해?”

“계속해 보시죠.”

제이신다가 가슴 위로 팔짱을 끼고 벽을 쳐다보았다.

“당신은 곧 과다 출혈로 정신을 잃고 말걸요.”

눈을 가늘게 뜨고 그녀를 노려보던 블레이드는 결국 고개를 숙여 검은 가죽 재킷의 옷자락을 들추고 상처를 살폈다. 헝클어진 긴 머리가 앞으로 쏟아져 그의 얼굴을 가렸다.

루시언이 그를 좋아하는 것도 이상할 게 없어, 제이신다가 생각했다. 블레이드는 그녀의 오빠들 못지 않게 거만한 남자였다. 피에 젖은 셔츠가 눈에 들어오자 그녀는 얼굴을 찡그렸다.

“의사를 부르는 게 낫겠어요.”

“내가 직접 할 거야.”

그가 담배를 입에 문 채 재킷을 벗으며 웅얼거렸다. 그리고는 난로를 가리켰다.

　“난로 주전자에 뜨거운 물이 있어. 그 물을 서랍장 위에 있는 세숫대야에 부어 줘. 그 고운 손으로 하기엔 너무 하찮은 일이신가?”
　“이번 한 번만 예외로 하죠.”
　블레이드의 거만한 태도에 속으로 욕설을 퍼부으며 제이신다는 짐짓 상냥하게 말했다.
　그의 관심을 딴 데로 돌린 게 다행스러워 그녀는 얼른 그의 말대로 했다. 아마 까다로운 가정교사 미스 후드가 봤다면 충격을 받았을 것이다. 그녀는 서랍장 위의 빈 세숫대야를 집어 들며 카날레토의 그림을 힐끗 보았다. 이 방에 전혀 어울리지 않는 그림이었지만 정말 아름다웠다. 세숫대야를 들고 몸을 돌리자 블레이드가 얇은 흰 셔츠를 머리 위로 벗는 모습이 보였다.
　그녀는 세숫대야를 떨어뜨릴 뻔했다. 근육이 잡힌 넓은 가슴과 힘이 넘치는 어깨, 강철 같은 복부 위로 불빛이 그림자를 드리웠다. 그의 길들여지지 않은 아름다움은 어떤 면에서 보기에는 좀 끔찍했다. 옆구리의 상처에서는 피가 비쳤고 늘씬한 허리에 두른 벨트에는 갖가지 무기들이 매달려 있었다. 피 묻은 셔츠를 바닥에 떨어뜨린 블레이드가 목 주위에 느슨하게 매고 있던 푸른 목도리로 얼굴을 훔치더니 침대 발치에 있는 낡은 트렁크로 다가갔다.
　그는 가죽 끈을 풀고 트렁크를 열었다. 하지만 그가 등을 돌린 순간 제이신다는 그 등과 커다란 팔에 새겨진 야만적인 문신을 보고 입을 딱 벌렸다.
　“프랑스 어를 할 줄은 알아?”
　블레이드가 몸을 돌리지 않은 채 물었다.
　잠시 그녀는 대답을 할 정신이 없었다.
　“물…… 론이죠.”
　그의 매혹적인 몸을 쳐다보며 제이신다는 더듬거렸다. 대부분의 교육을 프랑스 어로 받았지만 지금 이 순간 떠오르는 생각이라고는 프랑스 어가 사랑의 언어라는 것뿐이었다.

부드러운 갈색 공단 같은 그의 피부에는 소용돌이 모양과 환상적
인 그림에서부터 우스꽝스러운 그림에 이르기까지 갖가지 그림들이
그려져 있었다. 문신이 새겨진 전사 같은 그의 몸을 제이신다는 경이
롭다는 듯이 훑어보았다. 이런, 정말 끔찍할 정도로 멋진 남자였다.
그녀는 완전히 매혹당했다. 그의 오른쪽 팔뚝 위에는 월계수 잎에 둘
러싸인 칼과 총이 엇갈린 채 새겨져 있었고, 왼쪽 팔에는 똬리를 튼
채 불을 뿜는 용이 그려져 있었다. 왼쪽 어깨에는 유니온 잭이, 오른
쪽 엉덩이 위에는 가슴이 풍만한 인어공주가 앙증맞은 자세를 취하
고 있었다. 등 중앙에는 불길 속에서 날개를 활짝 펼친 채 날아오르
는 검은 불사조가 자리를 잡고 있었다.

블레이드가 트렁크를 뒤져 나무로 된 약 상자를 꺼내자 왼쪽 팔뚝
에 새겨진 용이 움직였다. 그가 다시 몸을 세우자 그제야 제이신다는
자신의 임무를 기억해 냈다. 얼굴을 붉힌 채 몸을 돌린 그녀는 주전
자의 따뜻한 물을 세숫대야에 담으려고 서둘러 걸음을 옮겼다. 하지
만 해적같이 풍부하고 낮은 블레이드의 웃음소리가 뒤를 따라왔다.

"내 용을 만져 보고 싶어, 달링?"

"당신은 정말 말로 다 표현할 수 없을 만큼 무례한 남자군요."

블레이드가 멋진 무늬를 가진 황금빛 표범처럼 우아하게 옆을 지
나가자 제이신다가 격렬하게 내뱉었다.

그는 킥킥거리며 의약품 상자를 서랍장 위에 내려놓았다.

"뚫어지게 쳐다본 건 당신이라고."

"아니, 난 안 그랬어요."

그를 무시하려고 최선을 다하며 그녀는 작은 수건을 찾아 불에 데
지 않게 손에 감았다. 조심스럽게 난로로 손을 뻗은 그녀는 블레이드
가 다가오고 있음을 예민하게 의식했다. 손에 주전자가 잡혔다.

"거짓말쟁이."

그의 속삭임에 심장이 바보처럼 뛰었다. 주전자를 들자 주둥이에
서 흘러나오는 김이 마치 피부에 닿는 연인의 숨결처럼 그녀의 가슴

과 목 그리고 뺨을 촉촉하고 뜨겁게 적셨다. 뒤에 바싹 붙어 있는 블레이드의 압도적인 자극과 갑작스러운 열기를 느끼자 세숫대야에 물을 붓던 제이신다는 머리가 멍해지는 걸 느꼈다.

"괜찮아. 날 봐도 괜찮다고. 나도 계속 당신을 보고 있으니까."

블레이드가 위험할 만큼 바싹 다가와 그녀의 팔 위로 손을 내밀더니 떨리는 그녀의 손에서 주전자를 받아 들었다. 그의 손이 닿자 뱃속이 울렁거렸다.

"떨어져요!"

제이신다는 헐떡이는 자신의 목소리에 오히려 당황했다.

"그러니까……, 당신이 조금만 더 예의바르게 행동해 준다면 고맙겠어요."

"예의바르게? 좋아."

그가 조심스러운 눈길로 그녀를 쳐다보았다.

"이런, 나의 레이디, 무도회용 드레스를 입고 힘든 일을 하시다니."

블레이드가 부드럽게 비꼬자 그의 따뜻한 숨결이 그녀의 귀를 간질였다.

"이런 하찮은 일을 하시면 안 되는데, 공주님. 제가 대신 하죠."

그가 놀려대는데도 몸이 떨려서 속상했다. 그는 다 안다는 듯 살짝 미소를 지어 보이고 주전자를 다시 불 위에 올려놓은 뒤 커다란 세숫대야를 가져갔다.

서랍장으로 다가간 블레이드는 그 위에 세숫대야를 내려놓은 뒤 나무 의자를 꺼내 뒤로 돌리고는 걸터앉아서 팔꿈치를 의자 등받이에 올려놓았다.

"문신한 남자를 지금껏 본 적이 없어?"

문신은 고사하고 벌거벗은 남자의 상체도 본 적이 없지만 그런 말을 할 필요는 없을 것 같았다.

"그 문신들, 어디에서 했어요?"

"처치 스트리트에서."

뜻밖의 대답에 놀라 그녀가 눈을 깜박였다.

블레이드가 미소를 지었다.

"해군에서 은퇴한 노인이 그 곳에 가게를 가지고 있지. 그 노인의 밥벌이야. 해군에서 근무하는 동안 타이티 원주민한테 직접 배웠다더군."

"많이 아팠어요?"

"생각하고 싶지도 않아."

덥수룩한 턱을 긁으며 블레이드가 게으르게 씩 웃었다.

"매번 엄청 취했었지."

제이신다는 경멸스럽다는 듯이 콧방귀를 뀌고는 시선을 돌렸다.

블레이드가 상처를 치료하는 동안 그녀는 애써 외면하며 거리를 둔 채 어색하게 서 있었다. 상처가 아주 끔찍해 보였기 때문에 도와 줘야 할 것 같았지만, 그를 쳐다볼 수가 없었다. 거구에 반쯤 벌거벗은 사악한 남자와 단둘이 한 방에 있다는 사실이 뒤늦게 떠올랐던 것이다. 만약 오빠들이 봤다면 무슨 말을 할지 생각하고 싶지도 않았다.

추궁할 사람이 많다는 생각이 들자 갑자기 블레이드처럼 되고 싶다는 반항심이 솟구쳤다. 그는 분명 범죄자였지만 독수리처럼 자유롭지 않은가. 그에게 이래라저래라 하는 사람은 없을 것이다. 그런 사람이 있다면 면전에다 대놓고 비웃겠지.

블레이드가 부러워지는 이 마음이 분한 나머지 제이신다는 그를 힐끗 쳐다보다 갑자기 소리를 질렀다.

"블레이드! 그림에 물을 튀길 작정이에요? 맙소사, 그건 카날레토라고요……."

"누구 그림인지 나도 알아. 그렇지 않다면 왜 괜히 저걸 훔쳤겠어?"

"그럼 물이 튀는 곳에 두면 안 되죠!"

블레이드의 호기심 어린 시선을 받으며 제이신다는 서랍장으로 다가가 그림을 안전하게 낚아챘다. 그리고는 물이 튈 염려가 없는 책상 위로 가져다 놓았다. 얼빠진 듯 그를 쳐다보지 않아도 될 일이 생겼다는 것에 안도하며.

가장 친한 친구이자 말벗인 리지 칼라일이 빌리 블레이드더러 잘생기지 않았다고 했던 게 믿어지지 않았다. 리지는 블레이드를 '불쾌한 남자'라고 했고, 제이신다가 관심을 가지자 경악했었다.

그 생각이 떠오르자 웃고 싶어졌다. 엄마는 이해할 거야, 속으로 가만히 한숨을 내쉬며 그녀는 희미한 저편의 블레이드를 다시 슬쩍 보았다. 뒤로 넘긴 짙은 금발의 소유자이자 멋진 근육질의 몸에 문신을 한 그에게서는 자유분방함과 반항기가 넘쳐 흘렀다.

빌리 블레이드는 그녀가 알고 지내던 멋쟁이들과는 확연한 차이가 있었지만, 이 갱 두목이 겉모습 그대로의 인물은 아니리라는 느낌이 들었다. 아마 지체 높은 귀족과 선술집 매춘부의 사생아일 것이다. 빈민가 출신이 아니라 보다 고상한 피가 흐르고 있음을 암시하는 섬세한 골격에 강하면서도 관능적인 얼굴, 경계심이 가득한 신중한 눈을 감싸고 있는 왕자다운 짙은 황갈색 눈썹, 단호해 보이는 네모난 턱, 풍만한 입술은 '호크스클리프의 창녀'의 딸뿐만 아니라 그 어떤 정숙한 여자도 유혹할 수 있을 것처럼 보였다.

거리에서의 거친 삶의 흔적도 엿보였다. 매부리코는 오른쪽으로 살짝 굽어 있었고, 왼쪽 눈썹 위에는 울퉁불퉁한 별 모양의 상처가 있었다. 블레이드가 깨끗한 리넨으로 능숙하게 상처를 감싸자 제이신다는 힘들게 그에게서 시선을 뗐다.

"스스로를 아주 잘 돌보는군요?"

그녀는 손끝으로 먼지투성이 액자를 문지르며 애써 무심한 어조로 말했다.

"다른 사람이 해 주지 않으니 내가 직접 해야지."

블레이드는 몸을 세우며 피에 젖은 수건을 내던지고는 차가운 물을 받아 세숫대야를 채웠다. 그리고 몸을 숙여 얼굴을 씻기 시작했다.

그녀는 아무 말도 하지 않았다. 매일 매시간 그녀를 돌봐 주는 수

많은 하인들을 떠올리자 죄책감이 들었다. 하지만 공작의 딸인 그녀에게 다른 방식의 인생은 낯설었다.

"적어도 당신의 그 집시 여자는 당신을 돌봐 줄 거 아니에요?"

블레이드가 세숫대야 너머로 그녀를 쳐다보았다.

"내 앞가림은 내가 직접 하지. 여태까지도 항상 그랬고, 앞으로도 그럴 거야."

제이신다는 어깨를 으쓱하고 시선을 돌렸다.

"그렇겠죠."

블레이드를 보면 소매치기 소년이 생각났다. 자선을 받아들이기에는 너무 자존심이 강하지만 그 돈을 훔칠 만큼 절박했던 그 소년을. 블레이드가 세수를 하는 동안 그녀는 다이아몬드 목걸이를 벗어 그림 액자 한쪽 구석에 살짝 걸어 두고는 그가 알아채지 못하도록 다른 곳으로 옮겼다.

다이아몬드 목걸이를 벗자 이상하게도 몸이 가벼운 느낌이 들었다. 제이신다는 손을 뒤로 돌려 느슨하게 맞잡은 채 블레이드가 세수를 마치기를 기다렸다. 쳐다보지 않으려고 아무리 노력해도 부드러운 피부에 새겨진 문신들은 마치 그녀를 부르는 것처럼, 그리고 놀리는 것처럼 블레이드가 무심히 살짝 움직이기만 해도 물결인 양 흔들렸다.

문신 하나하나가 오래된 흉터들을 일부러 감추기 위한 것이라는 사실을 알아챈 그녀는 눈썹을 찌푸렸다.

블레이드가 몸을 일으키자 물방울이 뚝뚝 떨어졌다. 그가 긴 머리를 천천히 뒤로 쓸어 넘기자 가슴 위로 흘러내리던 물방울이 난로의 불빛에 반짝였다. 서둘러 얼굴을 씻느라 젖은 머리가 짙은 갈색을 띠었다. 아랫배에 물결치는 흥분을 느끼면서 제이신다는 예의에 어긋날 만큼 오래오래 그를 쳐다보았다.

마치 그녀의 생각을 읽기라도 한 듯, 블레이드가 천천히 눈을 뜨더니 방 건너편에서 그녀의 눈을 똑바로 쳐다보았다. 기다란 속눈썹에서 물방울이 반짝였다. 눈이 마주치자 제이신다는 말을 할 수가 없었다. 갑자기 뜨거운 열기를 느끼며 그녀는 침을 삼켰다. 시선을 돌릴 수가 없었다.

블레이드가 수건을 내던지고 그녀에게 천천히 다가왔다.

"이제 고백할 시간인 것 같은데?"

"뭘?"

제이신다가 희미하게 물었다.

"당신이 누구인지."

"이미 말했잖아요……."

"빈민굴 출신의 남자를 속일 수는 없어."

"내가 보기에 당신은 빈민굴 출신이 아닌 것 같은데요."

그녀는 다가오는 블레이드의 눈을 바라보기 위해 턱을 치켜들었다.

"흠, 만약 내가 키스하겠다고 위협하면?"

쉰 목소리로 그가 중얼거렸다.

그의 말에 몸이 떨렸지만 그녀는 블레이드가 알아채지 못하길 빌었다.

"당신 정부가 좋아하지 않을 텐데요."

"그래? 그럼 당신은?"

제이신다는 숨을 죽였다. 심장이 고동쳤다. 그녀가 도망치거나 아니면 비명을 지르거나 혹은 그를 멈추게 할 시간을 주기 위해 천천히 다가오는 블레이드의 진한 녹색 눈이 에메랄드처럼 타올랐다.

하지만 제이신다는 아무런 행동도 하지 않았다.

관능적인 검은 눈의 마법에 사로잡힌 블레이드는 시선을 돌릴 수가 없었다. 또다시 그녀는 그의 예상을 깼다. 귀족 아가씨답게 비명을 지르며 도망가는 대신, 순진한 요부처럼 손을 옆으로 내린 채 그 자리에 서서 그를 기다렸던 것이다. 가슴이 흥분으로 빠르게 오르내리고 있었다.

블레이드는 어린 시절 햇살이 찬란한 바다를 오랫동안 쳐다볼 때 맛보았던 어지러움을 느꼈다. 파도처럼 그를 끌어당기는 제이신다의 매력은 그를 살아남게 했던 조심성과 의지를 압도하고 들었다. 가까이 다가갈수록 힘이 빠지면서 심장이 고동치고 감각이 고조되었다. 사로잡힌 여신처럼 그의 눈앞에 서 있는 그녀는 자신의 초라한 방에 놓인 카날레토의 그림처럼 황홀했다. 다리 주위를 감싸는 그녀의 하얀 드레스는 전혀 무게가 느껴지지 않는 얇은 비단이었고 거기에 수놓인 독특한 황금색 자수가 불빛에 반짝였다.

시선을 내린 순간 숨이 멎었다. 불빛 때문에 치마 속으로 그녀의 늘씬한 다리가 다 드러나 보였던 것이다. 우아하고 고상한 그녀는 날씬하면서도 균형 잡힌 몸을 갖고 있었다. 블레이드는 육체적인 굶주림 이상을 느꼈다. 그 느낌은 실로 갈망이었다. 그는 재빨리 시선을 들어 사랑스러운 얼굴을 샅샅이 훑었다. 그녀의 눈은 그가 오랫동안 갈망해 온 고상한 동료애를 약속하고 있었다.

블레이드는 자신에게 영감을 주고 이끌어 주며, 생각하게 만들어 줄 누군가를 원했었다. 그가 아무리 무시무시하게 고함을 지르더라도 자신의 태도를 굽히지 않을 사람. 자신의 영혼 깊숙한 곳에 있는 심오한 문제들을 같이 이야기하고 이해해 줄 수 있는 사람을.

이 곳에서 그런 사람을 찾을 수 있을 거라는 희망 따윈 없었다. 그는 빈민굴 사람들과는 너무 달랐다. 네이트나 오딜과 달리 그는 외부인이었다. 그들의 우두머리가 된 지금도 진정한 의미에서 그들과 같은 사람이 되지는 못했다. 친구들을 위해서라면 목숨을 내놓을 수도 있지만 그들은 절대 그를 괴롭히는 혼란을 이해하지 못할 것이다. 위로가 될 책도 있었지만 그렇다고 책이 이야기를 들어 주거나 사랑을 주지는 못했다. 누구인지는 모르겠지만 이 아가씨는 어둡고 야만적인 세계에서 그가 꿈꾸던 아름다움과 우아함 그 자체였다.

눈부셔……, 블레이드는 멍하니 생각했다. 그가 바로 앞에서 멈췄건만 그녀는 뒤로 물러나지도, 고개를 들어 그의 눈을 보지도 않았다. 그저 그의 맨 가슴만을 똑바로 쳐다보고 있었다. 피부에 닿는 따스하고 달콤하고 부드러운 숨결을 느끼면서 블레이드는 반짝이는 금빛 곱슬머리의 컬을 하나하나 유심히 보았다.

심장이 쿵쾅거렸다. 블레이드는 여자가 놀라지 않도록 조심스럽게 손을 들어 공단처럼 매끈한 팔을 천천히 손바닥으로 쓰다듬어 내렸다. 가벼운 손길을 느끼자 여자가 몸을 떨며 숨을 멈췄다. 그는 다시 사랑스러운 팔 위로, 볼록한 소매로, 낮게 패인 목선으로, 그리고 크림 같은 가슴 위로 손을 움직였다. 강렬하게 뛰는 그녀의 맥박을 느끼며 손끝으로 희고 보드라운 목을 살짝 만졌다. 기다란 속눈썹이 감기더니 떨리는 장밋빛 입술이 갈망으로 벌어지면서 고개가 살짝 젖혀졌다.

맙소사, 너무 아름다워. 블레이드는 순수하면서도 열에 들떠 너무나 유혹적인 얼굴을 불타는 눈으로 삼킬 듯 쳐다보았다. 그를 기다리는 아름다운 입술을 바라보며 그는 고개를 숙였지만 중간에 언뜻 고통스럽게 얼굴을 찌푸리며 동작을 멈췄다.

윌리엄 스펜서 올브라이트, 안 돼. 그는 스스로를 날카롭게 꾸짖었다.

이 여자는 연약하고 상처를 입은 상태였다. 순진한 사람을 이용할 수는 없었다. 게다가 그녀는 지금 집에서 도망치고 있는 중이었다. 자신의 경험상 지금 그녀에게 필요한 건 집적대는 낯선 사람이 아니라 신뢰할 수 있는 사람이었다. 이 순진한 여자가 런던 거리를 혼자 돌아다녔다니 정말 끔찍했다. 그녀는 아마 어떤 일을 당하게 될지 전혀 몰랐으리라. 블레이드는 간신히 자제력을 발휘해 손끝으로 여자의 턱을 잡은 채 부드러운 이마에 키스했다. 자신이 철저한 야만인은 아니라는 걸 보여 주리라 마음먹으며 그는 눈을 감았다. 필요하다면 아직 신사처럼 행동할 수 있다는 걸. 하지만 그 순간 그녀가 가까이 다가왔다.

그에게 안긴 그녀가 가슴에 뺨을 기댔다. 비둘기의 날갯짓처럼 보드랍고, 지금 막 고향으로 돌아온 지친 여행자처럼 만족스러운 한숨을 내쉬며.

그녀가 매혹된 듯 용 문신을 바라보며 애무하자 블레이드는 충족되지 않는 욕망에 몸을 떨었다. 그는 더 이상 참지 못하고 능숙한 손으로 자유분방하게 반짝이는 머리칼에서 작은 별 모양의 핀을 빼냈다. 그녀는 그의 손길이 주는 쾌락에 눈을 감을 뿐 전혀 신경 쓰지 않았다. 긴 머리가 섬세한 어깨 위로 햇살같이 흘러내릴 때까지 그는 핀을 하나씩 뽑아냈다.

기다란 곱슬머리 한 가닥을 손끝으로 잡아 부드럽게 한껏 당기자 거의 팔꿈치까지 내려왔다. 그녀가 눈을 번쩍 뜰 때까지 그는 계속 장난을 치고 있었다. 여자가 고개를 뒤로 젖히더니 눈을 반짝이며 미소를 지어 보였다.

"뭐 하는 거예요?"

그녀가 애태우듯 달콤하게 물었다.

블레이드는 그녀의 눈을 보았다. 자신이 이 천사 같은 여자와 사랑을 나눌 기회를 놓치려 한다는 게 믿어지지 않았다.

그는 그녀의 머리카락을 놓았다.

"그냥…… 장난이야."

그가 쉰 목소리로 중얼거렸다.

머리카락이 어깨 위로 말려 올라가며 다시 자연스러운 컬을 이루었다. 블레이드는 술에 취한 것 같은 기분을 느끼며 미소를 되돌렸다. 그리고 작고 섬세한 그녀의 손을 잡아 입가로 들어 올려 손가락마다 키스를 퍼부었다.

"당신은 내 평생 본 그 어떤 것보다 달콤하고 사랑스러워. 카날레토보다 더."

칭찬이 고맙다는 듯 아름다운 눈을 빛내며 그녀가 다시 미소를 지었다. 마치 별이 반짝이는 밤처럼 아름다운 눈이었다.

"그런데 내가 당신을 제대로 대접하지 않은 것 같군."

"어머, 그래요? 난 전혀 몰랐는데요."

그녀의 건방진 대답에 블레이드가 눈을 가늘게 뜨며 조심스럽게 미소를 지었다.

"당신은 좀 무법자 같은 데가 있군, 그렇지?"

"절대 아닌데요. 내 가정교사한테 물어봐요."

그녀의 입가에 뜬 여우 같은 미소를 보자 입맞추고 싶은 유혹이 너무나 강했지만 블레이드는 꾹 참았다.

"당신은 위험해."

그는 그녀를 책상 쪽으로 안내한 뒤 앉을 수 있도록 나무 의자를 꺼내 주었다.

그녀가 자리에 앉았다. 모든 동작이 우아하고 숙녀다웠다. 심지어 발목을 꼬아 가냘픈 발을 의자 밑으로 넣는 동작까지도 그랬다. 그런 그녀가 자신을 만지게 해 주었다는 사실에 현기증을 느끼며 블레이드는 잠시 그녀를 쳐다보았다. 정말 믿을 수가 없었다.

그녀는 날 좋아해. 충격적인 그 사실에 격렬한 기쁨이 몸을 뚫고 지나갔다. 숨이 멎으면서 한순간 상식마저 잊어버릴 정도였다. 이 도시의 가장 가난한 거리에 사는 살인자들조차 꼬나보는 자신이, 죽음을 비웃으며 교수형 집행자의 면전에서조차 건방지게 구는 블레이드가 자그마한 여자 앞에서 초조해하다니. 스스로가 정말 바보처럼 여겨졌다. 마치 당나귀가 된 것 같은 기분이었다.

하지만 상관없었다.

"왜 그래요?"

그녀가 물었다.

"어, 아무 것도 아냐."

블레이드는 멍한 상태에서 빠져 나와 숙녀에게 대접할 만한 적당한 것을 찾아 방을 두리번거렸다.

"자, 뭘, 어, 차를 마시겠소?"

블레이드가 그런 예의범절을 알고 있다는 게 놀랍다는 듯 여자가 쳐다보았다.

"좋아요, 고마워요."

“알았어.”

해야 할 일이 분명해진 그는 난로가로 다가갔지만 조금 전에 상처를 씻느라 뜨거운 물을 다 써 버렸음을 곧장 깨달았다. 제기랄. 억울해하며 블레이드가 몸을 돌렸다.

왜 그러느냐는 듯 그녀가 눈썹을 들어올렸다.

“어……, 와인은 어때?”

그녀는 고군분투하는 그의 모습이 재미있다는 것을 감추려 했지만 미소 때문에 실패하고 말았다.

“그게 낫겠네요.”

침대 가로 다가간 블레이드는 삐걱거리는 트렁크 뚜껑을 열고는 가지고 있던 최고급 클라레(프랑스산 적포도주)를 꺼냈다. 트렁크 한쪽 구석에 있던 깨끗한 셔츠들을 본 순간 자신이 웃통을 벗고 있다는 사실이 생각났다. 그는 셔츠 하나를 꺼내 흔들어 주름을 펴고 재빨리 머리 위로 뒤집어썼다. 그녀가 자신과 문신에 대해 어떻게 생각하는지 생각도 하고 싶지 않았다. 하지만 그 생각조차 낯설었다. 여태껏 다른 사람이 자신에 대해 어떻게 생각하는지 따위에 대해서는 절대 신경 쓰지 말자는 주의였으니까 말이다.

난 지금 제정신이 아냐. 잔 두 개에 자줏빛 와인을 따르며 블레이드가 생각했다. 칼로타와 함께 있었다면, 지금쯤이면 이미 한바탕 뒹굴고 난 뒤 같이 담배를 피우고 있었을 터였다.

그는 ‘스미스 양’에게 와인을 갖다 주었다. 그녀는 고개를 한 번 까딱하고 잔을 받았다. 블레이드는 와인을 마시며 그녀에게서 조금 떨어져 있는 침대로 천천히 다가가 앉았다.

그녀는 평범한 와인을 몇 모금 마신 뒤 그의 감정을 생각해서 예의바른 거짓말을 했고 그 사실을 알아챈 블레이드는 미소를 지었다.

“아주…… 좋군요.”

그녀는 최악의 거짓말쟁이였지만, 그래도 그를 안심시켜 주려는 태도가 그는 기뻤다. 블레이드는 팔꿈치로 상체를 받치고 침대에 누웠다.

"자, 스미스 양. 진짜 이름을 말해 주고 싶지 않다면, 도망치는 이유 정도는 말해 주지 않겠어?"

어깨를 긴장한 채 그녀가 와인 잔을 들여다보았다.

"당신이 왜 그런 데에 신경을 쓰는지 모르겠어요."

그녀가 긴 속눈썹 아래로 그를 보았다.

"당신은 오딜 문제만으로도 상당히 골치가 아플 텐데요."

"맞아, 하지만 난 우연히도 그 방면에 경험이 있지."

잠시 침묵.

"대개 도망치는 건 최악의 경우지."

그녀가 놀라서 그를 쳐다보았다.

"당신도 집에서 도망친 거예요?"

블레이드가 고개를 끄덕이고 한숨을 내쉬며 방을 둘러보았다.

"오래 전에. 내 말을 믿어. 가출은 추천할 만한 짓이 아니야."

"왜 도망쳤어요? 그러니까…… 저, 말하고 싶다면 말이에요."

블레이드는 그녀를 신중하게 쳐다보았다. 각자의 무용담을 교환하고 싶다 이거지? 그는 어깨를 으쓱했다.

"아버지는 즐겨 날 때렸지."

그는 모호하게 대충 이야기했다.

"특별히 심했던 날 집을 나왔지. 열세 살 때였어."

"너무 유감이에요."

그를 보며 그녀가 부드럽게 말했다.

"난 유감스럽지 않아."

블레이드는 이렇게 대꾸하고는 와인을 마셨다.

"서부 지역 출신이에요?"

"어떻게 알았어?"

그녀가 미소를 지었다.

"R 발음을 굴려서요."

"난 콘월에서 태어났지. 당신은?"

"컴벌랜드요."

"아, 이제 이야기가 좀 되는군. 근데 왜 도망치고 있는 중이지, 미스 컴벌랜드?"

그녀가 조심스럽고 난처한 표정으로 그를 쳐다보았다. 열심히 머리를 굴려대는 소리가 그의 귀에까지 들리는 듯했다. 슬리퍼를 신은 발을 의자 위로 올리고 팔로 무릎을 감싼 그녀는 외롭고 의심스럽다는 눈초리로 그를 쳐다보았다.

"어서. 나한테는 말할 수 있잖아. 그런다고 해가 되는 건 없을 테니까."

블레이드가 살짝 미소를 지으며 부추겼다.

"당신이 프랑스로 가면 날 다시 볼 일은 없잖아. 그러니 당신이 원하는 걸 말해 봐. 그 이야긴 절대 이 방 밖으로는 나가지 않을 테니까."

그가 말을 멈춘 채 그녀를 유심히 보았다.

"누가 당신한테 잔인하게 굴면서 위협했어?"

"그런 건 아니에요."

"그럼, 하고 싶지 않은 결혼 이야기는 뭐지?"

"사실 그건 별로 중요하지 않아요."

"오호, 그렇담 아빠가 당신을 늙은 영감한테 시집 보내려나 보군?"

그녀의 얼굴을 평가하듯 쳐다보며 그가 놀려댔다.

그녀가 매력적이고 애처로운 미소를 지었다. 잠을 자다 땅에 쿵 떨어진 천사처럼 헝클어진 머리를 하고.

"그 비슷해요."

그녀가 약간 즐거워하며 대답했다.

"그랬군. 그럼 해결책을 찾을 수 있을 것 같은데."

블레이드가 손가락을 튕기더니 씩 웃어 보였다.

"내가 당신을 타락시켜 줄까? 그럼 문제가 해결될 텐데. 처녀가 아

니란 걸 알면 늙은 영감도 당신을 원치 않을걸. 난 기꺼이 도와 줄
준비가 되어 있어."
　"으음, 흥미로운 제안이네요."
　그녀가 입술을 두드리며 생각해 보는 척했다.
　"관대한 제안은 고맙지만 관둘래요."
　"염두에 두고 있는 다른 사람이 있는 거야?"
　블레이드가 조금 더 진지하게 물었다.
　"아뇨."
　"그럼 그 늙은이와 결혼해. 그런 다음 바람을 피우면 되잖아. 다들
그러고 사니까. 그리고 늙은이가 죽은 다음에 재산을 차지하는 거지.
당신한테 필요한 건 도둑과 같은 사고 방식을 터득하는 것 같은데."
　"당신은 악마예요."
　그녀가 웃음을 터뜨리며 그를 나무랐다.
　"적어도 그 늙은이가 작위를 갖고 있길 바라겠어."
　"네, 그래요. 하지만 난 절대 남편을 배신하지 않을 거예요."
　"다들 그러잖아."
　"난 아니에요."
　"이런. 스미스 양, 너무 낭만적인 거 아냐?"
　"그것보다는 좀더 복잡해요."
　"그럼 천천히 알아듣게 말해 보라고. 아둔한 내 머리로 이해할 수
있게."
　블레이드가 느릿느릿 말했다.
　빈정거리는 그의 말에 그녀가 조심스럽게 미소를 짓더니 갑자기
한숨을 내쉬며 이마로 흘러내린 머리카락을 후 불었다.
　"당신이 왜 신경을 쓰는지 모르겠어요. 아무도 내 이야기 따윈 듣
지 않는데."
　"난 들을 거야."
　그녀가 어깨를 으쓱했다.

"꼭 알아야겠다면, 뭐……."

그녀는 자리에서 일어나 와인을 한 모금 마시더니 서랍장 쪽으로 걸어갔다.

"2주일 전 애스코트 경마장에서 내가 좀 부적절한 행동을 했어요. 그것 때문에 오빠들은 내가 제대로 처신하는지 감독하기에 적당해 보이는 남자와 결혼을 시키겠다고 결정했죠."

그녀가 바닥에 있던 자신의 가방을 들어 먼지를 털었다.

"부적절하다니……, 정확히 무슨 짓을 했는데?"

그의 시선이 그녀가 책상 위에 올려놓은 가방에 닿았다.

"난 그냥 경마를 두고 해가 안 되는 작은 내기를 한 것뿐이에요."

그녀가 가방을 열어 별 모양의 머리핀들을 던져 넣었다.

"얼마나 잃었는데?"

"돈내기가 아니었어요. 그 주의 용돈을 다 쓴 상태였거든요. 그래서 구애자 두 명에게 입맞춰 주겠다고 했어요. 장난삼아 그런 거였어요! 내 말이 이길 거라고 확신했으니까요. 내 말이 우승 후보였거든요. 그런데 불행히도 마지막 순간에 약간 절름거리는 바람에 3등을 했죠."

블레이드의 미소가 딱딱해졌다.

"얼마나 많은 남자들이 당신에게 키스를 했는데?"

"때마침 오빠가 가정교사와 같이 오는 바람에 남자라곤 한 명도 없었어요. 로버트 오빠 내가 한 약속을 취소하게 만들었다고요. 믿어져요? 정말 그랬어요! 그리고는 날 결혼시키겠다고, 그……."

그녀가 상대의 이름을 내뱉으려 하자 블레이드가 눈썹을 치떴다. 호기심이 솟구쳤다.

"집안 친구하고요."

그녀는 조심스럽게 말을 끝맺더니 무거운 한숨을 내쉬었다.

"해를 끼칠 생각은 추호도 없었어요. 하지만 로버트는 그런 행동은 특히 조심해야 한다고, 그렇지 않으면 엄마처럼 나도 사교계에서 추방당할 거라고 하더군요.”

그녀가 몸을 돌려 생각에 잠긴 눈길로 난로의 불꽃을 물끄러미 바라보았다. 손으로 머리칼 한 가닥을 비비꼬며.

그랬군, 블레이드는 잠자코 그녀를 바라보았다. 히피 무리들이 엄마를 사교계에서 내쫓자 그녀는 엄마에 대한 사랑과 자신만은 내쫓기고 싶지 않다는 갈등 사이에서 괴로워하는 것이었다.

제이신다가 비탄에 잠긴 모습으로 그에게 몸을 돌렸다.

“엄마를 나쁘게 생각하면 안 돼요, 블레이드. 엄마는 절대 다른 여자들의 남편을 유혹할 의도 따윈 없었어요. 그냥 그 남자들이 엄마에게 빠져 쫓아다녔던 거죠. 그리고 엄만, 엄만 로버트 오빠의 말에 따르면 ‘유혹에 빠지기 쉬운 사람’이었을 뿐이에요.”

“로버트가 누구지?”

“큰오빠요. 남자가 정부를 두면 아무 말도 안 하면서 왜 여자는 애인을 두면 욕을 먹어야 하죠?”

그녀가 방 안을 서성였다.

“공정하지 않아요! 여성의 권리에 대한 엄마의 천재적이고 뛰어난 글들이나, 엄마가 런던 시내를 돌아다니며 신사들을 잠자리에서 깨워 의회에 가서 중요한 국정 문제에 투표하도록 재촉했던 일들을 기억하는 사람은 아무도 없어요. 엄마의 영웅적인 죽음조차 아무도 입에 올리지 않아요!”

블레이드는 그녀가 움직일 때마다 드레스를 통해 드러나는 늘씬한 다리에 잠시 넋이 나갔다가 정신을 차리려고 고개를 흔들었다.

“어떻게 돌아가셨는데?”

한숨을 내쉬며 초조한 동작을 멈춘 제이신다는 서랍장에 엉덩이를 기대고는 고생이라고는 해 본 적이 없는 손을 서랍장 끝에 올려놓았다.

“엄마는 프랑스를 사랑했어요. 소르본 대학을 다녔기 때문에 프랑스의 많은 귀족 부인들과 학교 친구였죠. 혁명이 일어나자 엄마와 그 애인이었던 카너선 후작은 귀족 자제들이 처형당하지 않도록 프랑스에서 몰래 탈출시키다가 결국 체포되어 스파이로 처형당했어요.”

“맙소사, 정말이야?”

“네.”

제이신다는 가방 끈을 어깨에 멘 채 무거운 한숨을 내쉬며 의자로 돌아가 앉았다. 그녀는 테이블에 팔꿈치를 올려놓고 턱을 손에 괸 채 그를 보았다. 격렬한 감정에 시달리는 젊은 숙녀의 모습 그대로, 초조하고 생각에 잠긴 모습으로.

“내가 어떤 상태인지 알겠어요? 난 엄마처럼 되고 싶어요. 대단한 사람이 되고 싶다고요. 그런데 수도 없는 사교계의 하찮은 규칙에 꼼짝도 못하게 묶여 있는데다, 엄마의 죄를 속죄하길 기대하는 사람들 속에서 내가 뭘 할 수 있겠어요?”

“경마에 키스 내기를 하는 건 전혀 속죄하는 행동으로 들리지 않는데. 내게는 당신이 일부러 사교계를 조롱하는 것처럼 들려.”

“어쩌면 조금은 그럴지 모르죠. 하지만 화를 내는 게 당연하지 않나요? 엄마는 그 점잖은 척하는 위선자들을 다 합친 것보다도 훨씬 나은 사람이었어요. 그런데 사교계에서는 엄마를 쫓아냈죠. 그리고 이제는 돌아가셨고요. 난 엄마에 대해 알 기회조차 가지지 못했어요.”

“어쨌든 당신이 가족들에게 쪽지라도 남겨 놓았길 바라겠어.”

블레이드가 잠시 후 담담하게 말했다.

“물론이죠. 가족들을 걱정시키고 싶지는 않아요.”

그녀는 자정을 가리키고 있는 더러운 벽시계를 힐끗 보았다.

“아직 쪽지를 보지는 못했을 거예요. 여태 올맥 무도회장에 있을 테니까요. 블레이드, 날 여인숙으로 데려다 줄 거예요, 아님 내가 직접 찾아가야 하나요?”

그는 금방 대답하지 않았다.

“잠시 여기 머무는 건 어때? 프랑스로 가기 전에 잠을 자 둬. 내

침대를 내줄 테니까."

그녀가 손을 내리며 놀란 표정을 지었다.

"당신이 혼자 다닌다는 게 마음에 들지 않아서 그래. 여기선 아무
도 당신을 해치지 않을 거야. 약속해. 그리고 혹시 알아? 아름다운
걸 보노라면 내 도덕심이 고양될지……."

자신이 했던 말을 블레이드가 써먹자 제이신다는 살짝 미소를 지
으며 시선을 돌렸다. 그러자 긴 곱슬머리가 앞으로 흘러내리며 그녀
의 얼굴을 가렸다.

"굉장히 친절한 제안이지만 난 이미 마음을 정했어요. 새벽까지는
해안에 도착하기로요. 게다가 짐들이 다 여인숙에 있어요. 우편마차
도 기다리고 있을 테고요."

"그럼 편할 대로 해."

블레이드가 시선을 돌렸다. 그녀에게 거절을 당하자 이상하게 화
가 났지만 그래도 그는 여전히 그녀를 조금이라도 더 붙잡아 둘 방
법이 없을까 머리를 굴렸다.

"하나 물어봐도 돼?"

"네."

"당신 어머니가 저질렀다는 그 끔찍한 죄들이 정확하게 뭐지?"

"정말 알고 싶어요?"

"물론 알고 싶으니까 물었지."

그녀가 잠시 쳐다보더니 눈을 내리깔았다.

"네 명의 남자에게서 자식 여섯을 낳았어요."

고개를 든 그녀의 방어적인 눈빛이 그의 반응에 따라 모든 게 달
라질 거라는 경고를 보냈다.

그의 도덕적 잣대를 걱정한 거라면 그의 직업이 뭔지 떠올리기만
해도 되었을 텐데. 블레이드는 조심스럽게 무표정한 얼굴로 눈썹을
치켜올리고는 와인을 한 모금 마셨다.

"굉장하군."

블레이드가 그 비밀을 아무렇지도 않게 받아들이자 그녀의 섬세한 얼굴에 안도감이 스쳤다.

"엄마는 아름답고 영리하고 용감하기까지 했어요. 대부분의 남자들이 엄마를 사랑했죠. 대부분의 여자들은…… 미워했지만."

"알겠어. 그러니까 당신 어머니의 스캔들 때문에……, 사람들이 당신 역시 엄마와 다를 바 없다고 생각한다 이거지?"

블레이드는 시선을 내려 바지 무릎에 나 있는 작은 구멍을 뚫어지게 쳐다보았다.

"네. 지금도 분명 내기를 하고 있을걸요. 내가 언제 누구와 스캔들을 일으킬까 하는 내기요. 특히 대프니 테일러는 더더욱 그럴 거예요."

"누구?"

"내 존재에 내려진 저주 같은 여자죠. 에러드 자작의 딸인데 이번 시즌의 여왕이에요."

그녀는 빈정거렸지만 곧 초조하게 손을 흔들었다.

"뭐 맘껏 하라고 해요. 난 절대 스캔들을 일으켜 그 사람들을 만족시켜 줄 생각이 없으니까. 때때로 부적절한 행동을 하긴 하지만, 엄마와 달리 난 스캔들을 피할 수 있는 선을 알아요. 그래야 했으니까요."

그녀가 냉소적인 어조로 덧붙였다.

"내가 어렸을 때부터 사람들은 '조지아나의 딸은 방탕한 여자가 될 거다'는 말들을 해댔으니까요."

그녀를 그렇게 말하는 사람이 있다면 죄다 죽이고 싶군, 블레이드는 격렬한 분노를 느꼈다. 하지만 곧 매혹적인 눈길로 그녀를 쳐다보며 분노를 억눌렀다.

"그럼, 당신은 어떻게 생각하지?"

그의 위험스런 질문에 그녀가 놀란 표정을 지었다. 그녀는 마치 블레이드가 그 답을 알고 있기나 한 듯 순진하면서도 복잡한 얼굴로 그의 눈을 보았다.

"진짜로요? 난…… 잘 모르겠어요."

욕망이 전류처럼 그의 몸을 뚫고 지나갔다.

비밀을 털어놓았다는 안도감을 순간 내비치며 그녀는 얼굴을 붉히고 순진한 미소를 지었다.

블레이드는 그녀가 이름보다도 훨씬 더 중요한 사실을 방금 말해주었음을 깨달았다. 그리고 비록 순진하긴 하지만, 그녀의 눈에서 초대하는 듯한 기척을 읽었다.

"알아보고 싶어?"

그가 중얼거렸다.

붉은 뺨과 수줍은 침묵에 담긴 의미는 단 하나밖에 없었다.

블레이드는 와인 잔을 내려놓고 말없이 일어났다. 그리고 천천히 다가가 그녀가 앉아 있는 의자 앞에 무릎을 꿇고는 그녀의 허벅지 위에 손을 올렸다. 세상에, 그녀는 그가 얼마나 그녀에게 매혹되었는지 결코 모를 것이다.

"블레이드, 내가 좋아해도, 날 나쁘게 생각하지 않는다고 약속하는 거죠?"

환영한다는 듯 그의 목을 끌어안으며 그녀가 달콤하고 솔직한 눈빛을 보냈다.

그의 입술에 미소가 떠올랐다.

"나의 레이디, 난 당신이 그걸 아주 좋아하도록 만들 생각이야."

그가 쉰 목소리로 대답했다.

그리고는 그녀의 입술을 덮쳤다.

18년을 살았지만 빌리 블레이드 같은 사람은 처음이었다. 그의 키스에 온몸이 떨려 왔고, 죄책감을 수반한 쾌락으로 인해 심장 고동이 빨라졌다. 이것은 정말로 그녀가 원하고 갈망해 왔던 바로 그런 키스였다.

블레이드가 그녀의 입술을 열고 성급하게 안으로 들어오자 제이신 다는 열렬히 내주었다. 그에게서는 와인과 담배, 남자의 맛이 났다. 그녀를 눌러 대는 V자 셔츠 사이로 드러난 그의 맨 가슴이 햇볕에 달구어진 강철처럼 느껴졌다. 그녀는 그의 입술에다 대고 부드러운 신음 소리를 내며 그의 목을 감싸 끌어당겨 더 깊이 그를 맛보았다. 그를 두 번 다시 볼 수 없음을 알기에, 그리고 이 무모한 키스로 보 수의 전당 위에 내걸린 자신의 처녀성을 불태우고 엄마처럼 자유를 위한 투쟁의 깃발을 들게 되리란 사실을 알기에 그녀는 완전히 키스 에 몰두했다.

공작 부인 조지아나의 첫 번째 불륜 상대도 하층민 출신으로 '킬 러니 크러셔'라는 별명을 가진 거친 권투 챔피언 샘 오시였으니, 엄 마라면 빌리 블레이드를 인정했을 것이다.

제이신다는 그의 셔츠 안으로 손을 넣어 넓은 어깨와 팔의 단단한 근육에 감탄하며 부드러운 피부를 쓰다듬었다. 블레이드가 그녀의 머 리카락을 잡아 부드럽게 뒤로 당겼다. 그의 뜨겁고 열정적인 입술이 그녀의 입술을 지나 목으로 내려갔다. 그녀의 욱신거리는 피부를 쓰 다듬던 능숙하고 확신에 찬 그의 손이 유행에 따라 낮게 팬 드레스 의 목선을 찾아 어깨 아래로 끌어내렸다. 제이신다는 몸을 뒤틀어 옷 을 끌어내리는 그를 도왔다. 그녀는 자신이 이런 행동을 하고 있다는 점을 도저히 믿지 못하면서도 매혹된 눈길로 유두에 키스하는 블레 이드의 모습을 지켜보았다.

처음에는 그녀의 가슴을 경외하듯 살짝 와 닿던 입술이 곧 유두를 탐욕스럽게 빨아들였다. 쾌락이 그리고 그의 낮은 신음 소리가 그녀 를 덮쳤다. 그녀는 눈을 감고 딱딱한 나무 의자 등받이에 머리를 기 댔다. 뜨겁고 부드러운 행복의 소용돌이가 그녀의 감각을 앗아 가며 점점 더 빠르게 휘돌았다. 그에 따라 그에 대한 욕망 또한 위험할 만 큼 커져 갔다. 그녀는 더 많은 것을 원했다.

"빌리."

그의 머리카락과 우아한 광대뼈, 근육이 잡힌 평평한 어깨를 어루만지며 그녀가 작게 속삭였다. 그녀의 끝없는 애무가 그를 불러들였다.

블레이드는 좀 전에 내려갔던 것과 반대로 이번에는 그녀의 목을 지나 입술까지 키스를 흩뿌리며 올라와 입술을 살짝 물었다. 그리고는 허락도 구하지 않은 채 그녀를 안아 들고 가리개가 쳐진 침대로 데려갔다. 제이신다는 잠시 새된 소리로 연약하게 반항했지만, 그가 그녀를 침대에 내려놓자 매트리스에서 풍기는 이국적이고 관능적인 향수 냄새에 정신을 빼앗겼다. 블레이드의 단단한 몸이 그녀의 몸 위로 올라왔다. 그의 무릎이 부드럽게 그녀의 다리 사이를 파고들자 하얀 드레스가 그의 검은 바지에 휘감겼다. 제이신다는 사지로 그를 감쌌다. 몸이 맞닿은 모든 곳이 강렬한 욕망으로 두근거렸다. 정신이 나갈 것 같은 강렬한 키스와 그녀의 몸을 눌러 대는 그의 묵직한 몸이 그녀를 활활 불태웠다. 심장이 미친 듯이 두근거렸다. 그의 긴 모랫빛 머리를 쓰다듬는 그녀의 손이 떨렸다.

블레이드가 부드럽게 그녀의 손을 잡더니 깍지를 꼈다. 깍지를 낀 채 그가 몸을 움직이자 더 깊은 갈망의 물결이 그녀를 뚫고 지나갔다. 단단히 일어난 그의 남성이 움직일 때마다 자신의 그 곳에 마찰되는 것을 느낄 수 있었다. 그녀는 느릿하고 열정적인 그의 리듬에 안달을 하며 허리를 들었다. 심장이 뛰고 피부가 화끈거렸다. 블레이드가 몸을 떨었다. 그가 그녀의 입술에서 입술을 떼었다.

"당신 몸 안으로 들어가야겠어."

"안 돼요."

그녀는 희미하게 중얼거리며 놀란 듯 눈을 번쩍 떴다.

"내가 당신을 준비시켜 줄게."

그가 달랬다. 그리고는 몸을 옆으로 내린 뒤 그녀의 드레스를 허벅지 위로 들어 올렸다.

"블레이드."

그녀가 희미하게 항의하듯 속삭였다.

"쉬이."

입술로 마치 깃털처럼 살짝 그녀의 입술을 덮친 채 블레이드는 그녀의 다리를 가볍게 애무하며 손을 위로 움직였다. 그리고는 뜨겁고 촉촉한 그녀의 중심으로 조심스럽게 손을 넣었다.

"오, 맙소사."

그녀가 신음하며 쾌락으로 몸부림쳤다. 블레이드는 능숙한 손길로 그녀를 애무하고 즐겁게 해 주었다. 그가 손끝으로 고동이 맥박치는 촉촉한 그 곳을 문지르자 그녀는 마치 그를 집어삼킬 것처럼 키스했다. 그는 그녀가 욕망으로 정신을 잃게 만들었다. 저도 모르게 그녀의 다리가 벌어졌고 부끄러움도 잊은 채 그녀의 몸이 그의 황홀한 손길을 갈망하며 휘어졌다. 그녀가 거의 절정에 다다른 순간 그는 갑자기 멈추더니 떨리는 손으로 자신의 바지 단추를 열려고 했다. 팔꿈치를 짚고 몸을 일으킨 그녀는 그에게 손을 뻗으며 흐느꼈다.

"제발……."

그가 놀라서 그녀를 보았다. 하지만 그녀의 눈을 본 순간 그의 표정이 한없이 부드러워졌다.

"오, 허니. 괜찮아."

그녀의 수줍은 애원에 따라 그는 그녀를 다시 부드럽게 침대에 눕혔다. 그는 믿을 수 없을 만큼 부드럽게 그녀의 눈에 키스를 했다. 그리고 그녀를 가득 채우고자 하는 자신의 쾌락을 포기했다.

쉰 목소리로 귓가에 속삭이는 블레이드의 애정 어린 말들이 그녀의 감각을 달구었다. 그가 절정에 몸을 맡기라고 속삭이자 그녀는 그대로 따랐다. 강하고 따스한 손가락이 그녀 같은 처녀를 절정으로 이끌 수 있는 깊이만큼 그녀의 안으로 들어가더니 그녀가 갈구하던 절정을 가져다 주었다. 절정의 고통으로 열에 들뜬 그녀의 몸이 경련을 일으켰다.

그동안에도 그녀는 내내 그가 강렬한 시선으로 삼킬 듯이 지켜보는 것을 느낄 수 있었다. 그리고 마침내 그녀는 숨을 헐떡이며 환희에 휩싸인 채 기운이 빠진 몸을 매트리스 위로 내렸다.

시간이 얼마 정도 지난 후 심장 고동이 드디어 정상으로 돌아왔다. 제이신다는 음탕하면서도 자유롭고 생생하게 살아 있는 기분을 느끼며 그의 품에 누워 있었다. 블레이드가 부드럽게 그녀의 입술을 지분거리자 제이신다는 숨이 막힐 듯 웃음을 터뜨렸다. 그의 손이 부드럽게 그녀의 가슴을 감쌌다. 황홀경에 빠져 여전히 분홍빛 구름 속을 떠다니던 그녀는 곧 다가올 엄청난 죄책감을 억지로 무시했다.

"블레이드, 미안해요……. 난 몰랐어요. 난……."

"쉬이."

그녀의 코끝과 뺨에 키스를 하며 그가 속삭였다.

"좋았어?"

그의 목소리에 담긴 웃음기를 느낄 수 있었다.

"좋았냐고요? 아주 멋졌어요."

부드럽게 웃음을 터뜨린 그녀는 그의 몸 아래에서 고양이처럼 기지개를 쭉 켜고는 가볍게 그를 안았다.

"이렇게 근사할 거라고는 생각도 못했어요."

"설마."

그가 웃으며 대답했다.

"아, 이제 난 프랑스로 갈 준비가 됐어요."

그녀는 한숨을 내쉬며 장난기가 가득한 미소를 띤 채 침대에 깊이 파고들었다.

그가 웃음을 터뜨리더니 그녀의 이마에 입을 맞췄다.

"어리석고 사랑스런 바보."

낮고 쉰 목소리로 그가 말했다.

"쉬도록 해."

그는 그녀의 팔에서 빠져나와 침대를 내려왔다. 제이신다는 꿈꾸듯 그를 쳐다보았다. 그의 넓은 등을. 하얀 면 셔츠를 통해 그의 등에 새겨진 불사조가 보였다. 잠시 후 그녀는 다시 한 번 행복한 한숨을 내쉬고는 눈을 감고 팔을 이마로 올린 채 새로 발견한 천국의 황홀한 여운을 즐기며 앞일을 생각하지 않으려 했다.

그 상태에 빠져 있던 제이신다는 블레이드가 가방을 서랍장 위로 가져가 그 안의 물건들을 뒤지고 있다는 사실을 알아채지 못했다.

"어디 있어요, 귀여운 사람? 나한테 돌아와요, 빌리 보이."

그녀가 잠시 후 가르랑거리는 목소리로 중얼거렸다. 또다시 그에게 키스하고 싶은 욕망이 일자 그녀는 억지로 눈을 떠서 방 건너편에 있는 블레이드를 보았다. 여전히 멍한 상태에 있던 그녀는 잠시 상황을 제대로 인식하지 못했다.

그러나 서랍장 위에 놓인 자신의 물건들을 알아챈 순간 이성이 돌아왔다.

그녀는 숨넘어가는 소리를 내며 침대에서 벌떡 일어났다.

"이 비열한 인간!"

4

"아니지, 컴벌랜드 양."

블레이드가 매끄럽게 대답했다.

"당신을 위해서 이러는 거야. 게다가 이름도 모르는 아가씨를 희롱했다면 난 아주 웃기는 인간이 되는 거잖아?"

제이신다는 엄청 화를 내며 침대에서 내려와 그에게 다가갔다.

"이건 비열한 속임수예요. 비열하다고요!"

"당신도 즐겼잖아."

"당장 내 물건을 돌려줘요!"

"아니."

그의 날카로운 경고에 제이신다는 걸음을 멈췄다. 이름이 발각될지도 모른다는 두려움 때문에 심장이 두근두근했다. 자신보다 힘이 센 그를 저지할 방법이라고는 없었다.

"당신을 믿었는데."

"날 믿었다면 이름을 말해 줬겠지."

"이러지 말아요, 블레이드. 내가 누군지 무슨 상관이에요?"

"당신이 얼마나 대단한 사람인지 알고 싶은 것뿐이야."

그가 다시 그녀의 가방을 뒤졌다.

제이신다는 그가 문맹인지 아닌지에 자신의 운명이 달렸다고 생각하며 이마를 짚었다. 여행 문서가 가방 안에 들어 있었다. 만약 그가 문맹이 아니라면 그녀의 이름을 알게 될 것이다. 그 경우 그녀는 십중팔구 오빠들에게 강제로 돌아가야만 할 터였다.

그녀는 팔짱을 단단히 꼈다. 블레이드는 그녀가 어두운 골목길에서 주워 가방 안에 던져 넣은 잔돈과 브러시, 빗, 여분의 장갑을 꺼냈다. 그리고 다시 가방을 뒤져 말끔하게 접은 손수건을 꺼내어 흔들어 펴고는 구석에 새겨진 그녀의 이름 머릿글자를 보았다.

"J.M.K."

그녀를 힐끗 보며 블레이드가 소리내어 읽었다.

글자를 읽을 줄 아는구나, 제이신다는 숨을 헐떡이며 생각했다. 하지만 문장을 읽을 줄은 모를 것이다. 그녀는 무표정을 지은 채 놀리는 듯한 그의 시선을 마주 보았다.

"흐흠."

블레이드가 의심스럽다는 듯이 쳐다보았지만 그녀는 아무 말도 하지 않았다.

"이건 뭐지?"

그가 그녀의 책을 꺼내 매력적인 무뢰한처럼 대충 넘겼다.

제이신다는 애써 침착하게 말했다.

"그건 바이런 경의 <해적>이에요. 제발 망가뜨리지 말아요."

블레이드는 콧방귀를 뀌더니 책을 옆으로 던졌다. 그 바람에 책 사이에 끼워 둔 그녀의 여행 문서가 떨어졌다.

"이런, 이건 또 뭐지?"

그가 중얼거리며 서류를 주웠다.

제이신다는 화를 냈다.

"당장 돌려줘요, 이 야만인!"

그녀가 서둘러 다가가 서류를 빼앗으려 했지만, 블레이드는 비웃으며 서류를 다른 손으로 바꿔 들었다.

"당장 돌려 달라고 했어요. 안 그러면 보 스트리트에 고발할 거예요! 반드시!"

"아니, 못 그럴걸. 내가 죽으면 며칠 동안이나 울 거면서⋯⋯."

그가 놀렸다.

"역겨운 인간!"

블레이드가 한 손으로 그녀의 허리를 잡아 움직이지 못하게 했다. 그리고 다른 손으로는 그녀의 여권을 펼쳐 들고는 팔을 뻗어 근처 촛불에 비춰 가며 읽었다. 공포로 제이신다는 말을 할 수가 없었다. 그저 조각 같은 그의 얼굴을 쳐다보며 서류를 보고 있는 그의 반응을 읽어 내려 애썼다.

블레이드는 오랫동안 아무 말도 하지 않았다. 그녀의 허리를 잡은 손을 놓더니 두 손으로 서류를 들고 촛불에 가까이 대고는 뚫어지게 쳐다보았다.

저 사람은 글을 못 읽어, 못 읽을 거야, 제이신다는 기도했다. 하지만 촛불에 비친 그의 얼굴은 창백해지고 있었다.

"오, 맙소사. 레이디⋯⋯ 제이신다 나이트라니."

그가 멍한 목소리로 중얼거렸다.

제이신다는 눈을 감았다. 빌어먹을!

"이 배신자⋯⋯, 나쁜 년!"

블레이드가 고함을 지르며 충격을 받은 표정으로 고개를 돌려 그녀를 보았다.

"말을 했어야지! 이래 놓고 내가 비열한 속임수를 썼다고 비난해? 당신이 누군지 알았다면 손도 안 댔을 거야, 레이디. 루시언의 동생이라는 걸 알았다면 말이지. 맙소사, 날 죽이려고 작정한 거야?"

"난 당신이 그런 일을 당하게 하지 않으려고 이러는 거예요."

제이신다는 다시 서류를 낚아채려 했지만 블레이드는 서류를 머리 위로 들어올렸다.

"그런데 이제는 그런 일을 당하게 된 거 아냐? 믿을 수가 없어. 하고많은 사람 중에 하필이면 루시언 경의 여동생이라니!"

블레이드가 믿을 수 없다는 듯이 그녀를 노려보더니 벽난로로 다가가 선반 위에 손을 얹고는 고개를 저으며 불꽃을 쳐다보았다.

"제이신다 나이트가 집에서 도망치다니! 미친 것 아냐? 음식에, 집에, 사랑해 주는 가족에, 왕처럼 고귀한 혈통을 갖고 있으면서. 선택받은 인생이잖아. 대체 부족한 게 뭐야?"

"자유요!"

제이신다가 소리쳤다.

"맙소사, 블레이드, 정말 물질적인 안락함만이 인생의 전부라고 생각해요?"

"난 당신이 제정신이 아니라고 생각해. 정말 그렇게 생각한다고."

그가 몸을 돌려 그녀를 노려보았다. 허리에 손을 얹은 채.

"당신은 자신이 얼마나 운이 좋은지 모르는군. 지금 나라 상황이 어떤지 알아, 레이디? 위험한 상태란 말야. 곡식이 모자라 사람들이 굶고 있어. 가게와 공장들이 문을 닫는 바람에 전쟁에서 돌아온 50만 명의 남자들이 일자리를 찾지 못해 떠돌고 있다고. 당신을 보호해 줄 그 유명한 오라버니들이 필요할지도 모른다고. 프랑스처럼 혁명이 일어날 수도 있으니까. 불꽃 하나만 있으면 화약통이 터질 판이야. 당신네 귀족들도 그걸 알고 있지. 모두 다. 특히 그 뱀 같은 내무부 장관 시드머스는 더더욱. 그는 문제를 오직 하나로만 해결하려고 들지. 교수대를 더 세우는 걸로 말이야."

"그래서요, 블레이드? 정부를 뒤집어엎을 생각이에요?"

제이신다가 팔짱을 낀 채 인내심 있게 물었다.

"아니, 레이디. 반대로 난 최선을 다해 질서를 지키려 하고 있어."

그가 쏘아붙였다.

"내가 왜 오딜과 싸운다고 생각하지? 경찰들이 이 곳에는 발도 들이지 않기 때문이야. 솔직히 말하지, 레이디 제이신다. 오딜과 그 패거리들은 지난달에 여기서 한 블록 떨어진 곳에서 열세 살짜리 여자애를 강간했어. 민감한 당신을 놀라게 했다면 제발 날 용서하시라고. 어쨌든 그 애 아버지는 경찰에 신고했지. 하지만 그는 보잘것없는 아일랜드 남자였어. 경찰이 정의를 위해 손 하나 까딱했을 것 같아? 천만의 말씀. 그래서 그 남자가 날 찾아온 거야. 경찰들이 관여하려고 하지 않으니까. 하지만 레이디 소더비가 그림을 도둑맞아 봐.”

블레이드가 카날레토를 가리키며 소리쳤다.

“그림을 찾기 위해 그 광대들이 온 도시를 뒤집을걸. 우리가 여기서 목숨을 지키기 위해 싸우고 있는 동안 당신네 귀족들은 새로운 시골집을 중국풍으로 할지 아님 고딕풍으로 할지나 걱정하고 있지!”

그의 격렬한 외침이 방 안에 울려 퍼졌다.

제이신다가 잠시 침묵을 지키다 고개를 저었다.

“나도 세상이 정의롭지 않다는 건 알아요, 블레이드. 하지만 당신이 잠시만이라도 주먹 대신에 머리를 쓴다면, 수십 명의 충성스러운 동료들과 이 곳을 소유한 당신이 대부분의 사람들보다 더 부자라는 걸 금방 알 수 있을걸요. 당신은 자유롭게 때문에 이해하지 못하는 거예요. 일거수일투족을 감시당하면서, 실수하기만 하면 늑대에게 던져 버리려고 기다리는 사람들이 수도 없이 많다는 게 어떤 건지 당신은 몰라요.”

블레이드가 잠시 아무 말 없이 쳐다보더니 어깨를 으쓱했다.

“유감이야, 레이디. 어쩌면 당신 말이 맞을지도 모르지. 그리고 우리가 서로를 이해하지 못하는 것도 맞을지 몰라. 그래도 한 가지는 알고 있어. 당신한테는 여기보다는 그래도 당신이 살던 세계에서 살아남을 기회가 더 많다는 거.”

블레이드가 몸을 숙여 그녀의 여행 서류를 난로 안으로 집어던졌다.

그녀의 눈이 커졌다. 그녀가 놀라서 비명을 지르며 난로로 달려가자 블레이드는 그녀의 허리를 낚아채 뒤로 잡아당기고는 자신의 자유가 잿더미로 변하는 광경을 지켜보는 그녀를 부드럽게 달랬다.

도와 줘 봤자 소용이 없는 사람들도 있는 법이지, 잠시 후 어둠침 침하고 초라한 삯마차 안에서 제이신다와 마주 앉은 블레이드는 속 으로 성을 벌컥 내며 생각했다. 대체 저 여잔 뭘 기대한 거야?

빌어먹을 공작의 딸 같으니라고.

그녀는 다시 단추를 단단히 채운 더러운 코트를 입고 있었다. 별 모양의 핀들로 머리카락을 고정시킨 채. 그녀의 물건들은 모두 다 다 시 가방 안에 들어가 있었고 에디가 훔친 돈도 다 돌려받았다. 그녀 가 다이아몬드 목걸이를 하고 있지 않은 것을 알아챈 순간, 그는 자 기가 마부인 지미를 부르러 간 동안 부하 중 하나가 훔친 줄 알고 심장이 거의 멎을 뻔했다. 하지만 가방에 넣어 둔 것뿐이라고 제이신 다가 차가운 목소리로 알려 주었다.

그 말이 그녀가 건넨 마지막 말이었다. 이제 그녀는 그를 쳐다보 지도 않았다. 그저 맞은편에 앉아 우울한 얼굴로 창 밖을 내다보고 있을 뿐이었다. 배신당하고 희망을 잃은 얼굴로 차갑게 화를 내면서. 그는 자신이 옳은 일을 한다는 걸 알고 있었다. 하지만 그녀는 여느 여자들이라면 다 그렇듯 그를 미워하기로 작정한 것이다. 제정신이 아닌 이 말괄량이는 아까 여행 서류를 꺼내려고 난로 불길 속으로 몸을 처박다시피 했다. 프랑스는 고사하고 도버까지도 절대 가지 못 했을 텐데. 어쨌든 그 때 그녀가 눈물이라는 무기를 쓰지 않은 것이 정말 다행스러웠다.

그녀에게 흠을 냈다는 사실을 그녀의 오라버니들이 알면 거세당 할 게 뻔하다는 사실을 알면서도, 그는 그녀의 눈에 깃들인 절망감 에 속이 쓰라렸고 두 번 다시 그녀를 볼 수 없다는 사실에 무언가 를 때려부수고 싶었다. 자신이 한 짓을 단 한순간도 후회하지는 않 았지만 앞으로 있을 대결이 반갑지는 않았다. 루시언 나이트는 사람 을 반 토막 낼 수 있을 만큼 강철같은 신경을 가진 데다 그의 쌍둥 이 형이자 전쟁 영웅인 대미언도 절대 만만치 않았다. 다른 오빠들 도 있다고 말만 들었을 뿐 만난 적은 없었지만 이런 상황에서는 만나고 싶지도 않았다.

커다란 두 개의 건물 사이로 들어온 달빛 덕에 흔들리는 마차의 건너편에 앉아 있는 그녀의 옆모습이 잠시 드러났다가 다시 어둠 속으로 사라졌다. 두 사람 사이의 긴장된 침묵을 뚫고 따가닥거리는 말발굽 소리와 무거운 바퀴 소리가 들렸다. 그 소리에 그의 신경이 더 날카로워졌다.

"언젠가는 날 고맙게 생각하게 될 거야."

더 이상 침묵을 견딜 수 없어 블레이드가 입을 열었다.

"소용없는 짓이에요. 난 다시 도망치고 말 거예요."

"당신이 그렇게 말했다고 루시언에게 미리 경고해 줄 거야."

그녀가 그에게로 몸을 돌렸다. 희미한 가로등 불빛에 그녀의 얼굴이 살짝 드러났다.

"당신은 나한테 이런 짓을 할 권리가 없어요. 왜 맘대로 날 막는 거죠?"

"내가 옳고 당신이 틀렸으니까. 당신을 위해서야."

"오, 남자들이란."

그녀가 씁쓸하게 중얼거렸다.

"남자들은 커다란 맷돌로 밀을 빻듯 여자를 맘대로 하려고 들죠. 난 절대 당신을 용서하지 않을 거예요."

"그건 별로 중요하지 않은 것 같은데."

그는 죄책감을 덜기 위해 무례하게 담배에 불을 붙였다.

"별로 얼굴 볼 일도 없을 테니까."

"그렇겠네요."

그녀가 잠시 침묵을 지켰다.

"그럼 이걸로 끝이네요. 완전히. 이제 난 그리피스 경과 결혼을 하게 될 테니까."

"그 사람이 그렇게 나빠?"

그녀의 멍한 표정에 블레이드는 희미한 죄책감을 느꼈다.

"그 사람과 결혼하기 싫다면 가족들에게 솔직히 말하라고."

"당신은 이해 못해요. 로버트는 절대 듣지 않을 거라고요."

"듣게 만들면 되잖아! 당당하게 자기 생각을 말해."

"당신은 공작이란 사람들이 어떤 사람들인지 전혀 몰라요."

그녀의 지친 목소리에 그는 미소를 짓지 않을 수 없었다.

"맞아. 하지만 당신 오라버니들이 당신을 위해서라면 무슨 일이든 한다는 건 알아. 문제를 해결도 않고 도망쳐서는 안 된다는 것도."

"당신은 그랬잖아요."

"난 경우가 달라."

"당신이 남자라서요?"

"난 선택의 여지가 없었어. 내가 도망치지 않았다면 아버진 결국 날 죽이고 말았을 거야."

그녀가 어둠 속에서 잠시 그를 쳐다보더니 시선을 돌렸다.

침묵이 길어지자 블레이드는 자신이 한 말을 후회하기 시작했다. 그는 자리에서 몸을 뒤척이며 발목을 다른 쪽 무릎 위에 올려놓았다. 다친 옆구리가 쑤셨다.

"내 물건은요? 당신도 내가 예쁜 물건이나 물질적인 안락함 없이는 못 산다는 걸 알죠."

그녀가 차갑게 말했다.

"내 여행 트렁크를 여인숙에 두고 왔단 말이에요."

"당신 오빠가 사람을 보낼 거요."

"근데 루시언 오빠와는 어떻게 알게 된 거죠?"

"그건 별로 중요하지 않아."

"아, 그렇겠죠. 텅 빈 여자의 머리는 진실을 감당하기에 너무 벅차니까 말이에요. 언제나 날 보호해 주다니 당신들 남자들은 착하기도 하죠. 하지만 다행스럽게도 난 혼자서도 사리를 판단할 줄 안답니다. 당신은 루시언 오빠에게 돈을 받고 범죄 세계에 대한 정보를 팔고 있죠, 아니에요?"

어둠 속에서 그녀의 눈이 냉소적으로 번뜩였다. 다음 순간 그녀는 몸을 돌려 다시 창 밖을 내다보았다.

"돈 몇 푼을 위해서라면 당신은 분명 무슨 짓이든 할 거예요. 내 인생을 망친 대가로 얼마나 받을 생각이죠?"

아버지의 폭력에 대해서 털어놓은 게 불편했던 블레이드는 인내심을 잃고 방어에 나섰다.

"이 바보 같은 아가씨야. 난 당신 인생을 망치는 게 아니라 오히려 목숨을 구해 주고 있는 거라고."

"아뇨. 난 당신이 왜 이러는지 알아요. 오빠들이 무서워서⋯⋯."

"난 아무도 무서워하지 않아."

"오빠들은 모를 거예요. 당신이 지금 날 놓아준다 해도요."

"유감이지만 그럴 수는 없어."

"유감이라고요? 그렇겠죠. 내가 오빠들에게 당신이 한 짓을 말하면⋯⋯."

"당신이 해 달라고 애원했던 걸 말하는 거야?"

"당신 목숨은 한 푼어치의 가치도 없어요."

"그들에게 말해 보시지."

블레이드는 좌석에 몸을 기대며 쌀쌀맞은 표정을 지었다.

"그럼 오빠들은 당신을 빌어먹을 수녀원에 처넣고 말걸."

그녀가 눈을 가늘게 떴다.

"욕 좀 그만 할 수 없어요?"

그는 미소를 짓고 그녀에게 부드럽게 담배 연기를 내뿜었다. 그녀는 화난 듯 기침을 해대며 손으로 연기를 쫓더니 끈을 당겨 창문을 열었다. 그리고는 교활한 눈빛으로 그를 힐끗 쳐다보았다. 블레이드는 일어나서 다가와 옆에 앉는 그녀를 조심스럽게 지켜보았다. 그녀가 다리에 손을 올려놓아도 그는 꼼짝도 하지 않았지만 그녀의 손길에 빨라지는 맥박만은 어쩔 수 없었다.

"빌리."

장갑 낀 손으로 그의 허벅지를 더듬으며 그녀가 아양을 떨었다.

"당신이 날 즐겁게 해 준 것처럼 내가 당신을 즐겁게 해 주면 날 놓아줄 거죠, 그렇죠?"

그가 눈썹을 치켜들었다.

"정말 프랑스로 가고 싶은 모양이군."

"어떻게 해야 하는지 가르쳐 줘요."

한 번의 따스한 손길로 그의 경계심을 푼 그녀는 여우 같은 미소를 지으며 고통스러울 정도로 흥분한 그의 남성으로 손을 가져갔다. 욕망으로 몸이 움찔거렸지만 블레이드는 사타구니에서 간신히 그녀의 손을 밀어냈다.

"당신은 바람둥이야."

그가 유쾌한 목소리로 말했다.

"이런, 당신도 원하잖아요."

그녀가 속삭였다.

"나한텐 칼로타가 있다고."

"우!"

제이신다는 프랑스 어로 낮게 욕설을 중얼거리더니 자신의 좌석으로 서둘러 돌아가 팔짱을 끼고 그를 노려보았다.

궐련을 문 채 블레이드가 씩 웃었다. 마차가 루시언이 살고 있는 근사한 동네로 다가가는 동안 실내에는 다시 긴장된 침묵이 흘렀다. 곧 어퍼 브룩 스트리트에 있는 루시언의 멋진 저택에 도착할 터였다.

"내 진짜 이름을 알았으니 당신도 진짜 이름을 말해 주는 게 공정할 것 같은데요."

그는 아무 말 없이 그녀를 쳐다보았다.

"'빌리 블레이드'가 진짜 이름일 리가 없잖아요. 진짜 이름이 뭐예요? 윌리엄?"

그는 대답하지 않았다.

"윌? 윌리엄? 아님 윌리?"

“입 좀 다물 수 없어?”

“알았어요, 윌리엄.”

그녀가 쏘아붙였다. 집안의 막내딸로 자라난 그녀이니만큼 많은 오빠들을 실험 대상으로 삼아 남자를 골려먹는 재주를 터득한 게 분명했다.

블레이드는 낮은 목소리로 투덜댔다. 그러다 마차가 어퍼 브룩 스트리트로 접어들자 고개를 돌렸다. 잠시 후에 그녀를 넘겨주면 이제 두 번 다시 보지 못하게 될 것이다. 제이신다를 쳐다보니 그녀 역시 그를 뚫어지게 쳐다보고 있었다. 두 사람이 서로를 쳐다보는 동안 마차가 루시언의 집 앞에 멈췄다.

“블레이드, 제발.”

그녀가 속삭였다.

“안 돼.”

그녀의 커다란 까만 눈에 깃들인 희미한 절망감을 보고 마음이 약해진 그는 일부러 무뚝뚝하게 말했다. 그는 재빨리 마차 문을 열고 뛰어내렸다.

“도망치지 못하게 잘 감시해, 지미.”

그는 마차 문을 닫으며 마부에게 명령했다. 그리고 현관으로 다가가며 루시언과 마주할 준비를 했다.

루시언 나이트의 저택은 현관이 널찍하고 이층 창문에 작고 정교한 철제 발코니가 있는 우아한 저택으로 주인과 어딘가 비슷했다. 문 양쪽에 청동 램프가 켜져 있었다. 밝은 빛이 새어 나오는 이층 창문으로 루시언의 젊은 아내가 긴 머리카락을 빗고 있는 모습이 보였다. 현관으로 다가간 그는 크게 노크를 한 다음 기다렸다. 마차 안에서 지켜보고 있는 제이신다의 눈길이 느껴졌다. 나이 든 집사가 문을 열었다. 그는 루시언 경을 뵈러 왔다고 말했다.

“블레이드라고 전해 주시오.”

야위고 나이 든 집사는 경계하듯 그를 쳐다보더니 면전에서 문을 닫았다. 블레이드는 다시 불편한 침묵 속에서 담배를 피우며 기다렸다. 엄지를 허리띠에 느슨하게 걸친 채. 잠시 후 문이 다시 열리고 키가 큰 검은머리의 남자가 나타났다.

"블레이드?"

루시언 나이트 경이 집 밖으로 나와 조용히 문을 닫았다. 크러뱃이 풀려 있었지만 아직 정장 차림인 걸로 보아, 동생이 도망쳤던 그 무도회에서 방금 돌아온 모양이었다.

제이신다가 도망친 걸 알아챈 사람이 있었는지 블레이드는 문득 궁금해졌다. 아무도 아직 쪽지를 보지 못했을 거라는 그녀의 말이 옳았을지도 모른다.

"무슨 일이지?"

루시언이 물었다. 그의 은색 눈이 달빛에 날카롭게 빛났다.

"당신 물건을 발견했는데, 돌려 받고 싶어할 거라는 생각이 들어서."

루시언이 궁금하다는 듯 그를 쳐다보았다. 블레이드는 고갯짓으로 마차를 가리키고는 모든 사실을 털어놓았다. 아니, 전부는 아니었다. 죽고 싶어 환장하지는 않았으니까.

"맙소사! 그 애가 다쳤어?"

"다친 건 자존심뿐이야."

블레이드가 웅얼거렸지만 루시언은 이미 마차 쪽으로 성큼성큼 다가가고 있었다.

"재스?"

블레이드가 뒤에서 천천히 따라오고 있는 동안 루시언은 벌써 마차 문을 홱 열어젖혔다.

"애야, 괜찮은 거니?"

"응, 루시언 오빠. 괜찮아."

제이신다가 마차 안에서 지겹다는 기색이 역력한 목소리로 말꼬리를 늘였다.

그녀의 거만한 목소리에 마음을 놓은 루시언은 독수리 같은 얼굴에 분노를 뭉게뭉게 머금었다.

"맙소사, 너 완전히 정신이 나갔구나? 당장 집으로 들어가! 제대로 설명을 해야 할 거다!"

제이신다는 얼굴을 찌푸리며 어두운 마차에서 모습을 드러내더니 가방을 루시언에게 던지고는 반항하듯 마차에서 뛰어내렸다.

"성질부릴 생각은 하지도 마."

루시언이 경고했다.

"만약 아기를 깨운다면 네 목을 졸라 버릴 거야."

제이신다는 한 마디도 하지 않은 채 가방을 받아 들고 블레이드에게로 몸을 돌려 씁쓸한 표정으로 말없이 그를 쳐다보았다. 그녀는 굳이 역겹다는 말도 하지 않았다. 그저 고개를 저을 뿐이었다. 그리고는 가방을 어깨에 메고 집으로 들어가더니 뒤도 돌아보지 않은 채 문을 닫았다.

"대체 어떻게 생겨먹은 건지!"

제이신다가 집 안으로 들어가자 루시언이 분노를 터뜨렸다. 블레이드는 마치 배신자 유다가 된 기분으로 가만히 서 있었다.

"아, 이런 일이 있을지도 모른다는 느낌은 있었지만 정말 그럴 줄은 몰랐어. 저 애를 어떻게 해야 할지. 빨리 결혼해서 집을 떠나면 좋을 텐데. 이번이 저 애의 두 번째 시즌이거든."

자신이 상관할 일이 아니라는 건 알고 있었지만, 그리고 정말 상관하지도 않았지만 그래도 제이신다를 돕기 위해 무슨 말이든 해야 할 것 같아 블레이드는 잠시 망설였다.

"누구와 결혼시킬 생각인지는 모르지만, 그녀는 별로 마음에 들어 하지 않는 것 같더군."

"제이신다가 그래?"

블레이드가 고개를 끄덕였다.

"대체 어떤 놈인데? 그 놈한테 무슨 문제가 있는 거야?"

그가 조심스럽게 물었다.

"문제라니? 아무 문제도 없어. 그리피스 후작은 사교계에서 가장 좋은 결혼 상대라고. 북부 지방에서 우리와 같이 자란 사람이야. 제이신다도 평생 알고 지냈던 사람이고. 2년 전에 아내가 아이를 낳다가 죽었는데 이제는 다시 새 장가를 들 때가 되었다고 생각한 거지. 둘 다 서로에게 좋은 짝이 될 거야."

블레이드가 당황한 표정으로 루시언을 바라보았다.

"늙은 영감이 아니야?"

루시언이 웃음을 터뜨렸다.

"제이신다가 그렇게 말했어?"

그녀와 나눈 대화를 잽싸게 떠올려 본 블레이드는 고개를 저었다.

"그런 생각이 들게 하더군."

루시언이 희미한 미소를 지었다.

"저 애는 그렇게 교묘한 데가 있지."

그가 한숨을 쉬었다.

"여자의 마음을 누가 알겠어? 그것도 제 엄마처럼 제정신이 아닌 여자애의 마음을."

블레이드는 불편하게 시선을 돌리며 그녀를 데려다 준 게 잘못된 행동이 아닐까 잠깐 생각했다. 그녀는 그를 믿고 다 털어놓았는데. 그녀의 말을 주의 깊게 듣겠다고 말했는데, 자신이 정말 그 말대로 했던 걸까?

한숨을 내쉬며 루시언은 그에게 돌아서서 손을 내밀었다.

"저 애를 안전하게 데려다 줘서 고마워, 블레이드."

루시언이 그의 손을 꽉 잡았다.

"자네가 아니었다면 저 애가 무슨 일을 당했을지 생각만 해도 끔찍해. 정말 신세를 졌어. 혹시 원하는 게 있다면 말만 해."

"아무 것도 없어."

이 일로 보상을 받게 될 거라고 차갑게 비아냥거리던 제이신다의 말을 떠올리니 말이 무뚝뚝하게 나왔다. 블레이드는 몸을 돌렸다. 기분이 더러웠다. 하지만 반쯤 가다 걸음을 멈췄다. 그는 자기 혐오감에 눈을 굴리며 다시 돌아섰다.

"루시언."

"응?"

루시언이 문손잡이를 잡으려다 멈췄다.

블레이드는 마음을 단단히 먹었다.

"그녀에게 키스를 했어. 괜찮지?"

루시언의 눈이 가늘어졌다.

"뭐라고?"

"자네 동생인 줄은 몰랐어! 키스를 하고 난 다음에야 이름을 알았거든."

전직 스파이가 무거운 눈으로 그를 노려보았다.

"왜 그 말을 하는 거지?"

"왜냐고? 어쨌든 자네가 알아낼 테니까. 그리고……, 그건 그녀의 잘못이 아니라는 걸 자네가 알았으면 해서야. 전부 내가 한 짓이야."

블레이드는 벌이 떨어지기를 기다렸다. 주먹이나 어쩌면 총알이.

"자네 잘못이라?"

그를 노려보며 루시언이 말했다.

"전적으로."

둘 다 그 말이 거짓말이라는 사실을, 일종의 기사도 정신에서 나온 관대한 말이라는 사실을 알고 있었다.

"그럼 난 자네 잘못이라는 말이 전적으로 맞다고 말해야겠군."

루시언이 차갑게 말했다.

"맞아. 사과할게."

블레이드는 황소같이 멍한 눈길로 조심스럽게 루시언을 보았다.

루시언은 오랫동안 그를 뚫어지게 쳐다보았다.

"두 번 다시 그 애를 만나지 마, 랙퍼드. 적어도 자네가 저버린 인생으로 돌아올 준비가 되기 전까지는. 그 애는 공작의 딸이야.”

“그럴 생각도 없어.”

블레이드가 차갑게 말했다.

“그리고 내 이름은 블레이드야.”

“좋을 대로. 더 이상 할 말이 없다면 잘 가게.”

블레이드가 무례하게 고개를 끄덕였다.

“한 가지만 더.”

문가에서 걸음을 멈춘 채 루시언이 덧붙였다.

“자네 형 소식은 유감이야.”

블레이드는 말없이 루시언을 쳐다보았다. 그는 빌어먹게도 너무 많은 걸 알고 있었다.

루시언은 정중하게 고개를 끄덕인 다음 집으로 들어가 문을 꼭 닫았다. 마차 쪽으로 가다 날카로운 자물쇠 소리를 듣게 된 블레이드는 루시언에게 그럴 의도가 없다는 걸 알고 있었음에도 모욕감을 느꼈다. 그는 경멸감이 서린 표정으로 어깨너머를 쳐다보았다. 걱정하지 마시지, 루시언 경. 자네 집으로 들어가고 싶다면 당장이라도 할 수 있으니까.

빌어먹을 귀족들. 기분이 엉망이었다. 그는 마부석으로 뛰어올라 지미의 곁에 앉았다. 빌어먹을 왕자처럼 시중받고 싶지 않았다.

마차가 사람이 없는 어두운 거리로 들어서자 블레이드는 무릎 위에 놓인 거친 손을 물끄러미 쳐다보았다. 이런 처지에 놓이게 된 자신의 인생에 대한 분노와 수치심 그리고 추위로 손이 떨리고 있었다. 자신이 마치 햇살 가득한 초원에서 나비를 잡아 그 날개에 아무 생각 없이 핀을 꽂은 어린 학생 같은 기분이 들어 갑자기 욕지기가 치밀었다.

절대 그녀에게 상처를 주고 싶지 않았건만.

어두운 응접실에서 루시언을 기다리던 제이신다는 초조하게 서성거렸다. 현관문이 닫히고 오빠가 들어오는 소리가 들리자 그녀는 소파로 달려가 앉고는 치맛자락을 폈다. 그녀는 턱을 치켜들고 어깨를 펴며 전투 태세를 갖췄다. 외교관인 루시언은 가장 마음이 넓고 관대한 오빠였다. 적어도 지금까지는. 이번에도 그 점에 기대하는 수밖에.

잠시 후 루시언이 방으로 들어와 허리에 손을 올린 채 그녀를 향해 고개를 저었다.

"이번엔 정도가 심했어."

제이신다는 이를 악물고 고개를 돌렸다.

"완전히 정신이 나간 거니?"

"이유가 있었어."

"분명히 말하지만 우리 모두 그 이유라는 걸 듣고 싶어할 거다. 나이트 하우스에서 다른 가족들과 이야기를 나누기 전에 더 할 말 없어?"

가족 회의 생각을 하자 신음 소리가 절로 나왔다.

"루시언, 제발……."

"나도 이번에는 널 변호해 주지 않을 거야."

루시언이 냉정하게 말했다.

"이런 멍청한 짓을 하다니. 블레이드 같은 무뢰한이 대체 무슨 생각으로 자비를 베푸는지 모르겠다만. 신이 가호를 내리겠지."

제이신다가 콧방귀를 뀌며 팔짱을 꼈다.

루시언이 다가왔다.

"그가 네게 해를 끼쳤니? 어떤 식으로든 널 모욕했어?"

"맞아. 거만한 태도가 아주 모욕적이었어."

"내 말이 무슨 뜻인지 알 텐데."

그가 대꾸했다.

"너한테 키스를 했다고 하더구나. 만약 그 이상의 행동을 했다면 우리 중 한 명이 결투를 신청할 거야."

하얗게 질린 얼굴로 그녀가 재빨리 루시언을 쳐다보았다.

“안 돼! 맙소사, 결투 이야기는 하지도 마! 그는 아무 짓도 안 했어, 오빠. 내 잘못이라고!”

“네 탓이라고?”

“전적으로 그래.”

얼굴을 붉히며 제이신다가 열심히 고개를 끄덕였다.

“그에게…… 매력을 느꼈어, 처음에는.”

루시언이 눈썹을 치켜들었다.

“하지만 지금은 물론 그가 미워. 프랑스로 갈 생각이었는데 그 무례하고 시골뜨기 같은 야만인이 망쳐 버렸어!”

루시언이 생각에 잠긴 얼굴로 턱을 쓰다듬었다.

“날 데려다 준 대가로 그 남자가 뭘 원했어?”

그녀가 냉소적으로 물었다.

“아무 것도. 아마 네 키스로 충분했나 봐.”

그가 야유하듯 어깨를 으쓱하며 덧붙였다.

“로버트나 다른 사람들한테 내가 그 남자에게 키스했다고 말할 거야? 제발 말하지 마, 오빠. 제발. 다른 것만으로도 충분히 창피하단 말야.”

루시언은 잠시 생각하더니 심경이 복잡한 듯 한숨을 내쉬었다.

“그 모험으로 네가 별다른 해를 입은 것 같지도 않고, 굳이 불에 기름을 끼얹지 않아도 넌 이미 펄펄 끓는 물에 빠진 셈이니까. 좋아. 또 대미언과 앨릭이 그에게 총알을 날리겠다고 뛰쳐나가는 것도 싫고. 그 깡패도 나름대로 쓸모가 있으니까.”

“그 남자, 진짜 누구야?”

은밀하게 오빠에게 몸을 기대며 제이신다가 물었다.

“누구긴?”

루시언이 희미한 미소를 지으며 말했다.

“물론 파이어 호크스의 두목이지. 자, 우리 귀여운 동생. 이제 벌을 받을 시간이야.”

에디 너클은 뒷골목의 고양이가 출몰하는 시간에 돌아다녔다. 그 또래의 아이들 대부분이 침대에 누워 자고 있을 동안, 그는 해도 뜨기 전의 어두운 거리를 따라 천천히 코벤트 가든으로 향했다. 장사를 위해 물건들을 바깥으로 내놓는 상인들에게서 훔칠 게 없을까 하고. 어젯밤 정신이 나갈 정도로 마셔 댄 뒤 아침 일찍 광장의 술집 문을 비틀거리며 나서는 지체 높은 난봉꾼도 비단 손수건이나 금시계를 훔치기에는 딱 안성맞춤이었다.

에디가 어떤 일을 벌일지 열심히 머리를 굴리며 세인트 자일스 교회 근처의 작은 사거리에 다다랐을 때 갑자기 누군가가 그의 어깨를 붙들더니 커다란 손이 입을 막았다. 얼굴 전체를 감쌀 만큼 커다란 손이었다. 그리고 그 손은 누더기 인형처럼 에디를 골목길로 내던졌다. 누군가가 그를 벽돌담에 밀어붙였다.

"잡았어, 오딜! 그 작은 쥐새끼야."

입을 가로막고 있는 커다란 손 때문에 숨을 쉴 수가 없었던 에디는 겁에 질린 채 눈을 들었다. 재칼파의 몇 명이 그를 둘러싸고 있었다. 자신보다 겨우 몇 살 더 많을 뿐인 메리 머피에게 짐승만도 못한 짓을 했던 남자들이.

그를 붙들고 있는 티번 팀, 정신병원에서 나온 지 얼마 안 된 미치광이 프레드와 벽에 기대어 서서 근사한 자세를 잡고 있는 플래시. 웃음소리는 지진이 난 것 같은데다 집채만한 몸집의 보머. 그들이 길을 비켜 주자 재칼파의 두목인 갈색 돼지털 머리의 컬린 오딜이 나타났다. 에디의 심장이 갈비뼈를 부술 정도로 쿵쾅거렸다.

오딜이 골목의 어둠 속에서 먹이를 뒤쫓듯 천천히 다가왔다. 평범한 아이 같으면 오딜의 얼굴을 본 순간 떠나갈 듯 비명을 질렀겠지만 험한 일을 많이 겪은 에디는 그래도 숨만을 헐떡였을 뿐 비명을 지르진 않았다.

오딜은 오랫동안 짐승 같은 짓을 저질러 왔다. 그리고 지금 그의 모습은 짐승 그 자체였다. 왼쪽 얼굴은 정상이었지만 오른쪽은 보라색으로 형체도 없이 부풀어올라 있었다. 오른쪽 눈은 커다란 포도잼 이 덩어리라도 진 것처럼 끔찍했다. 뺨에는 대각선으로 채찍 자국이 나 있었다. 쇠사슬로 맞은 것 같았다.

"저런, 블레이드 자식의 노리개잖아."

오딜이 천천히 몸을 숙였다. 광기를 띠고 있는 멀쩡한 쪽의 푸른 눈이 에디의 얼굴을 뚫어지게 쳐다보았다.

"안녕, 꼬마야. 계집애처럼 비명을 지르거나 하진 않을 거지, 그렇 지?"

에디가 겁에 질려 고개를 도리도리 젓자 오딜이 티번 팀에게 고개 를 끄덕였다. 그러자 그가 에디의 입을 막고 있던 손을 치웠다. 에디 는 헐떡이며 숨을 들이마셨다.

"에디, 우리가 누군지 알겠지?"

"넷. 재칼파의 어르신들입니다."

"그래. 네가 보고 있는 이 곳이 이제 곧 우리 구역이 될 거야. 에 디, 왜 파이어 호크스 같은 겁쟁이 자식들에게 네 운을 맡기는 거지? 너같이 용감한 너클이라면 더 괜찮은 대접을 받을 수 있는데. 우리한 테로 오렴."

에디는 아무 말도 하지 않았다. 오딜의 목소리는 교활하고 매끄러 웠지만 푸른 눈에 번뜩이는 차가운 광기는 무시무시했다.

"그래, 내 말대로 할 거지, 그렇지?"

오딜이 주머니에 손을 넣더니 1실링을 꺼내 에디의 눈앞에 들이 댔다.

"자, 에디, 이걸 주지."

오딜이 동전을 에디의 외투 주머니에 넣었다.

"내가 시키는 대로만 하면 또 줄 거야."

"만약 하지 않으면요?"

에디는 블레이드처럼 용감해지려고 애쓰며 반항했다.

오딜이 거친 웃음을 터뜨리며 부하들에게로 몸을 돌렸다.

"이 녀석은 용감하다고 내가 말했지."

에디는 오딜을 조심스럽게 지켜보았다.

오딜이 차가운 미소를 지었다.

"내 말대로 하지 않으면 미치광이 프레드에게 시켜서 산 채로 네 가죽을 벗겨 내 지갑을 만들게 할 거야."

무서운 위협을 듣고 에디는 숨을 헐떡이며 뒤로 펄쩍 물러서다 벽에 부딪혔다. 정신 병원에 있었다는 프레드를 쳐다보자, 그는 손에 칼을 들고 씩 웃으며 칼에 숨을 내뿜더니 더러운 소매에 대고 날을 갈았다. 토할 것만 같았다. 미치광이 프레드는 기꺼이 그의 가죽을 벗겨 지갑을 만들 것이 분명했다.

빈민굴에서 떠도는 이야기에 따르면 미치광이 프레드는 사람을 죽여 그 시체를 먹은 적도 있다고 했다.

"뭘 원하시는데요?"

에디가 오딜을 돌아보며 소리쳤다.

오딜이 미소를 지으며 몸을 숙이더니 목소리를 낮췄다.

"내 스파이가 되어 주렴, 에디. 난 블레이드가 언제 어느 집을 털지 알고 싶단다."

"왜요?"

에디가 눈을 크게 뜬 채 숨넘어가는 소리를 냈다.

"바보 같은 질문은 하면 안 되지. 날 엿 먹일 생각 따윈 하지도 마. 내가 반드시 찾아내서 프레드를 보낼 테니까. 내가 시킨 대로 하지 않으면 이 세상에 태어난 걸 후회하게 될 거다."

그 말을 끝으로 오딜은 그를 놓아주었다.

풀려난 에디는 후들거리는 다리로 최대한 빨리 그 자리를 벗어났다.

5

블레이드는 덮개가 달린 침대에 몸을 기댄 채 궐련을 입에 물고 뚱한 얼굴로 카날레토가 놓여 있던 방 건너편을 쳐다보았다. 오늘 아침 일찍 재칼파와 싸울 때 필요한 총을 사기 위해 그림을 전당포에 맡겼다. 암시장을 통해 모사품으로 둔갑할지도 모르지만 그만은 그 그림의 주요한 특징들을 알고 있으니 괜찮을 것이다. 그의 초라한 방을 환하게 해 주던 광채가 사라지자 방은 여느 때처럼 초라하고 더럽고 조악해 보였다. 금이 간 벽, 얼룩진 천장. 지붕은 그 놈의 빌어먹을 비가 올 때마다 줄줄 샜다.

그는 담배 연기를 내뿜으며 팔꿈치를 무릎에 얹고 손을 들고는 반짝이는 작은 생물처럼 그의 주먹을 감싸고 있는 다이아몬드 목걸이를 쳐다보았다. 이걸 여기 놓고 가다니, 빌어먹을.

목걸이를 어떻게 해야 할지 생각에 잠긴 그의 눈길이 꿈을 꾸듯 멍해졌다. 대체 무슨 의미일까? 남자로서의 자존심이 곤두섰고 생존자로서의 본능이 수천 가지의 위험을 경고했다. 그의 단호한 의지를 시험하는 뜨거운 불길인 양 희망이 희미하고 고통스럽게 일렁였다. 맙소사, 그는 동정이 필요한 아이가 아니었다. 그녀에게서 동정심을 사는 건 자존심이 허용하지 않았다. 분명 덫일 것이다. 화가 난 그녀가 그에게 목걸이를 훔쳤다는 죄를 뒤집어씌우기 위해 놔두고 갔을 것이다. 가족에게로, 원치 않는 결혼으로 그녀를 떠민 것을 복수하기 위해.

하지만 어쩌면, 정말 어쩌면 나한테서 뭔가 좋은 점을 보았기 때문에 놔두고 갔을지도 몰라, 상처 입기 쉬운 그의 심장이 작게 속삭였다. 구해 줄 가치가 있는 뭔가를. 그를 가치 있는 인간이라고 생각했기 때문에 제이신다가 목걸이를 선물로 주었을지도 모른다는 생각을 하자 블레이드는 혼란스러웠다. 창가의 먼지투성이 빛줄기를 받아 반짝이는 다이아몬드를 뚫어지게 쳐다보고 있자니 오래 전의 그 날이 떠올랐다. 자신이 손톱만큼도 가치 없는 인간이라는 사실을 똑똑하게 깨달았던 그 날이. 절대 콘월을 다시 방문하지 않으리라고 결심하게 되었던 기억들과 넓고 푸르른 바다 위에 반짝이던 햇살이……

"비일리이!"
"이것 봐, 빌리!"
웃음소리와 소년들의 목소리.
흔들리는 작은 보트의 뱃전에 서서 중심을 잡으며 목표물을 열심히 쳐다보고 있던 빌리 올브라이트의 접이식 놋쇠 망원경이 석양에 반짝였다. 소금기가 밴 바닷바람이 아마빛 머리카락을 휘날렸다. 한쪽 멜빵이 어깨에서 흘러 내려와 있었고, 산들바람이 헐렁한 그의 흰 셔츠를 부풀리고 있었다. 빌리는 아버지에게서 빌려 온 망원경으로 수염 달린 회색 바다표범들이 이끼 낀 바위 위에서 자세를 바꾸거나 서로를 향해 소리를 지르는 광경을 지켜보았다. 전설에 따르면 아서왕 시대 이전에 포트레스라는 거인이 저 바위들에게 진짜 배처럼 보이라고, 그래서 저녁거리를 잡는 걸 도우라고 고함을 질렀다고 했다. 하지만 이 이야기는 친구들에게 이미 해 준 얘기였다. 콘월은 구석구석까지도 오래된 전설이나 이상한 이야기들로 가득 찬 지방이었다.

빌리는 다른 이야기를 생각해 내려고 열심히 머리를 굴렸다. 봄방학을 맞아 이튼에서 같이 집으로 온 두 학교 친구들을 즐겁게 해 주고 싶었다.

세 명 다 13세였다. 검은 눈에 약간 빈혈기가 있는 렉 벤팅크는 배 이물 쪽에서 낚시에 여념이 없었고, 노를 책임지고 있던 저스틴 처치는 날카로운 소리를 내며 옆을 떠도는 갈매기들에게 때때로 빵 조각을 던져 주곤 했다. 이 쪽은 눈에 번쩍 띄는 당근 같은 빨간 머리에 주근깨투성이였다. 빌리는 손님들이 지루해 할까 봐 초조했다. 친구가 집에서 자고 간 적은 한 번도 없었다. 아니, 친구를 가져도 되는 건지도 알 수 없었다. 하지만 이제 그는 자랑스러운 이튼 학생이고, 모든 게 달라졌다.

대부분의 신입생들이 학기 중에 향수병으로 힘들어했지만 그는 아니었다. 그에게 학교는 그냥 학교였다. 아버지의 어두운 그림자에서 벗어난 그는 활기를 되찾았다. 짧은 한 학기 동안 학교 친구들은 그의 자신감을 북돋워 주었다. 아버지의 말과는 달리 놀랍게도 자신이 꽤 똑똑하다는 것도 알 수 있었다.

집에서는 광견병에 걸린 떠돌이 개 취급을 당했지만 학교 친구들은 그를 좋아했다. 아니, 싸움 실력과 무모한 행동, 이따금씩 선생들에게 취하는 건방진 태도와 이름에 따라 붙는 '경'이라는 호칭 덕분에 그는 인기가 있었다. 윌리엄 스펜서 올브라이트 경, 정확하게 말해 트루로 앤드 세인트 오스텔 후작의 둘째 아들이라는 이름 덕분에.

봄방학 동안 친구들이 그의 집에 머물게 된 건 이름 덕분이었다. 렉과 저스틴은 신분이 낮은 귀족인 지방 젠트리의 아들들이었다. 콘월에 있는 후작의 성에서 봄방학을 같이 지내자는 그 집 차남의 초대를 받았다는 말에 렉과 저스틴의 부모는 말 그대로 아이들을 마차에 집어던졌다. 오는 도중 내내 아이들은 환호성을 질러 댔다. 우리 아버지가 어떤 사람인지 알았다면 렉과 저스틴의 부모도 생각을 바꿨겠지, 그는 내내 그런 생각을 했다. 어쨌든 지금 그의 관심사는 오직 방학을 무사히 지내다 학교로 돌아가는 것이었다.

천천히 망원경을 내리는 그의 얼굴이 굳어졌다. 입 밖에 내서 말하지는 않았지만, 렉과 저스틴을 집으로 데려온 것은 사실 즐겁게 지내기 위해서가 아니라 그들의 존재가 피할 수 없는 아버지의 어두운 저주를 혹시라도 완화시켜 주지 않을까 바랐기 때문이었다.

다행스럽게도 지긋지긋한 아버지는 모레까지는 돌아오지 않을 터였다. 아버지의 망원경을 화가 난 듯 재깍 접으며 그는 친구들에게로 몸을 돌렸다. 태양과 바람 덕분에 뺨이 달아올라 있었고 눈에는 장난기가 가득했다.

"밀수꾼들의 동굴을 보지 않을래?"

"진짜 밀수꾼이 있어?"

저스틴이 그를 쳐다보며 외쳤다. 바람이 붉은 머리카락을 헝클었다.

빌리가 아무렇지도 않은 척 고개를 끄덕였다.

"해안에 득시글거리는걸."

"좋아, 대장!"

저스틴이 외쳤다. 하지만 작은 보트가 푸른 파도를 지나 높이 솟은 절벽으로 다가가자 렉은 창백한 얼굴로 손마디가 하얗게 될 때까지 뱃전을 움켜쥐었다.

"그건 좀…… 위험할 것 같은데."

"맞아."

빌리는 씩 웃으며 렉에게 망원경을 건네고는 의기양양하게 노를 잡았다. 그가 흔들리는 바다 위에서 힘껍게 노를 젓는 동안 저스틴은 뱃머리에 앉아 물보라를 얼굴에 맞았다.

그는 튼튼했고 다른 아이들보다 키도 컸다. 17세인 형 퍼시보다 더 체격이 큰 그를 보고 사람들은 아버지처럼 크게 자랄 거라고들 했다.

그는 태양에 달구어진 절벽 꼭대기에 높이 솟은 옛 요새의 황량한 돌무더기 아래를 지나 엄청난 재산이 숨겨져 있다고 소문이 도는 원형 동굴 입구로 재빨리 노를 저었다. 이 근방 여자들은 낭만적이고 무모한 밀수꾼들을 동경했다. 빌리는 자신 있는 표정으로 친구들에게 동굴 안으로 들어가 보고 싶으냐고 물었지만, 둘 다 겁에 질려 고개를 젓자 몰래 안도의 한숨을 쉬었다. 전부터 영국으로 쳐들어올 거라고 위협해 왔던 나폴레옹 함대에 들키지 않은 것만도 다행스러웠다.

결국 빌리는 그 날 아침 보트를 타고 떠났던 해변으로 배를 저어 돌아왔다. 해가 서쪽으로 넘어갈 무렵 맨발에 바지를 정강이 위로 걸어올린 그와 저스틴은 물가로 뛰어내려 배를 황금빛 해변으로 끌어올렸다. 배가 꼬르륵거리자 소년들은 콘월식 과자빵과 서부 지방 특유의 치즈, 달콤한 사과주를 마시기에 적당한 곳을 찾아 곶을 기어올라갔다.

황금빛 액체처럼 바다 위에 번져 가는 해를 보며 그들은 한동안 침묵을 즐겼다. 하늘이 강렬한 오렌지색과 보라색이 뒤섞인 분홍색으로 물들었다. 남아 있던 파란 기운이 서서히 사라지면서 동쪽 하늘에서 작은 별이 하나 둘씩 떠올랐다. 바위에 부딪치는 규칙적인 파도 소리가 마치 어머니의 심장 고동 소리 같았다.

서서히 바다가 검푸른 색으로 바뀌고 하늘이 어두워졌다. 바위투성이 작은 섬의 등대에 불이 들어왔다. 등대 불빛이 바다 위를 지나 바다표범이 밤새 쉬는 바위 위를 비추었다. 그제야 소년들은 돌아오면 요리사가 검은 당밀을 넣은 클로티드 크림을 먹여 주겠다고 했던 말을 떠올렸다. 그들은 일어나서 장난감 해적 칼과 낚싯줄, 낚은 생선이 든 바구니, 조개껍질과 재미있게 생긴 돌, 물방울무늬 손수건에 싼 사문석과 장석들을 챙겼다. 그리고 황혼녘의 해안을 지나 집을 향해 터벅터벅 걸었다.

기묘하게 냉기가 흐르는 길목을 지나던 중 빌리는 망원경을 코트 안주머니에 넣었다. 차가운 안개가 마치 유령처럼 그의 뺨을 스치고 지나가자 목덜미의 솜털이 일어섰다. 산등성이에 올라서자 성의 탑과 다른 모습들이 눈에 들어왔다. 토캐로 성은 바다를 감시하던 고대의 탑을 중심으로 14세기에 건축된 영주의 성이었다. 트루로 앤드 세인트 오스텔의 영주들은 거의 3백 년 동안이나 프랑스 침략자들로부터 콘월을 지켜 왔다.

집으로 향하는 푸른 산등성이를 내려다본 순간 빌리는 그 자리에 얼어붙었다.

아버지의 마차가 서 있었다.

순간 그의 심장이 뛰기 시작했다. 며칠 동안은 아버지가 돌아오지 않을 줄 알았건만. 하지만 분명 아버지의 마차는 동쪽 입구 마당에 밝혀진 불빛 아래 뛰어오를 준비를 한 짐승처럼 서 있었다.

빌리는 억지로 침을 삼키며 친구들에게 두려움을 보이지 않으려 애썼다. 갑자기 요리사의 맛있는 음식도 구미가 당기지 않았다. 오로지 아버지가 찾기 전에 망원경을 서재의 제자리에 갖다 놓아야 한다는 생각뿐이었다. 불행히도 떡갈나무로 된 먼지투성이 서재는 후작이 집에 돌아오면 언제나 제일 먼저 들르는 곳이었다. 집에 없는 동안 온 편지나 사업 문제를 점검하기 위해서 말이다. 술에 취했건 말건 트루로 경은 자신의 재산과 가족들을 포함한 모든 소유물에 대한 지배권과 힘을 강화시켜 주는 의무들을 즐겼다.

구불구불한 길을 따라 토캐로 성까지 가는 데는 20분이 더 걸렸다. 빌리는 렉과 저스틴을 부엌으로 데려가 생선을 건넨 다음 요리사에게 디저트를 먹고 싶다고 전했다. 그는 아버지가 서재에 도착하기 전에 망원경을 갖다 놓고 싶어 핑계를 대고 친구들에게 곧 돌아오겠노라고 말했다. 하지만 그는 곧 걸음을 멈추고 늙은 요리사인 랜드리 부인을 쳐다보았다.

"쿠키, 어머니는 어디 계셔?"

"왜요? 윌리엄 도련님."

뚱뚱한 여자가 걱정스러운 표정을 살짝 지으며 말했다.

"후작 부인께서는 방금 쉬러 방으로 가셨답니다. 두통이 좀 있으시대요."

그 소식에 빌리는 우울한 표정을 지었다. 어머니는 후작의 분노가 어느 정도인지 측정할 수 있는 일종의 척도였다. 무슨 일이 생길지도 모른다고 느낄 때마다 그녀는 현명하게도 안전한 방으로 도망가 두 통이 사라질 때까지 나오지 않았다. 그리고 절대 그의 멍에 대해서 물어보지 않았다.

헐렁한 코트 주머니에 든 망원경이 걸을 때마다 옆구리에 부딪쳤다. 빌리는 커다란 마호가니 계단을 지나 복도로 몰래 다가갔다. 하인들이 주인의 눈에 뜨이지 않으려 애쓰며 여기저기에서 웅성거리는 게 보였다. 익숙하면서도 기분 나쁜 침묵이 집 안을 감돌았다. 아버지의 서재가 눈에 들어오기도 전에 하인에게 고함을 지르는 후작의 목소리가 들렸다. 보통 때보다 더 심했다.

"빌어먹을."

아버지가 하인에게 망원경을 훔쳤다며 당장 경찰에 넘기겠다고 고함을 치는 소리가 들렸다.

"아버지, 그냥 망원경을 닦아 놓으려 했을 뿐일 거예요!"

퍼시 형의 말소리가 서재에서 들렸다.

17세로 옥스퍼드에 다니는 퍼시는 상속자로서 어머니를 빼놓고 유일하게 이 집에서 아버지에게 얻어맞지 않는 사람이었다. 아마 찬바람이 불 때마다 감기에 걸리는 약골에다 시인 같은 얼굴 때문일 것이다. 아버지가 한 대만 때려도 죽을 것 같은. 하지만 빌리는 달랐다. 그는 맷집이 있었다.

서재로 다가가는 빌리의 손바닥이 땀으로 축축해졌다. 하지만 그는 용기를 냈다. 서재로 들어가기도 전에 그의 눈에는 술에 취한 아버지가 단정치 못하게 헝클어진 벨벳 코트 차림으로 당황한 하인을 벽에 밀어붙이고 있는 모습이 보였다. 자신이 한 짓을 고백하면 최악의 사태가 벌어질 게 뻔했다.

용감하게 나서는 게 최선이라고 그는 생각했다. 렉과 저스틴이 뒤따라오고 있다는 것도, 그들이 앞으로 일어나게 될 모든 일을 보게 될 것도 모른 채.

빌리는 어깨를 펴고 서재로 들어가 주머니에서 망원경을 꺼냈다.

"아버지."

그가 망원경을 내밀었다.

"제가 아버지의 망원경을 가져갔습니다. 아무도 훔치지 않았어요. 여기 있습니다."

아버지가 가슴을 벌렁대며 열띤 장광설로 얼굴이 시뻘겋게 된 채 몸을 획 돌리자 빌리는 망원경을 손에 든 채 말을 멈췄다.

"제가 빌려 갔습니다."

트루로 경이 흐릿한 눈을 가늘게 뜬 채 빌리를 노려보았다. 그가 제복을 입은 하인을 털썩 내려놓자 어린 하인은 재빨리 도망갔다.

"빌려 갔다고, 지금 그렇게 말했니?"

후작이 말했다.

빌리는 움직이지 않았다. 술에 취해 선 핏발 때문에 녹색 눈이 더 거칠고 밝게 보였다. 드문드문 흰머리가 보이는 갈색 머리와 면도를 해야 할 것 같은 검은 턱수염 때문에 후작은 빌리가 생각했던 것보다 더 해적같이 보였다. 하지만 아버지가 가까이 몸을 숙여 빌리의 얼굴에 술 냄새를 풍기자 이번에는 거인 포트레스 같다는 생각이 들었다.

"아버지."

후작이 천천히 둘째 아들을 향해 걸음을 옮기자 퍼시가 경고하듯 불렀다.

빌리는 설설 기는 건 별로 도움이 되지 않는다는 사실을 오래 전에 터득한 덕분에 당당하게 아버지의 시선을 받았다.

"아버지. 빌리를 건드리지 마세요, 제발……."

퍼시가 절박하게 애원했다.

첫 번째 주먹에 빌리는 책장 근처까지 날아갔다. 나무 책장에 입술을 찧고 넘어지자 책들이 쏟아졌다. 후작은 펼쳐 본 적도 없어 먼지가 잔뜩 낀 책더미 사이로 성큼성큼 다가와 아들을 일으켜 세웠다. 두 번째와 세 번째 주먹이 제대로 맞기 딱 좋을 각도였다. 펼쳐진 < 아서의 죽음> 책 위로 자신의 피가 뚝뚝 흐르는 게 곁눈으로 보였다. 하지만 우박처럼 쏟아지는 아버지의 주먹과 발길질에서 도망칠 방법이라고는 없었다. 후작은 심지어 두꺼운 사전을 집어 들어 그의 머리를 후려치기까지 했다.

"내 물건에 손대지 말라고 몇 번이나 경고했지? 이 도둑놈아! 내가 알아채지 못하게 살짝 갖다 놓을 수 있다고 생각했겠지, 그렇지? 네가 똑똑하다고 생각하는 모양이지?"

연약하게 부인하며 전혀 도움도 되지 않을 사과의 말을 쏟아 내는 자신의 목소리가 빌리의 귀에 들려왔다. 아버지가 머리카락을 움켜쥐고 고개를 뒤로 젖히자 빌리는 고통스러운 비명을 질렀다.

그제야 이번에는 아버지가 그를 죽일지도 모른다는 생각이 들었다.

"아버지!"

퍼시가 비명을 지르며 달려들었지만 트루로 경은 강력한 백핸드로 큰아들을 밀쳐 냈다.

"두 번 다시 내 물건에 손대지 마라. 학교에서 잘난 척하라고 가르치더냐, 응, 윌리엄? 그렇다면 내가 직접 너에게 예절을 가르칠 수 있도록 학교 따윈 집어치워!"

코와 입가에서 피가 흐르고 왼쪽 눈은 부어서 제대로 뜨이지도 않았지만 빌리는 고개를 들고 말없이 아버지의 얼굴을 쳐다보며 고통스럽다고 애원했다. 후작이 그의 머리를 떨어진 책에 처박더니 배를 발로 찼다. 또 다른 몇 분이 영원처럼 흐른 뒤 빌리는 의식이 가물가물해지는 걸 느꼈다. 귀가 시끄럽게 윙윙거려 다른 사람의 비명 소리도 들리지 않았다.

"멈춰요!"

새된 목소리가 비명을 질렀다.

다행스럽게도 그 명령이 먹혀들었다. 빌리는 간신히 고개를 들어

문가를 쳐다보았다. 공포로 하얗게 질려 있는 렉과 저스틴이 눈에 들어오자 빌리의 수치심은 극에 달했다. 자존심이 부서져 내렸다. 그의 끔찍한 비밀이 드러났다. 이제 그의 인생은 끝장이다. 새 친구들은 자신들이 본 광경을 다른 친구들에게 말할 것이다. 그럼 다들 그가 아무 쓸모 없고 아무도 원치 않는 아이라는 사실을 알게 될 것이다. 그가 이튼에서 발견한 천국은 수백 년 전 콘월 앞바다에 가라앉아 사라져 버렸다는 전설 속의 리오네스 왕국처럼 안개 속으로 사라졌다. 아버지는 천천히 허리를 펴더니 오랫동안 멍하니 방해꾼들을 쳐다보았다. 그 순간 빌리는 아버지가 그들도 때릴까 봐 두려웠다.

"트루…… 로 경?"

저스틴이 공포에 질린 목소리로 더듬거렸다.

후작은 목소리를 가다듬더니 코트자락을 여미고는 헝클어진 긴 머리를 쓰다듬었다.

"신사분들, 내 아들은 이 집안의 규칙을 심하게 어기는 죄를 지었네. 자네들도 곧 집으로 돌아가게. 방학은 끝났네."

"빌리, 괜찮아?"

렉이 속삭였다.

빌리는 렉이나 저스틴을 쳐다볼 수가 없었다. 눈물이 났지만 억지로 참았다.

"놀라지 마라, 애들아. 윌리엄은 튼튼하니까. 무어, 마차를 준비해. 손님들은 오늘 밤 떠날 테니까."

"오늘 밤이라뇨, 아버지? 이런 시간에 다니는 건 위험해요……."

"그게 싫다면 네가 같이 가면 되겠구나."

트루로 경이 내뱉었다.

"그럴 거예요!"

퍼시가 무례하게 대답하고는 아이들을 향해 몸을 돌렸다.

"저스틴, 렉. 너희들이 안전하게 도착할 수 있도록 내가 같이 갈게."

"학교에서 보자, 빌리."

렉이 조심스럽게 말했다.

제발 아무한테도 말하지 마. 빌리는 그렇게 애원하고 싶었지만 그의 자존심은 누군가에게 애원하는 걸 허락지 않았다. 태어난 그 순간부터 '노'라는 말을 들었기 때문에 특히 더했다.

트루로 경은 책더미에 반쯤 파묻힌 채 의식이 오락가락하고 있는 빌리를 내버려두고 모두 다 서재에서 나가라고 명령했다. 렉과 저스틴이 짐을 가지러 가자 후작은 방해하지 말고 빌리를 내버려두라고 하인들에게 다시 경고했다.

후작은 자신이 어질러 놓은 현장을 혐오스럽다는 듯이 둘러보았다.

"나가기 전에 이 방을 깨끗하게 치워 놔."

빌리에게 으르렁거린 다음 후작이 문을 닫고 나가자 서재는 차가운 어둠에 잠겼다.

빌리는 한참 동안 움직이지 않았다. 온몸을 쿡쿡 찌르는 고통에 비참한 기분을 느끼며 그는 눈을 감았다. 더 이상 참을 수 없었던 눈물이 뺨을 타고 흘러내렸다. 학교에서 누리던 짧은 행복을 잃고 말았다는 상실감 때문에. 누가 그를 사랑해 줄까 하는 절망적인 생각이 들었다. 하지만 다음 순간 망가진 몸과 정신을 한 채 그 곳에 누워 있으려니 폭풍 같은 분노가 터져 나왔다. 그 분노에 힘입어 그는 어둠 속에서 엉금엉금 일어났다. 그리고 후작이 치우라고 말했던 책더미에 묻어 있는 자신의 핏자국을 멍하니 쳐다보았다. 그는 천천히 손을 내밀어 책을 주우려 했다. 하지만 한 권을 집어 든 순간 분노가 터져 나왔다. 억눌린 분노로 가득 찬 비명을 지르며 빌리는 책을 잡아뜯었다.

책 한 권을 다 잡아뜯고는 가죽 장정이 된 다른 책을 들어 방 건너편으로 던졌다. 미치고 만 것이다. 하지만 더 이상은 상관없었다. 몸이 떨리는 걸 느꼈지만 자신의 몸처럼 느껴지지 않았다. 더 이상 아프지도 않았다. 자존심과 정신이 견뎌 낼 수 있는 한계에 도달했던 것이다. 복수가 한없이 달콤하게 느껴졌다.

그는 아버지의 망원경을 들고 유리 상자를 내려쳤다. 그 와중에 망원경이 구부러졌다. 가슴을 벌렁거리며 아버지의 책상을 사납게 노려보던 빌리는 책상으로 다가가 내용물을 다 마룻바닥에 쏟아 냈다. 잉크병을 집어 들어 해군 제복 차림인 젊은 시절의 아버지의 초상화에 뿌렸다. 초상화가 완전히 망가지자 순간 갑자기 분노가 사라졌다.

빌리는 달빛이 가득한 방 안에서 망가진 초상화를 뚫어지게 쳐다보았다. 잉크 얼룩으로 완전히 까맣게 되어 버린 가증스러운 아버지의 얼굴을. 서서히 제정신이 들며 뒤늦게 자신이 한 짓을 깨닫고 공포를 느꼈다.

아버지의 서재는 엉망이 되어 있었다. 찢어지고 구겨진 채 엉망이 된 사업상의 편지와 장부, 회계 문서들이 방 안 여기저기에 널려 있었다.

내가 무슨 짓을 한 거지? 이번에는 정말 날 죽이고 말 거야, 여길 나가야 해…….

여길 나가야 해. 기억과 과거의 고통이 희미한 시간의 장막 속으로 사라졌다. 블레이드는 근사한 다이아몬드 목걸이를 다시 한 번 쳐다보았다.

목걸이를 손에 쥔 채 그는 그녀를 다시 보고 싶은 고통스러운 욕망을 갑자기 느끼고 떨리는 한숨을 내쉬었다. 기대하지 않았던 선물을 준 아름다운 그녀를. 그녀는 정말 그에게서 뭔가 좋은 점을 본 걸까? 그 질문이 그의 연약한 부분을 건드렸다. 한 번도 다른 사람을 필요로 해 본 적이 없었던 그의 영혼이 알지도 못하는 여자의 부드러운 손길을 갈망하다니. 그를 경멸할 모든 이유를 가진 여자를. 블레이드는 그녀를 다시 만날 구실을 애써 찾았다.

그렇지, 그는 갑자기 생각했다. 목걸이를 돌려줘야 한다.

그녀에게 목걸이를 돌려주는 것 이상의 무엇을 원하는지는 자신도 몰랐지만 적어도 그녀가 잘 있는지는 알아야 했다.

근처에 있는 재떨이에 담배를 비벼 끄는 그의 손이 가늘게 떨리고 있었다. 그는 어깨에 메고 있던 권총집을 머리 위로 벗고는 단도가 들어 있는 허리띠를 찼다. 그리고 검은 가죽 코트를 여민 다음 벽에 걸린 시계를 보았다. 5시였다.

블레이드 같은 하층민도 이 시간에 그 장소에서라면 런던의 부자들과 유행에 민감한 사람들을 만날 수 있었다. 바로 하이드 파크였다.

블레이드는 빈민굴의 요새 너머에서 맞닥뜨릴 수 있는 모든 문제에 맞설 준비를 한 채 방을 나와 복도를 내려갔다. 순진하고 아름다운 사교계의 아가씨도 그의 어두운 무법의 세계로 들어오지 않았던가.

이제 자신이 그녀의 세계로 갈 시간이었다.

이튿날이 밝았다. 그리고 피할 수 없는 가족 모임이 있었다. 어젯밤 루시언이 그녀를 나이트 하우스로 데려다 주었을 때는 가족들이 이미 잠자리에 든 다음이라 그녀의 운명도 하루 연기될 수 있었다. 정말 이 때까지 살아오면서 이렇게 힘들었던 적은 없었다.

"대체 생각이라는 걸 하긴 하니?"

"어떻게 그런 일이, 제이신다?"

놀란 하인들은 서재 밖에서 귀를 세우고 있었다. 제이신다는 퉁퉁 부어터진 채, 뼛속까지 수치심을 느끼면서 그 소동의 한가운데에 있는 딱딱한 나무 의자에 앉아 있었다. 화가 난 오빠들이 서로를, 그리고 제이신다의 가정교사와 여자들의 충동적인 성격, 그녀의 몸 속에 흐르는 어머니의 피, 또 무엇보다도 제이신다를 비난하는 동안 그녀는 무슨 말을 해야 할지 몰랐다. 오빠들의 아내인 벨과 앨리스는 화를 내며 제이신다를 변호하고 나섰고 결국 결과는 끝도 없는 부부싸움으로 이어졌다.

두 달 전에 쌍둥이 아들을 낳은 대미언과 미랜다 부부가 버크셔에 머물고 있다는 게 다행이었다. 그렇지 않았다면 그녀는 루시언이나 로버트 못지 않게 위협적이기 그지없는 전직 대령까지 마주해야 했을 터였다.

"로버트, 아가씨가 결혼하고 싶어하지 않는 사람과는 결혼시키면 안 돼요."

벨이 가능한 한 듣기 좋게 말했다.

"우리가 그랬던 것처럼 스스로 선택할 수 있도록 해 줘야 한다고요."

제이신다는 가장 좋아하는 막내 오빠이자 나이와 성격도 비슷한 바람둥이 앨릭이 편을 들어주기를 원했지만 당최 그는 어디에 있는 건지 아무도 본 사람조차 없었다.

"내가 원하는 건 저 애를 보호하는 것뿐이야!"

로버트가 거의 소리를 질렀다.

"곧장 결혼하지 않으면 저 앤 얼마 안 가 스캔들을 일으키고 말 거라고. 당신은 그런 일이 생기는 꼴을 보고 싶어?"

"제발! 제발, 여러분……."

불쌍한 리지가 계속 말을 하려 했지만 아무도 들어 주지 않았다. 제이신다의 가장 친한 친구이자 말벗인 가엾은 리지는 죄책감을 느끼며, 제이신다를 제대로 돌보지 못한 건 전적으로 자신의 책임이라고 말하려 했다. 반면 가정교사인 미스 후드는 계속 그만두겠다는 말만 해 댔다.

"제가 받을 돈을 이 주소로 보내 주세요."

미스 후드가 로버트의 아름다운 아내에게 종이를 내밀며 말했다.

"저렇게 버릇없고 제멋대로 구는 아가씨는 보다보다 처음이에요……."

"미스 후드, 제발, 적어도 다른 가정교사를 알아볼 때까지는 있어 줘요……."

벨이 애원했다.

루시언이 진정시키려 했지만, 외교 사절들에게는 그렇게나 잘 먹히던 그의 수완도 가족들에게는 소용이 없었다. 다른 가족들을 진정시키려다 실패하자 그는 팔짱을 낀 채 제이신다에게 못마땅하다는 듯 얼굴을 찡그렸다. 하지만 약속대로 블레이드와 키스를 했다는 이야기는 다른 가족들에게 하지 않아 주었다.

왜 그 무법자가 그 사실을 고백했는지 제이신다는 알 수 없었다. 아마 오빠들에게 이야기하겠다는 그녀의 협박을 정말로 믿은 모양이었다.

"정확하게 얼마나 오랫동안 계획한 짓이지?"

로버트가 물었다.

큰 키, 검은머리, 강해 보이는 얼굴, 날카로운 갈색 눈을 한 30대 후반의 공작은 크고 위풍당당한 책상을 손으로 문지르며 위험스러운 눈길로 그녀를 쳐다보았다.

"계획이란 게 있긴 했던 거냐? 그냥 네 아둔한 머리에서 나온 변덕이지?"

제이신다가 무릎 위에 놓인 손을 쥐어짜며 고개를 떨어뜨렸다.

"우리가 겁에 질릴 정도로 걱정할 거라는 생각을 해 보긴 한 거니?"

계속 말이 이어졌다. 오빠들이 질문을 쏟아 부었지만 도대체가 입을 열 때마다 잠시도 말을 할 수가 없었다. 그것이야말로 시끄럽고 떠들썩한 대가족의 막내에다 유일한 여동생의 운명이었다. 다음 순간 당황한 보모가 로버트의 두 살 난 아들인 몰리를 데리고 들어왔다. 공작의 어린 후계자는 고함 소리에 놀라 자지러지게 울어댔다. 벨은 무례한 가정교사의 상대를 앨리스에게만 맡겨 버리고는 보모에게서 울어대는 아들을 건네 받았다.

제이신다는 눈을 감았다. 머리가 지끈거렸다. 더 이상 나빠질 게 없다고 생각한 순간 결혼의 마지막 세부 사항을 점검하기 위해 그리피스 경이 도착했다. 미래의 신부가 그와 결혼하지 않으려고 도망쳤다는 이야기를 들은 상냥한 후작의 얼굴이 분노로 어두워졌다. 그의 그런 얼굴을 본 건 처음이었다.

이안은 눈썹을 찌푸린 채 모욕을 사자처럼 당당하게 받아들이며 그녀에게로 돌아섰다.

"알겠어."

모욕감으로 불쾌해진 심각한 얼굴을 한 채 그가 말했다.

제이신다는 땅 속으로 꺼지고 싶었다. 얼굴을 붉힌 채 그녀는 서툴게 사과의 말을 더듬거렸다. 하지만 그녀의 사과는 루시언과 로버트가 동시에 누이동생의 배신을 설명하려 하는 바람에 순식간에 묻혀 버렸다. 다음 순간 앨리스와 벨이 그녀를 변호하려고 나섰다. 그 외중에 이안이 마치 이런 일이 생길지도 모른다는 생각을 했다는 듯 그녀를 힐끗 보았다. 아기가 다시 울어 대자 그 모든 고함 소리 때문에 제이신다의 머리가 지끈거렸다.

그들에게 듣게 만들어, 당신의 생각을 말하라고. 블레이드는 이렇게 말했었다. 하지만 실패였다. 제이신다는 자유의 마지막 흔적이 사라지는 것을 느꼈다. 이제는 침착한 루시언조차 화를 내고 있었다. 뭔가 재빨리 조치를 취하지 않으면 남은 평생 동안을 감시 속에서 살아가게 될 것이다.

제이신다는 더 이상 참을 수 없어 벌떡 일어섰다.

"그만둬요!"

분노로 얼굴을 붉힌 채 그녀가 소리쳤다.

"제발요!"

그녀의 고함 소리에 놀라 다들 입을 다물었다. 심지어 아기조차 울다가 지친 듯 낮게 훌쩍였다.

제이신다는 몸을 떨며 제정신이 아닌 사랑하는 가족들을 둘러보았다.

"제발 더 이상 나 때문에 싸우지 말아요. 다들 날 보호하려고 하는 건 알아요. 하지만 난 그 점을 견딜 수가 없어요. 내가 잘못했다는 걸, 그…… 그리고 바보 같았다는 걸 알아요. 이런 소동을 일으켜서 미안해요.”

가정교사가 새침하게 흥 소리를 냈다.

제이신다는 고개를 떨구면서 누그러진 가정교사의 얼굴을 슬쩍 보았다.

“미스 후드. 제발 그만두지 마세요. 사과할게요. 그리고 앞으로는 나아지도록 애쓸게요.”

후회와 수치심 때문에 넘쳐 오는 눈물을 참으며 그녀는 옆에 있던 잘생긴 후작에게 몸을 돌렸다.

“그리피스 경, 당신은 사과와 더불어 설명을 들을 권리가 있어요. 제가 당신을 존경하지 않는다고 생각하지는 말아 주세요. 당신은 명예롭고, 친절하고, 상냥한 최고의 남자인걸요. 다만, 전…… 전 당신이 아직도 캐서린을 사랑하는 한 당신과 결혼할 수가 없을 뿐이에요.”

“제이신다!”

제이신다가 죽은 이안의 전처 이름을 거론하자 로버트가 놀라서 외쳤다.

“괜찮아. 말하게 내버려둬.”

이안이 중얼거리며 손을 들었다.

제이신다가 힘겹게 침을 삼켰다.

“이제 말할게요. 모두들 다 이해할 수 있도록. 내 말을 듣고 날 나쁘게 생각한다 해도 진실을 솔직히 털어놓을게요. 이안, 당신이 진심으로 날 사랑하지 않는다는 걸 알면서도 당신과 결혼한다면 난……, 아아, 내가 하려는 말을 용서해 주세요. 하지만 당신은 진실한 친구니까 진실을 알 자격이 있죠. 난 나 자신을 완전히 믿을 수가 없어요. 당신이 멀게 느껴지면 난 버림받은 느낌이 들 테고, 종국에는 유혹에 빠질지도 몰라요. 난 결국 엄마의 딸이니까. 그게 바로 당신의 관대한 제안을 거절하는 이유예요. 캐서린의 죽음 때문에 많은 고통을 받은 당신에게 더 이상의 고통을 안겨 주고 싶지 않아요."

그녀가 말을 끝냈다.

그녀의 충격적인 고백이 끝나자 방 안에 온통 침묵이 흘렀다.

제이신다는 벌거벗은 채 서 있는 듯한 느낌으로 누군가가 반응을 보여 주기를 간절히 기다렸다.

"레이디의 말이 옳아, 로버트."

마룻바닥을 쳐다보던 이안이 고개를 들어 공작을 쳐다보았다.

"레이디 제이신다는 내겐 누이동생 같아. 어머니의 전례를 따르지 않는 유일한 방법이 사랑하는 사람과 결혼하는 거라고 레이디가 생각한다면, 그녀가 사랑하는 남자를 찾을 때까지 기다려 줘야 해."

"이런, 제기랄."

로버트가 패배했다는 듯 한숨을 내쉬며 가죽 의자에 몸을 묻었다.

제이신다는 눈을 감고 고개를 떨구며 속으로 안도했다. 이렇듯 착하고 현명한데다 자신을 아껴 줄 이안을 거절한 걸 언젠가는 후회할지도 모른다는 생각도 들었다.

로버트는 이안과 단둘이 이야기를 하자고 한 다음 다른 사람들에게는 서재에서 나가라고 했다. 제이신다에게도.

"우린 나중에 다시 이야기하자."

공작이 무뚝뚝하게 말했다.

무시무시한 그의 눈을 보면, 이안이 화가 났든 아니든 간에, 그녀가 어젯밤의 무모한 행동에 대해 대가를 치러야 한다는 점은 자명했다.

로버트는 분명 머리끝까지 화가 난 상태였지만 그런 그를 비난할 수는 없었다. 제이신다는 비참한 심정을 안고서 대리석 복도로 나왔다. 애정이 넘치지만 꾸짖는 듯한 올케들의 찌푸린 얼굴이 보이자 그녀는 아무 소용도 없는 사과의 말을 중얼거리고 도망쳤다. 서둘러 대리석 복도를 지나던 그녀는 리지가 편들어 주는 말을 하는데도 그냥 손사래를 치고 지나가 버렸다.

"재스! 어딜 가는 거야?"

돌아보자 리지가 뒤를 따라 황급히 뛰어오고 있었다. 사려 깊은 청회색 눈을 가진 20세의 아름다운 리지는 부드러운 연갈색 머리를 느슨하게 올리고 있었다.

"내가 뭐라도 도와 줄까?"

"제발…… 지금은 그냥 혼자 있고 싶어. 로버트 오빠에게 하이드 파크로 승마하러 갔다고 해 줘. 알겠지? 곧 돌아올 테니까 걱정하지 말라고 말야."

그리고 씁쓸한 목소리로 덧붙였다.

"날 감시할 마부를 데리고 갈게."

그녀는 대답을 기다리지도 않고 4층에 있는 화려한 자신의 방으로 올라갔다. 그리고는 승마복으로 갈아입는 동안 자신의 백마에 안장을 올려놓으라고 하인에게 명령했다.

공원의 푸른 잔디밭 위로 말을 달리자 그제야 다시 숨통이 트이는 것 같았다. 이 곳도 비록 곧 귀족들로 가득 차겠지만 어쨌든 지금의 하이드 파크는 한적했다. 눈에 띄는 사람이라곤 그녀의 우상이라고 할 수 있는 레이디 캠피언뿐이었다. 그녀는 제이신다의 어머니처럼 매력적이고 유행의 최첨단을 걷는 '유행을 선도하는 여자'였다.

에바 캠피언의 가족들은 그녀가 제이신다만한 나이였을 때 억지로, 블레이드의 표현대로 말하자면 '늙은 영감'과 결혼을 시켰다. 하지만 늙은 남편이 몇 년 만에 죽는 바람에 레이디 캠피언은 20대 초반에 과부가 되었다. 그 때 이후로 그녀는 아무런 비난도 받지 않은 채 하고 싶은 일을 마음대로 했고, 마음에 드는 사람이라면 아무하고나 어울렸다. 자신의 의무를 다한 덕분에 지금 그녀는 자유를 누리고 있었다. 사교계의 규칙대로 게임을 했고 결국은 승리했던 것이다.

제이신다는 그녀를 힐끗 보았다. 레이디 캠피언은 콧수염이 난 미남 기병대 장교와 반짝이는 노란색 사륜마차를 타고 있었다.

제이신다는 질투심을 살짝 느끼고는 한숨을 내쉬었다. 하지만 다음 순간 레이디 캠피언과 그녀의 새 연인을 마음속에서 몰아내고는 긴 다리의 서러브레드 말을 더 빨리 달리도록 재촉했다. 호크스클리프 가문의 제복을 입은 마부가 말잔등에 꼭 붙은 채 그녀를 뒤따라왔다. 제이신다는 승마용 모자에 두른 얇은 연분홍색 스카프가 바람에 휘날리듯 걱정을 떨쳤다. 말등에 옆으로 탄 그녀가 능숙하게 말을 몰자 스카프가 우아하게 산들바람에 휘날리고 승마용 긴치마가 말의 옆구리에 굽이쳤다. 하지만 공원의 담벼락에서 한참 안쪽을 한 바퀴 돌고 있으려니 마치 엑시터 거리의 보잘것없는 동물원에 갇힌 채 시멘트며 강철로 된 우리 안을 끝없이 헤매면서 도망가려 하는 야생동물이 된 것 같았다.

공원 안에 귀족들이 슬슬 늘어나기 시작하면서 그녀는 친구며 숭배자들과 마주쳤다. 근사한 말을 타고 있는 까다로운 멋쟁이 에이서 로링, 그의 술친구인 조지 윈스롭, 그리고 멋지게 차려입은 귀족 한량들을. 그들은 모두 멋진 말들을 타고 있었다. 에이서와 그 무리들이 떠들썩하게 칭찬을 퍼붓고 놀려 댄 덕분에 제이신다는 평상시의 유머 감각을 되찾았다.

괜히 서둘러 나이트 하우스로 돌아가 자신의 운명을 미리 듣고 싶지 않았던지라 그녀는 기분을 풀기 위해 그들과 함께 로튼 로까지 경주를 했다. 제이신다가 불리하게 옆으로 탔음에도 조지 윈스롭에게 이기자 그는 기분 나빠했다. 경주로 흥분한 제이신다의 말이 히힝거리며 들썩대는 동안 젊은이들이 그녀의 주위를 둘러쌌다. 물론 길을 따라 우아하게 달리는 마차들과 말을 피해서였다. 경주에서 우승한 에이서가 자신의 근사한 밤색 말을 그녀의 말 옆에 세웠다. 키가 크고 잘생긴 갈색 머리의 에이서는 말쑥한 암녹색 코트와 새끼 사슴의 가죽으로 만든 승마 바지, 번쩍이는 검은 승마화를 신고 있었다.

"지금은 별로 근사해 보이지 않는데, 나의 레이디."

부자들과 유명 인사들을 보기 위해 종종 구경꾼들이 몰려드는 난간 쪽을 건방지게 쳐다보며 그가 능글맞게 씩 웃었다.

"그런데도 「라 벨 아상블레」라는 멍청한 패션 잡지 기자 하나가
저쪽에서 당신의 승마복에 대해 메모를 하는 것 같아."
"그럼 그 앞을 지나가 줘야겠네. 날 더 잘 볼 수 있도록 말야."
제이신다가 비꼬았다.
"그러지 않는 게 좋을걸. 아님 다음 주면 런던의 모든 상점의 안주
인들이 당신처럼 입을 테니까."
"그 기자가 어디 있는데?"
"어이! 레이디 제이신다! 오, 레이디! 여기예요!"
에이서는 우아하고 냉소적인 태도로 새된 목소리가 들리는 방향을
가리켰다. 그러더니 다음 순간 얼굴을 찌푸렸다.
"맙소사, 저 여자 옆에 있는 저 야만인은 대체 누구지?"
제이신다가 몸을 돌리자 커다란 밀짚모자를 쓴 여자가 그녀에게
미친 듯이 손을 흔드는 게 보였다. 하지만 옆에 있는 '야만인'에게
시선이 닿는 순간 입가의 미소는 사라지고 말았다.
"윈스롭, 저 장발 좀 봐."
에이서가 놀라서 말했다.
"이쪽으로 오는 것 같은데?"
"설마."
조지가 빈정댔다.
"살인자가 따로 없네."
남자들이 웃음을 터뜨렸다. 하지만 제이신다는 꼼짝도 않은 채 뚫
어지게 쳐다보았다. 심장이 목에 걸린 것만 같았다. 맙소사, 저 남자
가 대체 여기서 뭘 하는 거지?

6

제이신다는 그에게서 눈을 뗄 수가 없었다. 블레이드는 한 손으로 난간을 짚고 가볍게 뛰어넘어 혼잡한 도로로 뛰어들었다. 빈민굴에서 단련된 뛰어난 반사 신경 덕분에 그는 사륜마차와 우레 같은 말발굽 아래 피어나는 먼지로 가득한 로튼 로를 아슬아슬하게 가로질렀다. 몇몇 사람들이 욕설을 퍼부어 댔지만 그는 무시한 채 단호한 태도로 다가왔다.

"저 남자가 길을 건너기 전에 마차에 치인다는 데 10파운드 걸겠어."

에이서가 말했다.

"그럼 내기 성립이야."

조지가 말했다.

블레이드가 안전하게 길을 건널 때까지 제이신다는 경악과 두려움을 동시에 느끼며 지켜보았다. 블레이드는 난간 밑을 지나 재킷에 묻은 먼지를 털며 평화로운 잔디밭으로 걸어왔다.

"이런, 이런, 우리의 내기 상대가 이리로 오는걸."

"돈을 줘, 로링. 내가 보기에는 저 무법자가 우리한테 오는 것 같은데.”

“아…… 니, 아닐 거야.”

곧장 돌아가지 않으면 문제가 생길지도 모른다는 걸 그제야 깨달은 제이신다가 끼어들었다.

“놀라지 마, 나의 레이디. 우리가 널 보호해 줄게.”

에이서가 거드름을 피웠다.

제이신다는 눈을 크게 뜬 채 멋쟁이 에이서에게서 시선을 돌려 블레이드를 쳐다보았다. 그녀가 염려하는 것은 그녀 자신이 아니라 블레이드의 안전이었다. 블레이드가 감히 그녀에게 다가오면 성질이 급한 귀족 젊은이들이 그에게 침을 뱉을 테고, 그 뒤에 이어질 난폭한 싸움은 피를 흘리는 것만으로 끝나지 않을 테니까 말이다. 누군가가 공원을 순찰하는 경찰을 부를 것이다. 블레이드는 수적으로 열세였고 신분도 낮으니 절대 이길 수 없었다. 뭔가 조치를 취하지 않으면 블레이드가 체포될 터였다. 그리고 그동안 저지른 많은 죄목으로 교수형을 당할 게 분명했다. 그녀의 심장이 쿵쾅거렸다. 제이신다는 블레이드를 따돌릴, 혹은 구애자들의 관심을 돌릴 방법을 짜내기 위해 열심히 머리를 굴렸다.

“대체 저 남자는 무슨 볼일일까?”

“분명 구걸을 하려는 거겠지. 아님 우릴 죽이려는 걸지도 모르고.”

“굉장히 재미있는 옷차림인데.”

에이서가 거만한 눈초리로 블레이드의 더러운 검은 재킷과 낡은 황갈색 무명 바지, 닳은 부츠를 훑어보았다. 설상가상으로 그는 크러뱃 대신에 빛 바랜 푸른 손수건을 느슨하게 맨 차림이었다.

“저 치, 내가 물으면 재봉사가 누구인지 알려 주려나. 아마 블루버드 선장일걸?”

“오, 그만 해, 에이서.”

제이신다가 날카롭게 쏘아붙였다.

“가난한 사람이잖아. 가자, 나 지겨워.”

"어디로 가고 싶은데?"

"아무 데나! 정말 끔찍하게 지루한 날이야."

젊은이들은 동의하기는 했지만 늑장을 부렸다. 블레이드는 여전히 다가오고 있었다. 그녀를 둘러싸고 있는 귀족 젊은이들과 자신이 동등하다는 듯이. 블레이드가 거의 앞으로 다가왔다. 겁을 모르는 그의 시선이 그녀에게 닿았다. 곧장 그녀의 이름을 부를 태세였다. 그럼 둘 다 끝장이었다.

대체 무슨 생각을 하는 거지? 그러면 안 된다는 정도는 알 것 아냐! 이 곳에서 그녀에게 말을 걸 정도로 바보라니. 그의 손에서 빛나는 물건이 눈에 들어온 순간, 그녀는 자신의 다이아몬드 목걸이라는 사실을 깨달았다. 그랬구나. 내 선물을 발견했던 거구나. 그를 멈추게 할 방법이 없었으므로 그녀는 당황했다. 블레이드는 선택의 여지를 남겨 놓지 않았다. 그래서 제이신다는 전혀 모르는 사람이라는 듯 차가운 눈으로 그를 쳐다보았다. 마치 그가 존재하지 않는다는 듯이. 그리고 시선을 돌렸다. 하찮은 사람이라는 듯이.

노골적인 경멸에 블레이드가 걸음을 멈췄다.

상처받은 그의 표정을 보고 가슴이 죄어들었지만 그녀는 죄책감을 억눌렀다. 저 남자는 어젯밤 자유를 향한 그녀의 의지를 짓밟았다. 그러니 이런 대접을 받아도 쌌다. 그 때, 상처받은 그의 당황한 얼굴이 놀랄 정도로 빨리 차가운 경멸로 바뀌었다.

그 순간 그녀의 심장 속 한 부분이 죽고 말았다. 그를 볼 수가 없었다. 블레이드가 더 이상 다가오지는 않았지만 이제는 너무 늦어 버린 뒤였다. 에이서가 눈을 가늘게 뜨고 블레이드를 노려보고 있었던 것이다. 사냥 시즌에 마주친 첫 번째 여우라도 되는 듯.

"저 불한당이 무장을 하고 있는데."

에이서가 천천히 중얼거렸다.

"저 자식이 널 쳐다보는 눈길도 마음에 들지 않아."

"제발, 에이서. 나 재미없어."

그녀가 초조하게 말했지만 에이서는 듣지 않았다. 그리고는 갑자기 말머리를 돌리더니 블레이드에게 다가갔다.

"에이서!"

제이신다는 버럭 화를 냈다.

"왜?"

에이서가 안장 위에서 그녀에게로 몸을 돌렸다.

"나한테 관심을 보여야지! 대프니가 질투하게 만들려면 내가 필요하잖아, 안 그래?"

그가 얼굴을 찌푸렸다.

제이신다는 억지로 재미있다는 듯이 웃음을 터뜨렸지만 왠지 공허하게만 들렸다.

"롱 워터까지 경주하자!"

제이신다는 승마용 채찍으로 말 옆구리를 가볍게 때렸다. 그리고 쏜살같이 달려갔다.

블레이드는 격렬한 모욕감과 분노로 몸을 떨며 그녀의 뒷모습을 바라보았다. 제이신다의 아름다운 백마가 공원을 우아하게 가로지르는 모습을 지켜보자니 심장 고동이 멈추는 것 같았다. 비둘기색 치마를 입은 아름답고 무자비한 여자 사냥꾼. 모자에 달린 연분홍색 스카프가 바람에 흔들렸다. 그녀를 쫓아다니는 한 무리의 멋쟁이들이 유쾌하게 그녀의 뒤를 따랐다. 한 녀석만 빼고.

암녹색 코트를 입은 거만한 그 녀석과 눈이 마주쳤다.

그 녀석을 죽이고 싶었다.

지난 열여섯 시간 동안 머릿속에서 떠나지 않았던 여자가 구애자들에 둘러싸여 있는 광경을 보고 처음에는 멈칫했지만 그래도 억지로 성질을 죽였다. 물러서라는 그녀의 경고 신호를 보았지만 그래도 다가갔다. 그를 물리치려는 게 부끄러워서인지 아니면 그가 근사한 귀족 녀석들에게 채찍질을 당할까 봐 보호해 주려는 건지 알 수가

없었으니까. 어쨌든 두 가지 경우 다 자존심이 상했기 때문에 그는
그녀의 경고를 무시했다. 어쨌든 그녀에게 다이아몬드 목걸이를 돌려
줘야 했으니까. 하지만 그녀는 자신같이 아둔한 바보도 이해할 수 있
을 정도로 분명하게 스스로의 감정을 밝혔다.

오, 정말 그녀의 메시지는 분명했다. 더 이상 그와 얼굴을 볼 일이
없다는. 그녀의 차가운 눈길에 그는 정신이 번쩍 들었다. 그 눈길은
두 사람이 더 이상 서로 볼일이 없다는 사실을 매정하게 상기시켰다.
맙소사, 이 멍청한 바보야. 저 여잔 그저 흥분을 뒤쫓는 부잣집 딸일
뿐이라고. 이용당한 기분이 들었다. 그녀를 가져야 했는데 막상 그
때가 오자 거절당한 유순한 구혼자처럼 뒤로 물러서다니. 그녀의 오
빠들 따위는 지옥에나 가라고 했어야 했는데. 사실 그들이 무섭지는
않았던 것이다.

블레이드는 뭔가를 아주, 아주 세게 치고 싶었다.

몇 걸음 달려오다가 밤색 말을 세우는 걸 보니 저 거만하고 말쑥
한 자식이 그의 눈에서 살인적인 분노를 느낀 모양이었다. 그 녀석이
다시 한 번 어깨너머로 경멸 어린 시선을 던지고 제이신다를 따라가
자 뒤에 남은 블레이드는 자신이 제이신다의 내면에 잠자고 있던 괴
물을 끌어 낸 게 아닐까 생각했다. 그녀에게 사랑을 나누는 게 아주
즐거운 일이라는 걸 가르쳐 줬으니 다른 남자들과도 시도해 보지 않
을까? 그녀의 말에 따르면 어머니인 공작 부인도 대단한 바람둥이였
다던데. 저런 여자를 사랑하는 남자는 미치고 말 것이다.

"저기, 너!"

어둡고 위험한 눈길로 저편을 건너다보자 멀리서 경찰이 그를 쳐
다보고 있었다.

"이리로 와!"

뒤늦게야 자기 보호 본능과 자신의 목에 걸린 수많은 보상금을 떠
올린 블레이드는 휙 돌아서서 인상을 잔뜩 쓴 채 걸어갔다.

잠시 후 초라한 삯마차를 잡아 탄 그는 세인트 자일스가로 돌아왔

다. 내가 진정으로 속하지 않는 또 다른 장소지, 그가 씁쓸하게 생각했다. 그는 창가에 팔꿈치를 올리고 주먹으로 턱을 받쳤다. 들끓는 분노와 천박하고 잔인한 무법자가 되고 말았다는 수치심에 그는 잠시 눈을 감았다. 이것은 자신의 선택에 따른 결과였다.

그 여잔 잊어버려.

쉬울 거야. 그 여자 따윈 지옥에나 가라지. 그녀의 감미롭고 음탕한 육체도, 근사한 구애자들도, 빛나는 결혼도 다 지옥에나 가라지. 그녀는 필요 없었다. 그 누구도 필요 없었다.

사정이 달랐다면 그녀를 가질 수도 있었을 텐데. 그녀를 발치에서 기게 만들 수도 있었을 것이다. 하지만 그는 이미 15년 전에 자신의 길을 선택했다. 돌이킬 수는 없었다. 그러고 싶지도 않았다. 그녀를 위해서도, 그 누구를 위해서도.

아버지는 쉽게 곤경을 빠져나갈 자격이 없었다. 퍼시 형이 죽고 다른 후계자도 없으니 가문의 대가 끊길 터였다. 그의 생각에는 트루로 경에게 꼭 맞는 벌이었다.

그래, 시인의 말대로 천국에서 비굴하게 사느니 지옥에서 군림하는 게 나아. 이제 난 파이어 호크스의 두목 블레이드야. 한번 시작한 이상 끝장을 봐야지.

초라하고 낡은 마차가 빈민굴의 어둡고 구불구불한 골목길로 들어서자 그는 새로운 가족이 된 소박한 사람들을 떠올렸다. 이 거친 곳에서 그의 보호에 의지하고 있는 사람들을.

그는 마차가 굴러가는 동안 창 밖 도랑에서 놀고 있는 남루한 아이들을 내다보며, 전보다 두 배나 더 범죄자로서의 인생에 헌신하겠다고 말없이 맹세했다.

공원에서 벌어질 뻔한 끔찍한 재앙을 간신히 피한 제이신다는 나이트 하우스의 높이 솟은 검은 철제 문을 지나쳤다. 자신이 무시했을 때 블레이드의 눈에 떠올랐던 상처와 분노를 생각하자 아직도 몸이 떨렸다. 하지만 선택의 여지를 남겨 두지 않은 건 그 남자였다고! 그녀는 떨리는 다리로 가볍게 말에서 뛰어내린 뒤 말을 마부에게 건넸다.

하얀 주랑이 늘어서 있는 나이트 하우스의 현관 계단을 성큼성큼 올라가며 그녀는 로버트에게 자신의 운명을 들을 준비를 했다. 하지만 지금 더 시급한 문제는 리지에게 블레이드에 관해 털어놓는 것이었다. 비상한 시간 감각을 갖고 있는 집사 월시가 문을 열어 주자 그녀는 집 안으로 들어갔다.

"안녕, 월시. 그리피스 경이 아직 계시나요?"

그녀가 속삭였다.

"아닙니다, 아가씨."

집사가 정중하게 대답했다.

"다행이군요. 칼라일 양은 어디 있죠?"

"화실에 계십니다."

"고마워요."

그녀는 승마용 치마의 긴 자락을 팔뚝 위로 걷어들고 장갑을 벗으며 서둘러 대리석 계단을 올라갔다.

사랑스럽고 현명하고 엄마 같은 리지는 용기 있는 친구로, 언제나 말을 들어 주고 어깨에 기대 울게 해 주었다. 리지라면 이럴 때 어떻게 해야 할지 알 것이다.

어렸을 때부터 함께 자란 리지는 제일 친한 친구이자 나이트 가문의 둘째 딸 같은 존재였다. 리지의 아버지는 그의 아버지와 그 아버지가 그랬던 것처럼 호크스클리프 홀의 재정 담당자로 일하며 로버트의 신뢰를 받고 있었다. 칼라일 씨가 죽었을 때 겨우 네 살이었던 리지는 그 때부터 공작의 피후견인이 되었고 당시 세 살이었던 레이디 제이신다의 말벗이 되었다. 제이신다 역시 자상한 오빠들은 있었지만 어린 고아로서 외로웠으므로 리지는 그녀의 즐거운 놀이친구가 되어 주었다.

계단 위에 다다를 무렵 위층에서 소란스러운 소리가 들렸다. 처음에 제이신다는 어젯밤 그녀의 '모험'에 대한 논쟁이 계속되고 있는 줄 알았다. 놀라고 화난 기분으로 나머지 계단을 뛰어 올라갔지만 다행히도 그 소란은 그녀 때문이 아니었다.

앨릭 때문이었다.

당당한 다섯 형제 중 막내인 앨릭 나이트 경은 금발의 아도니스로 삼라만상을 홀리는 매력적인 난봉꾼이었다. 특히 여자들을. 여자들은 앨릭을 숭배했다. 본인들도 어쩔 수 없는 것 같았다. 다섯 살짜리 꼬마 소녀들은 자신들이 크면 결혼해 달라고 앨릭을 졸라 댔고, 좀더 나이 든 귀족 미망인들은 앨릭이 휘스트 테이블을 지나가면 몰래 그의 엉덩이를 꼬집곤 했다.

모두들, 특히 리지가 걱정스럽게 앨릭의 주위를 서성거리고 있는 가운데 앨릭은 왕자처럼 방 한가운데에 앉아 신발을 벗은 채 발을 받침대에 올려놓고 있었다. 실력이 뛰어난 의사가 조심스럽게 그의 발을 만졌다.

"오우! 대체 눈을 어디다 두는 거요, 경솔한 사람 같으니."

앨릭이 거만하게 말했다.

"빌어먹을 발목이 아프다고 말했잖소!"

"앨릭 오빠! 무슨 일이야? 괜찮아?"

걱정스러운 얼굴로 제이신다가 그에게 달려갔다. 오빠 부부들이 다시 화해한 걸 보니 그나마 다행스러웠다. 몰리는 유모에게 안겨 방실대고 있었고, 미스 후드는 여전히 심술궂지만 그래도 좀 누그러진 얼굴로 창가 의자에 앉아 뜨개질을 하고 있었다.

"안녕, 재스."

앨릭이 부끄럽다는 듯이 씩 웃더니 아픔 때문에 얼굴을 찌푸리며 의사를 노려보았다.

"의사양반, 내가 말한 것 같은데……."

의사는 신중하게 팔짱을 낀 채 옆에 서 있던 로버트를 쳐다보았다.

"공작 각하, 발목이 부러졌습니다."
"내가 계속 하려고 했던 말이 그거요."
앨릭이 쏘아붙였다.
"고치시오."
로버트가 명령했다.
"알겠습니다, 공작 각하."
"오, 앨릭 오빠, 이 바보! 대체 무슨 짓을 저지른 거야?"
제이신다가 몸을 앞으로 내밀고 앨릭의 뺨에 키스했다.
"못된 일에 말려들었구나?"
"너만큼은 아니라고 장담해."
다 안다는 얼굴로 그녀를 슬쩍 보며 앨릭이 중얼거렸다.
"바보 같은 내기였지, 뭐."
앨릭이 의자에서 불편하게 몸을 뒤척였다.
"나한테 전부 다 말해 줄 거지……."
"아니."
로버트가 끼어들었다.
"제이신다에게는 한 마디도 하지 마. 월시, 올버니에 있는 앨릭 경
의 방에 가서 필요한 건 전부 다 가지고 오도록 하게."
"알겠습니다, 각하."
집사가 절을 하며 말했다.
"아주 좋은 생각인데!"
아픔 때문에 얼굴을 찌푸리고 있던 앨릭은 이 곳에 머물면서 충성
스러운 하인들과 좋아하는 여자들의 시중을 받으라는 형의 제안에
얼굴을 폈다. 그가 혼자 살고 있는 커즌가 근처의 호화로운 호텔의
바쁜 직원들보다는 집안 식구들 쪽이 그를 더 세심하게 보살펴 줄
게 분명했다.
리지가 몸을 숙여 넋이 나간 얼굴로 그의 상처를 살피자 앨릭이
그녀의 손을 잡아 여자들과 아무렇지도 않게 시시덕거리던 그 모습

그대로 손등에 키스를 하고는 자신의 가슴에 갖다 대었다.

"비츠, 천사답게 와인 좀 갖다 줄래?"

"물론이죠."

앨릭이 애칭을 부르자 리지는 사랑스럽게 미소를 지으며 중얼거렸다.

"오, 앨릭, 하인들에게 갖다 달라고 해."

제이신다가 항의했다.

"비츠가 갖다 주는 게 더 맛있어."

앨릭이 리지의 마음을 어지럽히는 웃음을 날리며 말했다.

"괜찮아. 난 상관없는걸. 잠시면 되는데 뭐."

리지는 얼굴을 붉히며 허둥지둥 말을 잇더니 가볍지만 소유욕이 넘치는 앨릭의 손에서 손을 뺀 뒤 서둘러 나갔다.

제이신다는 팔짱을 꼈다. 앨릭과 리지가 한 집에 머문다는 게 갑자기 마음에 들지 않았지만 아무 말도 하지 않았다. 리지는 아홉 살 때부터 이 난봉꾼을 사랑했다. 비록 오래 전에 그 열병에서 벗어났다고 말하긴 했지만. 제이신다는 제발 그 말이 사실이길 바랐다. 그녀는 난봉꾼인 오빠를 사랑하긴 했지만, 피터섬 경이 취미로 코담뱃갑을 모으듯 앨릭은 여자들의 심장을 모았다. 그녀는 리지가 결혼을 통해 진정한 가족의 일원이 되길 진심으로 바랐지만, 앨릭은 리지의 여린 심장을 산산조각 내고 말 것이다.

"제이신다, 단둘이 할 말이 있다."

로버트가 말했다.

"알았어."

그녀는 로버트의 뒤를 따라 복도로 나갔다.

로버트가 문을 닫고 그녀에게 돌아섰다.

"난 너의 바보 같은 행동을 미리 알아채고 막지 못한 미스 후드를 해고하고 싶었지만, 벨이 그러지 말라고 설득했다. 그런 그렇고 그리피스 경과 이야기했다. 결혼은 없던 일로 하자고."

“그리피스 경이 나한테 화가 났죠?”

“아니.”

“오빠는?”

로버트는 그저 한숨을 내쉬며 고개를 흔들 뿐이었다.

“미안해요. 정말로.”

“알아.”

로버트가 아버지처럼 그녀를 포옹했다.

“그저 너 때문에 걱정될 뿐이야, 아가야. 네가 널 숭배하는 남자들을 노예로 만드는 걸 보고 있자면…… 문제가 생길지도 모른다고 생각할 수밖에 없단 말이다. 복도로 나오다 몰리가 계단 위에서 시소를 타는 걸 본 때랑 똑같아. 내 평생 그렇게 빨리 움직여 본 적은 없었을 거다……”

“난 두 살배기가 아니야.”

“미안하지만 가끔은 네가 두 살배기이기를 바란단다. 그 때는 그래도 널 쫓아다니는 게 쉬웠거든. 어쨌든 네 질문에 대답을 하자면 아니, 너한테 화나지는 않았어. 그저 걱정스러울 뿐이야.”

로버트가 그녀의 어깨를 살짝 잡고 약간 떼어 놓으며 진지하게 제이신다의 눈을 들여다보았다.

“널 시골로 보낼 거다……”

“로버트. 하지만 이제 시즌이 막 시작되었는데!”

“어이, 어이. 이건 네가 초래한 거잖니.”

그가 꾸짖었다.

“남은 4월은 호크스클리프 홀에서 보내거라. 고요하고 평화로운 시골에서 네 잘못을 반성하렴.”

제이신다가 신음 소리를 냈다.

“샬로트 공주의 결혼식 날 저녁 데번셔에서 열리는 무도회에는 참석해도 좋아. 그 무도회를 고대하고 있었을 테니까 말이다.”

“그럼 리지와 같이 가도 돼요?”

로버트와 같이 화실로 돌아가며 그녀가 의기소침하게 물었다.

"리지가 원한다면 그렇게 해."

잠시 후 제이신다는 리지에게 같이 시골로 가자고 부탁했다. 하지만 리지가 대답하기도 전에 앨릭이 끼어들었다.

"오, 안 돼. 리지는 여기 남아 날 돌봐 줘야 해."

제이신다는 앨릭에게 콧방귀를 뀌고는 리지의 팔을 잡았다.

"앨릭 오빠, 리지는 오빠랑 간호사 놀이를 하는 것보다는 다른 일을 하는 게 좋을 거야."

"아니, 안 그럴걸."

앨릭이 으스댔다.

"그렇지, 비츠?"

리지가 당황한 얼굴로 그녀에게 몸을 돌렸다. 버릇없는 앨릭의 제안이 맘에 드는 듯이.

"리지! 시골에 나 혼자 있으면 지겨워서 죽어 버릴 거야!"

망설이는 친구의 태도를 본 제이신다가 외쳤다.

"말도 안 되는 소리. 미스 후드도 있잖아."

앨릭이 교활하게 말했다.

"재스, 그리고 이건 휴가가 아니라 벌이란 말야. 게다가 좀 이기적이란 생각이 들지 않니? 네 바보 같은 행동 때문에 왜 비츠가 시즌을 놓쳐야 하지?"

"리지는 시즌 따윈 상관 안 해. 그리고 '내 바보 같은 행동'에 대해 말하자면, 난 적어도 누구처럼 어리석은 내기로 발목을 부러뜨리지는 않았어. 오빠는 리지가 여기서 시중을 들어 주기를 바라는 거잖아. 마치 리지가 스패니얼이라도……."

"욕심쟁이! 그러는 넌? 넌 리지가 네 뒤를 졸졸 따라다니며 네 이야기만 들어 주길 바라는 거잖아……."

"제발, 둘 다 그만둬요!"

리지가 두 사람을 번갈아 쳐다보며 외쳤다.

"나 지금은 시골에 가고 싶지 않아. 여기 남아 앨릭을 도와 줘야
해……."

"나 대신 오빠를 선택한다는 거야?"

제이신다가 물었다.

"내가 봄에는 건초열이 심하다는 걸 잊었어? 정신없이 재채기만
해 대며 너나 사냥개 뒤를 따라 풀밭을 헤매는 건 사양하고 싶어."

"잘했어, 아가씨!"

앨릭이 고소해했다.

리지가 화를 내며 덧붙였다.

"앨릭의 말이 옳아. 이건 네 벌이잖아. 내가 왜 널 즐겁게 해 주기
위해 가야 하는 건지 모르겠어. 넌 프랑스로 떠날 때 내 걱정 따윈
안 했잖아. 또 앨릭 경은 지금 날 필요로 해."

리지가 앨릭의 어깨에 손을 얹었다.

"공작 부인이나 하인들은 경을 제대로 돌보지 못할 거야."

앨릭의 손이 리지의 손을 부드럽게 감쌌다.

제이신다는 깜짝 놀라며 두 사람을 바라보았다. 그리고 다음 순간
중얼거렸다.

"네가 하고 싶은 대로 해."

그녀는 친구의 눈을 보며 앨릭을 조심하라고 말없이 경고했다.

"자, 아가씨."

미스 후드가 의자에서 일어서더니 뜨개질 거리를 팔에 걸치고는
제이신다에게 다가왔다.

"시골로 갈 짐을 꾸려야죠. 내일 날이 밝자마자 떠날 테니."

다음 날 아침 7시경에는 이미 제이신다를 호크스클리프 홀로 데려
다 줄 사륜마차와 수행 하인들이 준비를 마친 뒤였다. 리지는 여전히
마음을 바꾸지 않았다. 아니, 이상형의 남자와 단둘이 시간을 보낼
유일한 기회를 놓치지 않겠다는 생각이 더 확고해진 듯했다. 제이신
다는 가족들과 작별 인사를 나누었다.

런던에서 조상 대대로 내려오는 성인 호크스클리프 홀이 있는 컴
벌랜드의 황무지까지는 나흘이 걸렸다. 하지만 심술궂은 가정교사와
좁은 마차 안에 갇혀 있으려니 두 배나 더 먼 것 같았다. 무뚝뚝하고
날카로운데다 잘못을 조금도 용납하지 않는 미스 후드 때문에 제이
신다의 하녀인 앤은 결국 여행길의 대부분 동안 마차 안의 긴장을
피하기 위해 바깥쪽 자리로 도망쳤다. 여행이 둘째 날로 접어들자,
제이신다는 빌리 블레이드와 만난 이래 자신이 얼마나 변했는지 서
서히 깨달았다.

런던에서 그레이트 노스 로드로 다녔던 적은 여태껏 셀 수도 없
을 정도였지만, 곳곳에서 수난을 겪는 사람들의 모습이 눈에 들어온
것은 이번이 처음이었고 그녀는 그 모습에 충격을 받았다. 블레이드
가 말한 그대로였다. 그들이 지나간 곳 중에는 인적이라고는 전혀
없는 반쯤 타다 남은 조용한 방직 공장도 있었다. 도시에서는 워털
루의 영웅들이 다리를 절며 술에 취한 채 구걸을 하고 있었다. 하룻
밤을 지내기 위해 요크에서 멈췄을 때, 흥분한 떠돌이 농민 하나가
새로운 기계에게 일자리를 빼앗기는 바람에 생계가 막막해졌다고
광장에서 떠들어 대는 소리가 들렸다. 제이신다는 그 사람의 이야기
를 더 듣고 싶었지만 미스 후드 때문에 재빨리 호텔 안으로 떠밀려
들어가야 했다.

그리고 밤 시간이면 제이신다는 블레이드가 일깨운 게 세상에 대
한 새로운 인식만이 아니라는 사실을 깨달았다. 그녀는 호텔 침대에
누워 떠올리고 싶지 않은 기억으로 불타올랐다. 자신의 입술에 닿던
그의 입술과 가슴에 닿던 그의 손길을. 눈을 감자 그의 매혹적인 문
신이 생생하게 떠올랐다. 그리고 꿈속에서 그녀는 입술과 손으로 그
의 문신 하나하나를 세심하게 애무했다.

오, 자신의 실수에 대해 좀더 심사숙고했어야 했는데! 제이신다는
대담하고 무례한 무법자에 대한 갈망을 억누르려고 애썼다. 로버트의
감시에서 벗어나자 자신이 어떤 인간인지 여태껏 정말 몰랐음을 인

정할 수 있었다. 블레이드는 음탕한 엄마의 끔찍한 피가 그녀의 몸속에도 흐른다는 사실을 의심의 여지가 없이 증명했다. 그녀 역시 남자의 애무를 바라는 유혹에 쉽게 넘어가는 여자라는 사실을.

아니, 어쩌면 그녀에게 그런 영향을 끼치는 이는 빌리 블레이드뿐일지도 몰랐다. 그렇다면 그 사실은 더 끔찍했다.

또 다른 헛된 갈망의 밤을 보낸 뒤 그녀는 서로의 다른 처지와 절대 그를 가질 수 없다는 사실에 절망했다. 비록 그 남자가 왕자라고 해도, 그래서 적당한 결혼 상대라고 해도 그 남자는 오빠들만큼이나 독재적이라고 제이신다는 애써 스스로를 다독였다. 자신이 원치 않는 바로 그런 남자라고. 그 생각 덕분에 제이신다는 이성을 되찾았다. 물론 하이드 파크에서 자신이 무시하자마자 냉정해지던 그의 눈도 도움이 되었다.

그 남자에 대해선 잊어.

그 날 밤 그의 방, 그의 침대에서 두 사람 사이에 어떤 일이 있었든 간에 그 날 공원에서 그녀가 전부 다 망쳐 버린 것이다. 그리고 그것이 최선이었다.

한 주 뒤, 블레이드는 퀼런을 문 채 밤일을 위해 칼을 갈고 있었다. 하이드 파크에서 돌아온 그 날 밤 그가 했던 맹세는 메이페어가와 세인트 제임스가의 호사스러운 집들을 터는 행위로 이어졌다. 누군가가 복도를 내려오는 소리가 들리자 그는 세심하게 꼭 닫은 방문을 쳐다본 뒤 재빨리 제이신다의 다이아몬드 목걸이를 부츠 속에 감췄다.

아직은 그녀의 목걸이를 전당포에 맡기지 않고 있었다. 그렇다고 해서 자신처럼 숙달된 도둑들과 함께 살고 있는 이 집에 감춰 둘 수도 없었다. 이 목걸이를 가지고 있는 건 언젠가 사랑스런 그 여자의 목구멍에 처넣기 위해서일 뿐이라고 자신에게 말했지만, 사실은 레이디 제이신다를 추억할 수 있는 유일한 기념품이기 때문에 목걸이를

내놓고 싶지 않다는 것이 슬픈 진실이었다. 혹시 아는가? 그 목걸이
가 행운을 가져다 줄지.

그 때 누군가가 방문을 두드렸다.

"들어와."

문이 열리고 네이트가 곱슬머리를 안으로 들이밀었다.

"갈 시간이야."

"지미가 마차 준비를 마친 거야?"

"거의 끝났어."

네이트가 방으로 들어와 문을 닫았다. 그리고는 손을 따뜻하게 하
려는 듯 두 손을 맞비비더니 관절을 꺾었다.

블레이드는 궐련을 문 채 가장 마음에 들어하는 칼을 천천히 마저
갈았다.

"오늘 에디를 봤어?"

창문에 기대며 네이트가 물었다.

"아니."

"요즘 며칠 동안 그 애를 본 사람이 없어."

"재봉사를 덮치고 있는 모양이지."

블레이드가 말꼬리를 늘였다.

"걱정도 안 돼?"

"녀석은 목숨이 아홉 개야. 그 때 그 부자 아가씨한테서 훔친 돈을
돌려주라고 해서 아직 화가 나 있는 모양이지. 돌아올 거야."

네이트가 어깨를 으쓱하며 잠시 동안 벽을 쳐다보았다.

"왜 그래?"

블레이드가 물었다.

네이트가 얼굴을 찌푸리며 돌아서서 머리를 긁적였다.

"오늘 저녁 일은 취소해야 할 것 같아."

"뭐라고? 왜?"

"모르겠어. 그냥 뭔가 이상해."

블레이드가 콧방귀를 뀌었다.

"이봐, 친구. 나흘 밤 동안 여섯 집이나 털었잖아. 조금 무모한 것 같지 않아? 너무 많잖아."

"오, 징징거리지 마, 네이트. 가고 싶지 않으면 대신 앤드루나 마이키를 넣어."

"그런 게 아니야! 내 일은 내가 해."

"근데 왜?"

"나도 모르겠어."

네이트가 고개를 흔들었다.

"뭔지는 모르겠지만 하여간 이상한 기분이 들어."

블레이드가 흥 소리를 내고는 일어서서 담배를 벽난로에 던졌다.

"오딜이 최근에 너무 조용한 게 이상하지 않아?"

네이트가 말했다.

"이상할 것 없어. 앞이 안 보일 테니까 말야. 지난번 만났을 때 거의 눈이 튀어나오게 만들어 놨거든."

블레이드는 능숙하게 총에 장전을 하고 검은 가죽 코트를 입은 다음 네이트의 어깨를 툭 쳤다. 그리고는 다정하게 목덜미를 잡아 문간으로 데려갔다.

"아가씨들에게 가서 춤출 시간이라고 말해."

"넌 정말 악당이야."

네이트가 방을 나서다 멈췄다.

"하지만 그들은 지옥까지라도 널 따라갈 거야. 나도 그렇고."

블레이드의 자유분방한 미소가 진지해졌다.

"나도 알아. 고마워, 네이트."

"우리를 산 채로 다시 여기에 데려다 주기만 해, 알았지?"

"언제나 그랬잖아."

블레이드가 대답하자 네이트는 다른 사람들을 부르러 복도로 내려 갔다.

　잠시 후 포트먼 광장의 보도 위를 지나가던 삯마차에서 검은 복장 일색의 남자 다섯이 내려 몰래 어둠 속으로 숨어들더니 담을 훌쩍 넘어 정원의 부드러운 잔디밭으로 가볍게 뛰어내렸다.

　그들은 텅 빈 화려한 대저택의 뒷문으로 능숙하게 다가갔다. 두 남자가 앞장을 서서 뒤따라오는 두 남자를 엄호해 주었다. 포석이 깔린 베란다에 도착하자 그들은 조용히 석조 난간을 넘었다. 안개가 자욱해 습기가 많아서 작업을 하기에 적당하지는 않았지만, 빗소리 덕에 그들이 내는 작은 소음들이 묻힐 수 있었다.

　블레이드와 네이트는 문으로 다가갔다. 네이트의 엄호 아래 블레이드는 코트에서 ‘단도’를 꺼낸 뒤 몸을 숙여 침착하게 세 개의 자물쇠를 따기 시작했다. 한편 사지와 플래허티는 가장 촉망받는 젊은 도둑인 앤드루와 함께 창가로 다가갔다. 세 사람은 안을 들여다보았다. 아무 것도 보이지 않자 그들은 마침 마지막 자물쇠를 따고 있던 블레이드에게 신호를 보냈다.

　흥분으로 심장이 떨렸지만 얼굴의 반을 가린 푸른 손수건 뒤로 흘러나오는 그의 숨소리는 고르고 편안했다. 블레이드가 일어나서 한 손을 문에 얹고 부드럽게 손잡이를 돌렸다. 다른 사람들은 들어갈 준비를 한 채 기다렸다. 블레이드가 문을 살짝 열었다. 집 안에서 인기척이 들리는지 귀를 기울여 보았지만 아무 소리도 들리지 않았다.

　언제나 그렇듯이 그의 정보는 정확했다. 대프니 테일러 양은 아직 사촌들과 같이 있을 것이다. 그녀의 부모인 에러드 자작 부부는 인플루엔자에 걸린 어린 자식들 때문에 귀향이 늦어지고 있을 터였다. 그들은 2주일 후에는 런던으로 돌아올 예정이었고 거기에 맞춰 하인들이 이번 주부터 집을 청소하기로 되어 있었지만 지금 이 큰 집은 텅 비어 있었다.

　블레이드는 부하들에게 고개를 끄덕이고 집 안으로 들어갔다. 능숙한 전문가들답게 그들은 미리 탈출로를 알아 두었다. 모두 다 자신들을 태울 지미의 마차가 언제 건너편을 지나가는지 정확한 시각을 알고 있었다. 그들은 전에 수도 없이 했던 것처럼 집 안의 구조도 꿰뚫고 있었다. 들어왔다 나가는 데에는 20분이면 충분했다. 괜히 머뭇거릴 필요도 없었다. 일단 문지방을 넘자 그들은 집 안을 철저히 뒤졌다.

블레이드는 목표물이 금고라고 부하들에게 미리 말해 준 바 있었다. 하지만 집 안으로 들어가자 나머지 네 명은 들어가는 방마다 싹쓸이를 했다. 눈에 띄는 값진 것들은 전부 가방에 집어넣었다. 은촛대, 예쁜 코담뱃갑, 난로 위에 놓인 골동품 등 모두 다. 오직 금고에만 관심을 둔 블레이드는 복도에서 그들을 기다렸다. 그런데 갑자기 어두운 방 안의 천을 씌운 가구들이 유령처럼 보였다.

맙소사, 마치 무덤처럼 조용하군. 그는 생각했다.

오래 전부터 위험을 경고해 주던 목 뒤의 솜털이 일어섰다. 하지만 위협거리가 보이지 않았다. 블레이드는 뒤를 돌아보고는 다시 앞의 복도를 내다보았다. 갑자기 이번 일이 너무 싫어졌다. 뭐가 잘못인지는 모르겠지만. 어쨌든 너무 쉬웠다.

"어서 와, 이 도둑놈들아."

그가 중얼거렸다.

부하들이 그의 뒤를 따라 위층으로 올라왔다. 블레이드는 버릇대로 조용히 움직였지만 2층으로 그리고 3층으로 올라가는 동안 자만심이 지나친 부하들은 자신들의 몸무게로 계단이 삐거덕거려도 신경쓰지 않았다. 그들은 V자 대형을 한 채 복도를 따라 금고가 있을 주인의 침실을 찾아갔다.

마침내 본관 왼쪽 구석에 있는 자작의 침실을 찾았다. 커다란 응접실로 들어가는 문은 열려 있었다. 달빛이 멋들어진 셰라턴 장롱과 창가 받침대 위에 놓인 중국 도자기를 드러냈다. 사지와 플래허티는 곧장 응접실을 뒤지기 시작했고, 앤드루는 블레이드보다 먼저 부속 침실로 몰래 들어갔다. 그의 뒤를 따르던 블레이드는 문가에 잠시 멈춰 서서 황금색 이불이 덮인 거대한 사주식 침대를 바라보았다. 왕의 침대처럼 널찍한 매트리스 위에 누우려면 번쩍이는 나무 계단을 네 개나 올라가야 했다. 방직 공장 옆 보도 위에서 잠을 자야 하는 이웃 아이들을 생각하자 혐오감이 치솟아 블레이드는 고개를 흔들었다. 적어도 오늘 밤의 일로 그 중 몇 명은 좀더 오래 살 수 있을 것이다. 그런 생각을 하고 있는데 네이트가 마침 응접실에서 그를 불렀다.

"금고를 발견했어!"

블레이드는 순식간에 응접실을 가로질러 부하들의 옆에 쭈그리고 앉았다. 자작의 책상 뒤에 형편없이 감춰진 금고가 눈앞에 있었다. 쇠로 된 평방 1미터의 사각형 금고는 단순했고, 여는 데 별로 힘이 들 것 같지도 않았다. 다가올 승리의 흥분을 느끼고 좀 전의 불편한 기분 따위는 까맣게 잊은 채, 그는 단도로 자물쇠를 열었다. 그리고 기대감에 숨을 멈춘 채 금고의 문을 열었다. 금고 안으로 손을 들이밀자 차가운 금속이 잡혔다.

둥글고 작은 사슬이었다.

"이게 뭐지?"

"비었어?"

네이트가 급하게 속삭였다.

"아니, 뭔가가 있기는 한데⋯⋯."

블레이드는 손으로 이상한 물건을 잡았다. 뭔가 거친 게 또 잡혔다. 마치⋯⋯ 밧줄 같은 것이.

앤드루가 창가에서 지미와 마차를 지켜보고 있었다. 사지와 플래허티는 그와 네이트에게로 다가와 자신들이 훔친 물건을 보려고 몸을 숙였다. 블레이드가 물건을 꺼냈다. 다음 순간 그의 눈이 공포로 커졌다.

"대체 그게 뭐야?"

네이트가 말했다.

"도망쳐."

블레이드가 내뱉었다. 하지만 금고 안에 있던 물건을 본 순간 네 사람은 그대로 얼어붙었다. 수갑과 교수대 밧줄이었다.

"도망쳐!"

블레이드가 소리치며 벌떡 일어나 휙 돌아선 순간 천이 씌워진 가구들이 살아 움직였다.

20명의 보 스트리트 경찰들이 덮고 있던 천을 벗어 던지고 그들에게 달려들었다.

7

햇살이 반짝이는 황무지와 굽이치는 계곡이 끝없이 펼쳐졌다. 짙
푸른 페나인 산맥의 산등성이가 저 멀리 보였다. 차갑지 않은 상쾌한
바람이 짙푸른 하늘에 잔뜩 낀 구름을 몰아냈다. 황무지에 핀 가시
금작화와 히스가 바람에 파도처럼 넘실거렸다. 제이신다가 입고 있던
능직 사냥복 치마가 다리에 휘감겼다. 브리타니 스패니얼 사냥개가
히스 새싹을 먹고 있던 홍뇌조 한 쌍에 달려드는 동안 제이신다는
머스킷총을 어깨에 얹은 채 기다렸다.

새들이 화들짝 놀라 하늘로 날아올랐다. 그 순간 부드러운 털을
가진 스패니얼이 털썩 주저앉아 돌아오라는 명령을 기다렸다.

제이신다는 눈을 가늘게 뜬 채 요리조리 방향을 바꾸는 새들을 겨
눴다. 새들 중에서도 하늘로 떠오른 첫 번째 무리가 다른 놈들보다
더 나이도 많이 먹고 강했다. 뇌조는 일단 한번 가임기가 지나면 두
번 다시 새끼를 낳을 수 없기 때문에 그것들만 골라서 잡으면 번식
에도 전혀 영향을 주지 않았다.

타앙!

연기가 나오면서 총소리가 계곡에 울려 퍼졌다. 큼직한 놈이 떨어

졌다. 제이신다가 고개를 끄덕여 보이자 사냥터지기는 개에게 명령을
내렸다. 훈련받은 스패니얼이 관목과 풀밭을 누비며 쏜살같이 달려갔
다. 적갈색과 흰색이 섞인 긴 개털이 햇살을 받아 반짝였다. 하지만
아직 훈련 중인 화려한 점박이 포인터 강아지는 흥분한 듯 펄쩍 뛰
더니 죽은 새를 향해 격렬하게 짖어 댔다. 훈련이 잘 된 하인처럼 진
지하게 자신의 임무를 다하고 있는 능숙한 사냥개도 포인터 강아지
때문에 초조해질 판이었다. 스패니얼이 뇌조를 살짝 물고 사냥터지기
에게 가져왔다. 매컬로는 웃으며 뇌조를 받아 가방에 넣고는 제이신
다를 쳐다보았다.

"좋은 새인뎁쇼, 아가씨."

리지가 없어 외로운 것만 빼고는 시골의 한가한 생활에 적응하기
란 생각보다 쉬웠다.

"멋진 솜씨예요, 아가씨."

뒤에서 새침한 목소리가 들렸다.

긴 가죽 장갑을 낀 손으로 해를 가린 채 제이신다가 가정교사에게
로 몸을 돌렸다.

"이런, 고마워요, 미스 후드."

가정교사는 요즘에야 다시 제이신다에게 따뜻하게 굴고 있었다.

널찍한 황무지를 따라 사냥이 계속되었다. 개들이 앞장을 서서 예
민한 코로 야생 백리향과 노란 딸기꽃 냄새가 묻어 나는 새들의 냄
새를 맡았다. 그 뒤를 제이신다와 더불어 호크스클리프 가문의 진녹
색 제복을 입은 하인, 피크닉 바구니와 커다란 파라솔을 든 하인 셋,
그리고 안장을 얹은 제이신다의 말을 끄는 마부 둘이 따라왔다. 구불
구불한 산등성이를 따라 낮은 돌담이 세워진 영지의 경계에 다다르
자 사냥터지기가 그녀에게 고개를 끄덕이며 뇌조를 가리켰다.

제이신다는 소년에게서 새로 장전된 총을 받아 어깨에 얹고는 새
들이 날아오르길 기다렸다. 스패니얼이 덤벼들자 놀란 새들이 하늘로
날아올랐다. 제이신다는 미친 듯이 지그재그로 움직이는 커다란 새를

겨누었다.

"타앙!"

놓쳤다. 새는 솜씨 좋게 피하며 나무 위로 급강하했다. 담 너머로. 순간 흥분한 포인터가 귀를 쫑긋 세운 채 새를 쫓아 들판을 가로지르자 제이신다는 눈을 크게 떴다. 누가 말리기도 전에 개는 담을 기어올라 나무 사이로 사라졌다. 개 짖는 소리만이 들려 왔다.

"맙소사."

제이신다가 중얼거렸다.

"가서 개를 데리고 와라, 애야."

매컬로가 명령하자 소년이 고개를 끄덕이고는 개를 쫓아갔다.

"저기는 그리피스 경의 영지인가요?"

눈썹을 조심스럽게 들어올리며 미스 후드가 물었다.

"아닙니다."

매컬로가 대답했다.

"그리피스 경의 영지는 공작님의 영지와 북서쪽으로 이어져 있습죠. 저희는 지금 동남쪽에 있고요. 저 숲은 드러먼드 백작의 저택인 위플리트 장원의 일부입죠."

"정치가인 드러먼드 경 말인가요?"

미스 후드가 놀란 목소리로 물었다.

제이신다가 고개를 끄덕였다.

"맞아요. 지금쯤은 그 분도 나이가 꽤 들었을걸요. 어렸을 때 이후로는 그 분을 본 적이 없지만요."

그녀는 착한 스패니얼의 머리를 톡톡 건드렸다.

"로버트는 그 분이 심술궂다고 하던데요. 물론 오빠는 모든 토리당원들을 다 심술궂다고 하지만요. 드러먼드 경은 내무부 장관의 특별 고문관일 거예요."

매컬로가 씩 웃었다.

"그 분이 영지에 골프 코스를 만드셨다는 이야기를 들으셨나요?"

"그래요?"

제이신다가 관심을 보였다. 요즘에는 그 스코틀랜드식 운동이 인기였던 것이다.

갑자기 멀리 숲 속에서 개가 미친 듯이 짖는 소리가 들렸다. 개에게 화난 듯 소리를 질러 대는 사람의 목소리가 들리자 제이신다는 숨을 들이마셨다. 소년의 새된 목소리도 들렸다. 그녀와 매컬로는 놀란 표정을 주고받았다.

"제가 가 보겠습니다."

매컬로가 드러먼드 경의 영지로 달려가며 말했다.

"기다려요!"

"아가씨!"

미스 후드가 화가 나서 외쳤다.

"드러먼드 경이 저 아이가 밀렵을 하는 중이었다고 생각하면 어떻게 해요?"

제이신다는 쏘아붙이고 나서 총을 쥔 채 사냥터지기의 뒤를 쫓았다. 돌담에 이르자 그녀는 치마를 발목까지 들어올리고 나무 그루터기 위로 잽싸게 올라갔다. 그리고는 가볍게 뛰어내린 뒤 매컬로를 바싹 뒤쫓아갔다.

숲가에 이르자 양쪽에 노란 스코틀랜드 금작화 무리가 피어 있는 작은 오솔길이 보였다. 제이신다는 그 길을 내달렸다. 나뭇가지 사이로 부드럽게 불어 가는 바람 소리 사이로 들려 오는 포인터의 울음소리를 따라. 자작나무와 물푸레나무, 참나무가 가만히 몸을 흔들어 댔고 여기저기서 드문드문 검은 오디 열매가 눈에 띄었다. 소리가 점점 커졌다. 여러 마리의 개가 짖는 소리, 흥분을 토해 내는 남자의 목소리, 소년의 고함 소리, 그리고 그 상황을 해결하려고 애쓰는 매컬로의 목소리가 들렸다.

손을 저어 벌레를 쫓아내며 그녀가 현장으로 뛰어들자 커다란 콜리 두 마리와 원을 그리며 뱅뱅 돌고 있던 포인터가 마침 연못으로 뛰어들더니 못가의 오리들을 뒤쫓았다. 오리들이 겁에 질린 듯 꽤액 꽤액 소리를 지르며 도망갔고, 개는 오리를 잡으려고 이리 저리 텀벙거리며 물을 튀겼다.

화가 난 콜리 주인이 낚싯대를 손에 든 채 연못가에 서 있었다. 긴 장화에 트위드 재킷 차림의 남자는 엄격한 얼굴에 꽤 나이가 들어 보이는 사람이었다. 개가 연못을 휘저으며 물고기들을 놀라게 하자 남자는 소리를 질러 댔다.

자신을 잡으려는 소년의 손길을 피한 포인터가 낚시꾼의 인정을 받고 싶다는 듯이 연못가로 털썩 뛰어 나오더니 기분 좋게 짧은 털을 흔들어 대는 바람에 남자의 안경과 온몸에 흙탕물이 튀었다.

"앉아, 이 바보 같은 개야!"

노인이 고함을 질렀다.

다 큰 강아지도 겁이 난 듯 얼른 엉덩이를 깔고 앉았다.

제이신다는 얼굴을 찌푸렸다. 정식으로 인사를 나누지는 않았지만 자신들이 무례하게 방해한 이 거만한 남자야말로 백작이 분명했다. 명령조의 목소리만 들어도 알 수 있었다. 혹시나 하는 마음이 들었다 해도 노인에게 조심스럽게 다가오는 창백한 검은 옷의 의사를 보면 분명했다.

"경, 제발 진정하십시오. 그렇게 화를 내시면 심장에 좋지 않습니다."

"오, 저리 가시오. 의사양반."

그렇게 말하기는 했지만 백작은 가슴을 살짝 문지르고 있었다.

포인터가 잘못했다는 듯이 낑낑거리며 백작에게 발을 내밀었다.

"쏴 버리기 전에 이 바보 같은 개를 당장 데리고 가. 그리고 당신, 지금 내 영지를 침범하고 있소!"

씩씩거리던 백작이 서둘러 개를 붙잡는 매컬로를 향해 소리를 질렀다.

"내 영지에서 뭘 하고 있는 거지? 밀렵을 하고 있는 건가, 응? 내 사냥감들을? 내가 집에 없다고 생각한 모양이지?"

"용서하십시오, 백작님. 저희 댁 아가씨가 황무지에서 사냥을 하고 계셨는데 이 개가 갑자기 뛰어나간 겁니다. 정말 죄송합니다."

"아가씨라니, 누구? 호크스클리프 공작 따님?"

노인이 날카롭게 물었다.

"그런 아가씨는 고상해서 사냥 같은 건 안 할 텐데. 빌어먹을 벼락부자의 딸인 모양이군."

"아뇨, 백작님, 전 사냥을 좋아한답니다."

웃음을 참으며 제이신다가 그들에게 다가갔다.

심술궂은 노인은 손수건으로 안경을 닦으며 그녀를 노려보았다.

"총을 들고 뭘 하는 거지?"

노인이 물었다.

"새 사냥을 하고 있었어요, 백작님. 놀라게 해 드린 게 아니길 바라겠어요. 개를 데리고 가."

제이신다는 포인터의 목에 개 목걸이를 두르는 소년에게 명령했다.

"곡물법 때문에 날 암살하러 온 급진주의자가 아니라면 상관없소."

드러먼드 경은 무뚝뚝하게 말하고는 둥근 안경을 썼다.

"맙소사! 조지아나와 똑같잖아."

그가 갑자기 말했다.

"그 분의 딸이니까요."

백작에게 손을 내밀며 제이신다가 조심스럽게 대답했다.

백작은 장갑을 낀 그녀의 손을 자동적으로 살짝 잡고 고개를 수그렸다. 그러더니 놀랍다는 눈길로 다시 그녀를 유심히 보았다.

"레이디 제이신다?"

"네, 백작님. 뭐가 잘못되었나요?"

"정말…… 다 컸군."

백작이 손수건을 살짝 흔들었다.

"네, 백작님. 지난 시즌에 데뷔를 했죠."

“그런데 왜 런던에 있지 않고?”

가슴 주머니에 손수건을 넣으며 백작이 물었다. 그는 네모난 턱을 치켜들고 마치 군대에서 부하를 바라보듯 그녀를 쳐다보았다.

“시즌이 시작되었을 텐데. 그렇지 않소? 바보 같은 젊은 아가씨들과 같이 신랑감을 찾아야 하는 거 아니오?”

그녀는 퉁명스러운 백작의 말에 흠칫했지만 다시 생각해 보니 부드러운 가식의 말보다는 오히려 신선하다 싶었다.

“제대로 처신을 못한 덕분에 시골로 쫓겨났죠.”

그녀는 사실대로 말했다.

무뚝뚝한 백작이 놀랍게도 킬킬거렸다.

“이런, 너도 그런가 보구나. 그렇지? 하긴 조지아나의 딸이니.”

제이신다는 갑자기 깊은 흥미를 느끼며 그의 얼굴을 유심히 살폈다.

“제 어머니를 아시나요?”

“안전할 만큼 먼 거리에서 알고 지냈지.”

차가운 회색 눈에 장난기를 번뜩이며 백작이 말했다.

“그래, 난 그녀의 친구가 되는 특권을 누렸지. 네 어머니는 암사자의 심장을 가지고 있었단다.”

제이신다는 기쁨을 감추지 못하고 숨을 죽였다. 자신은 전혀 모르는 어머니를 알고 있는 사람이 있다니!

“저희 피크닉에 와 주시지 않으실래요, 백작님? 가정교사와 전 런던을 떠난 뒤로는 적당한 사교 상대를 만난 적이 없답니다.”

“난 절대 적당한 사교 상대가 아니지만 닥터 그로스보다는 당신같이 젊고 예쁜 아가씨와 같이 있는 게 나을 테니 그러지. 기꺼이 말이오.”

안경 뒤로 빈틈없는 눈을 반짝이며 백작이 그녀에게 팔을 내밀었다.

제이신다는 환하게 미소를 지으며 그의 팔을 잡았다.

멍이 든 몸으로 블레이드는 뉴게이트 안쪽 감방의 돌로 된 긴 의자에 가만히 앉아 있었다. 무릎 위에 팔꿈치를 얹고 손으로 머리를 감싼 채였다. 바닥에 흩어져 있는 짚더미에서는 썩은 내가 났고 구석에서는 쥐 소리도 들렸다. 밖을 내다볼 수 없을 만큼 높은 곳에 작게 난 창문의 창살 너머로 빛이 희미하게 들어왔다. 벽은 축축했다. 먼 곳에서 끔찍한 채찍질을 당하는 죄수의 비명이 들렸다.

그는 교수형을 당할 것이다. 네이트도 그리고 다른 부하들도.

끝이었다. 다…… 끝났다.

판결이 날 동안 부하들은 다른 범죄자들과 같이 갇혀 있었지만 두목인 블레이드는 지하 독방에 감금되었다. 아마 그의 기를 꺾으려는 속셈일 것이다. 15세 이후로는 뉴게이트에 와 본 적이 없었다. 당시의 죄목은 늙은 신사의 비단 손수건을 훔친 것이었다. 몇 방울의 거짓 눈물 덕분에 판사의 동정을 샀던 그는 그 때 초범자들의 감방에서 30일을 살았고 그 곳을 나온 뒤로는 새로운 기술을 실전에 써먹었다. 감방에서 한 달을 보내며 갖가지 범죄 기술들을 완벽히 익힌 것이다.

지금 경찰들은 정보를 원했다. 런던의 범죄 세계에 대한 자세한 정보를. 그들은 사형 대신에 오스트레일리아에서 종신 유형을 사는 것으로 형을 감해 주겠다고 제안했다. 대신 그들이 조사하고 있는 범죄의 배후 인물들의 이름과 그들이 오랫동안 뒤쫓고 있던 몇몇 범죄자들의 장소를 대라고 했다. 그는 거래를 거절하며, 부하들을 석방해 주면 완전히 협력하겠노라고 제안했다. 하지만 치안판사들은 콧방귀를 뀌었다. 그래서 그는 입을 다물었고 그 덕분에 매질을 당했다.

지금 이 순간 파이어 호크스의 근거지가 있는 베인브리지 스트리트에서 어떤 일이 벌어지고 있을지는 상상도 하고 싶지 않았다. 분명 오딜이 그 곳의 통제권을 장악하는 중일 것이다. 그는 그저 칼로타가 뒤늦기 전에 여자들을 빼내기만을 기도했다.

얕은 한숨을 내쉬며 머리를 벽에 기댄 채 그는 구석의 거미줄을 쳐다보았다. 그들은 미리 알고 있었어.

바로 그 때 어두운 석조 복도 저쪽에서 철커덕 소리가 들렸다. 블레이드는 시선을 번쩍 들었다.

맙소사, 무슨 일이지? 그는 자리에서 일어나 감방 앞으로 나갔다. 법원에서 그를 변호해 줄 의협심 강한 변호사를 찾아 낸 걸까?

"10분이야."

간수가 무뚝뚝하게 방문객에게 말하는 소리가 들렸다.

다음 순간 어둠 속에서 새된 목소리가 들렸다.

"블레이드! 블레이드!"

가벼운 발자국 소리가 들리더니 작은 형체가 묵직한 돌계단을 뛰어내려 다가왔다.

블레이드의 눈이 믿을 수 없다는 듯이 커졌다.

"에디?"

"블레이드!"

마지막 계단을 훌쩍 뛰어내린 에디가 그를 향해 달려오다 갑자기 멈추어 섰다. 창백한 얼굴이 어두워졌다. 아이는 머뭇거리며 감옥 안에 갇힌 자신의 우상을 바라보았다.

그런 시선에 화가 난 블레이드는 고함을 질렀다.

"여기서 뭐 하는 거야? 여긴 네가 있을 데가 아냐. 어떻게 안에 들어온 거지?"

"두목이 우리 아버지라고 둘러댔어요. 난 정말……, 정말 두목이 우리 아버지였으면 좋겠어요."

에디의 애처로운 말에 블레이드가 얼굴을 찌푸렸다.

에디의 시선이 그가 갇힌 감옥의 쇠창살로 향했다.

"두목이나 네이트, 사지 그리고 다른 사람들을 정말로 교수형에 처하지는 않겠죠? 그렇죠, 블레이드?"

블레이드의 날카로운 시선이 부드러워졌다. 그는 한숨을 쉬며 창살을 향해 몸을 내밀었다.

“오, 에디.”

그가 고개를 흔들었다.

“그렇게 잘 될 것 같지는 않구나.”

“하지만…… 그럴 수는 없어요!”

에디가 비탄에 잠긴 얼굴로 외쳤다.

“두목은 절대 붙잡지 않을 거라고 했어요! 그런 일은 절대 없을 거라고!”

블레이드가 눈썹을 찌푸렸다.

“무슨 뜻이지, 에디?”

에디는 혼란스러운 얼굴로 그를 바라본 채 아무 말도 하지 않았다.

“에디? 이 일과 무슨 관계가 있는 거니?”

에디는 눈물을 글썽거리더니 털썩 주저앉았다. 블레이드는 몸을 숙이고 창살 너머로 소년을 진지하게 쳐다보았다.

“오딜이 나한테 스파이 노릇을 억지로 시켰어요. 돕지 않으면 날 지갑으로 만들 거라고 했어요! 오, 블레이드, 두목을 목매달다니!”

용기 따위는 다 잊어버린 채 에디가 울먹였다.

“전부 다 내 잘못이에요!”

“아니, 그렇지 않아.”

오딜의 끔찍한 위협에 대한 충격과 분노를 간신히 숨기며 블레이드는 엄하게 말했다.

“너는 그냥 겁을 먹은 것뿐이야, 에디. 난 오딜이 어떤 인간인지 알아. 녀석이 위협했기 때문에 넌 선택의 여지가 없었던 거야. 네 잘못이 아니야, 에디.”

에디가 슬픈 표정으로 쳐다보더니 갑자기 창살 너머로 그를 껴안았다.

제정신이 아닌 에디를 블레이드는 최선을 다해 위로하려 했다. 하지만 마음속은 복잡했다.

“자.”

블레이드는 에디의 머리를 다정하게 쓰다듬고 일으켜 세웠다.

"눈물을 닦아. 이 블레이드도 마지막 패를 소매에 감춰 두고 있으니까."

루시언 나이트는 아직 그에게 빚이 있었다.

에디를 자신이 아는 유일한 정부 쪽 인사에게 보낸 뒤 블레이드는 하염없이 감방 안을 어슬렁거렸다. 하지만 감옥으로 온 루시언도 블레이드와 그의 부하들이 현행범으로 체포된 이야기를 듣더니 언제나 침착하던 표정을 어둡게 했다.

"자네를 돕기 위해서라면 무엇이든지 할 거야, 랙퍼드. 하지만 나도 이만한 영향력은 없어."

"영향력을 가진 사람을 알기는 할 것 아냐?"

블레이드가 초조하게 내뱉었다.

루시언이 말을 멈췄다.

"아니, 하지만 자네는 알고 있지."

"빌어먹을."

루시언에게 마치 한 대 맞기라도 한 듯 돌아서며 블레이드가 중얼거렸다. 그리고 손으로 헝클어진 머리를 쓸어 올리며 팔짱을 낀 채 축축한 벽에 기대어 천장을 올려다보았다.

자신을 괴롭히던 남자를 다시 만난다는 생각만으로도 위장이 꼬였다. 하지만 그럴 수밖에 없다는 건 그도 알고 있었다. 그래도 결심이 서지 않았다.

네이트와 다른 이들의 목숨이 경각에 달려 있었다. 몸에 새긴 문신이 형제들에 대한 충성을 의미하는 게 아니라면 대체 무엇이겠는가? 하지만 아버지에게 도와 달라고 무릎을 꿇느니 차라리 교수대에 매달리고 말지 싶었다.

"그저 목숨만 살려서 데리고 와 줘."

네이트가 말했었다.

"언제나 그랬잖아."

그는 그렇게 으스대지 않았던가.

블레이드는 눈을 감고 한숨을 내쉬었다. 참을 수 없는 모욕이었지만 선택의 여지가 없었다. 사실 시도해 본다고 해서 제대로 될지도 알 수 없었다. 어쩌면 아버지는 웃음을 터뜨리며 그를 여기서 썩어가게 내버려둘지도 몰랐다.

"어떻게 할 텐가?"

루시언이 블레이드를 유심히 쳐다보며 재촉했다.

말을 할 수가 없어 블레이드는 그저 알았다는 듯이 고개만 끄덕였다.

말쑥한 검은 모자를 손에 들고 있던 루시언이 모자 테두리를 가볍게 툭 쳤다.

"현명한 선택이네. 곧 돌아올 테니까 다른 데로 가지나 말게."

루시언의 짓궂은 농담에 블레이드는 얼굴을 찌푸렸다.

루시언이 격려하듯 잘 될 거라는 미소를 던지고 돌아서서 돌계단 쪽으로 향했다. 그는 블레이드가 결코 두 번 다시 만나고 싶어하지 않는 사람을 데리러 가는 길이었다. 그가 오딜보다 더 증오하는 남자를. 바로 트루로 앤드 오스텔 후작을.

그의 아버지를.

가정교사와 드러먼드 경과 함께 양산 아래에 피크닉 담요를 펼쳐 놓고 앉아 있었던 한 시간 동안 제이신다는 너무나 즐거웠다. 늙은 정치가는 가면 무도회에서 그녀의 어머니가 쳤던 무모한 장난 이야기를 늘어놓고 있었다. 백작이 엄마의 머리 장식과 진짜 새들이 든 수많은 작은 새장을 쌓아 장식한 하얀 가발을 묘사하자 제이신다는 열심히 귀를 기울였다. 시계가 자정을 치자 공작 부인이 새장을 전부 열었다는 백작의 말에 제이신다는 믿을 수 없다는 듯이 웃음을 터뜨렸다. 미스 후드조차 깔깔거렸다.

"카나리아, 작은 잉꼬, 멧새, 홍관조, 푸른 울새들이 날아다녔지. 새들이 출구를 찾아 온 방 안을 휘젓자 손님들이 몸을 숙였고 홍관조 한 쌍이 펀치 그릇에 새끼를 낳았어. 안주인인 레이디 일스터는 공작 부인을 죽이고 싶어했지. 그런데다 새 한 마리가 그녀의 어깨에 똥까지 싸 놓았으니. 엄청났지!”

백작은 어깨까지 들썩이며 웃었다.

“레이디 일스터는 히스테리를 잔뜩 부렸지만 네 어머니 조지아나는 아주 침착하게 말했지. ‘어머, 아멜리아, 그건 행운의 상징이잖아요?’라고.”

시중을 들고 있던 하인조차 킬킬거리는 웃음을 참는 게 들렸다.

“오, 백작님, 다른 이야기도 해 주세요!”

제이신다는 웃느라 흘린 눈물을 닦아 내며 애원했다.

백작은 기억을 더듬더니 다시 그녀를 즐겁게 해 주었다.

제이신다는 백작이 아주 마음에 들었다. 백작의 차갑게 번뜩이는 매 같은 눈 뒤에 무자비한 면이 감추어져 있음은 금방 알 수 있었다. 그는 이 때까지 만났던 사람들과 달랐다. 하지만 그녀는 자신의 뜻과는 달리 여태껏 권력 있는 남자들에게 익숙해 왔던 덕분에 백작과 있으니 마치 오빠들과 함께 있는 것처럼 편하고 자연스러웠다. 백작은 무뚝뚝하고 엄격하고 완고했다. 자신의 생각을 그대로 입 밖에 내고 설령 그 말이 상대방의 마음에 들지 않아도 상관없다는 그런 사람 말이다. 미스 후드가 백작 부인도 함께 왔느냐고 물어본 덕분에 백작 부인이 거의 십 년 전에 죽었다는 것도 알 수 있었다.

그 이야기를 들은 순간 제이신다의 영리한 머리가 돌아가기 시작했다. 그의 말에 귀를 기울이고 미소를 지으면서도 그녀는 의미심장한 눈으로 백작을 살폈다. 백작은 분명 젊었을 때는 키가 크고 건장하고 잘생긴 남자였을 것이다. 거의 일흔이 다 된 지금도 여전히 원기 왕성해 보였지만 심장이 좋지 않아 의사의 지시로 시골에 휴양을 온 상태라고 했다.

“아, 저기 고문관이 오는군.”

닥터 크로스가 다가오자 백작이 시무룩하게 말했다.

"닥터 크로스는 세상에서 가장 부지런한 사람이야, 빌어먹을. 젊은 숙녀 앞에서 낮잠 잘 시간이라고 해서 내게 창피를 주려고 오는 거야. 그 말이 맞다는 게 슬프지만."

"저희들도 예뻐지기 위해서 낮잠을 자야 하는걸요, 백작님."

제이신다가 놀리자 백작이 미소를 지으며 일어섰다.

"피크닉에 초대해 줘서 고맙소."

"와 주셔서 기뻐요. 실은 다음 수요일 저녁에 이 지역 귀족들 몇 명을 호크스클리프 홀로 초대할 생각이에요. 목사님과 피켓 부인도 오실 거고요. 백작님께서도 와 주시면 기쁠 거예요."

"괜찮을 것 같군."

"그럼 초대라고 생각해 주세요. 7시, 괜찮으시겠어요?"

"알았소. 시골에서도 런던의 시간에 따르는 걸 보니 아주 우아한 아가씨로군."

백작이 놀리자 그녀는 웃음을 터뜨렸다.

"고맙소, 아가씨. 나도 참석하지."

백작이 말했다.

"좋아요! 그리고 저희 개울이나 연못에서 편하게 낚시를 하세요. 오빠가 고기들을 잔뜩 모아 놓았을 거예요. 오늘 제 개 때문에 백작님의 물고기가 다 도망갔잖아요. 그 정도가 제가 해 드릴 수 있는 최소한의 것이에요."

"상당히 스포츠를 좋아하는 것 같은데 골프 한번 해보지 않겠소? 최근에 워플리트에 골프 코스를 만들었거든."

"사냥터지기가 그러더군요."

제이신다는 흥분했다.

"귀족적인 스포츠지. 미스 후드와 함께 내일 들르면 골프를 가르쳐 주겠소."

"아주 좋을 것 같은데요."

제이신다는 백작에게 손을 내밀며 따뜻하게 말했다.

"약제사의 끔찍한 강심제보다는 골프가 훨씬 좋은 약이오."

백작은 제이신다의 손을 잡고 절을 하고는 미스 후드에게 고개를 끄덕인 다음 의사를 향해 터벅터벅 걸어갔다. 두 사람이 워플리트 장원 쪽으로 걸어가자, 제이신다와 미스 후드는 재미있다는 듯 서로를 쳐다보았다.

"공작님의 말씀대로 백작님은 좀 심술궂으신 것 같아요."

미스 후드가 속삭였다.

"내가 보기엔 매력적인 것 같은데요."

제이신다가 말했다. 하지만 미스 후드가 손에 받침 접시를 든 채 눈썹을 들어올리자 그녀는 짐짓 미소를 지어 보였다.

"심술궂은 것치고는 말이에요."

두 시간이 흘렀다. 석조 복도 저편에서 발자국 소리와 사람의 목소리가 들리자 블레이드는 턱을 날카롭게 쳐들었다. 그는 의자에서 일어나 조심스럽게 녹슨 쇠창살로 다가가서 복도를 내다보았다. 두꺼운 돌계단 위쪽에 있는 쇠문이 묵직한 소리와 함께 열렸다. 난쟁이 같은 간수가 어두운 복도로 횃불을 들이밀었다.

"이쪽입니다, 경. 계단을 조심하십시오."

땅딸막하고 못생긴 간수의 뒤를 따라 루시언이 들어오더니 정중하게 옆으로 비켜섰다.

블레이드는 창살을 움켜쥔 채 침을 꿀꺽 삼켰다.

모자를 쓰고 세련된 검은 망토를 걸친 후리후리한 남자가 손에 지팡이를 든 채 안으로 들어섰다. 천천히 계단을 내려오던 남자는 동굴 같은 감옥을 거만하게 둘러보았다. 그가 모자를 벗자 블레이드는 숨을 죽였다. 심장이 쿵쾅거리고 속에서 오래된 분노가 솟구쳤다.

남자가 간수를 내보내고 조심스럽게 가까이 다가왔다.

"루시언 경, 우리 둘만 있게 해 주겠소?"

루시언이 묻듯이 블레이드를 쳐다보았다.

그가 고개를 끄덕이자, 전직 스파이는 성질을 죽이라는 듯 말없이 경고의 눈빛을 보냈다. 남자는 마치 경매에 나온 말을 쳐다보듯 그를 쳐다보았다.

"복도에 있을 테니 필요하면 부르십시오."

루시언이 조용히 물러났다.

루시언이 나간 뒤 길고 긴장된 침묵이 흘렀다. 탁탁 타오르는 적개심을 감추지 못하고 두 사람은 서로를 쳐다보았다.

"이런, 이런."

잠시 후 후작이 천천히 다가오며 차갑게 입을 열었다.

"우리가 여기서 만나다니?"

블레이드는 감옥의 창살을 움켜 쥘 뿐 입을 열지 않았다.

후작은 여전히 커 보이고 어깨도 널찍했지만 조금은 수척하고 아파 보였다. 아마 음식은 안 먹고 술만 마셔 대서 그렇겠지, 블레이드가 씁쓸하게 생각했다. 귀족적인 얼굴은 블레이드가 기억하는 것보다 더 주름이 져 있었고 갈색 머리와 수염은 거의 회색으로 변해 있었다.

망토 아래로 보이는 붉은 모직 조끼 덕분에 방탕한 생활로 붉어진 피부가 한층 두드러져 보였다. 하지만 한때 어린 소년을 덜덜 떨게 만들었던, 얼룩진 구리처럼 충혈된 녹색 눈동자는 여전히 날카롭고 강렬했다.

도전적으로 후작의 눈을 응시하던 블레이드는 한순간 흐릿한 눈 속을 스쳐 가는 고통을 보았다고 생각했다. 후작의 입가가 일그러지더니 비아냥거리는 미소가 떠올랐다. 그 미소는 마치 가시처럼 블레이드의 심장에 날아와 박혔다.

블레이드는 시선을 돌렸다. 침묵이 고통스러웠다. 잠시 후작이 고개를 숙이더니 생각에 잠긴 듯 지팡이 손잡이에 달린 사자 머리를 만지작거렸다. 언젠가 브랜디 세 병을 마시고는 어린 아들에게 그 지팡이를 휘둘렀다는 사실 따위 그는 기억도 하지 못할 것이다. 하지만 고개를 든 후작은 블레이드의 이마에 나 있는 일그러진 별 모양의 작은 흉터를 쳐다보았다.

감옥 안에 있는 남자의 신분에 의심이 갔다 해도, 아들의 얼굴에 자신이 만들어 놓은 흉터를 본 순간 모든 의심은 사라졌을 것이다. 후작이 시선을 떨어뜨리며 서둘러 고개를 끄덕인 것 역시 아마도 거만한 본성 때문이 아니라 수치심 때문이었을 것이다.

"그래, 살아 있었구나."

"네, 그것도 얼마 남은 것 같지는 않지만요."

블레이드가 무뚝뚝하게 대답했다.

"루시언 경이 네가 교수형을 당할 거라고 하더구나."

"그렇겠죠."

후작이 놀랍다는 듯 그를 훑어보았다. 거칠고 단단한 남자가 된 아들의 얼굴을. 후작의 눈에서 뭔가가 번뜩였다. 아들에 대한 자부심보다는 주먹을 휘두르기라도 한다면 그가 아주 세게, 정말 세게 받아치리라는 깨달음 같은 것이.

"기뻐도 참으시지요, 아버지."

블레이드가 후작을 무심하게 쳐다보았다. 하지만 심장만은 요동치고 있었다.

후작이 지팡이 손잡이에 달린 사자 머리를 내려다보았다.

"네 형이 죽었다. 폐결핵으로."

"알고 있습니다."

후작이 놀란 얼굴로 그를 쳐다보더니 조심스럽게 얼굴을 찌푸렸다. 둘째 아들이 살아 있으면서도, 부유한 후작의 상속자가 되었다는 걸 알면서도 일부러 그 권리를 주장하지 않았음을 깨달았던 것이다. 후작의 턱에 힘이 들어갔다.

"그래, 그럼 이제 내가 널 위해 살찐 송아지라도 잡아야 하는 거나?"

후작이 신랄하게 물었다.

후작의 날카로운 응수에 블레이드가 시선을 돌렸다. 그리고 어깨를 창살에 기대며 엄지를 바지 주머니에 찔러 넣었다.

"그럴 리가요. 저만큼이나 아버지도 이런 상황이 즐겁지 않으실 텐데요. 아시겠지만 이럴 생각은 없었어요. 절대로요. 제가 할 수 있는 유일한 방법으로 아버지를 고통스럽게 만들고 싶었으니까요."

"우리 가문의 대가 끊어져도 모르는 척해서 말이냐?"

"네."

"하지만 이제는…… 문제가 생긴 것 같은데, 그렇지?"

블레이드는 아버지의 비웃는 듯한 거만한 말투에 애써 화를 누르면서 제발 이 벌을 견딜 수 있도록 해 달라고 하늘에 빌었다. 그러면서 이죽거렸다.

"전 아버지의 돈이나 작위에는 조금도 관심 없습니다. 제가 아버지를 여기로 부른 건 친구들 때문입니다. 제겐 아버지보다도 더 가족 같은 친구들이죠."

"원하는 바가 정확히 뭐냐, 윌리엄?"

블레이드는 애써 화를 참았다. 숨을 깊이 들이마시자 코가 벌름거렸다.

"힘과 영향력을 발휘해서, 그리고 어떤 뇌물을 써서라도 제 친구들을 풀려나게 해 주십시오, 대신 제가 돌아가죠……. 뭐든 시키는 대로 하겠습니다."

후작이 그를 침착하게 쳐다보았다.

"내가 보기에 넌 요구를 할 수 있는 입장이 아닌 것 같은데."

"그럼 그냥 가 버리시죠. 전 죽음 따윈 두렵지 않습니다."

그의 거만한 말에 후작이 천천히 웃음을 터뜨렸다. 그리고는 몸을 돌려 복도를 서성거렸다. 블레이드는 그를 뚫어지게 지켜보았다. 심장이 두근거렸지만 간신히 침착을 유지했다.

"내가 널 받아들인다면 넌 몇 가지 조건을 지켜야 해."

후작이 몸을 돌려 그를 쳐다보았다. 그제야 블레이드는 아버지의 눈 깊숙한 곳에 감춰진 동요를 읽을 수 있었다. 목소리와 손이 살짝 떨리고 있었다.

"넌 악당들과 모든 인연을 끊어야 해. 미련 없이 범죄 세계를 떠나야 한다고. 알아듣겠니?"

"네."

"또 하나. 결혼하거라, 당장! 그래, 당장 말이다. 좋은 집안의 적당한 아가씨와. 그 문제로 속을 썩이지 않길 바란다. 우리 집안에는 너무나 오랫동안 후손이 없었어. 당장 결혼해서 자식을 낳아라. 그런데 널 어떻게 사교계에 소개해야 할지 모르겠다. 네가 그동안 어디 있었는지 뭔가 이야기를 꾸며내야겠지. 그런데 널 좀 보아라. 거의 야만인처럼 보이는구나."

블레이드는 후작에게 냉소적인 미소를 지어 보였다.

두 사람은 서로를 쳐다보았다.

"빌어먹을."

잠시 후 후작이 중얼거렸다.

"만약 퍼시가 살아 있었다면 널 여기서 썩어 가게 내버려뒀을 거다. 맹세코 그랬을 거야."

"네, 아버지. 저도 그러셨을 거라고 생각합니다."

"네 어머니에게 뭐라고 할지 생각해 둔 거라도 있니?"

블레이드는 창살에 기댄 채 말없이 후작을 바라보았다.

"어떻게든 되겠지."

콧방귀를 뀐 후작은 루시언 경과 의논하기 위해 계단을 올라갔다.

후작이 나간 뒤에야 블레이드는 눈을 감고 안도의 한숨을 내쉬었다. 혼란 속에서도 찬란한 별처럼 떠오르는 한 가지 생각이 있었다. 만약 일이 뜻대로 된다면, 아버지가 정말 자신을 받아들여 후계자로 인정해 준다면 그는 이제 제이신다 나이트의 고상한 세계로 들어갈 수 있었다. 그녀의 발 아래에 엎드려야 하는 존재가 아니라 거만한 사교계 아가씨들의 적당한 신랑감으로서. 그녀를 가질 수도 있었다. 물론 루시언 경이 반대하지만 않는다면.

그는 초조하게 목덜미를 문지르며 감옥 안을 서성댔다. 아버지가 돌아와 자신의 운명을 말해 주기를 기다리는 동안 그는 가능한 한 침착하려고 애썼다. 커다란 문이 다시 삐거덕 열리자 그는 쇠창살로 성큼성큼 다가가 아버지와 루시언 경이 치안판사인 앤서니 웰던 경과 같이 들어오는 모습을 지켜보았다.

빈틈없는 전직 변호사였던 앤서니 경은 땅딸막한 키에 날카로운 눈과 적갈색 턱수염을 한 호전적인 풍모의 중년 남자였다. 그는 감방 앞으로 다가와 뒷짐을 진 채 블레이드를 뚫어지게 쳐다보았다.

"아, 웨스트엔드의 심판관이자 영웅인 고귀하신 빌리 블레이드, 마침내 만나게 됐군."

블레이드는 어떻게 대답해야 할지 모르겠다는 듯 그를 쳐다보았지만 그의 아버지는 앤서니 경의 말을 전혀 못 들은 척했다.

"앤서니 경, 제 아들인 윌리엄 올브라이트 랙퍼드 백작입니다."

후작은 한때 퍼시의 것이었던 작위까지 들먹이며 그를 소개했다.

"흐음."

치안판사가 애매하게 중얼거렸다.

"랙퍼드 백작, 내가 앤서니 경에게 설명했다네. 그동안 자네가 나와 우리 가족에게 얼마나 많은 도움을 주었는지 말야."

루시언이 매끄럽게 끼어들었다.

"그렇다고 해도 동료들을 그냥 석방해 줄 수는 없소."

앤서니 경이 말했다.

"그렇다면 더 이상 할 말이 없습니다."

블레이드가 말했다.

"괜찮다면 말을 끝까지 하고 싶은데."

치안판사가 무뚝뚝하게 블레이드를 나무랐다.

"자네를 백작에게 넘겨주기 전에, 세 가지 완벽한 협조를 해 주길 바라오."

블레이드는 루시언의 격려하는 듯한 눈을 쳐다본 뒤 앤서니 경에게 딱딱하게 고개를 끄덕였다.

"말해 보시죠."

"우선, 자네가 정말 랙퍼드 백작이 되려면, 트루로 경과 난 빌리 블레이드가 죽어야 한다고 생각하오."

"네?"

"자네는 과거와 완전히 인연을 끊어야만 하오. 그래서 우린 시민들의 폭동을 피하기 위해 '블레이드'를 몰래 목매달았다는 소문을 낼 거요. 둘째로 자네 동료들에게 자비를 보이지. 오스트레일리아 유형으로 감형하겠소. 하지만 절대로 풀어 줄 수는 없소."

"유형이라고요?"

블레이드가 열을 냈다. 자신이 근사한 옷을 입고 하인들에게 둘러싸여 저택에 사는 동안 친구들은 오스트레일리아의 농장과 채석장에서 중노동을 해야 한다는 말인가?

"받아들이든가 말든가 맘대로 하시오. 자네들은 현행범으로 잡혔어. 노동을 하든가 아님 교수형을 당하든가 둘 중의 하나요. 난 합리적인 사람이긴 하지만 뇌물에 매수당하지는 않소."

블레이드는 코를 벌름거리며 화를 가라앉히려고 애쓰면서 침을 꿀꺽 삼켰다.

"알겠습니다, 경. 세 번째는 뭐죠?"

블레이드가 으르렁거렸다.

"정보."

앤서니 경이 눈을 강렬히 빛내며 블레이드의 감방 앞으로 바짝 다가왔다.

"자네는 우리에게 아주 유용할걸세. 우리가 쫓고 있는 범죄자들과 범죄 조직의 이름과 장소, 상세한 정보를 주게."

너무 위험해, 블레이드는 앤서니 경을 조심스럽게 쳐다보았다. 만약 예전 동료 중 하나라도 '블레이드'가 살아 있다는 사실을, 정보를 누설했다는 사실을 알게 된다면 아버지는 다른 상속자를 찾아야 할 것이다. 그 경우 그는 거의 죽은목숨일 테니까 말이다.

"지하 세계에 대한 내부 정보가 있다면 보 스트리트가 런던을 깨끗하게 하는 데 커다란 도움이 될걸세."

블레이드는 혀로 초조하게 입술을 핥았다. 심장이 두근거렸다. 어쩌면 이 편이 나을지도 모른다는 생각이 들었다. 도랑에서 놀고 있던 초라한 몰골의 아이들이 떠올랐다. 빈민굴의 도덕적 타락이 의회의 가혹한 법률뿐만 아니라 그들의 상황 때문이기도 하다는 사실은 여태껏 줄곧 그를 괴롭혀 왔었다. 그의 도움으로 상황이 바뀔 수도 있었다. 무법천지의 거리는 오딜 같은 괴물들이 번성할 수 있는 완벽한 환경을 제공해 주기도 했다. 보 스트리트의 경관들의 힘이라면 그런 거리를 길들일 수 있을지도 모른다. 잠시 생각하던 블레이드는 뻣뻣하게 고개를 끄덕였다.

"알겠습니다. 그렇게 하죠."

루시언의 은빛 눈이 잘했다는 듯 반짝였다. 트루로 경이 천천히 고개를 끄덕였다.

"우리는 자네를 감시할 걸세."

치안판사가 경고했다.

블레이드가 거만하게 턱을 들어올렸다.

"다른 건 없습니까?"

"자네가 야만인처럼 보인다는 것 이외에는 없네, 랙퍼드 백작."

앤서니 경이 빈정거렸다.

"머리를 깎아야 할 것 같군."

8

랙퍼드, 윌리엄 스펜서 올브라이트 랙퍼드 백작.

윌 랙퍼드.

3주 후, 랙퍼드는 거울 앞에 서서 어머니가 물려준 진주 커프스 단추를 끼우고 있었다. 그는 거울 속에 비친 자신의 모습을 바싹 들여다보며 새로운 이름을 머릿속에 각인시키려 했다. 슬프게도 빌리 블레이드는 더 이상 존재하지 않았다. 그는 뉴게이트 마당에서 은밀히 교수형을 당했다. 젊은 나이에 그의 죽음을 애도하는 사람 하나 없이 죽었지만 아무도 그 사실을 놀라워하지는 않았다.

거울에 비친 검은 이브닝 정장 차림에 머리를 짧게 자른 자신의 모습은 거의 알아볼 수가 없었다. 햇볕에 바랜 부분을 잘라 버린 머리카락은 더 짙어 보였다. 얼굴은 말끔히 면도를 했고, 오래 전에 박힌 못이 아직 남아 있긴 했지만 손도 완벽하게 손질되어 있었다. 그는 손톱 손질을 받는 동안 최선을 다해 가만히 앉아 있었지만 시종이 갖가지 로션으로 그의 피부를 신사답게 창백한 색으로 만들려고 하자 인내심은 금세 사라져 버렸다. 성질 사나운 개를 길들이기 위한 개 목걸이처럼 턱 밑에 빳빳한 크러뱃을 맨 덕에 피부도 벗겨졌다.

그는 옷가지를 내려다보았다. 근사한 하얀 리넨 셔츠, 부드러운 검정 바지와 Y자 모양의 멜빵, 번쩍이는 검정 구두를.

오, 하지만 속은 이전과 달라진 데가 없었다. 겉으로는 세련되어 보일지 모르지만, 규칙을 잘 모르는 세계에서 믿을 수 없는 사람들에 둘러싸여 있는 덕분에 그는 불안했다.

그의 절친한 친구들은 모두 오스트레일리아로 보내졌다. 지금 빈민굴에서 어떤 일이 일어나고 있을지는 생각도 하고 싶지 않았지만 조만간 알아 낼 생각이었다. 오딜은 분명 자신이 이겼다고 생각하겠지만 아직 끝난 것은 아니었다.

등 뒤의 조그마한 움직임이 흠칫 그의 시선을 끌었지만 그것은 시종인 필버트가 내는 기척이었다. 대머리에 왜소하지만 유능한 필버트는 적당히 떨어진 곳에 서서 그의 하얀 비단 조끼를 들고 있었다. 그의 모습 뒤로 링컨스 인 필즈 광장에 있는 아버지의 화려한 붉은 벽돌 저택 내부가 거울 속에 비쳤다. 금박을 입힌 창문들과 물결 무늬의 프랑스 비단 벽지를 바른 벽, 그림이 그려진 천장이 보였다. 두 개의 창문에는 금색 술이 달린 두껍고 푸른 벨벳 커튼이 드리워져 있었다. 아름답긴 했지만 이 곳은 감옥이었다.

"조끼를 입으시겠습니까, 백작님?"

필버트가 물었다.

랙퍼드는 소매에 팔을 집어넣고 필버트가 우아한 조끼를 입혀 주고 단추를 채워 주는 동안 가만히 있었다. 마침내 그도 정말 필요한 게 아니라면 자신이 손가락 하나 까딱할 필요가 없다는 사실을 이해하기 시작했던 것이다. 필버트가 아버지의 첩자라는 의심이 들어 그는 줄곧 아무 말도 하지 않았다. 새로운 세계에서는 아무도 믿을 수가 없었다. 그를 볼 때마다 눈물을 흘리는 어머니조차도 믿을 수가 없었다.

지난 3주 중 2주를 그는 짜증스런 부모님들과 함께 아버지의 두 번째 영지가 있는 서리에서 보냈다. 거기에서 새 옷을 맞추고 기본적인 예의범절을 다시 배우면서 앤서니 경과 그의 동료인 보 스트리트 경관에게 거의 매일 심문을 당했다. 그리고 어떤 아냇감을 찾아야 하는지도 들었다. 아내를 얻는 건 시장에서 젖소를 사는 것과 하나도 다를 바가 없는 것 같았다.

런던에 모습을 드러내는 것은 위험했지만 그럼에도 런던에 오니 좋았다. 그는 시골이 싫었다. 시골은 겁나게 조용했다. 런던으로 돌아와 처음으로 사교계에 발을 디뎠지만 그 순간도 무사히 지나갔다. 에이서 로링과 정식으로 인사를 나눈 처음 몇 분간은 위험스런 순간이었지만 다행히도 그 멋쟁이는 하이드 파크에서 자기가 조롱하던 야만인과 블레이드가 동일 인물임을 알아차리지 못했다.

그와 만난 이후로 블레이드는 자신이 사교계에서 불러일으킨 호기심이 유쾌하기까지 했다. 시종이 검은 맞춤 코트를 입혀 주는 동안, 그는 자신이 이제 제이신다 나이트를 유혹할 수 있는 완벽한 입장에 있다고 생각했다.

그가 런던으로 왔을 때 그녀는 런던에 없었다. 하지만 소문에 따르면 오늘 밤 데번서 무도회에 참석할 거라고 했다. 그는 자신을 쳐다보는 그녀의 얼굴을 보고 싶어 기다릴 수가 없을 정도였다. 일그러진 기대감으로 인해 입가에 떠오르는 희미한 미소가 거울 속으로 보였다. 그는 소박한 흰 장갑을 꼈다. 아, 오늘 밤은 즐거울 것이다. 그는 그녀를 유혹하고, 고문하고 흔들어 놓을 작정이었다. 그녀가 그랬듯이 그녀의 귀여운 머리를 갖고 장난을 칠 심산이었다.

하이드 파크에서 그 날 그녀가 보였던 거만한 태도에 앙갚음을 해 주어야 했다. 뿐만 아니라 어떤 면에서 보자면 자유를 잃은 것도 그녀 때문이었다. 그를 화나게 만든 원인이 바로 그녀였으니까. 그녀 때문에 범죄에 더욱 몰두하게 되었고 그 덕분에 결국은 체포당했으니까. 아버지의 손아귀에 다시 들어오게 된 것도 모두 다 제정신이 아닌 그 건방진 계집 때문이었다. 만약 그 여자에게 넋이 나가지 않았더라면 그 날 밤 네이트의 말을 들었을 것이다. 부하들을 위험한 도둑질로 끌어들이는 대신 뭔가 잘못되었다는 걸 알아챘을 것이다. 그때 테일러 저택을 목표물로 선택한 것도 그녀와 대화를 나누었기 때문이었다. 그 집 큰딸에게 끊임없이 괴롭힘을 당했다고 제이신다가 털어놓았기 때문이었다.

그 덕분에 체포되긴 했지만 그래도 블레이드는 그녀를 원했다. 그리고 그녀를 가질 생각이었다. 일단은 그녀가 자신의 과거에 대해 입을 다물도록 해야 했다. 결혼을 한다면 두 사람의 이해 관계가 일치하게 될 테니 그녀도 비밀을 지킬 것이다. 게다가 사교계에서 지내려면 그녀의 도움이 필요했다. 그는 자신이 제정신이 아니라는 걸 알고 있었다. 이 이상한 세계에서 필요한 것은 능력 있고 믿을 수 있는 안내인이었다.

물론 그녀는 반항할 것이다. 그녀를 가족에게 데려다 주었다는 사실 때문에 아직도 그에게 화를 내고 있을 것이다. 하지만 그렇다면 그 역시 그녀의 약점을 알고 있었다. 그녀에게 음탕한 기질이 있다는 걸. 그녀 쪽에서야 그를 거칠고 천한 짐승이라고 생각할지 모르지만, 그녀에게 쾌락을 처음 맛보여 준 그 날 밤 그에 대한 그녀의 욕망은 아주 명백했다. 그 점을 미끼로 사용하지 않을 이유가 없었다.

"괜찮아 보이나, 필버트?"

블레이드는 코트를 쓰다듬고 거울에 비친 모습을 흠이라도 잡으려는 듯 바라보았다.

"아주 근사합니다, 백작님."

랙퍼드는 신중한 눈길로 시종을 쳐다본 뒤 몸을 돌려 문가로 다가갔다. 그는 방을 나오다 어머니가 집 안의 모든 방에 매일 갖다 놓으라고 한 신선한 꽃바구니에서 카네이션 한 송이를 뽑아 들었다. 그는 긴 줄기를 자른 다음 진홍색 꽃송이를 단추에 꽂았다.

참을 수 없어! 최고의 아양이 무시되다니.

드러먼드 경이 일반적인 구혼자라면 지금쯤이면 무릎을 꿇고 청혼을 했을 텐데 싶어 제이신다는 화가 났냈다. 하지만 예리하고 현명한 정치가라 해도 그녀의 후한 관심과 달콤한 아첨이 진심일 거라는 생각은 전혀 하지 않는 모양이었다. 대신 그는 그녀를 귀여운 아이처럼 대했다.

손녀딸처럼.

"불꽃놀이나 보라고, 귀염둥이."

춤을 추자고 애원하는 그녀에게 드러먼드 경이 말했다.

"난 춤을 추기에는 너무 늙었어."

제이신다는 기분이 상해서 입을 삐죽 내밀었다. 하지만 우아한 행동으로 그를 기쁘게 해 주고 싶었으므로 난간 위로 몸을 내밀어 꽃망울이 맺힌 어린 벚나무 가지를 가까이 끌어당겨 달콤한 향을 들이마셨다. 곁눈질로 슬쩍 보니 드러먼드 경은 나이 든 동료들이며 몇몇 외교관과 계속 이야기를 하고 있었다. 데번셔가의 화려한 정원이 내려다보이는 환한 베란다에서. 드러먼드 경은 그녀에게 손톱만큼도 신경을 쓰지 않았다. 이를 악문 채 제이신다는 팔꿈치까지 올라오는 장갑을 낀 팔로 자기 몸을 끌어안고서 빌어먹을 불꽃놀이를 쳐다보았다.

9시 30분이 되자 궁궐과 런던 탑에서 축포가 울려 퍼졌다. 사방에서 교회의 종들이 울리자 무도회장에서 오케스트라가 하이든의 아름다운 미뉴엣을 연주하기 시작했다. 오늘은 온 나라가 통통하면서도 명랑하고 귀여운 샬로트 공주와 잘생긴 책벌레인 작센코부르크 왕자 레오폴트의 결혼을 축하하는 날이었다. 모든 의미에서 그들의 결혼은 사랑으로 맺어진 것이었다.

그 생각이 낭만적인 제이신다의 마음을 끌었다. 그녀의 입술에서 부드러운 한숨이 새어 나왔다. 하지만 이미 그녀의 결심은 굳어진 뒤였다. 결국 자유를 얻고 말리라는 생각은 확고했고, 그녀는 끝까지 해낼 생각이었다.

지난 몇 주 동안, 북부 지방에서 런던으로 돌아온 지금까지 무뚝

뚝한 베테랑 정치가와 톡톡 튀는 어린 아가씨 사이에는 기묘한 우정
이 생겨났다. 백작의 주치의인 닥터 그로스가 살짝 알려 준 바로는
제이신다만이 최근 20년 동안 백작을 웃게 만든 유일한 사람이라고
했다. 그녀의 의도가 진심이라는 걸 백작이 깨닫기만 한다면 계획에
는 아무 문제도 없을 텐데, 제이신다는 생각했다.

하지만 떠들썩한 소리에 귀를 기울이고 있자니 변덕스럽게도 외로
움이 느껴졌다. 그녀는 화려한 불꽃에서 시선을 들어 차가운 하얀 달
을 쳐다보았다. 보름달이었다. 빈민굴에서 모험을 했던 것이 겨우 한
달 전이었다니 믿어지지 않았다. 서쪽 하늘에서 마지막 불꽃이 사라
지자 제이신다는 생각에 잠긴 눈으로 널찍한 데번셔가의 정원을 내
려다보았다. 그녀가 사교 모임 차 방문했던 런던의 명소 중에서는 이
곳이 가장 전망이 좋았다. 눈 닿는 곳마다 전부 다 아름다웠다. 이
곳 정원은 랜즈던 저택의 정원과 이어져 있었고, 그 너머로는 버클리
광장의 정원이 이어져 있었다.

꽃이 피기 시작하는 라일락나무와 어둠 속에서 진주처럼 하얗게
빛나는 벚꽃이 만개한 벚나무, 저택의 한쪽 면을 타고 오르는 재스민
의 달콤한 향이 유혹적인 밤이었다. 아래의 좁은 산책로에는 양쪽 가
장자리로 새침한 은방울꽃과 빨갛고 화려한 꽃송이가 피어나기 시작
하는 장미 덤불이 보였다.

상쾌한 밤바람이 섬세한 아몬드 색깔에 가슴 선이 높은 제이신다
의 드레스를 부드럽게 스치고 지나갔다. 킥킥거리는 웃음소리와 가벼
운 발소리에 몸을 돌려 보니 대프니 일당이 열린 프랑스식 문으로
나오고 있었다. 그들은 곱슬머리와 부채를 펄럭이며 서둘러 베란다를
가로질러 제이신다에게 다가왔다.

"제이신다! 여기 있었구나! 얼른 들어가자, 얼른!"

헬레나가 분홍색 태피터가 휙 소리가 날 정도로 서둘러 제이신다
에게 다가오더니 숨가쁘게 웃어 댔다.

가장자리에 주름이 달린 연노랑 인도산 머슬린 드레스를 입은 아

멜리아가 헬레나의 뒤를 따라왔다.

"제이신다 여기에 있어, 대프니!"

"그래, 나 여기 있어."

그들에게 몸을 돌리며 제이신다가 가볍게 물었다.

"무슨 일이야?"

그녀가 그리피스 경과 결혼하지 않는다는 소식이 전해진 뒤 일어난 가장 흥미로운 일은 대프니 테일러가 친한 척한다는 것이었다.

제이신다는 그녀의 행동을 진심으로 받아들이지 않았다. 그럴 바보는 아니었다. 최고의 미인이 갑자기 친절하게 구는 건 이 때까지 이안을 원했다는 의미일 뿐이었다. 하지만 대프니가 아무리 친한 척해도 제이신다는 두 사람을 맺어 주고 싶지 않았다. 가족의 소중한 친구에게 할 짓이 아니었다.

"오, 여기 있었구나!"

대프니가 성큼성큼 다가왔다.

"네가 어디 갔나 궁금했어."

키가 크고 늘씬한 빨간 머리의 대프니는 짧고 부푼 소매가 달리고 치맛단에 분홍색 장미가 수놓인 섬세한 연녹색 공단 드레스를 입고 있었다.

"저, 기분이 안 좋은 건 아니지, 응?"

대프니가 제이신다에게 다가오며 걱정스럽다는 양 물었다.

"아니. 그냥 바깥공기를 쐬러 나온 거야."

제이신다는 억지로 미소를 지었다.

"그래, 그럼 안으로 들어가자! 파티가 한창이야. 게다가 ……."

대프니가 수줍게 미소를 지었다.

"누가 왔는지 아니? 그리피스 경이 왔어! 네 올케인 레이디 루시언이랑 방금 도착했어. 가서 인사를 해야지?"

대프니는 대답도 기다리지 않은 채 키득거리며 그녀의 팔을 잡았다.

"어디로 가는 거지, 제이신다?"

아가씨들이 킬킬거리며 제이신다를 프랑스식 유리문으로 데려가자 드러먼드 경이 유쾌한 목소리로 물었다.

"저도 모르겠어요."

그녀가 외쳤다.

"금방 데려다 드릴게요. 백작님!"

헬레나가 말했다.

포도주 잔을 난간 위에 내버려둔 채 제이신다는 새 '친구들'에게 즐거운 듯 이끌려 안으로 들어갔다. 뭐 어쩐들 상관없다는 생각이었다. 대프니는 그녀를 데리고 복잡한 무도회장을 뚫고 지나갔고 헬레나와 아멜리아가 한 발짝 뒤에서 사뿐사뿐 쫓아왔다. 정원의 편안한 어둠 속에 있은 뒤라 화려하게 장식된 천장의 샹들리에 불빛이 너무 밝아 제이신다는 눈을 깜박였다. 스물네 개의 하얀 초가 꽂힌 샹들리에 불빛이 사방 벽에 걸린 금박 테두리의 커다란 거울에 반사되었다.

무도회는 이미 한창이었다. 데번서 공작의 환대는 언제나 최고였다. 그리피스 경이 앨리스와 로버트, 벨과 함께 잡담을 나누는 곳으로 가려면 빙 돌아서 가야 했다. 간단한 음식과 휘스트 테이블이 차려진 살롱을 지나가던 그들은 녹색 식탁보가 깔린 카드 테이블에 앉아 있는 앨릭을 보았다. 목발은 의자에 걸쳐져 있었다. 나이 든 미망인 셋과 한 점에 1실링짜리 내기를 하고 있던 앨릭은 뻔뻔스럽게도 미망인들을 홀리며 돈을 따고 있었다. 그는 젊은 아가씨들의 선망의 대상이기도 했기 때문에 대프니 일행은 걸음을 멈추고 그와 인사를 나눴다. 앨릭은 제이신다에게 민망하다는 듯 씩 웃더니, 부러진 발목에 대해 물어 보는 아가씨들의 질문에 헹헹 소리만 냈다.

뻔뻔스럽긴. 제이신다는 가장 좋아하는 오빠인 앨릭에게 질책의 눈길을 보냈다.

리지가 어미 닭처럼 앨릭의 주위를 서성거리고 있었다. 그녀의 예쁜 몸은 상아색 레이스가 달린 수수한 청록색 드레스에 감싸여 있었다. 아름다운 드레스였지만 왠지 리지는 언제나 눈에 뜨이지 않으려고 애쓰는 것 같았다. 하지만 거의 화를 내지 않던 리지가 지금은 앨릭의 목발을 집어 들어 그에게 아양을 떨고 있는 아가씨들을 후려치고 싶어하는 것처럼 보였다.

제이신다를 본 그녀가 화난 얼굴로 앨릭의 곁을 떠나 그녀에게 다가왔다. 앨릭이 아가씨들과 시시덕거리든 말든 내버려둔 채.

제이신다는 운이 나쁜 친구에게 미소를 지어 보였다. 리지가 아무 말 없이 레모네이드를 권했지만 그녀는 거절했다. 두 사람은 앨릭을 쳐다보았다.

"정말 뻔뻔스럽지 않아?"

제이신다가 유쾌하게 말했다.

"맞아."

리지가 한숨을 쉬었다.

"그런데도 그에게 화를 내는 사람은 한 명도 없다니."

걱정스럽게 얼굴을 찌푸리며 리지가 고개를 저었다.

"신사들이 좀더 많은 내기 돈을 걸고 도박을 하러 오기 전에 그만 끝내 줬으면 하는데 이제 시작인 것 같아서 걱정스러워."

"그렇게 바보는 아닐 거야. 로버트 오빠가 분명 더 이상 많은 돈이 걸린 도박은 안 된다고 경고했을 거야. 그렇지 않으면 용돈을 끊어 버리겠다고 말야."

리지가 초조한 눈길로 그녀를 쳐다보았다.

"왜 그래?"

제이신다가 물었다.

리지가 목소리를 죽였다.

"공작님께서는 이미 앨릭의 용돈을 끊으셨어, 재스. 부분적으로. 네가 시골에 있을 때 일어난 일이야. 앨릭이 며칠 전 밤에 고백했어. 앨릭이 한 달 동안 도박을 그만둘 수 있다는 걸 보여 주기 전에는 더 이상의 용돈을 주지 않겠노라고 공작님이 그러셨대. 앨릭은 브룩

스 클럽에서 내기를 했다가 엄청 잃었나 봐. 둘이서 엄청 싸웠어. 공작님을 비난하는 게 아냐. 누군가가 저 불쌍한 무뢰한에게 뭔가를 가르쳐야 해. 하지만……, 아아, 잘 모르겠어. 앨릭이 불행스러워하는 모습은 보지 못하겠어."

"앨릭 오빠는 자기가 하려는 일은 꼭 하고 말 거야."

제이신다가 부드럽게 말했다.

"네게 오빠를 구할 책임은 없어."

"알아. 난 그냥 그가 곤경에 빠지는 걸 보고 싶지 않은 것뿐이야."

혼란스러운 눈길로 앨릭을 바라보며 리지가 부드럽게 말했다.

"나도 네가 곤경에 빠지는 건 보고 싶지 않아."

"나도 그래, 도망자 아가씨."

리지가 대꾸하더니 다른 아가씨들을 보고 얼굴을 찌푸렸다.

"저 경박한 닭대가리들 좀 데리고 가 줄래?"

제이신다는 쿡쿡거리며 고개를 끄덕였다. 제이신다와 다른 아가씨들이 무도회장의 반대편으로 이동하자 리지는 서둘러 앨릭의 곁으로 돌아갔다. 무도회장을 가득 채운 귀족들을 뚫고 아가씨들은 제이신다의 가족들이 모여 있는 곳으로 갔다.

도착하자마자 대프니와 그 친구들은 즉시 얌전하게 호크스클리프 공작 부처와 앨리스에게 절을 하고 공작 부인과 앨리스의 드레스에 대해 칭찬을 늘어놓은 다음 서둘러 그리피스 경의 주위로 몰려들었다. 이안은 세 아가씨들의 떠들썩한 관심에 조금 놀란 듯했다. 로버트는 재미있다는 듯 친구를 힐끔거렸고 벨과 앨리스는 제이신다의 뺨에 키스를 했다.

루시언의 아내인 앨리스는 선명한 푸른 눈에 붉은 기가 도는 금발을 한 작고 매력적인 여인이었다. 그녀는 크림색 피부에 잘 어울리는 옅은 복숭아색 공단 드레스를 입고 있었다. 현 호크스클리프 공작 부인이자 사교계에서 가장 아름다운 여자로 손꼽히는 벨은 투명한 긴 소매가 달린 부드러운 장미색 비단 드레스를 입고 있었다. 밀빛 머리카락에 수레국화빛의 푸른 눈을 한 침착하고 우아한 여신 같은 벨은 곁에 서 있는 검은 정장 차림에 검은머리, 강렬한 검은 눈을 가진 로버트와 완벽하게 어울리는 한 쌍이었다.

"재미있게 지내고 있어요, 아가씨?"

앨리스가 물었다.

"네. 그런데 언니의 바보 같은 남편은 오늘 밤 어디 갔어요?"

"서머싯에 문제가 생겼거든요."

앨리스가 미소를 지으며 말했다.

"오, 저런."

제이신다가 외쳤다. 아직 레벨 코트 저택을 직접 본 적은 없지만, 루시언 오빠가 친아버지로부터 다 쓰러져 가는 영지를 물려받았다는 사실은 알고 있었다.

"금년이 첫 수확을 하는 해였죠?"

"네. 하지만 루시언이 고용한 영지 관리인에겐 제대로 수확을 감독할 능력이 없는 것 같아요. 일손도 충분하지 않고요……. 소작농들은 불평을 해 대고. 모든 게 다 엉망이 된 건 아닌지 모르겠어요. 루시언은 가고 싶어하지 않았지만 관리인이 일을 못하면 모든 농작물이 다 위험하다고 말해 줬죠. 그래서 수확이 시작되기 전에 그이가 가서 상황을 정리하기로 한 거예요."

"오빠는 분명 금방 문제를 해결할 거예요."

"그렇게 생각해요?"

앨리스가 웃으며 물었다.

"나도 아가씨처럼 믿을 수 있으면 좋겠어요. 루시언은 절대 농장 스타일이 아니잖아요. 아이들만 아니라면 내가 직접 가겠지만."

그녀가 오만하게 덧붙였다.

"그 사람도 언젠가는 배워야 하니까요."

올케의 익살스러운 말투에 제이신다는 웃음을 터뜨리며 동의했다.

"다행히 이안이 친절하게도 오늘 밤 날 에스코트해 줬어요."

대프니와 그 일당의 경박한 관심에 당황하고 있는 후작을 따뜻하게 바라보며 앨리스가 말을 이었다.

"아아, 그는 항상 최고죠."

벨이 제이신다에게 노골적인 암시를 주었다.

"혹시 눈치챘어요……?"

앨리스가 짓궂은 표정으로 말했다.

"이안의 종아리가 아주 근사하다는 것 말이에요. 안 그래요?"

"심 따월 댄 건 분명 아니에요."

벨이 동의했다.

"오, 언니들은 둘 다 정말 꽤나 끈질기군요!"

제이신다가 얼굴을 찌푸리며 꾸짖자 두 사람은 웃음을 터뜨렸다.

"난 이안과 결혼하지 않아요."

그녀가 앨리스에게 고개를 저어 보였다.

"언니는 새침하고 예의바른 사람이었는데, 대체 어떻게 된 거죠?"

"아가씨 오빠 때문이에요."

앨리스가 말했다.

"건배를 할 일이죠."

벨이 앨리스에게 윙크를 했다.

그들은 웃음을 터뜨리며 와인을 한 모금 마시고는 자기 나이의 반밖에 되지 않는 아가씨들에게 괴롭힘을 당하고 있는 그리피스 경을 쳐다보았다. 장신의 갈색 머리 후작이 벨과 앨리스에게 도와 달라는 표정을 지어 보였다.

벨과 앨리스는 쩔쩔매는 이안의 모습을 즐기며 그저 미소만 지어 보였다.

"저 불쌍한 친구를 정말 결혼시켜야겠어요, 그렇게 생각하지 않아요? 아가씨가 싫다면 다른 사람하고라도요."

앨리스가 말했다.

"난 최소한 한 명의 지원자는 알고 있어요."

제이신다가 의미심장하게 중얼거렸다.

앨리스가 콧등을 찡그리더니 조심스럽게 대프니를 쳐다보았다.

"오, 안 돼요, 절대 안 돼요."

"맞아요."

벨이 동의했다. 그녀는 손가락에 밀밭 색깔의 금발을 감으며 나른하게 시선을 돌렸다.

"앨리스, 어쩌면 아가씨가 마음을 바꿀지도 모르죠. 알겠지만, 여태까지도 여러 번 그랬잖아요."

"그랬죠."

"흥."

제이신다는 놀려 대는 그들에게 얼굴을 찡그리며 대화의 주제를 바꾸기 위해 앨리스에게 해리와 피파의 안부를 물었다. 한 살 난 딸이 최근 코감기에 걸렸던 이야기를 앨리스가 늘어놓고 있으려니 뜻밖에도 데번셔 공작이 다가왔다.

"공각 각하."

공작이 우아하게 절을 하자 숙녀들이 쾌활하게 인사를 건넸다.

사교계에서 그리피스 후작보다 더 많은 관심을 받는 독신 남자가 있다면 바로 26세의 데번셔 공작이었다. 유서 깊은 작위의 소유자에 부자인 그는 친절한 주인에 모르는 게 없을뿐더러 꽤 매력적이기까지 했다. 젊은 공작이 그리피스 경과 악수를 나누자 시시덕거리던 아가씨들은 누구의 비위를 맞춰야 할지 몰라 허둥지둥했다. 제이신다는 누군가가 각성제를 갖고 있길 진심으로 기원했다. 아무리 봐도 아멜리아에게 필요할 것 같았기 때문이다.

"데번셔, 만나서 반갑소."

로버트가 악수를 나누기 위해 앞으로 나왔다.

"초대해 줘서 고맙소."

"내가 영광이죠. 다들 즐거운 시간을 보내시기 바랍니다."

데번셔 공작이 말했다.

"아주 즐거워요. 정말 근사한 무도회예요."

벨이 따뜻하게 말했다.

"여러분들께서 함께 춤을 추는 영광을 베풀어주신다면 더 근사할 겁니다."

공작의 재치 있는 대답에 여자들이 웃음을 터뜨렸다.

"새로 오신 분을 만나 보셨나요?"

공작이 어깨너머로 시선을 돌리더니 누군가에게 가까이 오라고 고개를 끄덕이고는 다시 몸을 돌렸다. 사람들에게 가려서 제이신다의 눈에는 그 사람이 누구인지 보이지 않았다.

"윌리엄 올브라이트 랙퍼드 백작을 소개하겠습니다."

제이신다는 그 남자가 눈에 띄길 기다렸다. 그녀가 시골에 가 있는 동안 사교계에 등장한 의문의 남자에 대해 아멜리아와 헬레나가 하도 떠들어 댄 바람에 그 이름을 들은 적은 있었다. 랙퍼드 경은 트루로 앤드 세인트 오스텔 후작의 오래 전에 잃어버린 아들로 부자에 미남이라 꽤 괜찮은 결혼 상대라고 했다. 아멜리아와 헬레나가 흥분해서 키득거리며 말하기로는 좀 이상하고 위험해 보이는 사람이라고 했다. 우리에 갇힌 호랑이 같은 사람이라고도 했다. 어렸을 때 사라져서 가족들도 죽었다고 생각하고 포기하고 있었는데 갑자기 어느 날 건강하게 잘 살아 있는 모습으로 런던에 나타났고, 고집스럽게도 그동안 어디 있었는지, 무엇을 했는지 털어놓지 않는다고 했다.

그가 아무 말도 안 하는 바람에 자연스럽게 몇 가지 말들이 사교계에 나돌기 시작했다. 그가 다른 이름을 사용해 선원이 되었다거나, 나폴레옹과 맞서 전쟁터에서 싸웠다거나, 혹은 인도에서 모험을 하고 있었다는 소문들이 주류를 이루었다. 어떤 경우든 그의 거친 태도는 그걸로 설명이 된다는 것이 아멜리아와 헬레나의 중평이었다.

"하지만 사교계 사람들을 그렇게 궁금하게 만들다니 좀 지독하지 않니?"

사실 제이신다는 그 남자가 말을 하든 않든 그것은 남들이 상관할 문제가 아니라고 보았다. 하지만 랙퍼드 경에 대해 분명히 말할 수 있는 한 가지는 여자들이 그를 보면 까무러칠 정도로 좋아하고, 그 덕분에 멋쟁이들이 질투를 한다는 점이었다. 워낙 문제거리가 될 것 같은 남자인지라 제이신다는 사실 딱히 그를 만나 보고 싶은 생각이 없었다.

랙퍼드 경이 사람들을 뚫고 그녀가 있는 쪽으로 다가오자 제이신다의 세계가 멈췄다. 그럴 리 없어.

서러브레드를 타고 2미터 높이에 가까운 울타리를 처음 넘었을 때처럼 속이 울렁거렸다. 무도회장이 빙빙 돌면서 숨을 쉴 수도 없었다.

랙퍼드 경이라고? 그는 빌리 블레이드였다.

그렇지 않다면 그녀의 마음이 끔찍한 장난을 치고 있는 것이리라. 엄청난 충격에 휩싸인 채 그녀는 자신의 가족들과 인사를 나누는 랙퍼드의 모습을 지켜보았다. 바람만 살짝 불어도 기절할 것 같았다.

비록 모랫빛 머리를 짧게 깎아 뒤로 넘겨 조각 같은 얼굴을 드러내고 있었지만, 그녀는 금방 그를 알아볼 수 있었다.

빳빳한 크러뱃에서 광을 낸 검은 정장 구두에 이르기까지 그는 완벽한 신사로 보였다. 하지만 그녀의 마음속에 떠오른 것은 이교적인 문신이 새겨진 청동빛 피부였다. 겁에 질린 시선이 그의 단춧구멍에 꽂혀 있는 카네이션으로 가 닿는 순간-오래 전 어느 날 나이트 하우스를 찾아왔을 때 꽂고 있었던 것과 같은 꽃이었다-제이신다는 정신을 번쩍 차렸다.

맙소사, 이 범죄자를 사교계에 끌어들인 건 나야!

그녀의 날씬한 몸이 갑자기 굳어졌다. 심장이 두근거렸다. 제이신다는 누가 각성제를 갖고 있나 싶어 미친 듯이 주위를 둘러보았다.

그녀가 공포에 질려 어떻게 해야 할지를 생각하는 동안 블레이드는 그리피스 경과 악수를 나누면서 날카로운 눈으로 상대를 평가하고 있었다. 제이신다는 자신의 순서가 되기 전에 달아나고 싶은 충동에 휩싸였지만 이미 너무 늦은 뒤였다.

"그리고 이 아름다운 아가씨는 레이디 제이신다 나이트요."

데번셔 공작이 그녀를 보며 말했다.

키가 크고 건장하며 신과 인간 사이의 아들처럼 아름답고 매력적이면서도 우아한 이방인이 몸을 돌려 교활하게 그녀와 시선을 마주친 뒤 정중하게 절을 했다.

"레이디."

은밀하게 애무하듯이 들리는 그 평범한 한 마디에 그녀는 몸을 떨었다. 겉모습은 변했지만 그윽하게 떨리는 목소리는 여전했다. 최면을 거는 것 같은 그 눈 역시 강렬하고 깊었다. 짙은 녹색 테두리에 둘러싸인 연한 회녹색 눈동자가 황갈색 눈썹 아래에서 번뜩이고 있었다.

그녀는 목소리가 나오지 않았다. 하지만 그와 시선을 부딪친 순간 무수한 말들이 오고갔다.

그가 여기서 무얼 하고 있는지 상상하고 싶지도 않았다.

미칠 듯이 두근대는 자신의 심장 소리 때문에 아무 것도 들리지 않았다. 유럽 6개국의 궁정에서 사람들 앞에 소개된 적도 있었던 그녀가 정작 이 순간에는 어떻게 반응을 해야 할지 몰랐다. 그가 자신의 손을 부드럽게 잡고 손등에 키스하는 동안 기절하지 않는 게 고작이었다.

그의 표정에는 아무 것도 드러나지 않았지만 대담하고 반항적인 눈길이 그녀의 시선을 붙들어 맸다. 제정신이 아닌 무모한 유머로 번뜩이는 그 눈은 그들이 이미 아는 사이임을 남들이 알아챈다면 둘 다 위험하다고 말하고 있었다. 그가 그녀의 손을 잡고서 지그시 힘을 주었다.

"레이디, 저에게 춤을 함께 출 수 있는 영광을 주시겠습니까?"

놀라서 멍한 상태에 있던 그녀의 입에서 불분명한 말이 토막토막 나왔다.

그는 언제나처럼 뻔뻔스럽게 그녀의 말을 예스라고 받아들이고는 그녀의 손목을 잡았다. 그리고 마치 그녀를 다시 돌려줄 생각이 없다는 듯 그녀의 가족들에게 경쾌하게 작별 인사를 던진 뒤 그녀를 이끌었다. 제이신다는 겁에 질려 식구들을 돌아보았지만 결국은 손을 잡아끄는 그를 따라가는 수밖에 없었다.

그는 빈민굴에서 보았을 때처럼 눈에 띄는 카리스마를 드러내며 한 발짝 앞서 그녀를 사람들 속으로 이끌었다. 다음 순간 그녀는 댄스 플로어 끝에서 그의 품에 안겨 있었다. 오케스트라가 왈츠를 연주하기 시작했다.

"춤을 출 수 있어요?"

갑자기 말을 할 수 있게 된 제이신다가 물었다. 이런 상황에서는 바보 같은 질문이었지만.

"잘 추지는 못하오. 하지만 당신을 위해서라면 바보짓을 할 만한 가치가 있지."

무도회장을 조심스럽게 둘러보며 그가 가볍게 말했다.

"블레이드!"

"랙퍼드요."

그가 부드럽게 경고했다.

"조금만 도와 주면 되오, 내 사랑. 당신 손이…… 여기로 가는 거지."

블레이드가 그녀의 왼손을 자신의 오른쪽 어깨 위에다 올리고는 미소를 지어 보였다. 그의 눈에 부드러운 소유욕이 번뜩였다. 그리고 오른손을 내민 그는 그녀가 잡기를 기다렸다.

제이신다는 어쩔 줄 몰라 하며 그의 손을 쳐다보다 눈을 들어 그의 얼굴을 바라보았다. 그녀가 마침내 입을 열었지만 그 목소리는 멍했다.

"머리카락을 잘랐군요."

그가 음흉하게 미소를 지었다.

"걱정하지 마시오, 데릴라. 힘을 잃지는 않았으니까."

"대체 여기서 뭘 하고 있는 거죠?"

그녀가 외쳤다.

"제이신다, 달링. 모든 걸 설명하겠소. 하지만 당신이 서둘러 뭔가 조치를 취하지 않으면 우린 춤추는 아가씨들에게 방해물이 될 거요."

"하지만 난 왈츠를 추면 안 돼요. 로버트 오빠가 화를 낼 거예요."

그녀가 어리둥절하다는 듯이 말했다.

"로버트는 나에게 맡기고, 내 손을 잡으시오."

그가 알겠다는 듯 살짝 미소를 지으며 중얼거렸다.

그의 손을 내려다보자 뒷골목에서 만났던 그 날 밤이 떠올랐다. 마치 이교도의 해적처럼 쓰레기더미 위에 앉아 있던 그녀를 일으켜 주기 위해 그가 손을 내밀던 순간도. 피와 먼지로 얼룩져 있던 못 박힌 거친 손도. 지금 그 손은 얼룩 하나 없는 하얀 새끼 염소 가죽 장갑을 끼고 있었다.

심장이 빠르게 뛰는 가운데 그녀는 천천히, 시험하듯이 오른손을 들어 그의 왼손에 올려놓았다.

"훨씬 낫군. 맙소사, 당신은 정말 아름다워."

그가 오른팔로 그녀의 허리를 감더니 힘을 주었다.

그의 손길에 영혼 깊숙한 곳이 떨리자 순간 그녀는 멍한 상태에서 깨어났다. 분노와 불신이 혼란을 날려 버린 것이다.

"대체 여기에서 뭘 하는 거예요?"

음악이 시작되자 그녀가 날카롭게 속삭였다.

"내 시야를 넓히고 있지."

능숙하게 그녀를 이끌어 가며 그가 수수께끼 같은 미소를 지어 보였다.

"내가 두려워한 대로군요."

그녀가 딱딱하게 말했다. 위장이 꼬여 왔다.

"내가 당신한테 준 다이아몬드를 팔아 그 돈으로 더 큰 도둑질을 하기 위해 사교계에 숨어든 거죠. 그렇죠?"

"영리한 아가씨로군. 내 계획을 정확하게 간파했는데. 데번셔 공작의 화랑에 걸려 있는 그림들을 봤소? 한 재산은 충분히 될 거요……."

"미쳤군요!"

그녀가 놀라 소리를 질렀다.

"안 돼요, 블레이드! 당장 떠나요! 잡혀서 교수형을 당할 거라고요. 내 말을 믿어요. 그래봤자 절대 통하지 않을 거예요."

"왜? 당신은 날 일러바치지 않을 텐데, 그렇지 않소? 게다가 나 역시 사교계 사람들에게 당신에 대해 할 말이 있다오. 당신이 내 품에서 얼마나 달콤했는지 잊지 않았거든."

그가 서로의 코끝이 닿을 정도로 고개를 숙이며 중얼거렸다. 따뜻한 그의 피부에서 청결한 비누 냄새와 상쾌한 애프터 셰이브 로션 냄새가 나는 것 같았다.

"우린 아직 끝까지 가지 않았소. 당신한테 가르쳐 줄 즐거움이 아직도 많이 남아 있다오."

"그 날 밤 일은 입에 담지도 말아요!"

그녀가 외쳤다.

그가 늑대같이 씩 웃자 하얀 이빨이 드러났다.

"왜? 당신도 즐겼잖아. 당신은 아직 나한테 빚이 있소."

"블레이드……."

"랙퍼드라니까."

그가 속삭였다.

"당신 이름이 뭐든 절대 무사하지 못할 거예요! 트루로 경과 그 부인에게 당신이 오래 전에 잃어버린 아들이라고 사기를 치다니, 너무 잔인하다는 생각이 들지 않아요?"

"제이신다, 난 오래 전에 잃어버린 그들의 아들이 맞소. 좀 전에는 농담을 한 거요."

그녀가 혼란스럽다는 듯이 그의 얼굴을 살폈다. 너무나 솔직하고 진지한 얼굴이었다.

"하지만…… 어떻게?"

"일반적인 방법이지."

건방진 대답에 그녀가 콧방귀를 뀌었다.

그가 웃음을 터뜨렸다.

"맹세코 범법자로서의 내 인생은 끝이 났소. 완전히 개조되었지. 밧줄을 보면 사람이 얼마나 변하는지 놀랄 거요."

그가 냉소적으로 말했다.

"밧줄이라뇨?"

"내가 체포되어 뉴게이트에 감금되었을 때 사람들이 내 눈앞에 흔들어 댄 밧줄 말이오. 그렇지 않았다면 난 절대 이 따분한 곳에 오지 않았을 거요."

그가 이를 악물었다.

"체포되었다고요?"

그가 무뚝뚝하게 고개를 끄덕였다.

"오딜이 우리를 함정에 빠뜨렸소. 그 놈이 에디를 협박해 우리가 어느 집을 털 건지 알아내고서는 보 스트리트에 밀고했거든. 파이어 호크스를 단칼에 처치하려고 말이오. 하지만 분명히 말하건대, 재칼 녀석들은 내 최후를 보지 못했소."

음악에 맞춰 댄스 플로어를 도는 동안 제이신다는 동요하며 그를 살폈다. 자신이 끌려들어 가고 있다는 생각이 들었지만, 그의 황당한 이야기를 더 듣고 싶은 마음을 떨쳐 버릴 수가 없었다.

"오딜이 에디에게 해를 입히지 않았다면 좋겠네요."

그녀가 조심스럽게 말했다.

"에디 녀석은 조금 놀라긴 했지. 하지만 당신도 그 녀석이 어떤지 알잖소. 절대 기가 꺾일 놈이 아니지. 내가 익명의 후원자로 녀석을 시골의 기숙학교에 보냈소. 이제는 그 아이가 좀더 나은 사람이 되길 바랄 뿐이오.”

“네이트와 다른 사람들은 어떻게 되었나요?”

그녀가 의심스럽다는 듯이 물었다.

“오스트레일리아로 유형살이를 갔소. 내가 여기 있는 것도 그것 때문이오. 내가 누구인지 말하지 않았으면 우린 전부 교수형에 처해질 운명이었으니까.”

“당신이 누구인 척하든 상관없지만 제대로 되지는 않을 거예요. 그리고 난 절대 당신의 미친 짓도 돕지 않을 거고요. 만약 당신이 노리는 게 그거라면요. 누군가가 당신의 속셈을 알아챘다면 당신은 크나큰 위험에 처하게 될 거예요.”

“제이신다. 난 사실을 말하는 거요! 제발 이해하려고 해 보시오.”

그녀의 혼란스러운 눈을 보며 그가 부드럽게 말했다.

“그래서 그 날 밤 빈민굴에서 당신에게 내 진짜 이름을 말해 줄 수 없었던 거요. 계속 비밀로 하고 있었거든. 부하들도 내 출생에 대해서는 모르고 있었소. 절대 날 받아들이지 못했을 테니까. 내가 어렸을 때 집에서 도망쳤다고 말했던 것 기억하오?”

“네. 하지만…… 사실일 리가 없어요! 당신을 도망치게 만들었다는 그 괴물 같은 아버지가……, 당신 눈을 멍들게 만들었다는 그 사람이……, 트루로 앤드 세인트 오스텔 후작이라고요?”

“맞소.”

“믿을 수가 없어요!”

“사실이오. 작년 겨울 퍼시 형이 죽은 바람에 내가 후계자가 된 거요. 난 내 권리를 주장할 생각이 없었소. 우리 가문의 대를 끊어 놓는 게 나에게 그런 짓을 한 아버지에게 꼭 들어맞는 벌이라고 생각했으니까.”

“농담이겠죠?”

그녀가 경악했다.

“아니오.”

그의 눈에 떠오른 위험한 냉기를 보자 척추를 타고 한기가 흘러내렸다. 하지만 거짓말이라 치부하기에는 너무 진지해 보였다. 제이신다는 그의 말과 끝없이 계속되는 춤에 어지러워 그저 고개만을 흔들 뿐이었다.

"아직도 날 믿지 않는군."

잠시 후 그가 담담한 목소리로 말했다.

"뭘 믿어야 할지 모르겠어요! 내가 아는 건 당신이 끔찍한 범죄자라는 것뿐이라고요."

제이신다는 새삼스럽게 목소리를 낮추며 혹시 다른 사람이 듣지 않는지 초조하게 주위를 둘러보았다.

그는 못마땅하다는 듯 그녀의 머리 뒤로 사람들을 쳐다보았다.

"정말 그렇게 생각한다면, 왜 다이아몬드 목걸이를 두고 간 거요?"

그녀는 저도 모르게 얼굴을 붉혔다.

"당신이 그 빌어먹을 물건을 파는 대신에 왜 다시 도둑질을 했는지가 더 적당한 질문 같은데요. 당신의 보호를 받던 사람들에게 정말 돈이 필요했다면, 그 목걸이를 팔면 되었잖아요."

그는 기가 막힌다는 듯 허공을 쳐다보았다.

"그럴 수는 없었소."

"왜요? 비열한 동료들 중 그걸 사겠다는 사람이 없었나요?"

"그게 아니오, 제이신다. 난 동정은 받지 않소. 난 목걸이를 당신에게 돌려 줄 작정이었소. 그래서 하이드 파크로 당신을 만나러 갔지. 그 날을 기억할 거요, 그렇지?"

그가 신랄한 목소리로 말했다.

"네."

자신이 그를 어떻게 대했던지 기억이 나자 바보같이 심장이 죄어들었다. 프랑스에 있는 어머니의 친구들에게 가려고 도망쳤던 자신의 계획을 그가 망쳐 놓았던 것도 새삼스럽게 떠올랐다.

"좋아요, 당신 말이 사실이라고 믿죠. 그럼, 이런 속이 빤히 들여다보이는 속임수를 위해 내 목걸이를 팔지 않았다면, 아무 때나 편한 때 목걸이를 돌려주시겠어요?"

그가 입술을 오므리며 노새처럼 고집스럽게 시선을 피했다.

"그럴 수 없소."

"아하."

"목걸이는 테일러 저택에 감추어 두어야 했소. 제이신다, 사실이오!"

그녀가 콧방귀를 뀌자 그는 반박했다.

"목걸이는 주 침실에 있는 꽃병 안에 있소. 싸움을 벌이는 동안 간신히 그 곳에 감췄지. 스무 명의 보 스트리트 경관이 현장에서 우리를 덮치는 바람에……."

"대프니 테일러가 내 다이아몬드 목걸이를 갖고 있다는 말이에요?"

그는 말없이 그녀를 쳐다보았다.

"블레이드!"

"랙퍼드요, 제이신다. 체포되었을 때 우리는 테일러 저택을 털고 있었소. 당신을 위해서 그런 거요. 당신이 한 말 때문에. 기쁘지 않소?"

"말도 안 돼요! 잠시라도 당신을 믿었다니! 내 다이아몬드 목걸이가 감쪽같이 사라지더니 이젠 당신이 나타나 트루로 후작의 후계자라고 주장하는군요. 당국에서 당신을 곱게 뉴게이트에서 내보내 줬다고 말이죠. 나한테 그런 말도 안 되는 엉터리 이야기를 믿으라는 거예요?"

"엉터리 이야기가 아니오. 그럼 당신 생각은 뭐요?"

"내 생각에는 당신이 어딘가에서 트루로 경의 잃어버린 아들 이야기를 듣고서 이용해먹기로 결심하고는, 내 다이아몬드 목걸이를 팔아……."

"그런 말도 안 되는 거짓말을!"

그가 분개하며 속삭였다.

"날 못 믿겠다면 우리 아버지에게 물어보시오. 그는 내가 누구인지 알고 있지. 자기 손으로 내 눈썹의 이 흉터를 만들었으니까 말이오. 그래, 당신 오빠인 루시언 경에게도 물어보라고! 그는 오래 전부터 사실을 알고 있었소. 그리고 당신이 궁금해하니까 해 주는 말인데, 그들은 날 곱게 내보내 준 게 아니오. 최악질 범죄자들에 대한 세세한 정보를 털어놓아야 했소. 내가 좋아서 그런 인간들을 적으로 만들었다고 생각하는 거요?"

"왜요? 당신이 위험할 일은 없잖아요."

제이신다가 쏘아붙였다.

"빈민굴 사람들은 빌리 블레이드가 죽은 줄 안다면서요!"

"그렇지. 그리고 내가 밀고를 했다는 걸 알면 조만간 실제로 그렇게 될 거요. 난 거짓말쟁이가 아니오. 하지만 만약 이게 사기라도 해도 당신이 무슨 상관이지? 당신도 사교계 사람들을 싫어하잖소. 당신 어머니에게 잔인하게 굴었던 '잘난 척하는 위선자들'이라면서. 내 기억으로는 그것도 당신이 도망친 주요 이유 중의 하나였던 것 같은데."

"내 기억에 따르면, 당신이 그 계획을 망쳤죠!"

"아직도…… 당신을 위해 그랬다는 걸 인정하지 않는 거요?"

"그런 결정을 내리는 건 당신이 아니라 나예요."

그가 턱에 힘을 꽉 주었다. 화를 참으려고 애쓰는 모습이 눈에 보였다. 그러더니 그는 결국 결연한 인내심을 보이며 고개를 흔들었다.

"제이신다, 제이신다. 이 고집 센 말괄량이 같으니라고. 모르겠소?"

그가 바싹 끌어안자 따뜻한 숨결이 귓가의 머리칼을 날렸다.

"퍼시 형이 비참하게 죽은 뒤 아버지는 내가 결혼을 해야 한다고 고집을 부리셨소. 위기에 처한 가문의 대를 잇기 위해서 말이오. 당신이 그리피스 경과의 결혼에서 벗어났다는 이야길 들었소. 내 충고를 받아들인 당신에게 찬사를 보내는 바요. 맙소사, 그 친구, 정말 지루하고 냉담하더군. 그는 절대 당신을 길들일 수 없을 거요. 알겠소? 여기에서 저 위선적인 바보들을 꿰뚫어 볼 수 있는 유일한 사람은 당신과 나 딱 둘뿐이오. 게다가 우리가 힘을 합친다면 우리 둘의 비밀은 안전할 테고."

그래, 이게 이 남자가 원하던 거였어. 그녀는 뒤로 물러나 그의 눈을 올려다보았다. 점점 더 화가 났다.

"우리의 비밀이라뇨?"

"빈민굴에서의 내 과거, 그리고 당신의…… 위험한 약점 말이오. '유혹에 잘 넘어가는 여자'라는."

그가 우스꽝스러운 미소를 지었다.

제이신다는 입을 딱 벌렸다. 체포되어 감옥에 들어가 있었다지만 그의 거만함은 전혀 꺾이지 않은 게 분명했다.

"지금 나한테 결혼하자고 말하는 거예요? 이런 식으로?"

그가 자신만만하게 어깨를 으쓱했다.

"맞소, 이렇게."

"왜요? 내가 당신 비밀을 폭로하지 못하게끔 가까이에서 날 감시하게요?"

화가 난 듯 그녀의 목소리가 점점 더 올라갔다.

"그럼 오빠들처럼 날 지배할 수 있으니까요? 그게 당신이 원하는 바예요?"

"이런, 제이신다, 잠깐만……."

"아뇨, 잠시 기다려야 할 사람은 경인 것 같군요."

그녀가 고개를 흔들었다.

"이제 상황이 바뀌었답니다. 참고로 말씀드리자면, 당신 때문에 억지로 가족들에게 다시 끌려온 이후 난 다른 사람을 찾았어요!"

9

춤을 추기 시작하자 랙퍼드의 표정이 어두워지고 제이신다의 손이 가볍게 얹힌 어깨 근육이 경직되기 시작했다. 제이신다는 이 남자가 당장이라도 폭발할 것 같다고 생각했다.

하지만 다행히 스텝이 엉키지는 않았다. 위험한 순간은 지나갔다.

그가 신중한 눈빛으로 어색한 미소를 지었다. 그리고는 어깨를 으쓱하며 말했다.

"음. 어쨌든, 당신이 원하는 사람이 나란 걸 우리 둘 다 알고 있군."

랙퍼드의 득의양양한 모습에 그녀의 눈이 휘둥그레졌다.

"정말 기가 다 막히는군요!"

랙퍼드는 제이신다를 빙글빙글 돌리며 가벼운 미소를 띠고 그녀의 귓가로 고개를 숙였다.

"결코 아니오, 레이디. 나와 결혼하면 얻는 게 많을 텐데."

그의 따뜻한 숨결로 인해 일어난 전율이 등줄기를 따라 내려갔다.

"당신은 어머니의 전철을 밟을까 봐 두려워하고 있소. 그렇지만 일단 결혼해 보면 그 생활이 너무 만족스러워서 딴 생각은 나지도 않을 거요. 내 약속하지.”

“하!”

제이신다는 외마디 소리를 지르고 댄스 플로어 가장자리에서 그를 밀친 다음 그의 품에서 떨어져 나왔다. 프랑스식 유리창을 통해 베란다로 나가는 그녀의 얼굴은 그의 음탕한 사탕발림 때문에 붉으락푸르락했다.

그의 말을 듣자 그 날 밤 그 방에서 있었던 낯뜨거운 기억이 되살아나 얼굴이 화끈거렸다. 저렇게 끔찍하고 얄미운 인간이 또 있을까! 지분거리는 그의 태도에 자신이 펄쩍 뛰는 모습을 누가 눈치채기라도 할까 봐 제이신다는 급히 그 곳을 떠났다. 일단 마음을 가라앉혀야 했다.

랙퍼드인지 블레이드인지 이름도 제대로 모를 그 짐승 같은 남자가 곧바로 따라 나왔다.

“제이신다!”

“꺼져요! 당신은 신사도 아니에요!”

그가 웃었다.

랙퍼드에게서 벗어나기 위해 제이신다는 정원으로 이어지는 얕은 계단을 급히 내려갔다. 여전히 그도 산책로와 덩굴장미가 자라고 있는 격자 울타리 아래를 성큼성큼 지나 그녀를 뒤따라왔다.

“제이신다! 여자들이란 참! 내가 나 자신과 작위를 당신에게 순순히 바치려 하는데 이렇게 날 차 버리기요? 당신의 바보 같은 사랑은 이제 잊으시오. 우리가 잘 어울리는 한 쌍이라는 걸 우리들 스스로도 잘 알고 있지 않소.”

“차라리 죽을래요.”

“그 운 좋은 사내는 도대체 누구요?”

“당신이 신경 쓸 일이 아녜요!”

“만약 그 자식이 에이서 로링이라면 내가 당신을 정신 차리게 해 주겠소!”

"아녜요."

그녀는 그의 앞을 지나쳐 가며 말했다.

"가라니까요!"

"그렇다면 누구요?"

"당신이 모르는 사람이에요!"

갑자기 길이 막히며, 바로 눈앞에 높은 회양목 울타리로 굽이굽이
둘러싸인 아담하고 둥근 '정자' 안의 조그만 분수가 보였다.

제이신다는 이제 어디로 가야 할지 몰라 멈춰 섰다. 가슴이 마구
요동쳤다. 그 때 그의 강인한 팔이 뒤에서 허리를 감싸 안았다. 그녀
가 반항할 새도 없이 랙퍼드가 그녀를 돌려세우더니 끌어안으며 다
급하게 키스를 해 왔다.

"그만 해요!"

그녀가 저항하려 했지만 오히려 그는 그 상황을 이용해 더욱 집요
하게 키스했다. 그의 팔이 허리에 단단히 감기자 제이신다는 부드러
운 신음 소리를 냈다. 그는 오른손으로 관능적이면서도 탐욕스럽게
그녀의 목을 감싸 쥐었다.

오, 그녀는 그의 입술의 따스함과 달콤함을 알고 있었다. 그녀는
그의 감촉과 그의 냄새를 기억했다. 빌리…. 그가 그녀를 더욱 세게
안았다. 그녀는 아찔할 정도로 강렬한 그의 매력과 싸우며 반응하지
않으려고 발버둥쳤다. 그녀가 완강히 버티는 모습을 보고 랙퍼드가
짓궂은 미소를 짓는 게 느껴졌다.

"나의 레이디."

그의 목소리가 갈라졌다. 그는 손끝으로 그녀의 턱을 훑어 내리며
그녀의 머리를 뒤로 젖혀 굶주린 욕망으로 빛나는 자신의 눈을 보게
했다.

"제대로 된 인사를 해 보시오."

그는 고개를 천천히 숙여 벌어진 그녀의 입술에 집요하게 키스를
했다.

그의 키스에 그녀는 더 이상 저항할 힘이 남아 있지 않았다. 자신도 모르게 그의 목에 팔을 감고 그에게 매달렸다.

빌리…….

그는 키스를 계속하며 자신의 단춧구멍에 꽂혀 있던 붉은 카네이션을 뽑아 부드러운 꽃잎으로 그녀의 뺨을 스치고 올라가 귀 뒤에 꽂았다. 감미로운 그의 몸짓을 대하자 그녀는 욕망에 휩싸였다. 그녀는 깨끗하게 면도한 그의 턱을 애무하고 머리카락 속으로 손을 집어넣었다. 랙퍼드의 손이 그녀의 가슴을 감싸 쥐었다. 그 순간 제이신다는 다시 이성을 되찾았다. 이건 미친 짓이야!

그녀는 거칠게 숨을 쉬며 그에게서 떨어졌다. 그리고는 그를 난폭하게 밀어냈다.

“안 돼요! 이러고 싶지 않아요. 난 당신을 원하지 않아요.”

그의 턱이 굳어졌다. 그의 눈이 채워지지 않은 욕망과 분노로 번쩍였다.

“그 사람이 누구요?”

그가 소리쳤다.

“드러먼드 경이에요.”

그녀가 망설임 없이 말했다.

“내가 모르는 사람이군. 지금 당장 만나야겠소. 내가 당신이 베인 브리지 스트리트에 왔었다고 하면 그가 뭐라고 할지 생각해 봤소? 아니면 나를 꾀어 프랑스로 도망가기 위해 마차 안에서 날 어떻게 유혹하려고 했는지에 대해서는?”

“감히 그런 식으로 날 협박하지 말아요.”

그녀가 잡아먹을 기세로 그를 노려보며 속삭였다.

“이건 우리 둘만의 게임이에요, 블레이드. 만약 당신이 그 날 밤 일을 드러먼드 경이나 다른 누구에게 발설한다면 난 범죄자인 당신의 과거를 낱낱이 폭로하겠어요.”

그는 오히려 재미있다는 투였다.

"이런, 한 방 먹었군. 당신도 그 빈민굴에서 배운 게 한두 가지는 있는 모양이야."

"당신이야말로 도둑처럼 생각하라고 가르쳐 준 장본인이에요. 날 내버려둬요. 그럼 나도 간섭하지 않겠어요, 어때요? 당신은 날 이 생활로 다시 끌어들인 사람이에요. 이 생활을 계속해야 한다면 나도 상황을 최대한 이용할 생각이에요."

랙퍼드는 날카로운 눈초리로 그녀를 살폈다.

"당신 곁에서 사라지겠다는 약속만은 결코 할 수 없겠는데."

제이신다는 코웃음을 치며 그에게서 몸을 돌리려 했지만 그가 그녀의 팔을 잡아 멈춰 세웠다.

"당신을 원하오, 제이신다. 어떤 수를 써서라도 당신을 가지고 말 거요."

"하기만 해 봐요, 우리 오빠들 손에 죽을 테니까. 지금 당신은 내 세계에 있어요. 날 방해한다면 후회하게 될 거예요, 랙퍼드 경."

제이신다는 이 말을 끝으로 붉은 카네이션을 땅바닥에 내던졌다. 그리고는 몸을 돌려 이슬이 내린 차가운 정원을 통해 휘황찬란한 무도장으로 아무도 모르게 돌아갔다.

랙퍼드는 보기 좋게 당한 자신을 저주했다. 그 자리에 서서 멀어지는 그녀의 뒷모습을 바라보며 이제 어떻게 할까 망설였다. 이번에도 또 저 건방진 여자에게 거절당했다는 사실에 화가 났다. 그는 약간 비틀거리면서도 당당하게 달빛 어린 산책로를 걸어가는 제이신다의 뒷모습을 지켜보았다. 금빛 곱슬머리가 물결치고 속이 비치는 스커트가 그녀의 다리를 휘감았다. 제이신다는 베란다로 향하는 계단을 몇 칸씩 한꺼번에 뛰어올라 안으로 사라졌다.

그는 한숨을 길게 내쉬고 머리를 쓸어 넘기려 했지만 문득 하인들이 자신의 머리카락을 잘라 버렸다는 데 생각이 미치자 얼굴을 팍 구겼다.

드러먼드 경이라고? 화가 치솟았다. 도대체 어떤 인간이야?

랙퍼드는 낮은 신음 소리를 내뱉고는 빳빳한 비단 크러뱃을 느슨하게 잡아당기며 데번셔 홀로 돌아갔다. 돌아가는 길에 아까 그 카네이션을 밟아 짓이기는 것도 잊지 않았다. 프랑스식 유리문으로 들어서면서 그는 조심스럽게 발걸음을 멈추었다. 자신이 뭍에 나온 물고기처럼 느껴졌다. 자신이 이 세계에 대해 얼마나 무지한지, 그리고 이 곳이 얼마나 불가사의한 위험을 안고 있는지가 다시 한 번 뼈저리게 다가왔다.

그녀를 찾으려고 무도회장을 둘러보는 순간 그의 침울한 눈길은 그녀의 가족들이 서 있던 곳으로 향했다. 제이신다가 열을 올리고 있는 그 남자를 봐야겠다고 결심하고 조심스럽게 사람들 사이를 돌아다니던 블레이드는 손님들과 이야기를 나누고 있는 데번셔 경을 발견했다. 그라면 드러먼드가 누구인지 알고 있을 것이다. 젊은 공작에게 다가가자 한 차례의 지겨운 소개와 인사 그리고 악수가 이어졌다. 랙퍼드는 그들의 딸들이 전부 아름답다고 칭찬을 해 댔다. 모두가 그러냐는 듯이 그를 살피면서 자기 딸이나 조카딸의 얘기를 하고 싶어 망설이는 것 같았다. 하지만 사실 그는 이미 상대의 마음 따위는 아랑곳없이 특정 신붓감을 이미 골라 놓은 뒤였다.

영양가 없는 잡담을 나누고 있던 데번셔 공을 블레이드는 최대한 자연스럽게 불러냈다. 그는 아까부터 하고 싶었던 질문을 했다. 하지만 막상 공작이 나이트 일가가 모여 있는 맞은편을 향해 고갯짓을 하자 랙퍼드는 자신의 눈을 믿을 수 없었다.

"농담이시겠죠."

랙퍼드는 공작을 다시 쳐다보았다. 데번셔가 진심이라는 듯 고개를 끄덕였다.

"바로 그… 내무부의 그 드러먼드 경 말씀이십니까?"

그가 재차 물었다.

"그렇다네."

공작이 고개를 끄덕이며 확인해 주었다.

그를 보기 전까지는 그 이름이 머릿속에 떠오르지 않았다. 있을 수 없는 일이었으니까. 이제는 더욱 믿어지지 않았다. 도대체 이 여자는 무슨 꿍꿍이란 말인가? 랙퍼드는 눈살을 찌푸렸다.

내 여자라고 자신하고 있던 젊고 아름다운 제이신다가 일흔은 족히 되어 보이는 저 남자에게 목을 매고 있단 말인가. 리버풀 경이 이끄는 내각에서 가장 악명 높은 토리파 압제자로 알려진 저 사람을. 제이신다는 늙은 독재자에게 노골적으로 추파를 던지고 있었다. 즐겁게 웃음을 지으며 속눈썹을 파닥거리고 고개를 살짝 갸웃하며 부채를 부치는 제이신다의 모습에서 알 수 있었다. 하지만 도저히 믿을 수 없는 광경이었다.

정신이 나갔군. 내가 아니고 저 늙다리라니?

저 골골하는 영감쟁이에게서 그녀를 빼앗기가 뭐 그리 어렵겠는가. 풍채가 있고 각진 턱인 드러먼드 경은 아직은 정정했다. 하지만 피부는 쪼글쪼글하고 머리카락은 자신의 연미복처럼 음침한 회색이었다. 그의 둥근 안경이 촛불에 번득이는 모습은 마치 이런 자리에서조차도 의회를 위한 은밀한 음모나 빈민들을 억압할 계책을 짜고 있는 것처럼 보였다.

랙퍼드는 놀란 눈빛으로 제이신다를 바라보았다. 그 날 밤 그의 방에서 그녀가 자유로워지고 싶다고 열렬히 주장하던 모습이 떠올랐다. 그리고 늙은 남자와 결혼하는 것에 대해 그가 그녀를 얼마나 놀려 대었는지도 생각났다. 이제야 모든 것이 서서히 이해되기 시작했다.

이런 교활한 말괄량이 같으니라고. 못 말리는 교활한 여우가 다 있나. 그는 놀란 표정으로 무도회장을 응시했다. 드디어 당신을 가둔 새장의 열쇠를 찾아냈군.

저 여자를 귀찮게 하지 않을 유일한 남편이 있다면 아마 죽은 남편뿐일 것 같았다.

그는 어안이 벙벙해졌다. 그녀의 어처구니없을 정도로 대담한 계략에는 정말 마구 비웃음이 나올 정도였지만 문득 저 늙은이가 예상했던 것 이상으로 강력한 라이벌일 수 있다는 생각이 들었다. 드러먼드란 인간 자체만으로는 위협적이지 않았다. 오히려 위험한 것은 드러먼드가 줄 수 있는 그것이었다.

자유였다.

그녀를 가족에게 되돌려 주었던 그 날 랙퍼드 자신이 가져간 바로 그것.

자신이 새로운 혼란 상황에 빠졌다는 생각이 들면서 그의 얼굴에서 조소가 사라졌다. 그의 시선을 느낀 제이신다가 부채 위로 살짝 그를 살펴보다가 그와 시선이 마주쳤다. 자신을 빨아들일 것처럼 뜨거운 시선으로 바라보는 그녀의 검은 눈동자를 보자 그는 잠시 동안 숨을 쉴 수조차 없었다.

그는 그녀에게 비난조의 미소를 보내며 살짝 고개를 흔들었다. 그래 봤자 안 먹힐걸. 당신은 너무나 날 원하니까.

그녀가 도도하게 고개를 치켜세우고 얼굴을 돌리자 고집스러운 곱슬머리가 이마로 쏟아져 내렸다. 그러나 두 볼은 홍당무처럼 빨개졌다. 그 때 그녀의 늙은 구혼자가 왕실의 결혼식에 참석하러 온 외국의 고관대작들에게로 그녀를 데려갔다.

랙퍼드는 끓어오르는 분노와 더욱 깊어지는 의혹을 감추며 전혀 어울리지 않는 그 커플을 최대한 오래-대략 9초 정도였지만-지켜보았다. 그리고 아무에게도 알리지 않고 무도회장을 빠져나갔다.

이 정도면 충분히 예의를 지킨 셈이었다.

이제 재칼들을 사냥할 시간이었다.

크러뱃을 완전히 풀어 버린 그는 아버지가 새로 사준 초고가의 새 이륜마차에 올라탔다. 수도 없이 그의 머리를 갈긴 것에 대한 양심의 가책을 덜고 싶은 아버지의 안쓰러운 노력임이 분명했다.

랙퍼드가 마차를 너무 거칠게 모는 바람에 마부는 목숨을 부지하기에 정신이 없었다. 이 마차는 피카딜리와 세인트 제임스 스트리트의 모퉁이를 돌 때마다 뒤집힐 뻔했던 자신의 고물 마차에 비하면 훨씬 가볍고 속도도 빨랐다. 그는 마부가 침을 꿀꺽 삼키는 소리를 듣자 자신이 공연히 불쌍한 말들에게 분풀이를 하려 한다는 사실을 깨달았다. 그는 아버지가 아니었다.

속도를 늦춘 랙퍼드는 링컨스 인 필즈에 있는 음산한 대저택으로 가는 동안 비교적 천천히 달렸다. 집으로 가는 내내 그는 시무룩했다. 신이시여, 그 여자는 정말 고집불통입니다! 아무리 애써도 그녀에게 쏠리는 관심을 거둘 수는 없었다. 그런 여자를 원한다니 이건 미친 짓이었다. 루시언조차도 그녀를 사악하다고 하지 않았던가. 황당하기도 하고 화도 난 랙퍼드는 80년 전 조지 댄스 주니어가 지은 거대한 벽돌 건물 앞에 말을 세웠다.

랙퍼드는 마차에서 뛰어 내리며 마부에게 뒤처리를 맡겼다. 하인이 화려한 마차를 몰아 좁은 갓길을 통해 마구간으로 사라지자 랙퍼드는 계단을 걸어 올라가며 습관적으로 뒤를 흘낏 바라보았다. 한때 공개 처형장으로 사용되었던 가든 스퀘어는 어둡고 적막했다. 광장을 둘러싸고 있는 다른 저택들도 사교계 데뷔 첫날을 추억하는 과부들처럼 고색 창연했다. 지금까지 남아 있는 대저택들도 몰락의 길을 걷고 있었다. 근처의 포투걸 스트리트에서 가장 멋진 건물인 극장조차도 이제는 도자기 창고로 쓰일 뿐이었다. 번화가는 서쪽인 메이페어로 옮겨 간 지 오래였다. 위층 자신의 거처에서는 얼마 전까지 자신이 주름잡았던 지역을 볼 수 있었다.

그가 자신의 영역을 아버지의 집과 가까운 곳으로 선택한 데에는 이유가 없지 않았지만 거기에 대해서는 생각하고 싶지 않았다. 늙은 악마는 대부분의 시간을 콘월에서 지냈고 물론 매년 의회 개회식에도 참석했다. 랙퍼드는 항상 곱지 않은 시선으로 멀리서 가족의 동향을 살피고 있었기 때문에 잘 알고 있었다.

계단을 다 올라간 그는 야간 집사인 제럴드가 진심 어린 인사를 하며 문을 열어 주자 깜짝 놀랐다.

"랙퍼드 경, 다녀오셨습니까."

"좋은 저녁이네, 제럴드. 아버지는 계신가?"

"아닙니다. 주인님께서는 클럽에 계십니다. 필요하신 것이 있으시
면 위로 보내 드리겠습니다."

랙퍼드는 손사래를 쳤다.

"됐네."

그는 아직도 다른 사람들의 시중을 받는 것에 익숙하지 않았다.
과연 자신이 하인들을 능률적인 로봇처럼 부릴 수 있을지 의문이 들
었다.

"고맙네, 친구."

랙퍼드는 집사 옆을 지나가며 따뜻하게 그의 어깨를 툭 쳤다.

"아…… 알겠습니다, 도련님."

놀란 집사를 남겨 두고 랙퍼드는 현관을 지나 거대한 마호가니 계
단을 올라가서 자신의 거처로 향했다.

그가 일층 층계참을 지나 이층으로 올라가고 있으려니 등 뒤에서
힘없는 작은 목소리가 그를 불러 세웠다.

"윌리엄."

그 목소리의 주인공이 누구인지를 알아챈 순간 해묵은 분노가 온
몸을 꿰뚫고 지나갔다. 계단에 멈춰 서서 짜증스럽게 몸을 돌리자 어
머니가 금세라도 사라질 듯한 그림자처럼 조용히 일층 응접실에서
나오는 모습이 보였다.

트루로 앤드 세인트 오스텔 후작 부인은 젊은 시절 대단한 미인이
었다. 이제 쉰 살이 된 가냘픈 후작 부인의 얼굴에는 한때의 미모가
희미하게 남아 있었다. 런던의 뒷골목을 헤매던 시절 랙퍼드는 가끔
어머니의 냄새를 그리워하며 향수병을 앓은 적이 있었다. 하지만 그
냄새는 엄마 특유의 것이라기보다는 온갖 화장품 냄새가 뒤섞인 것
이었다. 눈썹과 속눈썹을 그리던 검은 유향, 머리를 밝게 염색하던
헤나, 우유 같은 뽀얀 피부를 만들기 위해 사용했던 활석유, 종종 어

머니가 사용하는 모습을 지켜보았던 가느다란 낙타털 립 펜슬 같은 화장품 냄새가 몽땅 뒤섞인 냄새였다. 어린 아들을 학대하는 남편을 말릴 힘이 없던 그녀는 풍비박산이 된 가족으로부터 도피해 외모를 가꾸는 일에서 생의 낙을 찾았다.

랙퍼드는 도저히 그런 어머니를 용서할 수 없었다. 그러나 언제 쓰러질지 모를 연약한 어머니가 받을 충격을 생각해 그런 속내를 드러내지는 않고 있었다.

그는 어머니에게 인사를 했다.

"안녕하셨어요, 마담."

"집에 일찍 왔구나."

집이라고? 그는 짜증스럽게 생각했다. 이 곳이?

촛불 아래에 서니 높은 광대뼈 아래의 움푹 들어간 곳이 더욱 수척해 보였다. 후작 부인이 층계 쪽에서 나왔다.

"데번셔의 무도회가 마음에 들지 않았니?"

그는 입술을 깨물며 어머니를 바라보았다. 랙퍼드는 이제 와서 잘해 줘 봤자 아무 소용도 없으니 이대로 내버려두라고 말하고 싶었지만 그냥 어깨를 으쓱하고 말았다.

"머리가 좀 아파서요."

그의 말투에는 희미하게 비꼬는 기색이 있었지만 그녀는 눈치채지 못했다.

아프다는 말에 그녀의 눈썹이 흥미롭다는 듯 활처럼 휘었다. 병은 그녀의 두 번째 취미였기 때문이다. 그녀는 폭풍이 몰아칠 것을 감지할 때면 어김없이 머리가 아프다며 자신의 방으로 숨어들었다. 그 어느 때보다 어른의 도움이 필요한 어린 랙퍼드를 내팽개쳐 두고 말이다. 자신의 신경으로는 고함 소리를 견딜 수 없다는 것이 그녀의 입버릇이었다. 이제 어른이 되고 보니 어머니가 왜 그렇게 행동했는지 그는 알 수 있었다. 현실을 눈으로 보지 않기만 하면 그녀의 마음속에서는 이미 그런 일조차 존재하지 않는 것이었다.

"두통약을 올려 보내라고……."

"고맙지만 괜찮습니다. 잠시 쉬면 괜찮을 겁니다."

"어머나, 그렇구나."

아들의 거절에 실망한 그녀의 어깨에서 힘이 빠졌다.

"좋을 대로 하렴, 윌리엄."

"안녕히 주무십시오, 마담."

"잘…… 자거라."

몸을 돌려 서둘러 위층으로 올라가는 아들의 모습을 보며 후작 부인이 대답했다.

어머니에 대해 안쓰러운 느낌을 떨쳐 낸 랙퍼드는 화려한 2층의 거처로 조용히 들어가 설렁줄을 당겼다. 필버트는 대기하고 있다가 후작이 돌아오면 모든 것을 보고할 터였다. 결코 방심을 해서는 안 되었다.

잠시 후 자그마한 체구의 필버트가 시중을 들기 위해 촛불을 들고 나타났다. 그는 주인이 벗어 놓은 비싼 예복들을 정리했다. 주인이 하얀 바지와 모직 스타킹까지 벗자 필버트는 비싸 보이는 푸른 공단 나이트가운을 입혀 주었다. 랙퍼드는 소매에 팔을 끼워 넣고 넉넉한 가운을 느슨하게 걸친 다음 인도에 관한 책 한 권을 집어 들었다. 사교계의 사람들에게는 그동안 그가 인도에서 살았다고 거짓말을 해 두었다. 그는 두 손에 각각 책과 촛대를 들고 커다란 서재를 어슬렁 거렸다.

랙퍼드는 필버트에게 브랜디 한 잔을 시켰다. 시종이 브랜디를 가득 따라 가져오자 그는 조용히 말했다.

"이제 가 보게."

"네, 주인님."

필버트는 고개를 숙이고 방을 조용히 빠져나갔다.

랙퍼드는 복도를 걸어가는 시종의 발소리가 들리기를 기다리며 귀를 세웠다. 그러나 필버트는 자신의 발소리를 랙퍼드가 듣고 있다는 사실을 꿈에도 모른 채 문밖에 잠시 동안 서 있었다.

랙퍼드는 자신이 감시당하고 있다는 사실을 너무나 잘 알고 있었기 때문에 브랜디를 마시고 책장을 넘기면서 방 안을 계속 거닐었다. 후작이 관심을 가질 만한 일을 랙퍼드가 전혀 꾸미지 않는다고 시종이 믿을 때까지. 마침내 시종의 발소리가 복도에서 사라지자 랙퍼드는 책을 탁자 위에 올려놓은 다음 문을 잠갔다. 그는 가운을 벗고 침실을 가로질러 드레스 룸으로 향했다.

잠시 후 평범한 옷과 부츠에 헐렁한 검은 코트 차림을 한 랙퍼드가 다시 나타났다. 그는 조용히 테이블로 다가가 비밀 칸에서 숨겨두었던 단검을 꺼냈다.

그는 무거운 벨벳 커튼을 걷고 자신을 그림자처럼 미행 중인 보스트리트의 끄나풀들이 없는지 거리를 살폈다.

데번셔 하우스 근처에서 그들을 따돌렸음을 확인하고 그는 만족감을 느꼈다. 무도회장을 갑자기 빠져 나온 것이 오히려 득이 된 것이다. 그들은 아마 아직도 공작의 저택 근처에서 보초를 서고 있을 것이다. 랙퍼드는 눈을 가늘게 뜨고 입을 꽉 다문 채 베인브리지 스트리트 쪽의 어두운 밤 하늘을 응시했다.

그는 커튼을 내리고 촛불을 불어 껐다.

잠시 후 그는 옆문으로 저택을 빠져 나와 정원 담을 넘어 반대편에 사뿐히 착지했다.

신선한 자유의 맛을 느끼자 가슴이 두근거렸다. 마음 내키는 대로 살아온 그에게 있어서 지난 한 달은 정말 지옥과도 같았다. 아버지의 간섭과 보 스트리트의 끄나풀들과 시종의 감시도 모자라 스캔들에 목이 마른 상류 사회의 끊임없는 호기심까지 상대해야만 했던 것이다.

랙퍼드는 그들과 친해지려는 것이 아니라 재칼들을 죽이기 위해서라고 자신을 합리화하며 앤서니 경과 한 약속을 교묘하게 지켜 나가고 있었다. 랙퍼드는 근처의 어둠침침한 골목으로 접어들었다. 행선지는 자일스 스트리트였다.

삼십 분 후 랙퍼드는 한때 자신이 보초를 섰던 건물의 지붕 위로 기어올랐다.

많이도 모였다는 생각이 들었다. 거리를 어슬렁거리거나 한때 파이어 호크스의 본부였던 진 가게의 현관 앞에 진을 치고 있는 재칼들은 눈에 띄는 수만 해도 열다섯이나 되었다.

랙퍼드의 유일한 장점은 적들이 모두 자신이 죽었다고 믿고 있다는 것이었다. 그는 제이신다를 빈민가로 데리고 온 날 밤 파티가 벌어졌던 거리를 내려다보았다. 재칼들이 새로운 영토를 완전히 장악하고 있는 광경을 실제로 보게 되자 온몸의 근육이 팽팽해졌다.

오딜이 어깨에 머스킷총을 메고 손에는 술병을 든 채 건물 주변을 어슬렁거리는 모습을 보고 있자니 적의가 끓어올랐다.

새로운 권력을 차지한 오딜은 술에 취해 부하들에게 마구 소리를 질러 댔다. 오딜은 단 한 번의 급습으로 파이어 호크스를 보 스트리트에게 넘긴 것을 여전히 자랑스러워하고 있음이 분명했다. 그 습격으로 적을 제거하고 자신의 권위와 지위를 보전할 수 있었던 것이다.

랙퍼드는 네 명의 덩치가 그의 뒤를 따르는 것을 보았다. 경호원인 모양이었다. 이제 오딜도 빈민가의 최고 권력자가 되면서 끊임없는 위험에 직면한 것이 틀림없었다. 광장 곳곳을 살피던 랙퍼드의 표정이 어두워졌다. 저 녀석들이 대체 여기에다 무슨 짓을 한 것일까? 창고들은 약탈당했고 볼썽사납던 건물들은 다 부서진 상태였다. 창문은 깨지고 찌그러진 윈치가 밧줄에 대롱거리고 문짝의 경첩은 다 떨어져 나갔다. 저 불한당들이 손을 안 댄 곳이 없었다. 그 광경을 보고 있자니 고통과 분노가 치밀어올랐다. 자신이 호화롭게 사는 동안 자신이 지켜 주지 못한 사람들은 어떤 고통을 겪었을지를 생각하니 또다시 죄의식이 느껴졌다.

오늘 밤이야말로 반격할 절호의 기회였다. 그는 자신이 무엇을 원하는지 정확히 알고 있었다. 그는 전면 공격을 취하고 싶었지만 열 명도 넘는 놈들을 혼자 감당하기란 무리였다. 그의 전략은 재칼들 전

원이 서로를 적대시하도록 만드는 것이었다. 내분을 일으켜 놈들이 뿔뿔이 흩어지면 한 놈씩 해치울 수 있을 것이다.

그의 시선은 오딜이 부하들 몇 명에게 잘난 척하는 곳에서 갱 본부 옆의 버려진 마차 제작소로 옮겨 갔다. 바로 이 마차 공장이 런던 빈민가 전역에 퍼져 있는 도둑들의 비밀 통로를 통해 다른 건물과 연결되어 있다는 사실을 오딜은 꿈에도 몰랐다.

소년 시절에 랙퍼드는 비밀 통로를 발견하는 족족 그 위치를 기억해 두었다. 도둑들은 게으르다는 속설과는 달리 그는 재빨리 지리를 익혀 나갔다. 몇 세대 동안 런던의 범죄 집단은 건물 사이에 비밀 터널망을 만들고 사다리를 숨겨 두었으며 사람 한 명이 통과할 정도의 구멍을 벽돌담에 뚫어 놓았다. 그리고 용이한 도주를 위해 옆으로 열리는 간판 등으로 이 모든 것을 잘 감추어 놓은 것이다. 밀실과 숨을 만한 공간, 가짜 벽장, 뒷길로 통하는 마루 밑의 은신처 등, 이 모든 것들이 경찰을 따돌리기 위해 만들어졌다.

이 사실을 잘 알고 있는 그로서는 이전 본부에 잠입하는 것뿐 아니라 아무에게도 자신의 존재를 들키지 않고 다시 빠져나오는 것도 식은 죽 먹기였다.

몇 분 후 랙퍼드는 버려진 마차 공장으로 살금살금 들어갔다. 빛이라고는 높고 좁은 창문으로 들어오는 교교한 달빛뿐이었지만 그는 길을 훤히 알고 있었다. 공기는 먼지로 탁했고 어두컴컴한 공장의 구석구석에서는 쥐새끼들이 놀고 있었다.

가져온 단도를 입에 문 랙퍼드는 사다리를 타고 공장의 다락으로 올라갔다. 꼭대기에 다다르자 그는 들창으로 나가 이제는 재칼의 본거지가 되어 버린 건물로 조용히 들어갔다.

첫 번째 희생물은 플래시였다. 개중엔 그래도 '미남'이군, 그가 생각했다. 검은머리에 푸른 눈을 한 플래시는 음탕한 노래를 흥얼거리며 거울 앞에서 공들여 빗질을 하고 구레나룻을 다듬고 있었다. 랙퍼드는 천장의 빈 공간에서 조용히 손을 뻗어 옷장에 놓여 있는 커다랗고 번쩍이는 회중시계를 집어 들었다. 분명 이것은 플래시가 거리의 불쌍한 누군가로부터 훔친 물건일 터였다. 플래시는 노래를 부르다 말고 코털을 살피더니 다시 노래를 부르기 시작했다. 랙퍼드는 천장 위 공간으로 사라졌다. 심장이 마구 두방망이질을 쳐 댔다. 저 녀석에 겐 끔찍한 일이 되겠지만 자신에겐 재미있었다.

그 건물의 다른 방에서 그는 두 번째 재칼을 발견했다. 보머라는 이름의 거칠기로 유명한 놈이었다. 주먹코에 머리는 까치집이고 볼썽 사납게 생긴 보머는 뚱뚱한 창녀와 한창 재미를 보고 있었다. 발정기 가 된 짐승 같은 두 덩치들은 어스름한 달빛만 비치는 방구석에서 살금살금 움직이는 랙퍼드의 존재를 전혀 알아차리지 못했다.

랙퍼드는 버려진 옷가지들이 쌓여 있는 곳을 총총걸음으로 지나 보머의 작은 가죽 지갑을 챙기고 그 자리에 대신 플래시의 회중시계 를 갖다 두었다. 랙퍼드가 뒤를 흘끔 쳐다보니 두 거인들의 야만스러 운 신음 소리는 더더욱 커지고 있었다. 이번에도 그는 발각되지 않고 그 자리를 빠져 나왔다. 보머가 창녀에게 돈을 치르려고 지갑을 찾던 위기일발의 순간에는 자신이 파리가 되어 벽에 붙어 있었으면 하는 마음이 간절했다.

마지막으로 그는 가장 무시무시한 멤버인 피투성이 프레드가 있을 윗방으로 올라갔다. 녀석은 오딜조차도 두려워할 정도의 존재였다. 프레드는 정신병원을 제 집처럼 들락거리며 살고 있었다. 복도는 텅 비어 있었다. 동료들조차 아무도 프레드와 가까이하려 들지 않았기 때문이었다.

프레드의 방문 틈에서는 아편 냄새가 새어 나왔다. 순간 도박을 해야만 한다는 생각이 랙퍼드의 머리를 스쳤다. 덩치 보머 대 피투성 이 프레드. 완벽했다.

잠시 후 랙퍼드는 문을 열고 살며시 들어갔다.

빨간 머리와 염소수염을 한 왜소한 말라깽이 사내 하나가 멍한 표 정으로 바닥에 앉아 있었다. 터키 담배 파이프가 바닥에 나뒹굴고 있었다. 아주 힘들게 프레드는 천천히 위를 쳐다보았다. 핏발이 선 눈을 뜨고 있기도 힘들어 보이는 상태였다.

"어이, 프레드."

랙퍼드가 부드럽고 낮은 음성으로 불렀다. 그는 급작스러운 행동을 하지 않도록 조심했다.

"블레이드?"

프레드의 창백하고 뾰족한 얼굴에 놀라는 기색이 얼핏 서렸다.

"죽은 줄 알았는데."

"맞아."

랙퍼드가 말했다.

"그래서 여기 있는 거지."

"그럼 귀…… 귀신?"

약에 취한 사내는 침대 쪽으로 기어갔다.

"오지 마!"

"무서워하지 마, 프레디. 네게 선물을 주려고 온 거야."

그가 달래듯 말했다.

"네게? 왜…… 왜?"

"왜냐하면 너와 나는 공동의 적을 갖고 있거든."

"무, 무슨 말이야?"

"곧 알게 될 거야. 자. 내 호의의 표시로 이것을 받아 둬."

그가 보머의 지갑을 놀란 프레드의 눈앞으로 슬며시 던졌다. 지갑은 프레드와 파이프 사이에 부드러운 소리를 내며 떨어졌다.

"내게? 고마워, 블레이드! 그런데 왜 내게 돈을 주는 거지?"

프레드가 몸을 돌려 지갑을 주우려 했다.

"아무도 내게 선물을 주지 않아."

"날 믿어. 넌 받을 자격이 있어."

"와!"

프레드가 자신의 구부러진 다리 사이의 바닥에 지갑을 뒤집자 잔

돈이 와르르 쏟아졌다. 그 모습을 보며 그는 탄성을 질렀다.

그가 돈에 정신을 빼앗긴 사이에 랙퍼드는 최고급 터키 아편이 들어 있는 작은 나무 상자를 슬쩍했다.

소리 없이 조용히 방에서 나온 그는 그 나무 상자를 건물에서 제일 커다란 방으로 가져갔다. 그 방은 원래 자신의 방이었으며 지금은 컬린 오딜이 사용하고 있었다.

잠시 후 랙퍼드는 그 곳을 빠져 나왔다. 그는 오늘 밤의 성공을 마음껏 만끽하며 거리를 벗어났다. 물건이 없어진 사실을 조만간 도둑들이 알게 되면 서로 죽이려고 난리가 날 것이다.

설사 피투성이 프레드가 빌리 블레이드의 유령을 봤다고 떠벌리더라도 다들 아편 중독자가 환각을 본 것이려니 생각할 것이다.

이 순간의 성공과 자유를 만끽하고 있노라니 랙퍼드는 다시 한 번 자신을 되찾은 것 같았다. 그러나 그 순간 갑자기 동료들이 너무나도 그리웠다. 특히 네이트가. 그는 고통을 밀어냈다. 그에게는 그럴 여유가 없었다. 랙퍼드는 그들을 위해 최선을 다했다. 그가 믿었던 사람들 모두로부터 철저히 헤어져 이제는 혼자라는 느낌이 들자 승리감이 썰물처럼 빠져나갔다.

짐마차가 지나가자 어린 시절 그랬듯이 그는 슬쩍 마차 뒤에 올라탔다. 20분 후 그는 아버지의 집 앞에 도착했다. 그는 아까 넘었던 정원 담을 넘어 사치스러운 우리로 다시 들어갔다.

10

다음 날 아침 식사를 마치자마자 제이신다는 세인트 제임스와 팔
몰의 교차점에 있는 회원제 대출 도서관으로 향했다. 그 곳에서 사교
계의 경전이라고 할 수 있는 데브렛의 귀족 명감을 뒤져 랙퍼드 경에
대한 개인적인 조사를 해 보고 싶었다. 재기 발랄한 아가씨라면 구혼
자나 그 외 관심 있는 사람의 혈통이나 배경을 알기 위해서는 이 유
명한 책을 찾아봐야 한다는 것쯤은 누구나 꿰고 있었다. 제이신다는
자신의 임무를 수행하기 위해 두꺼운 책의 얇은 페이지를 넘겼다.

루시언이 아직도 서부 지방에 있는 한, 블레이드의 이야기를 독자
적으로 확인할 수 있는 최선의 방법은 바로 이 책을 보는 것뿐이었
다. 그녀의 뒤에서는 다른 손님들이 사서의 커다란 원형 책상에 대출
할 책을 조용히 내려놓으며 각자 볼일을 보고 있었다. 미스 후드는
보닛의 끈을 턱 아래에 단정하게 묶고 접이식 양산을 팔에 걸고서
「라 벨 아상블레」의 최신판 기사를 읽고 있었다. 리지는 신기하게
도 앨릭의 옆을 떠나 미스 후드와 이 곳까지 동행한 참이었다. 그녀
는 도서관을 방문할 기회를 결코 놓치는 법이 없었다.

독서용 안경을 쓴 리지는 실눈을 뜨고서 최근에 유행 중인 독일

철학자들의 최신 작품이 꽂힌 서가를 둘러보고 있었다. 그녀는 괴테의 최신 저서를 발견하자마자 조용한 도서관에 다 들릴 정도로 환호성을 질렀다.

"쉬잇."

사서가 조용히 시켰다.

"죄송해요."

리지가 얼굴이 빨개져서 말했다.

제이신다는 웃음을 지으며 리지를 쳐다보았다. 리지는 신이 나서 손에 든 괴테를 가리켰다. 제이신다는 재미있어하며 그녀에게 고개를 저었다. 엄청 잘난 척이라니까. 생각은 그렇게 했지만 제이신다는 친구에게 미소를 지었다. 리지에게 비밀을 털어놓은 뒤부터 둘 사이의 관계는 정상으로 돌아오고 있었다.

지난 밤 데번셔의 무도회에서 돌아오는 마차에서 앨릭은 랙퍼드 경과 왈츠를 춘 것을 두고 계속 놀렸다. 앨릭의 말을 듣자 다들 놀라움을 감추지 못했고 로버트는 흥분하기까지 했다.

벨이 공작의 기분을 풀어 주자 제이신다는 자신의 일은 무사히 잘 넘어갔다고 생각했다. 그런데 제이신다가 잘 준비를 하고 있으려니 리지가 몰래 들어와 질문을 퍼붓기 시작했다.

결국 제이신다는 가장 친한 친구에게 모든 것을 털어놓기에 이르렀다. 거의 모든 것을. 그녀는 빌리 블레이드와 빈민가에서 어떻게 만나게 되었는지 말해 주었고 그의 키스를 받아들였다는 것까지 말했다. 그러나 이미 창피할 대로 창피해졌다 해도 그 문신을 한 야만인에게 어디까지 허락했는지는 말할 수 없었다. 두 소녀는 침대에 앉아 초콜릿 라테를 마시며 끔찍했던 그 날 밤에 대한 이야기를 나누었다.

제일 친한 친구와 모든 것을 나눌 수 있게 되자 제이신다의 기분도 훨씬 나아졌다. 더 빨리 말했어야 했다는 것쯤은 알고 있었다. 그러나 리지는 제이신다가 가출하려 했던 것을 자신으로부터 떠나려는 시도였다고 생각해 계속 화를 냈기 때문에 제이신다는 빈민가를 다녀왔다는 말을 감히 어떻게 꺼내야 할지 알 수가 없었다. 게다가 리지는 블레이드가 쌍둥이에게 정보를 주려고 나이트 하우스에 찾아왔을 때 그를 보고 '기분 나쁜 남자'라고 단정짓기까지 했다. 그때처럼 리지는 여전히 그에 대해서 회의적이었다. 하지만 블레이드가 제이신다를 가출하지 못하도록 구해서 집으로 안전히 돌려보낸 것을 고려해 기회를 줘 볼 생각인 듯했다. 무엇보다도 제이신다는 그의 과거에 대한 비밀을 리지가 지켜 주리라는 것을 알고 있었다. 설사 그가 거짓말을 했다고 해도 그녀는 그가 경찰과 문제를 일으키는 사태를 원하지는 않았다.

제이신다는 올브라이트 가문에 관한 데브렛의 기사를 펼쳤다. 장갑을 낀 손으로 문장을 훑어 내려가노라니 점점 더 가슴이 뛰었다.

윌리엄 스펜서 올브라이트 경. 1788년 콘월 페란포스 출생. 트루로 앤드 세인트 오스텔의 차남. 이튼 수학. 1801년 실종. 사망한 것으로 추정.

"어때?"

제이신다가 고개를 들었다. 리지가 기대하는 표정으로 옆에 서 있었다. 제이신다는 당황해서 읽고 있던 부분을 톡톡 쳤다.

리지는 그 부분을 다 읽더니 고개를 들고 독서용 안경을 벗었다. 그녀는 어깨너머로 미스 후드를 보더니 다시 제이신다에게 얼굴을 돌렸다.

"그 사람이 사실대로 말한 것 같아?"

제이신다는 생각에 잠겨 입술을 깨물었다. 호기심이 발동했다. 무엇을 믿어야 할지 알 수 없었다. 그러나 블레이드가 사교계에 진출한 덕분에 앞으로의 시즌이 거부할 수 없이 짜릿해지리라는 점은 인정할 수밖에 없었다.

그의 황당무계한 이야기가 다 사실일까? 그의 과거에 대한 수많은 질문들이 마음속에 떠올랐다. 만약 그가 정말 후작의 아들이라면 어떻게 도둑의 세계에 빠지게 된 것일까? 단지 아버지에게 복수를 하기 위해 자신의 지위를 요구한다는 것이 과연 진심일까?

"이제 어떻게 할 거야?"

제이신다가 책을 탁 덮자 리지가 물었다.

"실토를 시켜야지."

그녀가 눈을 빛내며 자신 있게 말했다.

"난 모든 것을 다 알아야겠어."

"지난 15년간 어디 있었는지 말해 주지 않는다는 건 정말 비겁한 행동이야."

그 날 저녁 조지 윈스롭이 포트 와인을 홀짝이면서 투덜거렸다.

"그건 그렇지 않아, 조지."

에이서 로링이 환한 미소를 지으며 입을 열었다.

"만약 랙퍼드가 신비스러운 사내로 남고 싶다면 그건 랙퍼드 마음이야. 랙퍼드가 입을 꾹 다물고 있는 바람에 적어도 지난 달 바이런이 타락한 이후로 사교계는 요즘 제일 흥미진진하잖아."

신사들은 서로 웃음을 주고받았다.

"아무리 그렇다고 해도."

에이서가 자신의 볼을 붉으며 계속했다.

"우리의 새 친구에게 정말 숨길 만한 뭔가가 있는 것 같긴 해. 뭐라고 말 좀 해 보게나, 랙퍼드."

세련되게 차려입은 젊은 신사들이 랙퍼드의 대답을 기다렸다.

랙퍼드는 그들을 다 죽여 버리고 싶었다. 그러나 다행히도 저들은 하이드 파크에서 조롱한 야만인이 바로 자신이라는 것을 전혀 눈치채지 못했다. 그 사실을 알기에 그는 간신히 화를 참고는 대신 차분하게 미소를 지으며 그들이 던진 미끼를 피해 갔다. 그들은 계속 그를 옭아맬 궁리를 하고 있었다.

절대 실수하면 안 돼, 랙퍼드는 점점 커지는 분노를 느끼며 속으로 다짐했다. 그는 레이디 소더비의 거실에서 포위를 당한 상태였다. 컬린 오딜의 패거리들과 다른 점이라면 입만 산 에이서 로링과 그 패거리들은 은밀한 공격의 전문가들이었다. 이렇게 예의바른 세계에 첫발을 들여놓은 랙퍼드로서는 농담을 가장한 그들의 암시와 조롱에 어떻게 반응하고 어떻게 자신을 보호해야 할지 도무지 갈피를 잡을 수 없었다. 갑작스런 공격에 능한 잘난 척하는 신사들 때문에 랙퍼드 가 발끈하면 에이서는 농담인데 왜 그러느냐며 그를 비웃었다. 그 때 랙퍼드는 이들이 모두의 앞에서 자신을 자극해 폭발시켜서 바보로 만들려 한다는 것을 눈치챘다.

그들은 감히 대놓고 놀리지는 않았다. 랙퍼드를 두려워했기 때문 이다. 그는 본능적으로 알 수 있었다. 혼자서는 아무 것도 못하는 놈 들. 다른 손님들이 레이디 소더비의 저녁 파티에 참석할 때까지 참는 것 외에는 방도가 없었다.

랙퍼드가 이 파티에 참석한 이유는 제이신다를 다시 만나 지난 밤 수포로 돌아간 일에 재차 도전해 보고 싶었기 때문이었다. 한편으로 는 이 망할 녀석들이 그 날 밤 공원에서처럼 오늘 밤도 그녀의 앞에 서 자신에게 망신을 주려는 걸 잘 알고 있었기 때문에 그녀를 만나 기가 두렵기도 했다.

에이서는 자신의 경주마에 대한 자랑으로 다시 돌아갔다. 랙퍼드 는 현관을 흘낏 바라보았다. 그녀를 만날 수 있다는 가능성 하나만으 로 전날 밤처럼 파티장을 박차고 나가지 않고 버틸 수 있었다. 벌써 몇 명의 여자들로부터 데번셔의 무도회를 그렇게 일찍 떠난 것에 대 해 꾸지람을 들은 터였다.

경주마 얘기가 끝나자 젊은 신사들은 옥스퍼드 시절의 이야기를 시작했다. 물론 그들은 랙퍼드가 거기에 없었다는 사실을 잘 알고 있 었다. 랙퍼드는 그들이 쏟아 내는 고전 작품의 구절과 라틴어 격언에 서부터 움츠러들기 시작했다. 그러다가 에이서와 조지가 자신이 얘기 를 알아듣는지를 슬쩍슬쩍 살피면서 프랑스 어로 이야기를 나눌 때는 완전히 머리가 팽팽 돌 지경이었다. 바보가 된 기분이었다. 이들이 하고 싶은 말은 분명했다. 그는 무식한 야만인이라는 것이다.

맞는 말이었다.

그 때 에이서 패거리는 랙퍼드의 재단사로 화제를 돌렸다.

"어, 스툴츠지, 아마."

랙퍼드가 말했다.

"정말이야? 모르는 것 아니야?"

에이서가 랙퍼드를 훑어보며 웃었다.

"정말이야, 랙퍼드? 보라색 조끼라? 자네 시종은 자네가 그렇게 입고 나가는데도 가만히 있었단 말이야? 이거 혼꾸멍을 내 줘야겠군. 저녁엔 흰색 아니면 검은색이야. 아무 것도 모르나 보지?"

"호오."

랙퍼드는 농담으로 받아들이는 척했지만 제이신다가 언제 도착할지도 모르는 지금 그의 자존심은 완전히 땅바닥으로 떨어지고 말았다. 자신의 모습을 보고 비웃을 제이신다를 생각하니 그녀를 만나기가 두려웠다. 그래도 랙퍼드는 거실을 둘러보고 자신도 다른 남자들처럼 잘 차려 입었다고 애써 생각했다. 스툴츠에게 옷을 주문한 사람은 그의 아버지였다. 지금 입고 있는 싱글 단추 코트와 바지도 보수적인 검은 비단이었고 크러뱃은 흠 하나 없었다. 그의 멋진 구두는 샴페인으로 광까지 냈다. 알록달록한 조끼를 좋아하는 게 뭐 어때서? 왜 다른 사람들과 똑같이 입어야 하지?

랙퍼드는 자신의 문신을 보면 남들이 뭐라고 할지 궁금했다.

"신사라면 콘두이트 스트리트에 있는 웨스턴에게 양복을 주문하는 법이지."

에이서가 랙퍼드에게 말했다.

"부츠는 호비, 모자는 로크가 최고야. 다른 것들은 모두 야만스러운 수준이지."

"음. 아마 내 안에 야만성이 조금은 살아 있나 보군."

그가 위험한 미소를 지으며 대꾸했다. 인내심이 바닥을 드러내고 있었다.

"그건 그래."

에이서가 말했다.

다른 사람들 입에서 '우우'와 '오오'라는 탄성이 쏟아졌다. 그들은 싸움이 벌어지기를 기다리는 것 같았다. 가장 가까운 벽에 메다 꽂히기 직전이라는 사실도 모른 채 에이서는 히죽거렸다.

바로 그 때 랙퍼드의 수호 천사라도 되는 양 레이디 제이신다가 도착했다.

레이디 소더비와 인사를 나누는 제이신다의 매력적인 미소를 보자 랙퍼드는 심장이 목으로 튀어나오는 것 같았다. 위로 올린 금발에서 곱슬머리 몇 가닥이 섬세하게 흘러내려 왼쪽 눈 위에서 리본으로 고정되어 있었다. 연한 오렌지색의 이브닝 드레스에는 끝단이 하얀 레이스로 장식된 짧고 부풀린 소매가 달려 있었다. 그리고 세련된 진주 목걸이에 희고 긴 새틴 장갑 차림이었다. 거기에 황금색, 호박색, 보라색의 소용돌이 문양이 들어간 인도산 숄을 느슨하게 어깨에 걸치고 물결치듯 흘러내린 부분을 가냘픈 손으로 잡고 있었다.

제이신다가 다른 손님들과 인사를 하기 위해 몸을 돌리자 랙퍼드는 깊게 패인 그녀의 등을 보고 숨이 막히는 것 같았다. 그는 크림색의 피부와 유연한 등줄기와 정교한 건축물 같은 그녀의 어깨를 뚫어져라 쳐다보았다. 비단 숄의 부드러운 주름이 그녀의 허리를 스쳤다. 랙퍼드는 그녀의 온몸 구석구석에 키스를 퍼붓는 모습을 상상하느라 그녀가 거실로 들어갈 때까지 숨쉬는 것조차 잊을 정도였다.

그녀는 상냥하고 세련된 태도로 손님들과 인사를 나누었다. 온 세상에 분노를 터뜨리며 빈민가에 나타나 사교계를 향해 온갖 비난을 퍼붓던 그 때의 모습보다 지금의 모습이 그녀에게는 더 어울렸다.

랙퍼드는 곧 최초의 흥분에서 벗어났다. 제이신다가 자신을 무시한다는 사실을 알면서도 그는 그녀를 보는 것만으로도 긴장이 풀렸다. 그는 몸을 꼿꼿하게 세우고 좀더 편하게 숨을 쉬면서 탐욕스러운 눈초리로 그녀를 관찰했다. 그녀는 희귀한 보석처럼 빛을 발하며 귀족에게서 기대할 수 있는 최상의 세련된 아름다움을 뽐냈다. 제정신인 남자라면 지난밤의 망신조차도 용서할 수밖에 없을 거라고 랙퍼드는 생각했다. 신의 가호가 있기를. 웬일인지 그녀가 거부하면 할수록 그녀를 원하는 마음은 더욱 간절해지기만 했다.

나이트 가문 사람들이 들어오자 랙퍼드의 심장은 더욱 세차게 뛰었다. 하지만 그녀의 늙다리 애인 드러먼드 경의 모습은 어디에도 보이지 않았다.

시간이 얼마나 흘렀을까. 제이신다는 아무렇지도 않게 젊은 아가씨를 대동하고 랙퍼드가 있는 곳으로 왔다. 그러나 그녀가 자신을 무시하고 있다는 것은 곧 알 수 있었다. 그녀에게서는 찬바람이 쌩쌩 불었다. 어느 새 바보 같은 신사 무리가 그녀에게 칭찬을 쏟아 놓기 시작했다. 제이신다는 웃음을 터뜨리며 재치 있게 숭배자 무리들을 놀려 대었다.

"재스."

에이서가 말했다.

"랙퍼드의 조끼에 대해서 어떻게 생각해?"

모두 웃음을 터뜨렸다.

그녀는 따분하다는 듯 랙퍼드를 훑어보았다.

랙퍼드는 에이서를 잡아먹을 듯 노려보았다. 분노를 참느라 가슴은 세차게 뛰기 시작했다. 망신을 당할 때가 되었다는 생각이 들었지만 그는 기회가 있을 때 도망갈 만큼 영리하지도 못했다.

제이신다가 관심 따위 없다는 듯 어깨를 으쓱하며 에이서를 바라보았다.

"조끼가 뭐 어떻다고요?"

"보라색이잖아."

"그렇네."

그녀가 말했다.

"보라색은 정말 웃기지 않아?"

에이서가 경멸스럽다는 듯 말했다.

제이신다는 랙퍼드를 한참이나 바라보았다. 그는 그녀와 거의 눈을 마주치려고도 하지 않았다. 그저 그 자리에서 사라지고 싶을 뿐이었다. 바로 그 때 그녀의 별빛 같은 눈동자에 동정심 같은 뭔가가 비쳤다.

"앨릭은 그렇게 말하지 않던데."

그녀는 지팡이를 짚고 서 있는 젊은 금발 남자에게 고갯짓을 하며 조용히 말했다.

신사들의 입에서 탄성이 쏟아졌다.

"앨릭 경이 보라색 옷을 입고 있단 말이야?"

조지 윈스롭이 놀라서 물었다.

"지금은 아니지, 멍청하긴. 지난주에 보라색 아마 조끼를 맞췄다고 여기 오는 길에 말하던걸. 당신을 보면 기분 나빠할 거예요, 랙퍼드 경."

쌀쌀맞게 미소짓는 제이신다의 눈에 불꽃이 튀었다.

"우리 오빠는 최신 유행을 제일 먼저 시도해 보길 좋아하죠. 패션에 일가견이 있거든요."

그는 그녀의 눈을 바라보며 아무 말도 하지 않았다. 그는 자신을 위해 그녀가 거짓말을 하고 있다는 사실을 알았다. 자신의 자존심에 최후의 일격을 가할 수 있는 순간에 그녀는 그를 도와 준 것이다. 랙퍼드는 그녀에게 홀딱 빠져 그저 바라보는 것 외에는 아무 것도 할 수 없었다.

제이신다는 그런 그를 거만한 표정으로 한 번 바라보고는 친구가 있는 쪽으로 가 버렸다. 빨리 무슨 말이든 생각해 내.

"레이디 제이신다."

랙퍼드는 그녀를 불러 세웠다.

"혹시 레이디 소더비가 소장한 카날레토를 보신 적이 있소?"

그는 벽난로 위에 걸린 그림 쪽을 가리켰다.

제이신다의 금빛 눈썹이 활처럼 휘었다. 그녀의 시선이 그의 손을 따라갔다. 벽난로 위에 걸린 그림은 이탈리아 거장의 풍경화였다.

"어머, 아름다운 그림이네요."

그녀의 친구가 다가오며 말했다.

제이신다는 당혹감을 감추지 못하며 그에게 몸을 돌렸다.

"세상에, 이 그림은 도난당했다고 들었는데."

그가 어깨를 으쓱했다. 그의 눈은 이상하게 빛났다.

"조금 전 레이디 소더비가 말씀하시기를 익명의 은인이 그림을 찾아 돌려주었답니다."

"익명의 은인이라고요?"

그녀가 의미심장한 어조로 물었다.

"그렇소."

"정말 이상한 일이군요! 그림이 제대로 된 주인을 만났다니 정말 기뻐요."

그녀가 교활한 표정으로 그를 바라보며 말했다.

"사실을 말하자면 랙퍼드 경, 전 당신과 레이디 소더비가 안면이 있는 줄 몰랐네요."

"제 이모이시죠."

그가 심드렁하게 말했다.

"어머니와는 쌍둥이시라오."

그녀는 놀라서 눈을 깜박였다. 그러나 곧 자신의 감정을 들키지 않기 위해 입술을 깨물며 재빨리 고개를 돌렸다. 그리고는 헛기침을 했다.

"랙퍼드 경, 세상에서 제일 친한 제 친구를 소개하겠어요. 미스 엘리자베스 칼라일이에요."

랙퍼드는 얌전하게 생긴 그녀의 친구에게 인사를 했다.

“미스 칼라일, 만나서 영광입니다.”

“처음 뵙겠습니다, 랙퍼드 경.”

제이신다보다 나이도 많고 갈색 머리인 리즈가 인사를 했다.

랙퍼드는 숙녀의 손을 잡고 고개를 숙여 인사를 하는 동안 자신을 살피는 상대의 날카로운 시선을 느꼈다. 정말 땅 속으로 숨고 싶은 심정이었다. 제이신다의 제일 친한 친구는 랙퍼드가 숙녀와 어울릴 만한 사람인지 점수를 매기고 있었다. 그것은 곧 제이신다가 그에 관해 친구에게 다 털어놓았다는 걸 의미했다. 아, 심지어 지난밤의 서투른 청혼까지도.

여자들이란. 비밀 하나 제대로 못 지킨다니까. 하지만 리즈야말로 자신과 여왕벌을 맺어 줄 수도, 아니면 갈라놓을 수도 있는 사람이란 사실을 그는 알고 있었다.

다시 허리를 펴고 제이신다를 바라보는 랙퍼드의 얼굴에는 의심이 가득했다. 그는 미스 칼라일이 무슨 말을 들었든 비밀을 지켜 주기만 을 바랄 뿐이었다.

저녁이 준비되었다는 말을 듣자 제이신다는 자신을 식당으로 에스 코트하는 영예를 그에게 베풀었다. 화려하게 치장된 식당에는 은은하 게 빛나는 촛불이 사방에 밝혀져 있었다. 섬세한 은식기와 정교한 문 양의 도자기가 불빛을 받아 반짝거렸다. 랙퍼드는 제이신다를 자리로 안내하여 의자를 빼내어 주고 우아하게 앉을 때까지 기다렸다. 장갑 을 낀 그의 손가락이 맨살을 드러낸 그녀의 등을 쓸어 내렸다. 랙퍼 드는 자신의 손이 그녀에게 닿자 작은 떨림이 등줄기를 타고 흘러내 리는 것을 느꼈다.

“정말 아름답소.”

랙퍼드는 의자를 밀어 넣으며 그녀에게만 들리도록 소곤거렸다.

그녀는 아직은 안심하기 이르다는 듯 경고하는 표정을 살짝 지었 다. 더욱 부드러운 태도로 그녀에게 고개를 끄덕인 다음 랙퍼드는 자 기 자리로 갔다. 그는 생각 없는 이모가 사교계의 규칙을 감히 깰 생

각도 못할 부인네들의 어린 딸들 사이에 자기 자리를 배치했음을 알
게 되었다.

제이신다의 자리에서 맞은편으로 두 자리 건너였다. 자리에 앉으
면서 랙퍼드는 자신 앞에 죽 놓인 은식기를 보고 얼굴이 창백해졌다.
마치 외과 의사의 수술 도구들처럼 보였다. 좋았어, 그는 씁쓸하게
생각했다.

근처에 앉은 에이서가 흥미롭다는 양 지켜보고 있었다. 이상하게
생긴 숟가락과 자그마한 포크들이 랙퍼드로서는 생전 처음 보는 것
들이라는 사실을 다 알고 있다는 듯한 태도였다. 랙퍼드는 시선을 떨
구며 냅킨을 펼쳤다.

첫 번째 코스가 나오자 랙퍼드는 다른 사람들을 관찰하고는 남자가
근처에 앉은 사람들에게 고기를 잘라 주어야 한다는 것을 알아챘다.

그는 자신의 앞에 놓인 김이 모락모락 나는 양고기를 보고 톱니가
난 긴 칼을 집어 들었다. 그는 에이서 로링에게 의미심장한 눈짓을
보냈다. 의사를 확실히 전달하기 위해 꼭 말이 필요한 것은 아닌 법
이다.

랙퍼드가 4킬로그램에 가까운 고기를 능숙하게 자르는 모습을 지
켜본 에이서의 얼굴에서 득의양양한 표정이 사라졌다. 빌리의 별명은
괜히 '블레이드'가 아니었던 것이다. 그 일을 다 끝낸 후에야 그는
에이서가 자신의 메시지를 똑똑히 이해했음을 확신했다.

고기를 다 자른 랙퍼드는 능숙하게 칼을 양의 등살에 꽂아 넣고는
주위에 앉은 어린 아가씨들에게 접시를 돌렸다.

그는 제이신다가 약이 오른다는 표정으로 자신을 바라보는 것을
알아챘다. 그는 그녀를 보며 어깨를 으쓱했다. 제이신다는 고개를 저
으며 시선을 돌렸다.

본격적인 식사가 시작되자 랙퍼드의 손은 무엇부터 집어야 할지
몰라 식기 위를 우왕좌왕하기 시작했다. 그는 다른 손님들 쪽을 절박
한 눈빛으로 힐끗거리다가 그를 바라보는 제이신다를 보았다.

옆자리의 손님이 말을 걸자 그녀는 미소로 답하면서 이야기를 시
작했다. 그 때 랙퍼드는 그녀의 손이 왼쪽에서 두 번째에 있는 포크
를 천천히 들고 장난치듯 돌리는 것을 보았다.

그는 안심하고 포크를 들었다. 잠시 후 제이신다는 랙퍼드를 흘긋
쳐다보고는 또 실수를 하지 않는지 확인했다.

이럭저럭 제이신다는 식사 시간 내내 그를 바른 길로 인도했다.
마침내 세 시간에 걸친 식사가 끝났다. 남자들이 포트 와인이나 셰리
주를 들면서 좀더 자리에 남아 있는 동안 숙녀들은 자리를 떴다. 랙
퍼드는 제이신다의 방탕한 오빠인 앨릭 나이트 경과 마주쳤다. 그는
동년배인 앨릭이 마음에 들었다.

마침내 신사와 숙녀들이 살롱으로 모두 모였다. 그 곳에는 휘스트
게임을 할 수 있도록 카드 테이블이 있었다. 그러나 사교계에 갓 데
뷔한 새내기 아가씨들은 사람들 앞에서 피아노나 다른 악기 솜씨를
뽐내거나 노래를 부르는 것에 더 관심이 많은 것 같았다. 랙퍼드는
독한 포도주를 마시며 벽에 기대어 섰다. 그는 제이신다의 연주를 손
꼽아 기다렸지만 그녀는 피아노로 다가가지 않고 천천히 사람들 사
이를 돌아다녔다.

두 사람의 눈이 마주치자 제이신다는 아무렇지도 않은 듯 그에게
로 다가왔다. 두 사람 사이에 불꽃이 튀었다. 그러나 그녀는 새침한
표정으로 얼굴을 돌렸다. 그녀는 와인을 마시며 그와 같이 벽에 기댔
다. 그는 음악을 즐기는 척했지만 사실 감각은 모조리 그녀에게 쏠려
있는 상태였다.

그녀도 자신을 예민하게 의식하고 있음을 알 수 있었다. 그녀를
만지지 못하는 것은 고문이었다.

"아까는 고마웠소.."

그가 속삭였다.

그녀는 비단 부채를 천천히 부치며 그의 시선을 피했다.

"절 아무 쓸모도 없는 장식물쯤으로 생각하고 있다는 건 잘 알아

요. 하지만 가끔은 저의 미미한 전문 지식도 쓸모가 있답니다.”

“난 당신이 쓸모 없다고 말한 적이 없는데.”

그녀가 얼마나 많은 일에 쓸모가 있을지 문득 생각이 났다. 물론 그 말을 입에 담는다면 그는 주먹 세례를 피할 수 없을 테지만.

“당신이 날 믿기로 결정했다고 생각해도 되겠소?”

“아뇨.”

“그럼 왜 날 도왔소?”

“루시언이 집으로 돌아올 때까지 판단을 보류하기로 결정했어요. 그뿐이에요.”

“그렇군.”

“그 때까지는……..”

그녀가 한숨을 쉬었다. 햇내기 아가씨의 피아노 연주를 듣는 척하면서 그녀는 곁눈질로 그를 훔쳐보았다.

“시간이 좀 있어서요. 오늘 일을 너무 심각하게 받아들이지 마세요, 랙퍼드 경. 당신이 그저 좀 불쌍해 보인 것뿐이에요. 당신 혼자서는 이 사교계에서 버틸 수 없을 거예요. 난 생각하고 싶지 않은 몇 가지 이유 때문에 당신을 도와야겠다고 생각했어요. 그러니 내일 1시에 찾아오세요. 늦지 말아요.”

당황한 랙퍼드는 그녀의 말에 아무런 반응도 보일 수 없었다. 제이신다는 그를 오만한 표정으로 일별하고는 유유히 사람들 속으로 섞여 들어가 이곳저곳에서 잡담을 나누기 시작했다. 랙퍼드는 그 모습을 마냥 지켜만 보았다.

새로운 희망이 가슴속에서 피어났다.

불쌍해 보였다고? 그는 기쁨에 겨워 생각했다. 어떻게 그 말을 심각하게 받아들이지 않을 수 있지? 그러나 그는 좋아서 헤벌쭉 벌어진 입을 애써 감추며 셰리주를 마셨다. 너무나도 좋아서 다른 것에는 신경을 쓰고 싶지 않았다.

11

다음 날 1시 5분 전, 올브라이트 가문의 문장이 새겨진 근사한 검은 마차 한 대가 나이트 하우스의 거대한 철제 대문을 들어섰다. 하얀 레이스로 장식된 마부와 하인들의 황갈색 제복이 눈에 확실히 들어올 때까지 제이신다는 위층 창문에서 마차를 내려다보았다. 마차를 끄는 네 마리의 검은 말은 완벽했고, 말들의 검은 마구는 산뜻한 크림색 자수 때문에 더욱 빛나 보였다. 흥분으로 눈을 빛내며 제이신다는 방문객을 맞이하기 위해 응접실로 뛰어 들어갔다.

블레이드는 자신이 정말 친한 친구들만 방문하는 시간에 초대받았다는 사실을 모를 터였다. 귀족 사회에서는 늦은 오후보다는 지금 시각 같은 경우에 찾아오는 사람들이야말로 편하게 얘기할 수 있는 친한 사람들이었다. 게다가 그를 가르치려면 하루 종일이 걸리리라는 것은 불을 보듯 뻔했다. 햇살이 환한 근사한 오후였기에 그녀는 랙퍼드 경과 그린 파크로 산책을 나가기로 혼자서 정해 두었다. 그 곳이라면 단둘이 이야기를 나눌 수 있었다. 그가 온다는 사실을 염두에 두고 그녀는 이미 사소한 심부름을 핑계로 미스 후드를 내보낸 참이었다. 그들과 동행할 사람은 독수리 눈을 한 가정교사보다는 훨씬 나은 리지였다.

아래층에 내려오자 집사 월시가 문을 여는 소리가 들렸다. 제이신다는 벨과 리지가 바느질을 하고 있는 응접실로 들어가 서둘러 소파 위에 우아하게 자리를 잡고는 치마를 매만졌다. 리지가 은밀하게 웃음을 보냈지만 벨은 조심스럽게 바늘을 놀리며 바느질에만 몰두했다. 다행히도 로버트는 화이트 클럽에 가 있었다. 비록 그가 있다고 해도 빌리 블레이드를 막지는 못했겠지만 말이다.

대리석 계단을 올라오는 집사의 위엄 있는 발걸음 소리 뒤로 랙퍼드의 단호하고 묵직한 발소리가 들리자 심장 고동이 빨라졌다. 잠시 후 집사가 노크를 하고는 공작 부인이 대답을 하자 문을 열었다.

방으로 들어선 집사가 문 한쪽으로 비켜서서 안주인인 벨에게 절을 했다.

"공작 부인, 랙퍼드 백작이 오셨습니다."

방문객이 응접실 입구에 나타나자 제이신다는 기분이 들떠 버렸다. 자신도 모르게 기쁨이 혈관을 타고 흘렀다.

아직 그에게 희망이 있기 때문일 거야, 괜찮다는 듯 그를 훑어보며 제이신다는 조심스럽게 생각했다. 그는 짙푸른 짧은 더블 재킷에 소박한 하얀 조끼, 멋진 크러뱃과 담갈색의 무명 바지 차림으로 편안하고 우아해 보였다.

백작은 모자를 벗고 안으로 들어와 순서대로 숙녀들에게 인사를 건넸다. 한 손에는 은색 손잡이가 달린 지팡이, 또 다른 한 손에는 커다란 꽃다발이 들려 있었다. 백작이 절을 하며 제이신다에게 꽃다발을 건넸다.

"사려 깊기도 하셔라."

벨이 외쳤다. 리지는 기쁜 듯이 두 사람을 지켜보았다.

제이신다는 살짝 얼굴을 붉히며 참나리와 붓꽃, 튤립, 장미가 뒤섞인 꽃다발의 달콤한 향기를 들이마셨다. 다른 사람들이 서로 예의바른 인사를 늘어놓는 동안 그녀는 하인을 불러 꽃을 병에 꽂으라고

했다. 잠시 후 그녀는 리지며 랙퍼드와 함께 공원을 산책해도 좋다는
벨의 허락을 얻어냈다. 제일 친한 친구인 리지는 공범답게 책에 푹
빠진 채 엿듣지 않겠다는 듯 몇 걸음 뒤에서 따라왔다.

"날 미치게 만들려는 거요, 아니면 그냥 천성인 거요?"

랙퍼드는 그녀가 주의 깊게 고른 산책용 드레스를 감탄하듯이 살
피며 무례하게 물었다. 그 드레스는 가슴 선이 낮고 몸에 딱 달라붙
었으며 위아래가 분홍과 하양으로 색이 다른 긴 드레스였다. 소매가
짧았기 때문에 그녀는 길다란 흰 장갑을 끼고 투명한 분홍색 스카프
를 어깨에 우아하게 두르고 있었다. 바람에 날리는 스카프 끝자락이
그를 놀리듯 간질였다.

"윌리엄."

제이신다는 비단으로 만든 나팔수선화가 가장자리에 쭉 달려 있고
분홍색 리본으로 묶은 동그란 보닛 밑으로 그를 힐끔 보면서 대담하
게 그의 이름을 부르는 것으로 경고를 보냈다.

랙퍼드가 능글맞게 잘못했다는 듯 미소를 지어 보였다.

"괜찮소, 난 상관없소."

이 남자 때문에 심장의 고동이 빨라진다는 걸 신만은 아시리라.
어쨌든 제이신다는 적어도 겉으로는 침착한 모습을 보이기 위해 애
썼다. 그들은 나무들이 우거진 넓고 조용한 길을 따라 천천히 거닐었
다. 랙퍼드는 지팡이로 자신의 발걸음을 세었고, 제이신다는 거꾸로
든 양산으로 나른하게 발걸음을 세었다.

"꽃을 가져다 줘서 고마워요."

"어젯밤 당신이 날 도와 준 데 대한 감사요. 사실을 말하자면 그런
도움은 전혀 기대하지도 않았어."

"아무 것도 아니었어요. 숙녀로서 나보다 운이 좋지 못한 사람을
돕는 건 의무죠. 게다가 이런 말을 해서 미안하지만 말이죠, 내 도움
이 없었다면 당신은 산 채로 잡아먹혔을 거예요, 랙퍼드 경. 그래서
당신을 도와 주기로 결심했어요. 그게 바로 오늘 여기로 오라고 한

이유예요.”

“날 돕는다고? 어떻게 돕겠다는 거지?”

“당신을 문명인답게 만드는 거죠.”

“아, 흥미로운 제안인데.”

잘생긴 얼굴에 미소가 천천히 퍼졌다.

“나도 아주 흥미진진할 것 같아요.”

“난 당신의 열렬한 학생이오, 나의 레이디. 당신 손에 모든 것을 맡길 테니 마음대로 하시오.”

랙퍼드가 나른하게 가르랑거렸다.

그의 입에서 나오는 말은 전부 다 다른 뜻이 있는 것처럼 들렸으므로 제이신다는 의심스러운 눈초리로 그를 보았다. 아니면 자신의 쓸데없는 상상일까? 제이신다는 점잖게 목청을 살짝 가다듬었다.

“시작하기 전에 일단 모든 걸 알아야겠어요.”

“무슨 말이오?”

“당신의 과거 말이에요.”

“이미 알고 있잖소.”

“전부는 아니죠. 당신 입으로야 트루로 경의 둘째 아들이라지만, 내 눈으로 직접 본 건 파이어 호크스의 두목이거든요. 내가 알고 싶은 건 그 사이에 무슨 일이 있었냐는 거예요. 어떻게 된 거죠?”

그가 조심스럽게 그녀를 힐끗 보았다.

“당신이 날 문명화시키는 것과 그 얘기가 관련이 있다는 거요? 어떻게?”

“그렇지는 않아요.”

제이신다가 수줍게 웃으며 인정했다.

“그저 내가 제공하는 서비스에 대한 대가라고 해 두죠.”

“오호, 당신의 서비스라고? 내가 서비스를 받고 있는 줄은 몰랐는데, 아가씨.”

“오, 제발, 빌리. 말해 줘요! 궁금해서 죽을 것 같아요!”

“알았소, 알았다고. 내 슬픈 이야기를 그렇게 듣고 싶다면 말이오. 하지만 우선 먼저 사소하나마 질문이 하나 있소.”

“뭔데요?”

제이신다가 조심스럽게 물었다.

랙퍼드는 걸음을 멈추고 그녀에게 몸을 돌렸다.

“그 늙은 남자를 이용하는 게 조금 잔인하다고 생각하지 않소?”

그의 부드러운 비난에 그녀는 놀랐지만 드러먼드 경의 이야기라는 것은 알 수 있었다.

“이용하는 게 아니에요.”

“아니, 이용하고 있소.”

“이용하는 게 아니라니까요!”

“괜히 일부러 그를 사랑한다고 말할 필요는 없소. 우리 둘 다 당신이 원하는 게 뭔지는 아니까. 바로 자유잖소.”

제이신다가 그를 불편한 듯 쳐다보았다.

“내…… 의도를 알고 있었어요?”

그가 고개를 끄덕였다.

“그건 위험해. 만약 그가 당신의 진짜 의도를 알아채면 어떻게 할 거요?”

제이신다가 얼굴을 찌푸리며 휙 시선을 돌렸다.

“그런 게 아니에요. 우리 사이에는 감정적인 부분에 대해 오해는 없어요. 드러먼드 경은 바보가 아니니까. 그저 친구 같은 거죠. 백작은 예전에 엄마를 숭배했어요. 지금은 그저 돌봐 줄 사람 하나 없는 외로운 노인이고요. 난 그를 행복하게 해 줄 거예요.”

“그도 당신을 행복하게 해 줄까?”

“랙퍼드 경, 난 날 행복하게 해 줄 남자 따윈 필요 없답니다.”

“그럼 사랑은?”

“사랑이라고요?”

제이신다가 짧지만 냉소적인 웃음을 터뜨렸다.

"이런, 그건 내가 누릴 수 없는 사치 같은데요."

"이런, 이런. 내가 알던 낭만주의자는 어디로 간 거요?"

그가 유감스러운 눈길로 부드럽게 말했다.

"오, 제발, 빌리. 당신도 '젊은 남자의 노예보다는 늙은 남자의 애인이 되는 게 낫다'는 속담을 알잖아요."

그녀가 쏘아붙였다.

랙퍼드는 콧방귀를 뀌었다.

"아무 느낌도 안겨 주지 못하는 냉담하고 지루한 노인을 원한다면 그와 결혼하시지. 하지만 난 자유가 왜 그렇게 당신한테 중요한지 이해를 못하겠소."

"이유는 나중에 날 내버려둘 남자를 사랑할 생각이 없기 때문이에요."

제이신다는 내뱉듯 말했지만 자신이 생각보다 큰 소리를 낸 것을 깨닫고는 재빨리 무성한 가로수를 바라보며 걸음을 옮겼다.

랙퍼드는 무슨 말인지 모르겠다는 듯 눈썹을 치켜들고는 그녀를 따라갔다.

"당신을 버린다고?"

"네."

그녀가 날카롭게 대답했다. 입을 다물려고 했지만 참을 수가 없었다.

"랙퍼드 경, 난 사교계의 남편들이 어떤지 잘 알고 있답니다. 오빠들과 많이 다르지 않죠. 아내에게 아름다운 집을 제공하고는 보호한다는 미명 하에 집에만 묶어 두죠. 남자들이 세상을 돌아다니며 모험을 하고, 갖가지 흥미로운 일들을 겪으며 명성을 쌓아 가는 동안 아내들은 카드 파티나 사교적인 방문, 티파티에서 소문을 나누는 게 고작이고요. 고맙지만 난 사양해요. 난 최근 유행하는 보닛 스타일과 이 달의 스캔들 같은 걸로 평생을 보낼 생각은 없어요. 난 나만의 인생을 살 거예요. 누구한테도 얽매이지 않고 내가 가고 싶은 곳에 갈 거라고요. 만약 자유로워질 수 있는 방법이 늙은 남자와 결혼하는 것밖에 없다면 그렇게라도 할 거예요!"

그녀의 격한 말소리가 갑자기 끊겼다. 자신이 거의 소리를 지르고 있음을 깨달았던 것이다. 열변을 토한 탓에 숨이 가쁘고 뺨이 붉어졌다.

"미안해요."

발끈한 것이 창피해서 제이신다는 퉁명스럽게 말하고 몸을 돌렸다. 하지만 랙퍼드가 부드럽게 그녀의 팔을 잡았다.

"만약 당신이 내 것이라면, 난 '세상을 돌아다닐 때' 당신을 데리고 갈 거야."

랙퍼드가 그녀의 눈을 들여다보며 조용하고 단호하게 말했다.

심장이 아파 왔다.

"그러지 말아요, 빌리."

혼란스러운 듯 얼굴을 찌푸리며 제이신다가 팔을 빼냈다.

"그렇게 보지 말아요. 제발 더 이상 결혼 이야기는 하지 말아요. 난 당신에게 상처만 줄 거예요. 당신에게 줄 수 있는 건 우정뿐이에요. 그렇게 할 수 없다면 떠나요. 만약 당신이 내 말을 받아들일 수 없다면……."

"긴장을 풀어, 달링."

랙퍼드가 눈을 보며 낮고 부드러운 목소리로 달랬다.

"날 두려워하지 마. 난…… 당신이 원하는 건 뭐든지 할 거야."

제이신다는 단호한 그의 말에 의지하듯 그를 뚫어지게 쳐다보았다. 사실이라는 양 고개를 끄덕이며 랙퍼드가 그녀의 손을 잡았다. 그가 걸음을 옮겼지만 그녀는 움직이지 않았다.

랙퍼드는 무슨 일이냐는 듯 몸을 돌려 오랫동안 그녀를 쳐다보다가 다음 순간 그녀에게로 다가왔다. 그리고는 장갑 낀 손을 그녀의 뺨으로 들어 올려 바람에 날리는 머리카락을 뒤로 넘겨 주었다.

그녀가 몸을 떨며 눈을 살짝 감고는 그의 손에 뺨을 댔다.

"빌리?"

"응, 제이신다?"

그녀가 눈을 휙 뜨자 두 사람의 시선이 마주쳤다. 그녀의 애달픈 눈길이 그의 입술로 향했다.

몇 발짝 뒤에서 점잖은 기침소리가 들릴 때까지, 그녀는 숨도 쉴 수 없는 갈망 속에서 자신이 그에게 몸을 기울이고 있다는 것도 깨닫지 못했다.

리지의 재치 만점 경고를 받고 두 사람은 마법에서 깨어났다. 랙퍼드가 손을 내렸다. 당황한 제이신다는 뒤를 힐끗 쳐다보았지만 리지는 다시 책에 코를 처박고 있었다.

그녀는 얼굴을 붉히며 바람에 흔들리는 분홍색 스카프를 만지작거리면서 목청을 가다듬었다.

"용서하세요. 어떻게 내 이야기로 주제가 흘렀는지 모르겠네요. 당신이 어떻게 갱단에 들어가게 되었는지 들으려던 참이었는데."

랙퍼드가 리지를 힐끔 보더니 장난꾸러기 같은 미소를 지었다.

"칼라일 양도 와서 같이 들으라고 하지. 그럼 나중에 당신이 또 한 번 이야기하는 수고를 덜 수 있잖소."

그 말에 제이신다의 붉은 입술이 죄책감과 분노를 동시에 느끼는 듯 동그래졌다. 하지만 재미있게도 그녀는 반박하지 않았다. 그녀는 장난스럽게 얼굴을 찌푸리고는 친구를 열심히 불러 댔다.

이 아가씨들은 정말 재미있어, 랙퍼드는 생각하며 그늘의 벤치에 자리를 잡고는 새끼 고양이처럼 열중한 채 그의 말을 기다리는 그들을 애정 어린 눈길로 바라보았다.

사랑스러운 얼굴들을 조심스레 바라보고 있으려니 그들이 얼마나 금지옥엽처럼 자라난 아가씨인가가 생각났다. 그래서 그는 자신이 재미있게 읽었던 소설처럼 끔찍했던 어린 시절을 가볍게 털어놓았다. 아버지의 잔인했던 마지막 구타에 대해서는 대충 건너뛰고는, 그를 찾으러 보낸 사람들을 피하기 위해 대로를 벗어나 밤에만 움직이며 콘월에서 런던까지 온 이야기를 했다.

처음 혼자서 보낸 밤도 이야기해 주었다. 오래된 참나무 뿌리 사이에 코트를 덮은 채 멍든 몸을 웅크리고 누워, 서늘한 봄날 저녁의 한기에 몸을 떨며 흔들리는 나뭇가지 사이로 초승달을 올려다보았다고. 파란 띠 같은 달과 그 주위의 남색 구름을 보며 바다표범과 인어 등 온갖 전설로 가득 찬 바다를 그리워했다고. 하지만 그는 그 날 밤 아무리 그립더라도 두 번 다시 콘월에 발을 들여놓지 않겠다고 맹세했다고.

대신 그는 자신의 운명을 찾아 런던으로 향했다고.

그가 말을 잇는 동안 아가씨들은 부드러운 눈길로 열심히 귀를 기울였다.

그는 며칠 동안이나 대로를 피해 들판이나 샛길을 따라 동쪽으로 갔다. 마을 우물에서 수통을 채우면서. 그러던 중 요리사인 랜드리 부인이 그의 배낭에 몰래 넣어 둔 작은 지갑을 발견했다. 아마 그녀가 평생 모은 돈의 절반은 될 것 같았다. 최대한 음식을 아껴 먹었지만, 런던 교외의 시골에 도착했을 때쯤에는 허기로 배가 요동치고 있었고 4월의 비로 흠뻑 젖은데다 아버지에게 맞은 눈에는 시커멓게 멍이 들어 꽤나 비참한 몰골이었다. 이런 얘기를 하고 있자니 예비 범죄자들에 대한 경고로 언덕 꼭대기 교수대에 매단 채 버려 둔 범죄자들의 시체를 처음 보았을 때 끔찍하면서도 홀린 것 같았던 느낌이 그의 기억 속에 떠올랐다. 밧줄에 묶여 흔들리는 시체를 지켜본 다음, 그는 자신이 어떻게 될까 궁금해하며 단호하게 런던으로 향했다.

군대에 들어갈까 했지만 그러려면 15세 이상이라는 사실을 증명하기 위해 모병관에게 출생 증명서를 보여 줘야 했다. 그 때 그는 겨우 13세였다. 기수가 되기 위해 경마장의 마부에 지원했지만 거기 있던 기수들은 어른인데도 다들 키가 겨우 그의 턱에 닿을 정도였다. 그의 키가 너무 컸던 것이다. 존경받는 기술자가 될까도 생각해 보았지만 그러려면 일단 7년 동안 도제로 일해야 했다. 그럴 만한 인내심은 없었다.

음식도 돈도 떨어지고, 아무 생각도 없는 상태로 그는 비를 피해 선술집으로 들어갔다. 친절한 주인이 근처 벽돌 공장에 가면 '짐꾼'으로 일하면서 빵과 돈푼이나마 조금 벌 수 있을 거라고 가르쳐 주었다. 노인의 가르쳐 준 길을 따라가니 바쁘게 돌아가는 커다란 벽돌 공장을 금방 찾을 수 있었다. 하지만 그 곳에서의 일은 겨우 하루 만에 끝나 버렸다.

공장과 소년들을 몰아대는 감독관을 보았을 때는 곧장 의심이 들었지만, 선택의 여지가 없었기에 그는 그 곳으로 들어갔다. 그의 큰 키와 튼튼한 몸을 본 감독관은 곧 일자리를 주었다.

짐꾼이 할 일은 간단했다. 직공이 금방 만든 축축한 벽돌을 조심스럽게 들어 꽤 멀리 떨어져 있는 건조장으로 갖다 놓는 것이 주된 일이었다. 마치 늘어선 개미처럼 왔다갔다하며 벽돌을 나르고 또 나르는 그런 일이었다. 지저분하고 호리호리한 사춘기 소년에게는 꽤 힘든 일이었다. 일하는 동안은 잡담 금지였지만 곧 한 아이가 그의 관심을 끌었다. 비쩍 마른 몸에 녹색의 구빈원 옷을 입은 곱슬머리 고아 소년이었다. 그 아이는 허약해서 벽돌을 제대로 나를 수 없을 것 같아 보였다. 그 바람에 직공이 건넸던 젖은 벽돌이 곧장 땅으로 떨어져 진흙덩이가 되고 말았다.

올챙이처럼 배가 볼록 나온 감독관이 고아 소년을 꾸짖던 모습을 묘사하자 이야기에 흠뻑 빠져 있던 아가씨들은 웃음을 터뜨렸다.

"하지만 감독관이 그 아이를 때리는 걸 보자 내 안에서 뭔가가…… 폭발해 버렸소."

아가씨들이 웃음을 멈추었다. 그의 표정도 딱딱해졌다. 랙퍼드는 고개를 젓고는, 자신이 들고 있던 젖은 진흙 벽돌을 감독관에게 던진 이야기를 했다.

"등에 정통으로 맞는 바람에 감독관이 쓰러졌소. 셔츠에는 커다란 얼룩이 생겼고."

당시 감독관은 불같이 화를 내며 몸을 휙 돌렸다. 자신보다 60센

티미터나 컸지만, 그의 화난 얼굴도 빌리 올브라이트의 비난을 멈추지는 못했다.

"그 때 난 너무나 화가 나 제대로 앞이 보이지도 않았소."

벽돌 공장의 주인이 사무실에서 뛰쳐나와 소동을 중지시켰다. 고아 소년과 그는 사무실로 불려 가 야단을 맞은 뒤 즉석에서 해고되었다.

"그 아이가 네이트 호킨스요."

그가 말했다.

그 이름을 알아들은 듯 제이신다의 눈이 커졌다. 그 날 저녁 베인브리지 스트리트에서 네이트를 만난 적이 있었기 때문이었다.

"네이트는 나 때문에 일자리에서 쫓겨났다고 엄청 불평을 해 댔소."

랙퍼드가 미소를 지었다.

"하지만 우리는 자연스럽게 같이 있게 되었소. 그 친구는 사고무친인 고아였고 구빈원으로 돌아갈 바에는 차라리 죽겠다고 했지. 결국 늙은 선술집 주인인 샘 버로가 우릴 심부름꾼으로 고용해 주었소. 닭이며 염소들을 치는 헛간에 임시 거처를 만들어 주었지만 그래도 우리는 행복했지. 편한 주인에 먹을 것도 많았으니까."

그리고는 어느 비 오는 저녁, 검은 코트를 입은 세 남자가 샘 버로의 선술집에 도착했다.

빌리는 뒤쪽에서 씻은 맥주잔을 들고 오다 그들을 보았다. 즉시 아버지의 하인들이라는 걸 알 수 있었다. 그들은 금발에 녹색 눈을 가진 열세 살짜리 남자아이를 본 적이 있냐고 샘에게 물었다. 빌리는 조용히 뒤로 물러나 잔을 바닥에 던지고는 네이트의 셔츠를 잡아채 도망쳤다.

간신히 도망친 그들은 다시 음식을 찾아 도시의 중심부로 흘러 들었다. 며칠 만에 간신히 템스 강의 고깃배에서 일자리를 구할 수 있었다. 갑판을 청소하고, 물고기의 배를 가르고, 바닥에 고인 물을 퍼내는 등 가장 지저분한 일들이 그들의 차지였다.

"네이트는 그 일을 싫어했소."

그가 말했다.

"선장은 점잖은 사람이었지만 선원들은 거칠었지. 우리는 그들을 두려워했소. 그리고 곧 그 생각이 옳았다는 걸 알게 되었소."

개처럼 2주일 동안 일한 뒤 각각 2실링씩 받은 그들은 잠시 놀다 와도 좋다는 허락을 받았다. 하지만 그 날 저녁 늦게 술 취한 선원 한 명과 마주쳤다. 칼을 든 그 남자가 그들을 위협하며 돈을 내놓으라고 했다고 하자 아가씨들은 날카롭게 숨을 들이마셨다.

"돈을 줄 수밖에 없었소. 다른 사람한테 이르면 우리를 갈기갈기 찢어 물고기 밥으로 던져 주겠다고 위협했으니까."

"맙소사!"

제이신다가 외쳤다.

"배로 돌아가는 것은 현명한 것 같지 않았지."

그가 말했다.

"새벽이 될 무렵 우린 다시 어떻게 살아남을 것인가 하는 문제에 봉착했소. 강가에 앉아서 우리의 운명을 걱정하고 있다가 지저분한 남자아이들이 얕은 곳으로 들어가는 걸 보았지."

그들은 화물선에서 떨어진 동전이나 석탄, 혹은 돈 몇 푼을 받고 팔 수 있는 물건들을 찾아 매일같이 강바닥을 뒤지는 극빈층 거지 소년들이었다. 다른 일을 할 수 없었던 빌리와 네이트는 그 날 아침 바지를 걷어올리고 진흙 바닥을 뒤졌다. 하지만 오래지 않아 빈민굴 출신의 거칠고 땅딸막한 남자가 안개를 헤치며 다가왔다.

"이 자식들, 뭐 하는 거야?"

그가 호전적으로 물었다.

"난 컬린 오딜이고, 여긴 내 구역이야!"

처음 본 순간 네이트와 빌리는 그에게 깊은 인상을 받았다. 컬린 오딜은 보 벨스 근처에서 태어난 순수한 빈민굴 출신이었다. 도시에서 태어나고 자란 그는 혼자 살아가는 법을 알고 있었다. 비록 강바닥을 훑는 곳에서 처음 만났지만, 오딜은 강바닥을 훑는 일은 하찮은 부업에 지나지 않는다고 했다. 만약 똑똑하기만 하다면 도시에서 왕처럼 살 수 있다고도 했다. 네이트와 빌리가 사정을 설명하자 놀랍게도 오딜은 음식과 잠자리를 제공해 줄 나이 든 착한 신사를 알고 있다면서 도와 주겠다고 나섰다.

의심스러웠지만 선택의 여지가 없었기에 그들은 오딜을 따라갔다. 오딜이 말했던 곳은 낡고 쇠락한 아편굴이었고, 그 착한 신사의 직업은 소년들을 도둑으로 키워 일을 내보내는 것이었다. 아이들이 지갑이나 시계, 비단 손수건 등을 훔쳐 오면 노인은 죽지 않을 만큼의 빵과 우유, 멀건 죽과 잠자리를 제공해 주었다.

"맙소사."

아가씨들이 숨을 헐떡였다.

"바로 그 날 네이트와 난 다른 아이들과 어울려 뉴게이트 밖에서 있었던 교수형을 보러 갔었소. 마치 어제 일처럼 기억나는군. 수천 명의 사람들이 몰려들었지. 난 한 번도 교수형을 본 적이 없었소. 하지만 네이트와 나는 교수대 따윈 잊어버리고 대신 오딜과 다른 아이들을 잘 살펴보라는 지시를 들었지."

그는 아이들이 사람들 사이로 끼어들어 매끄러운 솜씨로 도둑질을 하던 광경을 설명했다. 누군가가 잡힐지도 모른다는 두려움에 심장이 두근거리던 것도 떠올랐다. 하지만 잡힌 아이는 없었다. 아이들은 심지어 재미있어하는 것 같았다. 세 노상 강도가 교수대로 끌려가는 현장에서 도둑질을 한다는 얄궂은 상황이 어린 도둑들에게는 전혀 아무렇지도 않은 것 같았지만 네이트와 그는 달랐다.

일이 끝난 후 아이들은 아편굴로 향했다. 다른 아이들은 자기들이 가지고 온 물건을 보면 노인이 아주 기뻐할 거라고 떠들어댔지만 빌리는 잡혔을 경우 얼마나 많은 대가를 치러야 하는지를 묵묵히 생각했다.

"난 그들에게 왜 위험을 무릅쓰고 얻은 걸 그 늙은 신사에게 주느냐고 물었소."

그가 말했다.

"그 질문에 아이들은 당황했지. 노인이 제공하는 음식과 집은 그들이 가져다 주는 것에 비하면 새 발의 피라고 난 아이들에게 알려 주었소."

학교를 다닌 적도 없고 문맹이고 심지어 가장 간단한 산수조차도 못하는 어린 도둑들은 자신들이 훔친 물건의 가치를 몰랐다. 태어나자마자 버려진 굶주린 아이들은 노인이 주는 음식이 보잘것없다는 것도 몰랐다.

"내가 그렇게 말하자 아이들은 화를 냈소 아이들이 부지불식간에 노인에게 건네 주는 이득이 얼마인지, 노인이 그들에게 주는 걸 사는 데 실제로 얼마의 돈이 드는지 설명해 주자 오딜은 아편굴로 돌아가지 말자고, 대신 우리끼리 갱단을 만들자고 했소 그리고 그렇게 했소."

"잘했어요!"

여자들이 외쳤다.

"그럼 오딜과 같은 갱단에 있었던 거예요?"

제이신다가 물었다.

랙퍼드가 고개를 끄덕였다.

"오딜은 길거리에서 살아남는 기술을 익힌 몸이었고 난 교육을 받은 몸이었지. 그 둘이 합쳐지자 우린 꽤 잘해 나갈 수 있었소. 내가 갖가지 속임수와 의심받지 않고 집을 털 방법들을 생각해 내면 오딜이 다른 아이들을 이끌고 일을 했지."

"어떤 속임수요?"

제이신다가 장난꾸러기같이 미소를 지으며 물었다.

"글쎄."

그가 턱을 긁었다.

"내가 제일 즐겨 써먹던 건 굴뚝 청소 회사인 척하는 거였소. 굴뚝을 청소하는 것처럼 커다란 집에 들어가 나중에 털 때를 대비해 그 집을 살펴보는 거지. 어디로 들어가면 되는지, 값비싼 물건들은 어디 있는지, 개는 있는지 등등을 말이오.”

아가씨들이 놀랍다는 듯 웃음을 터뜨렸다.

“오딜의 완력과 내 머리가 조화를 이루면서 모든 것은 순조로웠소. 하지만 어느 날 밤 모든 것이 변했지.”

“무슨 일이 있었는데요?”

제이신다가 물었다.

랙퍼드는 잠시 조심스럽게 말을 골랐다. 자신의 만족을 위해 아이들을, 심지어 소년을 이용하는 이상한 사람들이 있다고 이야기해 이 순진한 아가씨들을 놀라게 하고 싶지 않았다.

사실 그들도 자신들이 얼마나 연약한지 몰랐다. 은신처로 삼고 있던 강가의 낡은 창고에서 깊이 잠들어 있던 아이들 중 그 날 밤 옐로 케인이 들어오는 소리를 들은 아이는 없었다.

거리의 아이들이 항상 명심하고 있는 점이 하나 있다면, 우아한 노란 지팡이를 항상 지니고 다니기 때문에 옐로 케인이라 불리는 기묘한 야수 같은 남자와 맞닥뜨리지 말아야 한다는 것이었다. 그는 길다란 새끼손가락 손톱에 매니큐어를 바르고 다니면서 그 손가락으로 코를 후볐다. 빌리는 거리에서, 도박장에서 그리고 이상한 매음굴에서 옐로 케인을 자주 보았다.

그 날 밤 무엇인가가 깊이 잠든 그를 깨웠다. 졸린 눈을 뜨니 옐로 케인이 목에 칼을 겨눈 채 오딜을 끌고 나가는 모습이 보였다. 겁에 질려 눈물로 범벅이 되어 있던 오딜의 거친 얼굴을 본 순간의 충격은 아직까지도 생생했다.

빌리는 고함을 지르며 벌떡 일어나 바보같이 덤벼들었다. 그 바람에 오딜의 목이 잘릴 수도 있었지만, 다행히 옐로 케인이 깜짝 놀라는 틈을 타 오딜은 무기를 쥔 그의 손을 밀쳐 냈다. 옐로 케인이 달아나려 하자 빌리는 몸을 던져 칼을 빼앗으려 했다. 싸움이 격렬해지면서 그의 고함 소리에 다른 아이들이 깨어났다. 아이들은 비명을 질러 댔다. 오딜이 악명 높은 노란 지팡이를 집어들어 케인에게 휘둘렀다. 어느 순간 빌리의 손에는 케인의 칼이 들려 있었다. 케인이 코트에 손을 넣어 권총을 찾자 빌리가 그의 목을 찔렀다.

"랙퍼드 경?"

팔을 만지는 제이신다의 부드러운 손길에 랙퍼드는 정신이 번쩍 들었다.

그는 그녀를 유심히 쳐다보았다. 그의 눈에서 과거의 어두운 그림자가 사라졌다.

"무슨 일이 있었죠?"

그녀가 부드럽게 다시 물었다.

그는 억지로 살짝 미소를 지었다.

"어느 날 밤 오딜이 공격을 받았고, 내가 그를 구해 주었소."

최악의 일은 빼먹고 말하지 않은 걸 감지한 듯 제이신다가 눈을 깜빡였지만 굳이 말하라고 강요하지는 않았다.

"그 때부터 아이들은 날 두목으로 생각했소. 오딜은 나한테 도움을 받았다는 모욕을 잊지 않았고 그 뒤로 아주 거친 인간이 되었지. 오딜의 수치심은 나에 대한 증오로 변했소. 결국 녀석은 우리 무리를 떠나서 자기 갱단을 따로 만들었고 점점 타락해 갔지. 그 나머지는 당신도 이미 아는 이야기이고."

그가 중얼거렸다.

제이신다와 리지는 서로를 쳐다본 뒤 그를 보았다.

제이신다는 걱정된다는 듯 얼굴을 찌푸리며 그의 어깨를 만졌다.

"빌리, 그런 일을 겪다니 유감이에요."

"저도요."

칼라일 양이 부드럽게 덧붙였다.

"지금은 사정이 아주 좋아졌잖소."

그가 억지로 가볍게 말했다.

“사실 또다시 아버지의 손아귀에 잡혀 있지만, 적어도 네이트와 다른 사람들은 다 살아 있잖소. 그걸로 충분하오.”

랙퍼드가 잠시 꿈꾸듯 먼 곳을 응시했다. 그리고는 어깨를 으쓱하며 끈덕지게 달라붙는 죄책감을 털어 버리려 했다.

“오스트레일리아에서 적당한 농장을 사줄 사업가 하나를 고용했소. 농장을 사서 친구들이 형기를 마치는 동안 그 곳에서 적어도 인간적인 대접을 받으며 지낼 수 있도록 해 줄 생각이오 불행히도 난 익명의 후원자로 남아 있어야겠지. 두 번 다시 그들과 연락을 하면 안 될 처지니까. 그들은 ‘빌리 블레이드’가 죽은 줄로만 알고 있을 거요.”

“너무 슬퍼요. 당신한테는 형제인데.”

제이신다가 중얼거렸다.

“적어도 그들이 교수형을 당하는 사태는 면하게 해 주었지만.”

랙퍼드는 고개를 젖혀 바람에 흔들리는 나뭇가지를 올려다보며 생각에 잠겼다.

“그걸로 충분하지는 않은 것 같아. 난 아름다운 두 아가씨와 공원에 이렇게 앉아 있는데, 그들은 사슬에 묶인 채 감옥선을 타고 있으니 말이오.”

“경은 최선을 다했어요.”

리지가 다정하게 말했다.

“그들의 목숨을 살렸잖아요.”

제이신다가 덧붙였다.

“랙퍼드 경, 경이 어떤 일을 하실 수 있는지 아세요?”

리지가 갑자기 말했다.

“어떤 일을 하다니요?”

랙퍼드가 겸손한 리지를 향해 몸을 돌렸다.

리지는 생각에 잠겨 입술을 톡톡 치며 먼 곳을 쳐다보고 있었다.

“맙소사, 리지에게 생각이 떠올랐나 봐요.”

제이신다가 흥분했다.

“내가 말한 적이 있나요, 랙퍼드 경? 칼라일 양은 천재라고요.”

“아니, 그런 말을 한 적은 없는 것 같은데.”

“농장이 준비되면 그들을 가르칠 사람을 보내세요.”

리지가 말했다.

“정직한 기술을 가르칠 수 있는 기술자를요. 그럼 형기가 끝날 때쯤 그들은 범죄를 저지르지 않고도 새로운 인생을 살 수 있을 거예요.”

“흐음, 아마 그들은 귀찮아할 거요. 더 이상 어린 아이가 아니니까. 도제를 할 수 있는 나이는 훨씬 지났소. 게다가 늙은 개에게 새로운 재주를 가르치기란 거의 불가능⋯⋯.”

“친애하는 랙퍼드 경, 리지의 생각은 대개 효과가 있답니다. 저도 리지의 생각에 동의해요. 실은⋯⋯ 당신 동료들의 마음을 바꿀 수 있는 동기가 있을 것 같아요.”

“그게 뭐요?”

“아내요. 그들에게 여자들을 구해 주는 거예요.”

제이신다가 말했다.

“아내라고, 제이신다?”

리자가 외쳤다.

“왜? 돌볼 아내와 자식들이 있는 남자는 범죄에 목숨을 걸지 않을 거야.”

제이신다가 두 사람의 웃음소리보다 크게 목청을 높였다.

“잃을 게 많아 봐. 몇 년만 지나면 그들도 훌륭한 시민이 될걸.”

“효과가 있을 것 같군.”

랙퍼드가 중얼거렸다.

네이트, 사지, 플래허티, 앤드루 그리고 다른 녀석들이 결혼을 하고 발치에 기어다니는 젖먹이들을 둔 모습을 생각하자 기분이 좋아졌다. 그는 기쁜 얼굴로 치맛자락을 매만지는 제이신다를 바라보았다.

“당신들 둘 다 천재요.”

12

그들의 우정은 욕망이 뒤섞인 감정이었다.

다음 몇 주 동안 제이신다는 랙퍼드를 문명인답게 만들기 위해 갖은 노력을 기울였다. 하지만 실은 그가 길들여지기를 원치는 않았다. 그가 짜릿하고 위험스럽게 접근할 때는 특히 그랬다. 그는 기회만 있으면 노골적으로 그녀에게 치근댔다. 비록 귀찮은 척은 했지만 사실 그의 뜨거운 관심을 받는 것은 달콤하고 아찔할 만큼 좋았다.

그의 접근을 심각하게 받아들이지 않겠다고 결심했지만 그의 은밀한 희롱은 전에는 없던 흥분을 일상 생활에 더해 주었다. 잠깐 동안이라도 단둘이 있게 되면 그는 항상 그녀를 만졌다. 뺨에 키스를 하거나, 머리카락을 갖고 장난을 치거나, 손에 정중한 키스를 하는 것 등 아주 사소한 몸짓이더라도 어쨌든 그녀에게 손을 대었다. 때때로 그녀는 그의 외설적인 칭찬에 화난 척도 했지만 왠지 그만두라고 하고 싶지 않았다.

다행히도 리지의 존재가 때때로 파르르 소리를 낼 것 같은 두 사람 사이의 욕망으로 인한 긴장을 날려 주었다. 그는 가정교사인 미스 후드도 쉽게 매혹시켰다. 오빠들 역시 뼛속까지 남자 중의 남자인 그

를 좋아하는 것 같았다. 아마도 루시언이 그의 인품을 보장한 덕인
듯했다.

제이신다는 랙퍼드가 이미 오빠들에게 자신의 의도를 말하고 그녀
에게 구애해도 좋다는 로버트의 허락을 얻어 냈다는 생각은 꿈에도
하지 못했다.

랙퍼드에게는 정말 선택의 여지가 없었다. 제이신다는 아직 21세
가 되지 않았으므로 보호자의 동의 없이는 결혼할 수 없었다. 게다가
그녀의 무시무시한 오빠들이 마음만 먹었다 하면 그의 구애가 시작
도 되기 전에 모든 걸 끝장내리라는 사실은 분명했다. 그는 그들을
적으로 만들고 싶지는 않았다. 너무 커다란 모험이긴 했지만, 유일한
해결책은 처음부터 솔직하게 털어놓고 그들의 존경을 얻어 자신의
입지를 확고히 하는 것이었다. 사실 그는 평생 자주 의도적으로 잘못
을 저질러 왔지만 이번만큼은 모든 걸 제대로 하고 싶었다.

그는 제이신다가 아름다운 올케들 및 사랑스러운 칼라일 양과 쇼
핑을 가는 날을 알아낸 뒤 그 날 대담하게 호크스클리프 공작에게
면담을 요청했다.

공작은 그의 방문 목적을 예견했던 모양이었다. 랙퍼드가 공작의
서재로 들어가자 나이트 집안의 4형제가 그의 앞에 쭉 늘어서 있었
던 것이다.

둘째인 잭 나이트 경만 그 자리에 없었다. 알고 보니 잭 경은 집
안의 이단아적인 존재라 아무도 그가 조만간 모습을 드러내리라고
기대하지 않았다. 형제들도 그가 어디 있는지 몰랐다.

다행히도 이미 그에게 호감이 있던 루시언과 앨릭은 그 자리에 있
었다. 호크스클리프 공작은 검은 눈으로 그의 모든 동작을 미심쩍다
는 듯 주시했다. 그리고 랙퍼드는 그동안 가장 염려하고 있던 루시언
의 쌍둥이 형인 윈털리 백작 대미언을 소개받았다. 은색 눈동자를 가
진 백전의 명수인 전직 대령은 그의 아내인 미랜다가 쇼핑을 할 수

있게 그녀를 데리고 온 참이었다. 윈털리 백작은 악수를 나누며 그를 꼼꼼히 훑어보았다. 백작은 랙퍼드가 마음에 들지 않는 연대 신병인 양 실로 꼼꼼히 살폈다. 하지만 돌덩이 같은 전사는 이미 그에게 기회를 주기로 작정했다는 게 밝혀졌다. 오래 전에 빌리 블레이드가 검은머리의 미녀 미랜다의 목숨을 구하는 데 힘을 빌려 준 적이 있었기 때문이었다.

두 시간 동안 면담을 하고 나서 녹초가 되자 앤서니 웰던 경과 보스트리트 경관들이 했던 장시간의 심문은 아이들 장난처럼 여겨졌다. 그는 자신이 이 집 형제들에게 최선의 선택이 아니라는 걸 알고 있었다. 그는 그리피스 경이 아니었으므로. 하지만 그래도 그는 철저하게 정직해지려고 했다.

그는 감시의 눈길 아래 편치 않게 앉아 과거를 있는 그대로 말했다. 공원에서 제이신다와 칼라일 양에게 말해 주었던 것보다도 훨씬 상세하게. 자신이 도망친 게 정당했다는 걸 이해시키기 위해 아버지의 폭력이 어느 정도였는지도 털어놓았다. 그리고 세인트 자일스가에서 자신이 한 일들을 털어놓았다. 부정한 방법으로 얻어 낸 돈으로 수백 명의 사람들을 먹이고, 다양한 갱단을 단결시켜 젊은이들이 서로를 죽이는 사태를 방지하고, 빈민굴을 지배하게 되었을 때 자신의 힘을 이용해 나름대로 질서를 잡았다는 이야기까지.

자신이 했던 일을 그녀의 오빠들이 제대로 평가를 해 줄지, 아니 실은 그들이 믿어 줄지조차 확신이 없었다. 그러나 제이신다가 도망쳤을 때 그녀를 발견해서 안전하게 집까지 데려다 준 사람이 빌리였다고 루시언이 이야기하자 형제들은 서로 날카로운 시선을 교환했다.

그리고 루시언은 형제들에게 랙퍼드의 은밀한 도움으로 보 스트리트에서 범죄자들을 대대적으로 체포했다는 이야기까지 했다. 위조범들, 부정직한 사채업자들, 불법 도박장 운영자들, 말 도둑들, 노상 강도 무리들, 청부 살인업자 한 명, 보험금을 타내기 위해 집을 불지른 사람을 도와 준 두 방화범들이 그의 정보 덕분에 감옥에 가게 되었다.

그 말을 들은 호크스클리프 공작과 윈털리 백작은 못마땅하지만 존경스럽다는 눈으로 랙퍼드를 보았다.

마지막으로 랙퍼드는 언젠가 자신의 것이 될 재산과 영지의 목록이 적힌 증명서를 꺼냈다. 증명서는 아버지가 아냇감을 구하라고 말하면서 미리 준비해 준 것이었다. 호크스클리프 공작이 서류를 넘기는 동안 앨릭은 다소 부럽다는 듯이 그를 쳐다보았다.

"이제 돈이 필요하면 누구한테 가야 할지 알겠는걸."

"앨릭."

공작이 경고했다.

"제발, 그냥 농담이었다고, 형."

앨릭이 거만을 떨었다.

공작은 손가락으로 책상을 톡톡 치며 잠시 재정 증명서를 본 뒤 방 안을 둘러보았다. 제일 먼저 루시언에게 시선이 닿자 그는 고개를 끄덕여 보였다. 그 다음엔 대미언. 대미언은 어깨를 살짝 들어올리고는 의자에 등을 기댔다. 앨릭이 마지막이었다. 그는 이미 지겹다는 듯 동전으로 장난을 치고 있었다.

호크스클리프 공작이 서류를 내려놓고 손깍지를 낀 채 잠시 랙퍼드를 쳐다보았다.

"좋소."

공작이 무뚝뚝하게 고개를 끄덕였다.

"제이신다에게 구애해도 되오. 하지만 우리가 지켜볼 거요. 한 번이라도 실수를 한다면……."

"알고 있습니다, 공작님. 감사합니다. 경들, 시간을 내 주셔서 고맙소."

나이트 가문의 형제들이 자리에서 일어나자 랙퍼드는 나갈 채비를 했다.

"랙퍼드 경, 같이 브랜디 한 잔 하겠소?"

공작이 책상을 돌아 나오며 말했다.

"그러죠, 공작님. 감사합니다."

"호크스클리프라고 부르시오."

앨릭이 의자에서 몸을 일으켜 목발을 들 때까지도 그는 나이트 집안의 형제들이 자신을 받아들이기로 한 결정 앞에서 멍한 상태였다.

"난 이 일로 얼른 제이신다를 놀려 주고 싶어서 좀이 쑤시는데."

"안 됩니다!"

랙퍼드가 조금 격렬하다 싶을 정도로 앨릭을 바라보며 외쳤다. 다른 사람들은 천천히 입구로 가고 있었다.

"용서하십시오. 하지만……."

그는 조금 불안한 눈초리로 형제들을 둘러보았다.

"누구도 이 일을 제이신다에게 말해서는 안 됩니다. 아직은요."

"왜지?"

루시언이 궁금하다는 듯 물었다.

"그녀가 공격적이고 변덕스럽다는 건 아시죠. 여러분들이 강요하면 할수록 그녀는 반대로 행동할 겁니다. 명령받는 걸 별로…… 좋아하지 않으니까요."

멈칫하던 표정을 짓던 형제들이 그의 말에 웃음을 터뜨렸다.

"경들?"

랙퍼드가 이마를 찌푸렸다.

"랙퍼드, 자네는 용감한 사람이오."

대미언이 그의 등을 쳤다.

"신의 가호가 있길 바라오."

그녀의 오빠들의 동의를 받은 후 그는 제이신다의 마음과 믿음을 얻기 위한 계획에 착수했다. 시즌이 계속되는 동안, 그는 서두르지 않고 그녀의 규칙에 따라 게임을 진행했다. 그녀에게 샴페인 펀치를 갖다 주고, 더워하면 창문을 열어 주고, 추워하면 숄을 갖다 주고, 심지어 끝없이 지루한 휘스트 게임 내내 그녀의 맞은편에 앉기 위해

상당한 돈을 잃어 주기까지 하는 등, 말을 잘 듣는 기사 노릇을 하며 그녀의 비위를 맞췄다.

제이신다 덕분에 그는 점점 부드러워졌다. 심지어 아버지에게까지. 어느 이른 오후, 그는 여느 때처럼 제이신다를 찾아가기 위해 집을 나섰다. 거실을 지나가려는데 아버지가 가운 차림으로 안락의자에 앉아 있는 모습이 보였다. 긴 의자에 발을 올려놓고 눈에는 오이 조각을 붙인 채였다. 곁에 있는 소탁 위에는 진한 커피 한 잔과 두통약이 놓여 있었다. 아버지가 꼼짝도 않는 바람에 그는 조금 놀랐다.

그는 조심스럽게 거실로 다가가 문간에서 멈춰 섰다.

"아버지?"

"엉?"

아버지답지 않게 허물없는 말투가 나왔다. 아버지는 졸고 있는 듯 고개도 들지 않았다.

"괜찮으세요?"

"더할 나위 없이 괜찮다."

후작이 부드럽게 말했다.

랙퍼드는 저도 모르게 미소를 지었다.

"대단한 밤이었던가 보군요?"

"그랬을 거다. 생각은 안 나지만."

그는 문간에 기대어 서서 잠시 용기를 그러모았다.

"아버지? 전 오늘 오후 늦게 적당한 승마용 말을 사러 태터솔 마장을 둘러볼까 합니다만……."

"네가 사고 싶은 건 뭐든지 사거라, 윌리엄. 그래도 된다고 했잖아."

"그랬죠. 전 그저 같이 가실 생각이 있으신지 해서요."

자신이 그런 말을 했다는 게 믿을 수 없었지만 그는 내친 김에 계속 말을 이었다.

"아버진 말을 제대로 볼 줄 아시니까요."

후작은 오랫동안 움직이지 않았다.

랙퍼드는 어렸을 때 그랬던 것처럼 무섭고 신처럼 여겨지던 아버지의 인정을 갈망하는 어린 소년처럼 대답을 기다리며 힘들게 침을 삼켰다.

"오늘은 안 되겠구나, 아들아. 내가 많이 아프구나."

랙퍼드는 아버지의 거절에 고개를 떨구었다. 분노가 치솟았다.

트루로 경이 충혈된 눈에서 오이 조각을 떼어 냈다.

"내일 가면 어떠냐?"

하지만 그에게 돌아온 대답은 랙퍼드가 나가면서 꽝 닫은 현관문 소리였다. 잠시 후 랙퍼드는 이륜 쌍두마차를 몰고 나이트가에 도착했다. 아버지가 자신을 거부한 것에 대해 여전히 화가 나 있었지만 제이신다의 아름다운 얼굴을 보면 가라앉을 것 같았다.

그는 마차에서 뛰어내린 뒤 마부에게 고삐를 건네고는 현관 계단을 성큼성큼 올랐다. 너무 자주 오는 게 아닌가 싶긴 했지만 제이신다 역시 그를 기다리고 있을 것이 분명했다. 월시가 즉시 그를 맞이했다. 지난 몇 주 동안 이 근엄한 집사에게도 익숙해진 참이었다.

"경."

집사가 문을 활짝 열었다.

랙퍼드는 모자를 벗고 인사를 건넨 뒤 거실로 올라갔다. 도중에 공작 부인에게 인사를 건넨 그는 마침 보모가 데리고 지나가던 몰리의 뺨을 다정하게 어루만졌다.

그는 자신이 지금은 나이트 가문의 언저리를 맴도는 것뿐이라는 사실을 잘 알고 있었다. 전에는 가족의 일원이 된다는 게 어떤 느낌인지 전혀 몰랐다. 여생을 한 여자와 보낸다는 것도 상상해 본 적이 없었다.

하루하루가 지날수록 제이신다를 더 많이 알게 되고 둘이 서로를 더 깊이 이해하는 느낌이 들었다. 그는 그녀의 변덕스러운 유머 감각과 부드럽고 애정 어린 손길을 사랑했다. 파티장에서 그를 끌어당겨 크러뱃을 고쳐 주거나, 어느 날 오후 하이드 파크에서 그에게서 말고삐를 넘겨받아 그의 이륜 쌍두마차를 전속력으로 몰면서 모퉁이를 돌 때 옆에 있던 그녀의 엉덩이가 자신의 엉덩이에 닿는 느낌도 사랑했다.

금발의 여신은 그가 얼마나 그녀를 그 자리에서 탐하고 싶어하는지 전혀 모르는 게 분명했다. 하지만 그는 여전히 그녀의 순종적인 노예였다. 밝은 별 주위를 도는 뜨거운 행성처럼 그는 자신도 모르게 그녀에게 끌려들어 갔다.

'친구'인 랙퍼드가 그녀에게 열렬히 구애하고 있다는 사실을 유일하게 인정하지 않는 사람은 제이신다뿐이었다.

"그게 아니라 당신 이름을 호명할 때까지 밖에서 기다려야 해요. 톰, 다시 해요."

제이신다가 하인에게 명령했다.

"알겠습니다, 아가씨."

오랫동안 시달리고 있던 하인이 대답했다.

어느 비 오는 날 오후, 제이신다는 리지와 함께 거실 의자에 앉아 랙퍼드가 인상을 쓸 때마다 간간이 웃음을 터뜨리며 그에게 예의범절을 가르치고 있었다.

"빌어먹을 서커스 곰이 된 기분이오."

대리석 복도로 쿵쾅쿵쾅 나가며 랙퍼드가 중얼거렸다.

그의 위치를 살핀 하인이 다시 한 번 문을 열기 위해 복도로 나왔다. 그리고는 거실로 들어가서 제이신다에게 말했다.

"랙퍼드 경이 오셨습니다, 아가씨."

하인의 지시를 기다리던 랙퍼드가 천천히 방으로 들어가 그녀에게 절을 했다.

"너무 숙이면 안 돼요."

제이신다는 꾸짖더니 재미있다는 듯 눈을 반짝이며 손을 내밀었다.

"어서 오세요, 무슈."

"마드무아젤."

그가 제이신다의 손을 잡고 머리를 숙였다.

"장난꾸러기 같은 웃음은 지워 버리시지. 안 그러면 내 무릎에 엎어 놓고 엉덩이를 때려 줄 거요."

랙퍼드가 그녀의 귀에만 들리게 중얼거렸다.

"매력적인 백작님이지?"

제이신다는 리지에게 몸을 돌려 밝고 환한 미소를 지어 보였다.

"칼라일 양."

그는 리지에게도 우아하게 절을 했다.

"아주 잘 하시네요, 랙퍼드 경."

"뭘 좀 드시겠어요?"

제이신다가 연습용으로 준비한 차와 샌드위치, 비스킷과 과일을 우아하게 가리켰다.

그는 세심하게 차려진 테이블을 조심스럽게 쳐다보았다.

언젠가는 이런 식탁을 마주하게 될 테니 갖가지 은식기의 용도를 알아 두어야 한다고 제이신다가 랙퍼드를 놀려대는 동안 리지는 재미있다는 듯 지켜보았다.

그가 지겹다는 듯 으르렁거리는 소리에 더 큰 웃음이 터져 나왔다. 그 사이 그는 서서히 예의범절의 세세한 부분을 익혀 나갔다.

그를 '문명화'시키는 계획의 일환으로 제이신다는 문화적인 행사를 제의하고 리지와 함께 그를 데리고 다녔다. 런던 미술관과 박물관, 새로 결성된 런던 필하모닉의 공연이 그것이었다. 애커먼의 과학 설명회에도 참석해 정치 및 경제학자들과 식물학자, 언어학자, 피라미드를 방문하고 돌아온 고고학자, 그리고 심지어 화석에 관한 이야기를 늘어놓는 박물학자들의 최신 이론까지도 들었다. 그는 공부를 좋아했다. 제이신다는 그가 어린 나이에 학교를 그만두어야 했다는 사실을 떠올렸다. 지식에 빠져드는 그를 보면 마음이 따뜻해졌다.

하지만 그녀는 곧 아무리 많은 문화적 소양을 쌓더라도 첫눈에 자신을 매혹시킨 음흉한 남자를 바꾸지는 못한다는 결론을 내렸다. 어느 날 그가 작은 쪽지와 함께 종이에 싸서 보낸 선물 때문이었다.

담배 가게에서 이걸 보고 당신 생각을 했소 즐기길 바라오 R.

방에 혼자 있을 때 풀어 보니 한창 열정에 빠져 있는 연인들의 야한 모습이 그려진 충격적인 책이 나왔다. 제이신다는 난봉꾼이라는 등, 무뢰한이라는 등 소리 죽여 욕설을 퍼부으면서도 책을 샅샅이 훑어보았다. 여백 여기저기에 갖가지 체위에 관해 랙퍼드가 적어 놓은 외설스러운 메모가 보였다. 안 그래도 그녀는 수많은 밤을 문신이 새겨진 그의 몸에 안기는 열정적인 꿈을 꾸며 보냈지만, 그의 벨벳 같은 유혹에 넘어갈 수는 없었다.

그녀의 영혼은 언젠가는 멋진 레이디 캠피언처럼 자유로워질 것이라는 생각에만 집중되어 있었다. 사교계의 규칙에 따라 사교계를 누르고 어머니에게 한 짓에 대해 은밀한 복수를 해 주겠다는 생각뿐이었다.

계획을 그만둘 생각 따위는 없었다. 비록 그녀의 심장을 뛰게 만들고, 교활하고 못마땅한 미소일지언정 그녀에게 미소를 가져다 주는 사람은 빌리였지만, 그래도 그녀는 드러먼드 경을 유혹하겠다는 계획을 계속 밀고 나갔다.

제이신다는 점점 더 많은 시간을 랙퍼드와 그의 친구들과 함께 보냈지만 그 와중에도 드러먼드 경과 규칙적으로 끝없이 이어지는 무도회와 모임, 야회, 수상 파티, 사교계의 초대에 참석했다.

6월이 되자 랙퍼드가 그녀와 리지에게 오스트레일리아에 농장을 샀다는 소식과 그의 대리인이 동료들을 찾기 위해 조사에 착수했다고 알렸다.

어느 날 오후 하이드 파크에서 제이신다가 그의 쌍두마차를 전속력으로 달리고 있을 때 또 다른 옛 친구들이 그를 찾아왔다. 랙퍼드는 아름다운 속도광의 모습을 즐기며 그 옆에 앉아 있었다. 바람과 흥분 때문에 뺨이 달아오른 그녀는 젊은 신사 둘이 그에게 열렬히 손을 흔드는 모습을 보고는 고삐를 잡아당겨 우아한 마차를 멈춰 세웠다.

"누구예요?"

그녀가 물었지만 랙퍼드는 경악한 얼굴로 그들을 보고 있었다.

"맙소사."

그는 중얼거리며 마차에서 뛰어내리더니 환하게 웃으며 그들을 반겼다.

한 사람은 검은머리에 약간 빈혈기가 있는 얼굴이었고 또 다른 한 사람은 당근처럼 붉은 머리였다. 그녀가 궁금해하며 지켜보는 가운데 그들은 그를 껴안고 등을 두드렸다.

"빌리 올브라이트! 정말 너구나! 네가 돌아왔다는 이야기를 듣자마자 달려왔어."

"네가 살아 있을 줄 알았어. 알았다고!"

"정말 아버지한테 돌아온 거야?"

검은머리가 놀랍다는 듯 물었다.

랙퍼드는 무뚝뚝하게 고개를 끄덕이고 검은머리에게 입을 다물라는 표정을 지어 보였다. 그는 그녀에게 몸을 돌려 잠깐 다녔던 이튼 시절의 친구라고 렉 벤팅크와 저스틴 처치를 소개했다. 하지만 그의 눈 깊숙한 곳에 나타난 고통스러운 표정 때문에 따뜻한 미소마저 어두워 보였다. 나중에 제이신다가 거기에 대해 물었지만 그는 키스를 훔치려 하며 그녀의 질문을 무시했다.

다음 날 호감이 가는 그 두 젊은 신사는 제이신다와 리지, 랙퍼드가 엘긴 마블스(고대 그리스 조각을 지칭)를 보러 가는 데 동반했다. 엘긴 경은 런던 집에 붙어 있는 전시관에 대리석 조각들을 보관하고 있었다. 미스 후드가 보내는 감시의 눈길을 받으며 나이트 하우스를

나선 그들은 도중에 대프니를 따라다니는 헬레나와 아멜리아를 만났
다. 가정교사들과 같이 있던 그들은 자신들이 알고 있는 소문을 제이
신다에게 말해 주고 싶어서 안달을 했다.

제이신다는 고대 그리스 조각을 보러 같이 가자고 그녀들을 초대
했다. 잠시 후 그들은 입장료 몇 실링을 내고 전시관으로 들어갔다.
가이드로 일하는 자그마한 노인이 엄청난 전시물들에 위압당한 그들
에게 엘긴 경과 동료들이 얼마나 힘들게 진짜만큼 커다란 조각들을
아테네의 파르테논 신전의 벽에서 하나씩 떼어 냈는지를 설명했다.
엘긴 경은 엄청난 사비를 털어 거대한 조각들을 안전하게 보관할 수
있는 영국으로 실어 왔다고 했다.

하지만 제이신다는 리지에게 구애하는 처치 씨와 벤팅크 씨를 보
는 게 더 흥미로웠다. 두 젊은 학자가 리지에게 상당히 반한 것 같다
고 생각하고 있으려니 아멜리아와 헬레나가 다가와 그녀를 한쪽으로
데려갔다.

"대프니가 무슨 짓을 했는지 넌 절대 못 믿을걸."

아멜리아가 속삭였다.

"다른 사람한테 말하면 안 돼!"

"말 안 할게. 대프니가 무슨 행동을 했는데?"

제이신다가 열렬히 물었다.

헬레나와 아멜리아가 킥킥거렸다.

"그리피스 경에게 글자 그대로 몸을 던졌어!"

아멜리아가 말문을 열었다.

"그리피스 경이 거절했고!"

헬레나가 말을 끝맺었다.

제이신다는 입을 딱 벌렸다.

"농담이지!"

"아니, 농담이 아니야. 어젯밤 극장에서 대프니가 그랬다니까."

오, 불쌍한 이안!

"방금 대프니를 만나고 오는 길인데, 엄청 화를 내고 있더라고."

아멜리아가 고소하다는 듯 말했다.

"다음 토요일 집에서 열리는 무도회에서 약혼을 발표할 계획이었 었거든. 너도 초대받았지?"

테일러 집안의 무도회에 초대받았을 때 보여 준 랙퍼드의 반응을 떠올리며 제이신다는 멍하니 고개를 끄덕였다. 그 때 그는 눈을 빛내 며 그녀에게 미소를 지었었다.

"당신과 내가 당신 다이아몬드를 다시 훔쳐 오는 거야."

그가 관능적인 목소리로 중얼거렸다.

"지난 시즌에 대프니가 테번셔 공작을 낚아채려고 했던 것 기억나 지? 대프니는 최소한 후작 정도와는 결혼해야 한다고 단단히 결심한 모양이야. 랙퍼드 경에게 조심하라고 경고해 줘."

"그럴게."

제이신다가 중얼거렸다. 그를 건너다본 그녀는 팔짱을 낀 채 조각 들을 보고 인상을 찌푸리는 그를 보자 놀랐다. 무슨 일인지 궁금해진 그녀는 친구들에게 핑계를 대고 그에게 다가갔다.

"왜 그래요?"

랙퍼드가 가이드를 향해 턱짓을 했다. 제이신다는 노인이 하는 말 에 관심을 기울였다.

"컬렉션은 판매가 끝났고 이번 여름에 대영 박물관으로 옮겨질 겁 니다."

그녀는 눈썹을 찡그린 채 다시 그에게 몸을 돌렸다.

"내가 뭘 놓친 거죠?"

"정부에서 이 바보 같은 조각들을 35만 파운드나 주고 사들였다는 군. 35만 파운드나! 국민의 반이 제대로 가족을 먹여 살리지도 못하 는 이 때에……."

그는 너무나도 화가 난 듯 말을 끊고는 고개를 저었다.

"아마 당신 애인인 드러먼드 경이라면 설명해 줄 수 있을 거야. 토리당의 논리는 내 이해 밖이니까. 실례하겠소, 아가씨."

랙퍼드는 무뚝뚝하게 고개를 끄덕인 다음 돌아서서 전시장 밖으로 나갔다.

제이신다는 멍한 얼굴이 되어 밖으로 나가는 그를 지켜보다 머리를 저었다. 무엇 때문에 그가 과민반응을 보이는지 이해할 수가 없었다.

잠시 후 리지가 화가 난 듯 상기된 얼굴로 인상을 찌푸린 채 다가왔다.

"이런, 어디 있었어?"

제이신다가 물었다.

"가자. 이 범죄의 현장에서 나가자. 파르테논을 망쳐 놓다니!"

리지는 부서진 영광의 조각들을 마지막으로 한 번 더 쳐다보고 씁쓸하게 말했다.

"엘긴 경은 천박하고 약탈을 일삼는 도둑이야."

마지막까지 전시장에 남아 있었던 사람은 제이신다였다.

"하지만 아름다운 조각이잖아. 우리는 영국인이잖아⋯⋯. 조각들이 파괴되게 내버려둘 수는 없잖아. 그렇지 않아?"

가이드가 동의한다는 듯 그녀에게 고개를 숙였다. 다음 순간 미스 후드가 문가에서 고개를 들이밀었다.

"그만 빈둥거려요, 아가씨. 마차가 기다리고 있어요."

제이신다는 친구들의 이상한 반응에 어깨를 으쓱하고는 전시장을 나왔다.

랙퍼드는 제이신다가 그리스 조각을 보러 데리고 가 주어서 기뻤다. 왜냐하면 생각에 잠긴 채 집으로 돌아오던 그 날 오후, 자신의 새로운 지위 덕분에 빈민굴 시절 때처럼 불의와 싸울 수 있는 커다란 힘이 생겼다는 사실을 불현듯 깨달았기 때문이다. 물론 합법적이고 더 커다란 범위 안에서.

정말 이제는 토리 내각의 바보 같은 재정 낭비나 무자비한 정책에
속만 끓이고 있을 필요가 없었다.

갑자기 활기를 되찾은 그는 바로 다음 날 급진당에 참가했다. 그
는 즉시 자신이 있을 곳을 찾아 냈다는 사실을 알았다. 진정 의미 있
는 방식으로 세상에 공헌할 수 있는 곳이었다.

비록 그의 작위는 그들이 표방하는 모든 것들과 배치되었지만, 미
래의 후작을 지지자로 만드는 것의 가치를 알고 있던 급진당의 지도
자들은 그를 열렬히 환영했다. 대부분의 급진당 회원들은 상공업자들
과 부유한 평민들, 혹은 렉과 저스틴처럼 낮은 작위를 가진 사람들이
었다. 물론 작위를 가진 사람들이 아주 없는 것은 아니었지만.

나중에 제이신다에게 급진당의 모임에 참석했다고 이야기하자 그
녀는 코웃음을 쳤다. 제이신다는 대신 개혁 지향적이면서도 여전히
귀족적인 색채를 띠고 있는 휘그당에 가입하라고 계속 졸라댔지만,
그가 보기에 휘그당은 제대로 개혁을 행동으로 옮기지는 않는 것 같
았다. 제이신다의 반대에도 그는 새로운 정치적 관심을 계속해서 추
구해 갔다. 마치 앤서니 경이 보낸 보 스트리트 경관들이 문밖에 상
주하고 있어도 정기적으로 밤에 집을 빠져나가 계속 재칼파를 습격
했듯이.

그 일은 제이신다에게 말하지 않았다. 반대할 것이 분명했으니까.
그녀는 그가 다른 옛 동료 범죄자들과 마찬가지로 오딜에 대해서도
그냥 정보만 제공하는 것으로 생각하고 있었다. 하지만 오딜은 경우
가 달랐다. 아니, 오딜만큼은 랙퍼드 자신이 직접 처리하고 싶었다.

제이신다를 아내로 맞기 전에 지저분한 일을 깨끗이 끝낼 작정이
었으므로 최근 그의 공격은 상당히 무자비했다. 그녀와의 밝은 미래
를 위해 자신의 어두운 과거와는 완전히 결별하고 싶었다.

물론 제이신다는 상당히 고집이 셌지만, 그녀의 완전한 신뢰를 얻
기만 하면 그녀가 생각을 바꿀 것이라고 그는 굳건히 믿었다. 솔직히
말하면, 서로에 대한 갈망을 계속 거부하는 제이신다 때문에 그의 인

내심은 점점 옅어져 가고 있었다.

그녀가 왜 그러는지 그는 알고 있었다. 그녀는 자유로워질 작정인 것이다. 그녀는 그에게 자신을 맡기기를 두려워했지만 그는 결국에 그녀를 얻게 될 터였다. 그가 싸움에서 생긴 이상한 흉터와 멍을 달고 나이트 하우스에 가면 그녀는 호들갑을 떨며 그를 마치 어린아이처럼 다독이고 키스를 해 주고는 왜 다쳤는지 묻고 야단을 쳤다. 그는 자신도 모르게 음탕한 생각에 느슨하게 고삐를 채운 채 그녀의 관심을 즐기며 가벼운 상처들에 대해 악의 없는 거짓말을 했다. 그녀를 걱정시키기고 싶지도 않았고, 예전의 그를 떠올리게 하고 싶지도 않았기 때문이다.

그의 과거에 대해서는 빨리 잊는 편이 더 나았다.

13

다음 주 토요일 저녁, 대프니의 부모인 에러드 경 부부가 주최하는 성대한 무도회에서 제이신다는 마침내 랙퍼드의 부모를 만났다.

잘생겼지만 방탕한 생활의 흔적이 역력한 후작과 깔끔하게 차려입고 꿈꾸는 듯한 표정을 한 채 손만 대면 깨질 것 같아 보이는 후작 부인이 간만에 사교계에 모습을 드러낸 것이다. 빌리의 어린 시절을 끔찍하게 만들었던 사람과 마주한 제이신다는 그가 아들에게 어떻게 대했는지를 떠올리고 노골적으로 무례하게 굴었다. 풍성하게 차려진 식탁에서 우연히 랙퍼드의 폭군 같은 아버지의 정면에 앉게 되자 그녀는 일부러 차가운 눈길로 트루로 경을 뚫어지게 쳐다보았다. 그 눈길에 후작은 점점 초조해했다. 식사 중에 후작이 말을 꺼낼 때마다 그녀는 그의 의견을 반박했고 후작도 사람들 앞이라 차마 그녀를 나무라지는 못했다. 그는 점점 더 빨리 술을 마셔 댔고 나중에는 그녀 쪽은 쳐다보지도 않았다.

식사가 끝날 즈음 제이신다는 트루로 경이 그녀가 모든 것을 알고 있다는 사실을 깨달았을 거라고 생각했다. 술 취한 아버지의 폭력에서 아들을 구하려는 노력을 전혀 하지 않았던 후작 부인에 대해서는 경멸스럽다는 생각밖에 없었다.

저녁 식사가 끝난 후 거실에서 대프니가 후작 부인의 하얀 드레스를 칭찬하며 그녀에게 아양을 떠는 광경이 보였다. 아멜리아와 헬레나가 경고했던 대로였다. 대프니의 계략이 환히 보였다. 랙퍼드의 부모에게 좋은 인상을 주어 자신을 며느릿감으로 생각하게 만들려는 게 분명했다.

그녀는 랙퍼드의 신호를 기다리며, 최근의 골프 성적을 자세하게 늘어놓는 드러먼드 경의 말을 건성으로 듣고 있었다.

"내 제일 낮은 점수가……."

"정말 대단한데요."

대프니가 랙퍼드에게 환한 웃음을 건네고 있는 거실 건너편을 바라보며 그녀가 중얼거렸다.

그는 등을 돌리고 있었으므로 거만한 붉은 머리의 아양에 어떻게 대응하는지는 보이지 않았다. 설마 그가 대프니의 미모에 현혹되어 저 버릇없는 성격을 몰라볼 정도로 바보는 아니겠지?

대프니가 랙퍼드에게 애교를 떨며 춤을 추자고 하자 제이신다는 살짝 얼굴을 찌푸렸다. 건너편에 있는 에이서 로링 역시 그들을 향해 얼굴을 찌푸리는 게 보였다. 그는 오랫동안 대프니를 사모했었다. 제이신다는 입을 꼭 다물고 거칠게 부채를 부치며, 절을 하는 랙퍼드와 선웃음을 치는 대프니를 지켜보았다.

오늘 밤만이라도 다른 때처럼 근사해 보이지만 않았다면……. 벽의 촛대에서 타오르는 밝은 촛불이 그의 매끄러운 모랫빛 머리 위에 황금빛 그림자를 드리웠다. 그녀의 시선이 꼭 맞는 짙푸른 코트에 감싸인 넓은 어깨를 지나 군살이 없는 허리와 단단한 엉덩이, 검은 바지에 감싸인 긴 다리로 내려갔다. 그를 알게 되면 알게 될수록 매일마다 더 근사해 보인다는 것은 정말 진절머리가 났다. 이제 그녀는 그가 미소를 지을 때마다 무슨 의미인지 알았다. 감정에 따라 녹색 눈동자가 미묘하게 변했고 그녀는 그 변화들을 모두 새겨 두었던 것이다. 기다란 암갈색 눈썹 아래 눈이 연한 사과색 같은 녹색을 띠면 즐겁다는 뜻이었다. 정치나 다른 문제에 몰두해 있을 때는 눈이 번쩍이는 에메랄드처럼 보였고, 그림자가 드리워진 숲처럼 회녹색이 되면 생각에 잠겨 있을 때여서 그 때는 피하는 게 상책이었다.

춤이 끝나고 대프니와 떨어지자마자 자신에게 다가오는 랙퍼드를 보고 제이신다는 저도 모르게 미소를 지었다. 사람들을 헤쳐 나오면서 그가 유혹적인 표정을 보냈다. 랙퍼드는 드러먼드 경이 곁에 있을 때는 교양 있게 행동할 자신이 없다는 듯 언제나 거리를 두었다. 하지만 오늘 밤은 특별히 해야 할 일이 있었기 때문에 드러먼드 경이 있음에도 그녀와 합류했다.

"레이디."

랙퍼드가 예법에 맞게 그녀에게 몸을 숙였다.

그가 옆에 오자 여성적인 만족감이 들었지만 제이신다는 다소 냉정하게 고개를 까닥하고는 드러먼드 경에게 몸을 돌렸다.

"드러먼드 경, 제 친구인 랙퍼드 경을 만난 적이 없으시죠? 트루로 후작의 아드님이세요. 랙퍼드 경, 이 분은 드러먼드 백작이세요."

랙퍼드가 신중하게 절을 했다.

"경."

무뚝뚝한 노정치가는 턱을 들어 그를 꼼꼼히 살폈다.

"자네가 바로 온 런던을 시끄럽게 만든 그 초보 급진자로군."

랙퍼드가 편치 않은 눈길로 제이신다를 힐끗 보았다.

"네, 경. 전 브로엄 경의 이론에 상당히 감명을 받았습니다."

"제정신이 아니군, 젊은이. 그 친구는 문제아야. 난 똑똑한 사람을 믿지 않아. 그를 조심하게. 만약 브로엄의 말대로 된다면 우린 모두 '-씨'라고 불리게 될걸."

"존경받을 만한 사람이면 다들 그에 합당한 존경심을 갖고 그렇게 부르겠죠. 전 출생이 아니라 행동에 따라 사람의 가치가 평가되어야 한다고 생각합니다."

"그런 바보 같은 이상한 생각은 인도에서 배운 건가, 젊은이?"

드러먼드 경이 짜증을 냈다.

"경, 젊은 숙녀 앞에서 그런 단어를 쓰는 것은 삼가시죠."

랙퍼드가 턱을 치켜들며 태연자약하게 말했다.

제이신다의 눈이 커졌다. 그녀의 앞에서 수도 없이 비신사적인 행동을 했던 '빌리 블레이드'가 무슨 말을! 그녀는 하마터면 웃음을 터뜨릴 뻔했다. 하지만 그건 두 남자가 이성을 찾는 데 도움이 되지 않을 것이다. 그녀의 교육은 분명 생각했던 것보다 더 효과가 있었다.

"이봐!"

드러먼드 경이 호통을 쳤다.

"방해해서 죄송합니다만, 잠시 시간을 내 주시겠습니까, 아가씨?"

랙퍼드가 제이신다에게 말했다.

"실례해도 될까요, 드러먼드 경?"

노인이 대답하기도 전에 랙퍼드는 그녀의 손목을 잡고 아무도 없는 달빛이 환한 베란다를 향해 성큼성큼 다가갔다. 무더운 6월의 저녁 공기 때문에 옷이 뜨겁고 축축한 피부에 달라붙어 채워지지 않는 갈망으로 인한 불편함을 더했다.

"랙퍼드, 드러먼드 경에게 그렇게 무례하게 굴면 안 돼요."

"무례하다니? 내가 때려눕히지 않은 것만으로도 그는 운이 좋은 거요."

그도 짜증스러운 것 같았다. 둘 다 짜증을 느끼는 건 아마 날씨 탓일 것이다.

"당신이 아직도 그 늙은 토리 사형 집행인을 쫓아다닌다는 게 믿어지지 않아."

와인을 마시며 그가 중얼거렸다.

"드러먼드 경이 관심이 있었다면, 시즌 내내 몸을 던지다시피 하는 당신에게 지금쯤이면 반응을 보였을 거라고 생각하지 않소?"

"뭐라고요? 난 몸을 던진 적이 없어요."

그녀가 격분했다.

"오늘 밤 여기서 누군가에게 몸을 던지는 여자가 있다면, 그건 당신한테 몸을 던지는 대프니라고요."

"이런? 질투하는 거요, 달링?"

그의 잘생긴 입가에 도발적인 미소가 떠올랐다.

"내 다이아몬드 목걸이를 다시 훔쳐 올 준비가 된 건가요, 아닌가요?"

그가 혀를 차며 씩 웃었다.

"그래야 내 여자지. 레이디 J, 당신은 용감해. 내가 한 말을 기억하고 있지?"

그녀가 고개를 끄덕였다.

"좋아, 그럼 가지."

짓궂게 윙크를 보내며 그는 무도회장과 그 너머의 넓은 계단을 향해 고갯짓을 했다.

"좋아요."

제이신다는 어깨를 펴고 부채를 펼친 다음 요즘 한창 유행 중인 따분하다는 표정을 지었다.

웃음을 참기 위해 입을 꼭 다문 채 그녀는 무도회장을 돌아 나와 지인들과 인사를 나누며 계단 쪽으로 향했다. 나른하게 부채를 흔들며 애써 재미없다는 표정을 지은 채 천천히 현관 로비로 나와 사람들과 어울린 다음 조심스럽게 넓은 이중 계단으로 향했다. 위층의 방 하나가 숙녀들의 휴게실로 배정되어 있었으므로 그녀는 심장이 뛰었지만 천천히 우아하게 계단을 올라 그 곳으로 가는 척했다. 그녀는 도중에 하얀 장갑을 낀 손으로 머리를 만졌다.

자신의 다이아몬드를 훔치러 가다니!

계단 중간쯤에서 신호를 받기라도 한 듯 제때에 아래층 홀을 지나가는 공범자가 보였다 랙퍼드는 목발을 짚은 앨릭 오빠를 위해 기사도를 발휘해 길을 열어 주고 있었다. 그는 앨릭이 살롱으로 들어가는

걸 도와 주었다. 그의 말에 따르면, 살롱의 작은 흰색 문 뒤에 하인
들이 사용하는 계단이 있었다. 그는 이 집을 털던 날부터 구조를 알
고 있었다고 했다. 그는 하인들이 사용하는 복도로 들어가 3층에서
그녀와 만날 예정이었다.

2층은 조용했다. 가끔 하인들이 심부름을 위해 서둘러 지나가거나,
혹은 숙녀들의 휴게실로 지정된 방에서 이따금 터져 나오는 여자들
의 웃음소리만이 들릴 뿐이었다. 좌우를 살피며 조용히 복도를 걸어
가던 제이신다는 기회를 엿보다 치맛자락을 들고는 모퉁이를 돌았다.
흥분으로 눈을 반짝인 채 3층으로 난 복도를 올라가던 그녀는 계단
하나가 삐거덕거리자 얼굴을 찌푸렸다. 무도회장의 소음이 희미하게
들렸다. 그녀는 서둘러 나머지 계단을 올라가 가족들의 침실이 있는
중앙 복도로 숨어들었다. 그리고는 치마를 들어올린 채 발꿈치를 들
고 주 침실을 찾았다.

그가 생계를 유지하기 위해 이런 일을 했다니. 들킬까 봐 너무
무서웠지만 이런 일을 한다는 흥분에 뺨이 붉어지고 심장이 두근거
렸다.

아주 조심스럽게 복도 끝에 도착할 즈음 랙퍼드가 어둠 속에서 나
타나는 바람에 그녀는 거의 기절할 뻔했다.

그녀는 억지로 비명을 삼켰다. 랙퍼드가 그녀의 팔을 잡아 복도
가장자리로 당겼다.

"쉿!"

그녀가 비틀거리며 단단하고 커다란 그의 몸에 부딪치자 그가 꾸
짖었다.

그녀는 터져 나오는 웃음을 막기 위해 손으로 입을 가렸다. 랙퍼
드가 고개를 숙이며 손가락을 그녀의 입술에 대었다. 하지만 녹색 눈
에는 사악한 즐거움이 가득했다.

"이런 일을 하다니 믿을 수 없어요!"

"그건 당신 목걸이야. 그러니 훔치는 게 아니지."

“너무 재미있어요.”

그녀가 속삭였다.

랙퍼드가 짓궂은 표정을 지어 보였다.

“서둘러.”

제이신다는 발꿈치를 들고는 소리를 내지 않고 복도를 내려가는 그의 뒤를 따랐다.

“자기 다이아몬드를 훔치면 무슨 벌을 받죠?”

“좀 진지하게 굴 수 없소?”

랙퍼드가 말꼬리를 질질 끌며 말했다. 그리고는 왼쪽으로 나 있는 복도를 우아한 고갯짓으로 가리켰다.

“서쪽 끝에 있는 방이오. 가지.”

상당한 거리를 두고 일정하게 배치된 장식용 콘솔 위에 촛불이 놓여 있어 복도를 희미하게 밝히고 있었다. 그가 복도 끝에 자리잡은 하얀 이중문을 가리켰다.

“저기요, 내가 자유를 잃었던 방이.”

제이신다가 그를 쳐다보았다. 순간 옆 복도에서 무슨 소리가 들렸으므로 그녀는 얼어붙었다.

“누가 오고 있어요!”

“뛰어!”

발자국 소리가 커지자 그가 눈을 날카롭게 번뜩이며 그녀의 손을 잡았다.

두 사람은 손을 잡은 채 하얀 이중문을 향해 뛰었다. 긴치마를 발목까지 들어올린 제이신다는 겁에 질린 눈으로 어깨너머를 보았다. 복도 끝에서 차를 나르는 손수레가 보였다. 곧 그 손수레를 미는 하인이 모습을 드러낼 것이다. 랙퍼드는 간신히 시간에 맞춰 방문을 열고 그녀를 잡아 끌어 방 안으로 뛰어들고는 조용히 문을 닫았다.

“만약 하인들이……”

“쉿!”

둘은 문에 달라붙은 채 들킬까 봐 꼼짝도 하지 않았다. 하인이 손수레를 밀고 지나갈 때까지 제이신다는 동그랗게 눈을 뜬 채 숨을 죽였다. 눈이 방 안의 어둠에 적응되었다. 손수레를 미는 소리가 문 앞을 지나 멀어져 갔다.

제이신다는 손으로 가슴을 누르며 힘없이 문에 기댄 채 우스꽝스럽게 보이는 멍한 얼굴로 랙퍼드를 바라보았다.

그가 고개를 저었다. 어둠 속에서 늑대 같은 미소가 하얗게 빛났다.

"지나갔소."

"경, 당신은 나에게 아주 나쁜 영향을 끼치는군요."

그가 씩 웃었다. 그녀는 창가의 마호가니 받침대 쪽으로 향하는 그의 뒤를 따랐다. 받침대 위에는 근사한 중국 도자기가 놓여 있었다. 랙퍼드는 한 손으로 도자기를 거꾸로 들더니 다른 손으로 목걸이를 꺼냈다.

"유레카(찾았다). 여기서 나가지."

그가 중얼거렸다.

제이신다는 문으로 향하는 그의 뒤를 서둘러 쫓아갔다.

"내 목걸이를 줘야죠, 악당 아저씨."

그녀가 숨죽여 웃으며 그의 코트 주머니로 손을 뻗었다. 하지만 랙퍼드가 손을 낚아채고는 부드럽게 그녀의 몸을 돌렸다. 제이신다는 눈 깜짝할 새에 문에 등을 기대고 서 있는 자신을 발견했다. 그녀는 억지로 웃음을 참으며 그를 향해 눈을 가늘게 떴다.

"왜 그래요?"

크고 늘씬한 검정과 흰색의 이브닝 정장에 감싸인 단단한 근육질의 몸을 가진 랙퍼드가 한 손을 그녀의 머리 옆 문 위에 올려놓고 몸을 앞으로 기울이며 그녀의 눈앞에서 목걸이를 흔들었다.

"이걸 원하오? 그럼 가져가시오."

그녀가 목걸이를 낚아채려 하자 랙퍼드가 놀리듯 미소를 지으며 목걸이를 높이 쳐들었다. 어둠 속에서 다이아몬드가 밝게 빛났다.

“빌리!”

“이 근사한 목걸이를 갖고 싶지 않아?”

“갖고 싶죠.”

그녀가 도전적으로 턱을 치켜올리며 대답했다.

그가 머리를 가까이 댔다. 창문으로 들어온 달빛이 근사한 조각 같은 그의 옆얼굴과 뺨에 은빛을 드리웠다.

“키스 한 번이면 이건 당신 거요.”

그녀는 몸을 뒤로 젖히고 엄격한 표정을 지으려 하며 그의 도전적인 시선을 쳐다보았다. 하지만 그의 유혹적인 입술에 시선이 닿는 바람에 별로 효과가 없었다.

“안 그래도 그건 내 거라고요.”

“아니지, 아가씨. 나한테 준 거잖아.”

그는 에메랄드빛 눈을 반짝이며 목걸이를 손가락에 감고 유혹하듯이 그녀의 눈앞에 흔들어 댔다.

“하지만 키스를 해 주면 돌려줄게.”

그녀가 얼굴을 붉히며 입을 삐죽거렸다.

“하지만 랙퍼드 경, 우리는 단순한 친구가 되기로 했잖아요.”

“그럼 우정의 키스 한 번.”

머리를 살짝 젖히고 바싹 다가오며 그가 속삭였다.

그녀는 그의 강력한 매력에 약해지는 걸 느꼈다.

“그럼…… 딱 한 번만이에요.”

그의 입술이 그녀의 입술을 스쳤다. 천천히, 감미롭게. 그녀가 몸을 떨었다. 하지만 그가 유혹적으로 목을 애무하며 능숙한 솜씨로 깊게 키스해 오자 그녀는 희미한 신음소리를 내며 문에 몸을 기댔다. 그녀의 눈이 떨리더니 감겼다. 황홀한 그의 체취에 머리가 어지러웠다. 그의 열정적인 키스에 이성이 달아났다. 흐느적거리는 몸을 기댈 수 있는 등 뒤의 단단한 문이 고맙게 여겨졌다.

랙퍼드의 손이 목을 지나 가슴으로 내려왔다. 그의 능숙하고 도발적인 손길에 가슴이 묵직해졌다. 따뜻한 손이 드레스 옷깃을 파고들어 가슴을 감쌌다. 그가 엄지로 유두를 지분거리자 그녀는 달콤한 그의 입술에 기쁨의 한숨을 내쉬었다.

한순간 그녀는 그가 자신의 옷을 벗기고 자신을 가져 주길 바랐다. 여태껏 한 번도 느껴 본 적이 없는 단순하고도 절박한 욕구였다. 자신을 이렇게 혼란스럽게 만들다니! 그를 두 번 다시는 볼 수 없을 거라고 생각했던 빈민굴에서의 그 날 밤에는 쉽게 굴복할 수 있었다. 결과를 책임지지 않아도 되니까. 하지만 지금 이 위험한 욕망에 빠져든다면 자신의 미래를 그의 손에 쥐어 줄 수도 있었다. 아래쪽 무도회장에서 누군가가 그들이 사라진 걸 알아채기라도 한다면, 누군가가 그들이 어두운 방 안에 함께 있는 광경을 보기라도 한다면 그녀는 그와 결혼을 하거나 평판이 완전히 망가지는 사태를 감수해야 했다. 욕망과 그 욕망을 거부하고자 하는 단호한 결심으로 나뉜 심장이 미친 듯 뛰었다.

자신의 운명의 주인이 되고 싶은 마음은 여전했지만, 그에 못지 않게 자존심도 강하다는 점이 문제를 더욱 복잡하게 만들었다. 데번셔 홀에서 무도회가 있던 그 날 밤, 그녀는 절대 그에게 자신의 지배권을 넘겨 주지 않겠다고 맹세했다. 결혼한 두 사람은 법과 신 앞에서 한 사람이 된다. 그 한 사람이란 바로 남편이다. 그녀의 어머니는 자신의 에세이에서 그 점에 대해 강력한 비판을 제기했었다. 친구로 지낸다면 그녀는 그와 동등해질 수 있었다.

하지만 랙퍼드가 긴 하얀 장갑을 벗기고 손을 애무하자 제이신다는 자제력이 사라지는 것을 느꼈다.

일단 날 가지고 나면 이이는 더 이상 원하지 않을지도 몰라, 그녀는 그의 유혹 아래 자제력이 사라지는 것을 느끼며 걱정했다. 만약 그가 단지 그녀의 뒤를 쫓는 흥분에 매혹되었을 뿐이라면 왜 그녀가 타협을 해야 하는 것일까? 똑똑하기만 하다면 둘 다를 가질 수 있을 거라는 실용적인, 아니 사악한 목소리가 그녀의 머릿속에 울렸다. 일단 늙은 드러먼드 경과 결혼해서 의무를 다하고 자유로운 미망인이 되면 근사한 랙퍼드를 애인으로 가질 수 있었다. 하지만 그건 몇 년 뒤에나…….

그의 손이 천천히 배로 내려가자 그녀의 몸이 격렬하게 떨렸다.

"다시 한 번 당신을 즐겁게 해 줄까?"

그러고 싶은 마음이 너무나 간절하다는 듯 그가 부드럽게 중얼거렸다.

그녀는 거절할 힘이 없었다. 그의 손이 그 곳을 살짝 감싸자 그녀는 그를 태워 버릴 듯 열렬히 키스했다. 그의 손가락이 다리 사이의 얇은 머슬린 치마를 눌렀다. 그녀가 승낙하듯 그의 입술에 대고 속삭임처럼 부드러운 신음소리를 냈다. 맙소사, 그녀는 너무나 오래 전부터 이렇게 하고 싶었다.

랙퍼드가 그녀의 몸을 어루만지며 천천히 무릎을 꿇었다. 그는 소유욕이 가득한 손길로 그녀의 엉덩이와 허벅지 그리고 다리를 따라 발목까지 어루만지더니 치마 아래로 손을 미끄러뜨렸다. 제이신다는 머리를 젖혀 문에 기댔다. 욕망으로 눈이 흐려졌다. 그가 옷 위로 배에 키스를 퍼부으며 천천히 치마를 들어올리자 그녀는 짙은 그의 금발을 쓰다듬었다.

그가 고개를 젖혀 뜨거운 눈길로 쳐다보자 그녀의 심장이 강렬하게 뛰었다. 그녀는 단호하고 귀족적인 그의 얼굴을 쓰다듬었다. 랙퍼드가 눈을 내리깔더니 고개를 숙였다. 그리고 그가 한 일은, 오, 정말 그가 한 일은……. 그가 그녀의 여성에, 순결한 그 곳에 키스를 하자 그녀의 몸 안에서 전율이 폭발했다. 이런 충격적인 기쁨이 있다는 걸 전에는 알지 못했다. 외설적인 그림책에서 이런 사랑의 행위를 본 적은 있었지만 이 정도로 즐거울 줄은 상상도 못했다. 그의 혀가 민감한 쾌락의 중심을 애무하는 동안 그녀는 그의 사랑의 행위를 탐욕스럽게 즐기며 흥분에 빠져들었다. 그의 손가락이 그녀의 몸 안으로 들어와 끊임없이 그녀를 만졌다.

오, 그는 너무 사악하고 달콤해, 숨을 헐떡이며 무너지지 않기 위해 문손잡이를 꼭 잡은 채 그녀는 생각했다.

시간이 얼마나 흘렀는지 몰랐다. 하지만 곧 그는 강력하고도 영혼을 뒤흔드는 절정으로 그녀를 이끌었다.

제이신다가 거칠게 고함을 질러 댔다.

"빌리, 빌리……. 오, 맙소사, 빌리!"

그녀가 흥분한 채 황홀경에 몸을 떨며 그에게 무너져 내렸다. 휘몰아치는 쾌락 앞에서 걱정과 공포, 자제력은 모두 사라졌다.

랙퍼드는 부드럽게 그녀를 품에 안은 채 일어섰다. 그들은 서로를 꼭 껴안은 채 문에 기대어 서서 그녀의 이성이 돌아오기를 기다렸다. 그가 그녀의 머리에 키스를 하고는 어깨를 살짝 잡고 몸을 돌려세운 다음 다이아몬드 목걸이를 채워 주었다. 그가 손끝으로 목덜미를 어루만지며 목걸이를 채우자 그녀는 몸을 떨었다. 다른 사람을 이렇게 가깝게 느껴 본 적도, 다른 사람의 존재에 이렇게 민감하게 반응해 본 적도 없었다.

장난이라기보다는 강렬한 욕망에 힘입어 그녀는 딱딱하고 단단하게 등을 찔러 대는 그의 남성에다 몸을 문질렀다. 그녀의 가벼운 몸짓을 느끼고 그가 날카롭게 숨을 헐떡였다. 그녀가 매혹된 듯 어깨너머로 그를 올려다보았다. 그에게서 손을 떼지 않은 채 그녀는 몸을 돌렸다.

"무슨 짓을 하는 건지 알고 있어?"

삼켜 버릴 듯 그녀를 바라보며 그가 허스키한 목소리로 물었다.

새로운 발견에 푹 빠진 그녀는 대답하지 않았다. 자신의 손길에 그의 남성이 더 부풀어오르는 기척이 느껴졌다. 하지만 그는 그녀의 손을 잡았을 뿐 멈추게 하지는 않았다. 제이신다는 작고 섬세한 자신의 손에 비해 너무나 크고 강한 그의 손에 매혹되었다. 그가 그녀의 손에 깍지를 끼며 고개를 숙여 다시 한 번 길게 키스했다.

그녀의 입술을 문지르며 그가 벨벳처럼 부드럽게 속삭였다.

"당신을 위해서라면 내가 무엇이든 한다는 걸 알아?"

"빌리."

군살 없는 그의 허리를 안으며 그녀는 헐떡였다. 그의 품이 주는 짜릿한 기쁨에 황홀해하며 그녀는 머리를 그의 가슴에 기댔다. 하지만 뭐라고 대답을 해야 할지 알 수 없었다.

랙퍼드는 그녀를 꼭 끌어안고 머리에 키스를 하고는 잠시 가만히 있었다.

"제이신다, 난 한 번도 다른 사람한테 이런 감정을 느낀 적이 없었어."

부드럽고 조심스런 목소리였다.

"그냥 …… 그렇다는 걸 당신이 알아줬으면 해."

그녀는 경이로움에 떨며 몸을 살짝 뒤로 빼서 그의 눈을 들여다보았다. 그녀의 반응을 기다리는 그의 눈길이 진지하면서도 조심스러웠다. 그녀는 천천히 손을 들어 말끔히 면도한 턱을 쓰다듬었다. 그가 눈을 감더니 그녀의 부드러운 손길에 얼굴을 맡겼다. 그녀는 마치 그를 처음 보는 것처럼 자세히 살폈다. 그가 자신을 동등하게 대해 준 처음이자 유일한 남자라는 사실을 깨닫자 뜻밖의 기쁨이 몸 속을 치달렸다. 진심으로 그녀는 그를 리지 다음으로 가장 가까운 친구라고 생각했다. 아니, 사실 정직하게 말한다면 그는 친구 이상이었다.

아주 많이.

랙퍼드가 갑자기 고개를 돌리더니 냉소적인 미소를 지으며 그녀의 손에 키스했다.

"고문은 이 정도면 충분해."

그가 중얼거렸다.

"이제 여기서 나갑시다."

제이신다는 말을 할 수가 없어 그저 고개를 끄덕이고 그의 뒤를 따랐다. 랙퍼드는 문을 열고 좌우를 살핀 뒤 그녀를 복도로 끌어냈다. 두 사람은 서둘러 조용한 복도를 지나갔다.

뒤늦게야 그녀는 누군가가 두 사람이 없어진 걸 눈치채지 않았을까 걱정했다. 분명 드러먼드 경은 두 사람이 어디로 사라졌는지 궁금해하고 있을 터였다.

몇 분 후 두 사람은 헤어졌다. 제이신다는 왔던 길로, 랙퍼드는 다시 한 번 하인들이 사용하는 복도로.

그는 자신이 왔던 하인용 문을 열기 전에 재빨리 이별의 키스를 훔쳤다.

"이봐, 예쁜이."

그녀가 잠시 멈춰 서서 복도 테이블 위에 걸린 거울 하나를 들여다보고 있으려니 랙퍼드가 부드러운 목소리로 불렀다.

그녀가 얼굴을 붉히며 몸을 돌리자 그가 하인들이 사용하는 문 뒤로 고개를 내밀었다.

"네?"

"사탕보다 달콤했어."

그가 키스를 날리며 짓궂게 말했다.

그녀는 처녀답게 숨을 헐떡였다. 하지만 미처 대답하기도 전에 그는 어둠 속으로 사라졌다. 하인용 계단을 조심스레 내려가는 그의 희미한 발자국 소리만이 들려 왔다. 그녀는 발그스레한 얼굴에 살짝 미소를 지으며 촛불이 밝혀진 거울로 몸을 돌렸다. 은밀한 기쁨을 만끽하며 그녀는 윤기가 흐르는 분홍색 피부 위에 놓인 다이아몬드 목걸이를 쳐다보았다. 재빨리 머리를 만지고 드레스를 편 다음 그녀는 무도회장으로 돌아갔다. 발이 땅에 닿지 않는 것 같았다.

그녀는 그의 것이었다. 아, 정말이었다. 아무리 그녀가 인정을 하든 않든 오만하고 변덕스럽지만 사랑스러운 그의 곱슬머리 아가씨는 마침내 자신이 지난 몇 주 동안 겪었던 것과 같은 감정을 느끼기 시작한 것이다. 분명히 그랬다. 랙퍼드는 어둠 속에서 몰래 미소를 지으며 링컨스 인 필즈의 저택 계단을 경쾌하게 올라갔다.

늦은 시간이었다. 그는 방금 테일러네 무도회에서 돌아온 참이었다. 언제나 그렇듯이 저녁에 집사 일을 보는 제럴드는 그가 노크를 하기도 전에 문을 열어 주었다. 랙퍼드는 집 안으로 들어가기 전에 담뱃 재를 털었다. 어머니가 흡연은 '혐오스러운 습관'이라고 말했지만 남자들은 다 한 가지쯤 나쁜 버릇은 있기 마련이다.

요즘 유행하는 독신자 숙소로 옮기고 싶은 생각이 정말이지 간절했다. 이왕이면 도시의 반대쪽이라면 좋을 성싶었다. 하지만 그의 사건을 다루고 있는 앤서니 경과 보 스트리트의 경관들은 용이한 감시를 위해 그가 여기 있기를 원했다. 그것은 단지 그들의 편의를 위해서만은 아니었다. 많은 악당들을 뉴게이트로 보낸 그를 보호하기 위해서이기도 했다. 호화로운 독신자 호텔은 언제나 너무 많은 사람들이 드나든다는 것이 이유였다.

현관을 지나 계단을 올라가는 동안 언제나처럼 그의 생각은 열 받지만 도저히 거부할 수 없는 레이디 제이신다에게로 향했다.

오늘 밤은 대담한 모험을 해 보았지만 한편으로는 기뻤다. 이 놈의 사교계는 특히 규칙이 문제라고 그는 생각했다. 아가씨와 단둘이 있는 순간을 만들기가 헤라클레스의 노역처럼 힘들다니. 빈민굴의 처녀들은 대개 자신들이 선택한 남자들과 자유롭게 시간을 보냈다. 그리고 상대를 좋아한다면 호의를 베푸는 데도 인색하지 않았다. 사교계의 남자가 넘어야 할 장애물들은 죄다 그에게는 낯선 것이었다. 샤프롱에 가정교사, 위협적인 오빠들, 매처럼 눈을 번뜩이고 있는 사교계의 부인들, 그 모두가 그랬다. 하지만 그는 자신이 오늘 밤 제이신다를 어느 정도 설득했다고 확신했다. 이제는 그녀도 두 사람이 얼마나 잘 해 나갈 수 있을지 알게 되었을 것이다.

그에게 구원이 필요하다는 것을 신은 아실 것이다. 그는 자신을 만지는 그녀의 손길을 저지했었다. 물론 그녀의 처녀성을 취하지 않고는 만족할 수 없었지만 다른 남자의 침대에서 장래 아내의 순결을 빼앗을 수는 없었다. 하지만 그는 가까운 장래에 그녀를 가져야만 했다. 그렇지 않으면 좌절감에 미쳐 버릴 터였다. 최근에 그는 그녀의 옷을 벗기는 상상에 너무 많은 시간을 할애했다. 예쁜 리본들을 풀고, 얇고 섬세한 옷을 하나씩 벗기고는…….

"윌리엄!"

날카로운 목소리가 그의 즐거운 상상을 무례하게 뚫고 들어왔다.

제멋대로 굴러가는 생각 속에서 빠져 나와 돌아보니 아버지가 다가오고 있었다. 넥타이를 풀어헤치고 술에 취한 붉은 얼굴을 한 채. 그 모습을 보자 저녁 식사 내내 제이신다가 무시무시한 트루로 경에게 계속 인상을 써 댔던 광경이 떠올라 무례하게도 웃음이 나왔다.

하지만 아버지의 흐릿한 에메랄드색 눈동자가 공격적인 빛으로 번뜩이는 모습을 본 순간 즉시 그의 미소는 사라졌고 기분도 가라앉았다. 비록 지난 몇 년 동안 보지 못했다지만 그는 저 표정이 뜻하는 바를 알고 있었다.

즉각 경계 태세를 취한 그는 살짝 비틀거리며 다가오는 아버지를 지켜보았다.

"꺼라, 이 거만한 자식아."

후작이 분명치 않은 발음으로 말했다.

"네 어머니가 집에서는 담배를 피우지 말라고 했을 텐데. 내 집에 있는 동안은 내가 정한 규칙들을 반드시 지켜야 한다!"

랙퍼드는 잠시 아버지를 쳐다보았다. 아버지는 이제 아들이 자신보다 키도 몇 치나 더 크고 순전히 근육만 따진다 해도 10킬로그램 정도나 더 나간다는 사실을 깨닫지 못하는 게 분명했다. 그리고 그런 아들이 지난 15년 동안 목숨을 거는 싸움에서 단련되었다는 것도.

아마 날 문명인으로 탈바꿈시키려는 제이신다의 노력이 효과가 있었나 보군, 그는 생각했다. 온몸의 근육이 긴장했지만 그는 신사처럼 행동하려고 애썼다. 랙퍼드는 재빨리 복도의 작은 레몬나무 화분으로 다가가 푸석푸석한 흙에 담배를 비벼 끄고는 천천히 자세를 바로잡았다.

"용서하십시오. 다른 사람의 신경을 거스를 거라고는 생각하지 못했습니다."

"난 그 빌어먹을 담배가 거슬려!"

야비한 인간, 아버지를 바라보며 그는 생각했다.

"그리고 만약 네가 물어 본다면 말이지, 신경에 거슬리는 다른 것도 이야기할까."

열에 들뜬 눈을 번뜩이며 술에 취한 후작이 말을 이었다.

"네가 항상 그 호크스클리프의 창녀를 쫓아다니는 것도 거슬린다."

분노가 번뜩이는 눈으로 랙퍼드는 아버지의 얼굴에서 시선을 떼지 않았다.

"경, 제 앞에서 그 숙녀를 모욕하지 마십시오."

"숙녀?"

후작이 콧방귀를 뀌었다.

"그 계집애는 잊어라. 넌 즉시 결혼하겠다고 약속했어. 그런데 벌써 두 달이 지났다. 이제 네 씨를 뿌려야 할 시간이다. 에러드 경과 애기를 나눴지. 붉은 머리에 커다란 젖가슴을 가진 딸이 있더구나. 우린 너와 그 애를 결혼시키기로 결정……."

"대프니 테일러와요?"

그가 경멸스럽다는 듯 외쳤다.

"그래, 그런 이름이었던 같다. 맞아, 대프니."

후작이 음탕한 눈빛으로 말했다.

"아버지, 그 여자는 괴물이에요. 전 레이디 제이신다와 결혼할 겁니다."

그녀가 제정신을 차린다면요.

"어림도 없다."

모든 권위를 우습게 여기는 랙퍼드의 기질이 즉시 곤두섰다.

"왜 안 됩니까? 레이디 제이신다는 훌륭한 집안 출신에다가."

마치 젖소를 사는 것처럼 말하는군, 그는 냉소적으로 떠올렸다.

"아름답고 건강한데다 지참금만 해도 수십만 파운드나 될걸요."

그 사실이 후작을 기쁘게 해 줄 터였다.

"그 애가 지참금을 얼마나 갖고 오는지 따위에는 관심이 없다."

후작이 불분명한 발음으로 말을 내뱉었다.

"걘 거만한 창녀야. 난 그 애가 싫다."

제이신다도 아버지를 그리 좋아하지는 않습니다. 랙퍼드는 점점 커져 가는 분노를 억누르려고 노력했다.

"그래도 전 할 겁니다."

"그 애는 매춘부야, 이 바보 같은 자식아. 제 엄마랑 똑같다고! 내 아들이 그런 걸레 같은 창녀와 결혼하다니 절대……."

"그만두세요!"

화를 참지 못한 랙퍼드는 아버지의 면전에 대고 고함을 질렀다.

후작이 으르렁거리며 그에게 주먹을 휘둘렀다. 랙퍼드는 오른손으로 후작의 주먹을 막았다. 자동적으로 방어 동작이 나왔다. 그는 거리의 수많은 싸움에서 단련된 동작으로 후작을 어깨너머로 집어 던졌다. 후작이 붕 날아가더니 대리석 복도에 쿵 소리를 내며 쭉 뻗었다.

랙퍼드는 살기 어린 눈으로 후작을 내려다보며 그의 목에 발을 올렸다. 자신이 당했던 수많은 고통이 밀려들면서 마치 독처럼 혈관을 타고 흘렀다.

"제가 얼마나 쉽게 아버지를 죽일 수 있는지 아십니까?"

그가 이를 악물고 속삭였다. 심장이 쿵쾅거렸다.

아버지가 겁에 질린 눈으로 그를 올려다보았다. 그 모습을 보자 랙퍼드는 순식간에 스쳐 지나가는 잔인한 만족감을 느꼈다.

"왜……?"

그는 입을 열었지만 말꼬리는 이어지지 못하고 사라졌다. 그동안 그의 심장 한가운데 박혀 있던 고통스러운 질문은 자존심 때문에 나오지 못했다. 왜 그렇게 날 증오하는 거죠, 아버지? 아버지한테 그런 대접을 받을 만한 짓을 제가 한 건가요? 제가 기대에 못 미쳤나요?

잠시 약해졌던 순간은 금방 지나갔다.

"저한테는 마음껏 하고 싶은 대로 말씀하시지요. 하지만 한 번만 더 장래의 제 아내에 대해 모욕적인 말을 하실 경우 맹세코 절대 잊지 못할 만큼 패 드릴 겁니다."

랙퍼드는 후작의 목에서 발을 치우고 어깨를 편 다음 걸어갔다.

후작이 일어나더니 그의 등에 대고는 사악하고 어리석고 약해빠져 아무 짝에도 쓸모 없는 악마의 자식이라고 온갖 욕설을 퍼부었다.

"널 뉴게이트에서 썩게 내버려뒀어야 했어. 너 같은 자식이 내 뒤를 잇게 할 바에는 가문의 대가 끊어지게 내버려두는 편이 나았다고!"

랙퍼드는 잔인한 아버지의 말에 웃음을 터뜨렸다. 하지만 방에 도착할 즈음에는 몸을 떨고 있었다. 무도회장에서 집으로 돌아오는 동안 느꼈던 행복은 달아나 버렸다.

그는 조용하고 어두운 방 안을 멍하니 둘러보았다. 무엇을 해야 할지 알 수가 없었다. 문을 닫은 그는 촛불도 켜지 않은 채 지친 듯 침대로 걸어갔다. 침대에 눕자 무거운 과거가 그를 짓누르는 듯했다. 그는 오랫동안 천장을 올려다보았다. 오래되어 반쯤 잊고 있었던 고통이 치밀어 자신을 감싸자 그는 눈을 감았다. 하지만 도망칠 수는 없었다. 실패자에 결함투성이인 인간은 다른 곳이 아니라 바로 그의 내면에 있었기 때문이다. 날 사랑해 주는 사람이 있기는 할까?

어둠 속에서 그의 영혼은 자신이 찾아낸 유일한 빛을 찾아 헤맸다. 그 빛은 바로 제이신다였다. 하지만 그녀를 생각하자 고통은 더욱 가중되었다. 아버지의 말이 맞다는 두려움이 들었다. 그런데 어떻게 그녀가 그를 사랑할 수 있을까? 그렇다면 그것은 그녀를 속이는 짓이었다.

그녀를 기쁘게 해 줄 수는 있었다. 하지만 본질적으로 그는 그녀의 사랑을 받을 만한 가치가 없는 쓸모 없는 존재였다. 마음속의 고

통이 너무나 강렬해서 뜨거운 분노의 눈물이 고였다. 그는 재빨리 일
어나 손으로 머리를 쓸어 올리며 미친 듯 서성대면서 그녀의 부드러
운 태도와 다정한 질문들을, 그리고 자신을 쳐다보던 그녀의 눈길을
떠올렸다. 그녀는 다른 사람을 그런 눈길로 쳐다본 적은 없었다.

게다가 그녀의 다이아몬드 목걸이. 그랬다. 몇 주전에 그녀는 아무
대가 없이 목걸이를 그에게 주었다. 그렇다, 그녀는 그에게서 선한
무언가를 본 것이다.

그녀가 잘못 안 거야, 교활한 목소리가 마음속에서 속삭였다. 넌
쓸모 없고 하잘 것 없는 인간이야.

그는 자신의 어떤 면을 믿어야 할지 몰랐다. 화가 나서 낮게 으르
렁거리며 그는 사정없이 크러뱃을 잡아당겼다. 그리고 어둠 속에서
창가로 다가갔다. 커튼을 옆으로 젖히고 감시인들이 서 있는 거리를
내려다본 그는 점점 커져 가는 거친 분노를 느끼며 눈을 깜빡였다.

그는 커튼을 내리고 옷을 갈아입으러 갔다.

몇 분 후, 그가 서랍장의 비밀 장소에서 좋아하는 칼을 꺼내 들자
복수심이 가득한 금속성의 소리가 희미하게 방 안에 울렸다. 그는 창
너머로 어두운 도시의 하늘을 바라보았다.

재칼을 사냥하러 갈 시간이었다.

14

　얼마 후 랙퍼드는 빈민굴의 어둠 속으로 숨어들었다. 아버지에 대한 끓어오르는 분노를 뒤에 남겨 둔 채 그는 건물 사이의 좁은 길을 따라서 한때 자신의 갱단의 본거지 입구로 썼던 버려진 마차 공장으로 향했다.

　달이 감시하는 눈처럼 빛나고 있었다. 빈민굴은 조용했다.

　너무나도.

　오딜의 부하들이 다 떠난 모양이군, 그는 생각했다. 녀석들이 도망친 원인은 바로 그 자신이었다.

　빌리 블레이드의 유령을 보았다고 장담하며 히스테리를 퍼뜨리던 블러디 프레드야말로 그 단초였다. 들리는 소문으로는 오딜이 프레드를 다시 정신병원에 처넣었다고 했다. 이제 프레디는 쇠창살 안에 안전하게 갇혔지만 그가 이미 저질러 놓은 짓은 이제 어쩔 수 없었다.

　혼란이 빈민굴을 휩쓸고 있었다. 그의 계획대로 재칼파는 분열하고 있었고 오딜의 통제력도 서서히 사라지고 있었다.

　보머와 플래시는 회중시계 때문에 다투다 서로를 죽였다. 랙퍼드의 밤나들이가 이어지면서 또 다른 세 명이 천벌을 받아 방이나 어두운 골목길에서 시체로 발견되었다. 모두 머피의 딸을 강간하는 데 참여했던 녀석들이었다. 다른 녀석들도 많이 떠났다. 이제 세인트 자일스가의 사람들은 재칼파들이 하나씩 빌리 블레이드의 손에 죽어 나간다는 사실을 알게 되었다. 무식한 뒷골목의 범법자들과 주변의 초라한 집들에 몰려 사는 미신적인 가난뱅이 아일랜드 인들의 괴상한 상상력 덕분에 소문은 더욱더 퍼져 나갔다.

그들은 공포에 떨었다. 빈민굴 주민의 반이 동시에 여러 곳에서 그의 유령을 보았다고 주장했다. 죄 없는 소녀의 복수를 해 주겠다는 맹세를 지키기 위해 블레이드가 무덤에서 돌아왔다고들 했다. 또 그가 사람의 목숨을 빼앗는 무자비한 유령이기는 하지만 그 복수의 대상은 사악한 인간들뿐이라고, 그 유령은 몇 초 만에 여러 곳에서 모습을 드러냈다가 소리 없이 사라진다고도 했다. 그가 살인을 저지른 뒤에 남겨 놓은 유일한 증거는 흩어진 빨간 카네이션 꽃잎뿐이었다.

버려진 공장 근처로 다가간 그는 누구 보는 사람이 없는지 주위를 둘러본 다음 내려진 빗장에 손을 댔다.

그리고는 소리를 내지 않고 겨우 미끄러져 들어갈 수 있을 만큼 문을 열었다. 캄캄한 어둠 속으로 발을 내디딘 순간, 누군가가 그의 뒤통수를 세게 내려쳤다.

그는 고함을 지르며 휘청거리다 한쪽 무릎을 꿇었다. 머리가 아파 거의 앞이 보이지 않았다. 세 남자가 달려들어 그를 바닥에 쓰러뜨리려 했다. 랙퍼드는 넘어지지 않기 위해 싸웠다. 머리가 욱신거렸고 어두워서 똑바로 보이지도 않았다. 배에 주먹을 맞은 그의 몸이 꺾였다. 남자들이 그의 무기들을 찾아내 빼앗으려 하자 그는 미친 듯이 싸웠다.

누군가가 그의 발을 걸었다. 다음 순간 그는 얼굴을 곰팡내 나는 톱밥더미에 처박았다. 한 남자가 장화발로 그의 뒤통수를 누르는 느낌이 왔다. 그는 욕설을 퍼부었지만 그래 봤자 장화 굽은 피가 흐르는 머리를 더욱 세게 눌러 댈 뿐이었다. 얼굴이 더러운 바닥에 뭉개졌다. 남자들이 그의 팔을 등 뒤로 단단히 치켜들었다.

"이런, 살아 있는 인간이잖아."

"녀석을 일으켜 세워."

"오딜의 말이 맞았어. 블레이드가 살아 있어!"

"머지않아 뒈질 거야."

가까이에 있는 누군가가 말을 내뱉었다. 그들이 거칠게 그의 팔을 잡아 일으켜 세웠다. 랙퍼드는 입가에서 피를 흘리며 턱을 치켜들다가 오딜의 오른팔인 티번 팀과 눈이 마주쳤다.

"안녕하신가, 블레이드. 달라 보이는군. 아, 그 멋지던 머리카락을 잘랐군 그래. 이제 오딜이 네 녀석의 목을 자를 거다."

랙퍼드는 아무 말 없이 차가운 눈으로 그를 쳐다보았다.

팀의 얼굴에 천천히 잔인한 미소가 떠올랐다.

"여전히 거만하시군. 조만간 네 녀석이 걸려들 줄 알았어."

팀이 그의 배를 쳤다. 헉 소리가 저도 모르게 나왔다.

"그건 존스 몫이야, 이 개자식아."

그가 맞은 충격을 참아 내려 애쓰는 동안, 팔을 잡고 있던 남자들은 팀의 짧은 고갯짓에 따라 그를 다시 똑바로 세웠다.

"데려가."

그는 반쯤은 질질 끌려서 옆에 있는 본거지로 들어갔다. 그들은 그를 1층 저장실에 가뒀고 티번 팀이 오딜을 부르러 간 동안 두 명이 남아 그를 지켰다.

머리가 아팠다. 그는 가만히 고통을 삭이며 천천히 바닥에서 몸을 일으켰다. 사지를 써서 바닥을 짚어 보았지만 주위가 온통 어지럽게 돌아가는 바람에 엉덩이를 깔고 주저앉을 수밖에 없었다. 맙소사, 뭘로 때린 거지? 뒤통수의 맞은 부분에서 피가 흐르는 것이 느껴졌다. 너무 조심성이 없던 탓이었다. 아니면 너무 오만했을지도 모른다. 하지만 자신이 어떻게 숨어드는지를 알 만큼 오딜이 영리하다고는 여겨지지 않았다. 하지만 머릿속이 어지러운 외중에도 한 가지는 분명했다. 만약 여기서 나가지 못한다면 기다리는 것은 죽음뿐이었다. 랙퍼드는 방어할 준비를 하며 칼을 찾았지만 다음 순간 그들이 자신의 무기를 빼앗았다는 것을 기억해 냈다.

몇 걸음 떨어진 곳에 서 있던 보초 하나가 그의 행운의 칼을 들어 보이며 비아냥거렸다.

"이제 너도 별 볼일 없는 늙은 빌리야. 그렇지 않나, 블레이드?"

랙퍼드는 정신을 차리려고 애쓰며 무시무시한 표정으로 저장실을 둘러보았다. 저장실은 물건을 싣던 곳과 제이신다를 발견한 날 밤 그녀를 데리고 올라갔던 뒷계단에서 멀리 떨어지지 않은 창고와 맞닿아 있었다. 사실은……

그의 시선이 저장실의 중앙 널빤지를 더듬었다. 정말 운이 좋게도 이 방에 숨겨진 문이 있다는 게 기억이 났다. 언젠가 이름도 생각나지 않는 육감적인 아가씨의 호의를 한창 즐기고 있는데 에디가 마룻바닥에서 불쑥 튀어나와 방해를 했던 것이다.

두 보초만 해치운다면 건물 아래에 있는 차고 끈적끈적한 지하 수로로 내려가 순식간에 달아날 수 있을 텐데. 컬린 오딜에게서 도망쳐야 한다니 생각만 해도 끔찍하게 싫었지만 현재 그는 무기도 없는데다 다친 상태였다. 싸울 수 없다면 도망쳐야 했다.

바로 그 때 문이 열렸다. 랙퍼드는 고개를 들었다. 오딜과 티번 팀 대신에 젊은 올리버 스트레이혼이 조심스럽게 저장실 안으로 들어왔다. 재칼파의 신참인 그는 키가 크고 늘씬하며 검은머리에 개암빛 눈을 가진 진지해 보이는 젊은이였다. 들어온 그를 보자 보초들이 킬킬거리던 웃음을 멈췄다.

듣기로 스트레이혼은 뛰어난 머리와 우두머리로서의 타고난 능력 덕분에 다른 사람들의 신뢰를 얻고 있다고 했다.

스트레이혼이 천천히 다가왔다.

"당신이 그 위대한 블레이드로군요. 마침내 만나는군요."

그는 아무 말도 하지 않았다.

"당신 이야기는 많이 들었습니다."

"좋은 이야기는 없었을 텐데."

스트레이혼이 평가하듯이 그의 얼굴을 쳐다보았다.

"그 반대입니다. 당신은 템스 강 북쪽에서 가장 큰 갱단을 이끌었죠. 그 갱단의 창시자이기도 하고요."

그가 끄덕였다. 파이어 호크스는 그의 예전 조직이었던 토마호크스와 클러큰웰의 파이어 드레이크스 등 몇 개의 갱단이 합쳐진 조직이었다.

"오딜과 가장 가까운 사람들조차도 당신이 돈을 버는 방법을 알고 있다고 인정하던걸요."

그를 유심히 바라보며 스트레이혼이 말했다.

"맞아, 시간이 필요하지."

머리가 쑤셔 대긴 했지만 정신을 차리려고 애쓰며 그는 고개를 끄덕였다.

"그리고 배짱과 약간의 독창력, 그것만 있으면 돼. 넌 어떻지? 너도 오딜과 가장 가까운 사람들 중 하나인가?"

스트레이혼의 신중한 눈이 깜박였다. 그는 랙퍼드의 질문에 아니라는 듯 고개를 살짝 흔들었다. 적의 적은 친구라는 오래된 속담이 머릿속에 떠올랐다. 그와 스트레이혼은 서로에게 유용할 것 같았다.

훤칠하고 호리호리한 젊은이는 더 이상 아무 말 없이 일어나 저장실을 나갔다. 그는 문을 닫기 전에 랙퍼드에게 작별 인사조로 고개를 끄덕였다. 스트레이혼이 도와 줄 방법을 찾으러 갔다는 생각이 들기는 했지만 먼저 자신의 힘으로 방법을 찾아야 한다는 것이 빈민굴의 법칙이었다. 그는 스트레이혼의 계획이나 오딜의 자비에-오딜에게는 그런 자비심도 없지만-자신의 운명을 맡길 생각이 없었다. 지금 당장 여기서 나가야 했다.

손으로 몰래 널빤지 사이의 홈을 만져 보았다. 널빤지 하나가 살짝 흔들리는 느낌이 왔다. 풍파에 시달린 두꺼운 판자는 그냥 제자리에 있을 뿐 꽉 끼워져 있지는 않았다. 탈출구가 될 뿐만 아니라 쓸 만한 무기도 될 성싶었다.

그는 물을 달라고 애처롭게 애원해 보초들을 가까이 오게 했다.

"마실 걸 달라고, 이 빌어먹을 자식아?"

한 녀석이 바지춤을 풀었다.

"내가 주지……."

랙퍼드는 널빤지를 번쩍 들고는 보초들의 다리를 후려쳤다. 제이신다의 얼굴을 떠올리자 새로운 힘이 생겼다. 그는 다시 한 번 널빤지로 보초 한 녀석을 때려눕히고 다른 녀석의 배를 친 다음, 널빤지 세 개를 뜯어내고 축축하고 좁은 옛 수로의 판석 위로 민첩하게 뛰어내렸다. 보초들이 정신을 차리기 전에 그는 건물 아래를 뛰어나가 거리를 가로질러 빈민굴의 미로로 뛰어들었다.

곧 재칼파 녀석들이 쫓아오는 소리가 들렸다. 발이 보도를 디딜 때마다 머리가 쿵쾅거렸다. 밤의 정적 속에서 그의 숨소리가 날카롭게 울려 퍼졌다.

그는 뒤돌아보지 않았다. 6,7명의 발자국 소리와 고함 소리가 들려왔지만 확실하게 알아들을 수 있는 것은 오딜의 목소리뿐이었다.

"그 자식을 찾아! 쫓아가! 어디로 갔는지 찾아내라고! 널 잡고 말겠다, 블레이드. 이 개자식아!"

그는 비틀거리면서도 모퉁이를 돌아 계속 달렸다. 하지만 전속력으로 달릴수록 뒤통수에서 피가 더 빠른 속도로 흘러내렸다. 발걸음을 옮길 때마다 구역질이 나고 머리가 어지러웠다. 정신을 잃는 게 아닌가 두려워하면서도 그는 거리의 두 건물 사이에 끼어 있는 오래된 창고로 비틀거리며 들어섰다. 그리고 손만 돌려 조용히 문을 닫았다. 그는 벽에 기댄 채 재칼파의 녀석들이 지나갈 때까지 가쁘고 커다란 숨소리를 죽였다.

"저길 뒤져 봐! 어서! 우리는 이쪽으로 가겠다!"

그들은 갈라졌다. 발소리가 두 방향으로 흩어졌다. 하지만 그리 멀지 가지는 않을 것이다. 맙소사, 아직은 녀석들과의 거리가 너무 가까웠다. 그들은 돌아올 것이다. 그리고 그는 지금 자신을 방어하기에는 너무 약해진 상태였다. 그는 딱딱한 마룻바닥에 천천히 주저앉아 눈을 감았다. 얼굴에 흐른 땀이 차가워졌다. 잠시 동안의 휴식은 처음에는 축복 같았지만, 다음 순간 고통의 물결이 그를 사로잡았다. 머리가 계속 울렸다. 그는 인상을 쓰며 억지로 일어섰다.

잠시 쉰 다음 그는 문을 살짝 열고 텅 빈 거리를 내다보았다. 남아 있는 힘을 끌어 모아 창고를 빠져 나온 그는 뛰다가 걷다가를 되풀이하며 링컨스 인 필즈에 있는 집으로 돌아왔다.

네이트, 이 친구야. 네가 있었다면 오늘 밤에 네 도움을 받았을 텐데. 잠시 후 침대에 쓰러지며 그는 생각했다. 피 묻은 옷을 갈아입기도 귀찮아 그는 그냥 눈을 감고 어둠 속으로 빠져 들어갔다.

다음 날 아침 그는 한낮에 일어났다. 마치 코끼리 떼에 온몸을 짓밟힌 것처럼 전신이 뻣뻣하고 쑤시고 아팠다. 재칼파 녀석들에게 계속 걷어차인 배도 아팠다. 뒤통수에 난 커다란 혹이 쑤셨지만 다행히도 상처는 아물어 있었다. 그 자식들이 대체 무엇으로 때렸는지 정말 궁금했다.

그는 언제나 먹던 많은 양의 아침 식사 대신 커피와 샌드위치를 주문하고 오랫동안 목욕을 하며 머리카락에 묻은 피를 닦아 냈다. 온몸이 제이신다와 그녀의 부드럽고 다정한 손길을 원했다.

인정하기는 싫었지만 사실 그에게는 어제의 실패가 충격이자 모욕이었다. 어젯밤 그가 빈민굴로 달려갔던 것은 아버지와 싸운 뒤의 분노를 삭이기 위해서였지만 정작 그 아버지는 어머니와 함께 콘월로 떠났다는 것이 필버트의 말이었다.

자신의 협박으로 아버지가 제자리로 돌아갔다는 사실에 만족해하며 그는 두통약이 효과를 발휘할 때까지 욕조에 몸을 담갔다.

여전히 아프고 기운이 없긴 했지만, 그래도 기분이 거의 정상으로 돌아오자 그는 옷을 입고 서둘러 제이신다를 보러 갔다. 그녀의 미소 한 번이라면 어떤 고통도 사라질 테니까.

그는 몸이 흔들리지 않도록 이륜 쌍두마차를 평상시보다 더 천천히 몰며, 상처와 멍에 대해 뭐라고 설명할지 골똘히 생각했다.

그냥 그녀에게 사실을 말하라고 양심이 속삭였지만 그는 모른 척했다. 뭔가 핑계를 생각해 내야 했다.

여느 때처럼 집사 월시가 그를 맞아 주었다. 랙퍼드는 모자를 벗고 집사에게 인사를 건넸다. 하얀 대리석 현관 로비로 들어서자마자 그를 부르는 제이신다의 감미로운 목소리가 위에서 들렸다.

"랙퍼드! 오, 고맙게도 왔군요."

위를 쳐다보자 커다란 나선형 계단의 난간 너머에서 그를 내려다보고 있는 그녀가 보였다. 상기된 얼굴과 풀어헤친 곱슬머리를 보자 무슨 일이 생겼음을 깨달은 그는 즉시 자신의 아픔 따윈 잊고 말았다.

계단을 달려 내려오는 그녀의 눈에는 눈물이 가득했다.

그는 서둘러 그녀에게 다가갔다.

"무슨 일이오?"

그녀는 대답 없이 현관 로비로 달려와 흐느끼며 그의 허리를 꼭 껴안았다.

"달링, 왜 그러오?"

그는 보호하듯 그녀를 껴안았다.

집사가 안 된다는 듯 목청을 가다듬었지만 제이신다는 무시했다.

"오, 빌리. 마침내 가장 끔찍한 일이 일어나고 말았어요."

"무슨 일이 일어났는데, 달링?"

그가 손가락으로 그녀의 턱을 들어 올려 눈을 보며 물었다. 발그스레한 뺨이 눈물로 젖어 있었다.

"리지 때문이에요."

그녀가 훌쩍였다.

"앨릭이 너무나도 끔찍한 짓을 저질렀어요."

"맙소사, 무슨 일이 있었는지……."

"가요, 가면서 설명할게요. 리지한테 가야 해요."

그녀는 그의 팔을 잡더니 가족들의 침실로 이어지는 커다란 나선형 계단으로 향했다.

"전에는 이런 리지의 모습을 본 적이 없어요."

계단을 올라가는 동안 그녀가 걱정스럽다는 표정으로 털어놓았다.

"히스테리를 부리면서 짐을 싸고 있어요. 떠나겠다는데 정말 그럴 작정인가 봐요. 어쩜 당신이라면 리지를 진정시킬 수 있을지도 몰라요."

그녀가 열심히 말했다.

"리지가 당신을 얼마나 좋아하는지 알죠?"

"물론이오. 최선을 다하겠소."

제이신다가 그의 팔에 머리를 기대었다.

"당신은 너무 착해요. 난 로버트에게 무슨 일이 있었는지 말하고 싶어 죽겠는데, 리지가 한 마디도 하면 안 된다고 입단속을 시켰어요."

"달링, 무슨 일인데?"

그는 초조한 티를 내지 않으려고 애쓰며 물었다.

제이신다는 계단 꼭대기에서 걸음을 멈추고 돌아서서 그의 눈을 바라보았다.

"다른 사람한테 말하면 안 돼요."

"물론이오. 난 그저 돕고 싶을 뿐이라오."

그가 계단 위에 서서 난간에 몸을 기댔다.

"앨릭 오빠 때문이에요. 진실은 결국 밝혀지더라고요. 그 발목은 바보 같은 내기 도중에 부러뜨린 게 아니었어요. 그보다 훨씬 더 심각한 상황이었죠. 오빠가 도박판에서 잃은 돈은 자기 입으로 털어놓았던 것보다 더 많은 액수였지만 여태 아무한테도 그 얘기를 하지 않았어요. 로버트 오빠가 도박벽을 고치기 위해서 일부러 용돈을 주지 않자 앨릭 오빠는 질이 안 좋은 사채업자들을 찾아간 모양이에요. 하지만 돈을 갚을 때가 되어도 여전히 갚을 여력이 없어서 기간을 연장해 달라고 요청했더니 그 사채업자들이 연장을 해 주기는커녕 돈을 받아 오라고 무뢰한들을 보낸 모양이에요. 앨릭 오빠의 발목을 부러뜨린 건 바로 그 작자들이죠. 만약 돈을 갚지 않으면 다음에는 목숨을 내놓아야 할 거라는 경고로요.”

친구가 입은 상처와 그 남자들이 제이신다를 놀라게 했다는 것 때문에 랙퍼드의 눈에는 차가운 분노가 타올랐다.

“걱정하지 마시오. 내가 곧 해결할 테니까. 예전에도 그런 사채업자들을 손봐 준 적이 있었소. 그런 상어들을 다루는 법이라면 내가 잘 아니…….”

제이신다가 부드럽게 그의 팔을 잡아 말을 멈추게 했다.

“이야기를 끝까지 들어요.”

그녀가 한숨을 내쉬며 이마를 짚었다.

“경, 난 정말 로버트 오빠나 쌍둥이 오빠에게 아무 말도 하지 않는 앨릭 오빠의 목을 비틀어 버리고 싶어요. 하지만 형들에게 가서 곤경에 빠졌으니 구해 달라고 부탁하느니 차라리 죽고 말 사람이잖아요, 앨릭 오빠는. 심지어 리지에게조차 사실을 말하지 않을 작정이었던 모양인데 어쩔 수 없이 털어놓아야 했죠. 리지가 며칠 전 밤 그 남자들이 오빠를 협박하는 광경을 직접 봤거든요. 그 남자들이 돈을 받으러 또 왔을 때요.”

“그 작자들이 여기에 왔다고?”

그는 그런 범죄자들이 제이신다와 리지, 공작 부인과 어린 몰리의 가까이에서 얼쩡거렸다는 말을 듣고 새파랗게 질렸다.

제이신다가 고개를 끄덕였다.

“리지 말로는 대문 앞까지 왔대요. 앨릭 오빠와 같이 베란다에 앉아 휘스트 놀이를 하고 있는데 험상궂은 남자들이 다가와 쇠창살 너머로 오빠를 괴롭혔다나요. 간신히 그 남자들을 쫓아낸 뒤에 리지가 오빠를 다그쳐서 상황 설명을 들었대요. 당시 리지는 굉장히 화를 냈나 봐요. 그 남자들이 오빠의 생명을 위협했기 때문이죠. 그제야 앨릭 오빠는 모든 사실을 털어놓았대요."

"칼라일 양은 즉시 공작 부인에게 말했겠지?"

"아뇨. 앨릭 오빠가 비밀을 지키라고 맹세를 시켰거든요. 리지는 절대 약속을 어기지 않아요. 특히 앨릭 오빠한테 한 약속은요. 다음 날, 그러니까 어제요, 리지가 로버트 오빠한테 가서 자기 아버지가 남겨 주신 유산을 넘겨 달라고 요청했어요. 전부터 관심을 갖고 있던 사업을 시작하고 싶다고요. 오래된 희귀본 책을 사서 수집가들에게 파는 일인데 먼저 곰팡내 나는 낡은 중세 판본인가 뭔가를 사려고 한다고 했죠. 어쨌든 로버트 오빠는 리지의 사업 계획을 자세히 물어봤대요. 그리고 대답이 만족스럽자 유산을 내줬어요. 그 돈은 리지가 21세가 되는 9월이 될 때까지는 공식적으로 가질 수 없었던 돈이었어요. 상당히 많은 액수지만……."

그녀의 커다란 갈색 눈에 다시 눈물이 고였다.

"리지는 빚을 갚으라고 그 돈을 앨릭 오빠에게 다 줬어요. 오빠의 목숨을 구하기 위해서요."

"앨릭은 그 돈을 또 도박으로 날렸소?"

랙퍼드가 딱딱하게 물었다.

"아뇨. 오빠는 리지의 선물을 받아들일 마음이 없었나 봐요. 처음에는 받았죠. 리지의 말이 아침 열 시쯤에 오빠에게 돈을 줬다더군요. 오빠는 돈을 갚으러 나갔지만 24시간 동안 돌아오지 않다가 방금전에 얼굴을 잠깐 내밀고는 다시 나갔어요. 오빠 말이 결국은 그 돈을 쓸 수가 없었대요."

"별로 놀랍지도 않군."

랙퍼드가 중얼거렸다. 그건 남자의 명예를 완전히 잃는 짓이었으니까 말이다.

"하지만 앨릭이 리지에게 돈을 돌려줬다면 사채업자의 돈을 갚을
다른 방법을 찾아 낸 거요? 내가 도와 줄 수도…….."
"오, 어쨌든 방법을 찾긴 찾았죠."
그녀가 창백한 얼굴로 시선을 돌렸다.
"제이신다?"
"앨릭 오빠의 빚은……, 그러니까……."
그녀의 창백한 얼굴이 붉어졌다.
"뭐지, 달링?"
천천히, 슬픈 표정으로 그녀가 그를 쳐다보았다.
"레이디 캠피언이 오빠의 빚을 갚아 줬대요."
그녀가 속삭였다.
"오, 랙퍼드, 오늘 아침 오빠가 리지에게 돈을 돌려주려고 와서는,
리지의 면전에다 대고 남작 부인과 밤을 보냈다고, 당분간 계속 그럴
거라고 말했어요!"
랙퍼드의 눈이 커졌다.
"리지는 그 말을 어떻게 받아들였소?"
"완전히 무너졌어요."
제이신다가 울음을 터뜨리자 그는 그녀를 꼭 껴안았다. 잠시 동안
제이신다를 안고 팔을 쓰다듬어 주던 그는 그녀의 곱슬머리에 부드
럽게 키스했다.
"자, 리지를 보러 갑시다."
제이신다가 훌쩍이며 고개를 끄덕였다. 제이신다와 함께 리지에게
로 가는 동안 랙퍼드는 어떻게 할지 곰곰이 생각했다.
앨릭은 사실을 숨기거나 다른 사람의 입을 통해 리지에게 알리는
대신, 적어도 그녀에게 직접 말하기는 했다. 잔인한 행동이긴 했지만,
리지의 선물이 그를 얼마나 수치스럽게 만들었는지도 이해가 되었다.
그것은 그가 정말 바닥까지 떨어졌다는 명백한 증거였으니 말이다.
순진한 아가씨의 헌신적인 숭배심을 이용하고 그녀를 수렁으로 끌

어내리는 것보다는, 남아 있는 자존심을 버리고서 부유하고 세속적인 남작 부인의 노리개가 되는 편이 더 나았을 것이다.

"여기서 기다려요."

좀더 작은 계단에 도달하자 제이신다가 머리를 귀 뒤로 넘기며 몸을 돌렸다. 눈이 빨갰다.

"우리 방은 바로 계단 위예요. 리지를 달래서 데리고 내려올게요."

그는 고개를 끄덕이고 그녀가 서둘러 계단을 올라가는 동안 기다렸다. 그는 위에서 들리는 제이신다의 애원 소리를 들으며 서성거렸다. 가슴이 찢어지는 것 같은 흐느낌이 담긴 리지의 단호한 고함 소리가 들렸다.

"제발, 리지. 가서 랙퍼드를 만나 봐……."

"안 돼, 짐을 싸야 해. 그에게 미안하다고 전해 줘."

"어디로 갈 건데?"

"요크의 헤이스팅스 부인 댁을 방문할 거야."

상처 입은 듯 떨리는 리지의 목소리를 듣자 랙퍼드는 가슴이 아팠다. 다음 순간 그녀의 목소리에서 분노가 터져 나왔다.

"난 희귀본 사업을 시작할 거야! 두고 보라지. 앨릭에게 보여 주고 말겠어. 내가 부자가 되면, 애…… 앨릭도 나에게 기어 올 걸. 그…… 남창 말야. 그럼 난 그 면전에서 비웃어 줄 거야! 두고 봐!"

리지가 고통스럽게 외쳤다.

"맙소사."

랙퍼드가 조용히 말했다.

제이신다의 경고를 무시하고 그는 한꺼번에 두 단씩 계단을 올라 리지의 방으로 갔다. 그 와중에도 바로 복도 반대편이 제이신다의 침실이라는 걸 기억해 두면서.

"안녕, 리지."

그는 눈물로 얼룩진 창백한 얼굴의 블루스타킹(똑똑한 여자, 학식이 있는 여자를 지칭)에게 부드럽게 인사를 건넸다.

리지는 그를 보더니 또다시 눈물을 쏟아 냈다. 랙퍼드는 아무 말 없이 다가가 그녀를 껴안고 자신의 어깨에 기대어 마음껏 울게 해 주었다.

제이신다도 다가와 친구를 위로했다.

"난 두 번 다시 앨릭을 보고 싶지 않아! 나한테 그 사람은 너무 과분해. 처음부터 알고 있었어."

리지가 눈물을 흘리며 말했다.

"그는 공…… 공작의 아들이고, 난 그저 재산 관리인의 딸일 뿐이잖아. 그가 왜 항상 날 '비츠'라고 불렀는지 알아. 날 그렇게 생각하기 때문이겠지. 작…… 작고 하찮다고 말야. 난 그에게 아무 것도 아니야. 처음부터 항상 그랬어. 절대 내 신분을 잊어서는 안 되는 거였는데……."

"오, 리지. 그러지 마. 앨릭 오빠의 친아버지가 배우라는 걸 너도 알잖아."

제이신다가 리지의 어깨를 두드리며 부드럽게 나무랐다.

"지금 앨릭은 어디 있소?"

랙퍼드가 다정하게 물었다.

"화이트 클럽에요."

리지가 울면서 속삭였다.

"내가 가서 그와 이야기를 해 보겠소."

"더 이상 이야기할 것도 없어요."

"랙퍼드에게 노력만이라도 해 보라고 하자꾸나, 리지."

제이신다가 리지를 달랬다. 그녀가 기대감이 서린 커다란 갈색 눈으로 그를 쳐다보자 랙퍼드는 단단히 결심했다. 단 한 번만이라도 그녀의 영웅이 되고 싶었다.

그녀들이 가르쳐 준 모든 기사도 정신을 유용하게 쓰겠다고 단단히 결심한 그는 리지를 근처의 의자로 데려가 앉히고는 제이신다의 손에 맡겼다. 그리고 자신은 지독한 난봉꾼의 정신을 번쩍 들게 해 줄 요량으로 길을 나섰다.

화이트 클럽은 거리 아래쪽에 있었기 때문에 금방 도착할 수 있었다. 그 곳에 들어서자마자 멋쟁이 젊은이들과 함께 브랜디를 마시고 있는 앨릭이 눈에 들어왔다. 랙퍼드는 그들이 앉아 있는 창가 테이블로 다가갔다. 랙퍼드의 단호한 눈을 본 순간 앨릭의 짙푸른 눈에 죄책감이 떠올랐다.

"신사분들, 잠시 자리를 비켜 주시겠습니까?"

랙퍼드는 앨릭의 난봉꾼 친구들에게 명령했다.

건방진 새 얼굴의 요구에 그들은 웅성거렸지만 앨릭이 손사래를 치자 모두들 물러갔다.

"이런."

랙퍼드가 반짝이는 떡갈나무 테이블 위에 손을 올려놓고 몸을 앞으로 내밀며 경고하듯 단호한 눈길로 쳐다보자 앨릭이 말했다.

"우리 동생이 늑대 개를 나에게 보냈군. 나에게 결투를 신청할 거요, 랙퍼드?"

"내가 왜 그래야 하지?"

"모르겠소. 그게 문제지. 아무도 당신이 어떤 사람인지, 어떻게 반응할지 모른다는 것 말이오. 당신은 정말 예측할 수 없는 사람이오."

"도박꾼으로서의 당신 평판을 고려해서, 그 말을 칭찬으로 듣지."

앨릭이 히죽거렸다.

"도박꾼이라는 평판은 이미 과거요. 내 운은 다했소, 랙퍼드. 요즘은 잃기만 하고 있거든."

"만약 당장 집에 가서 어떤 젊은 숙녀와의 일을 바로잡지 않으면, 잃는 건 운만이 아닐걸."

"일을 바로잡으라고? 대체 내가 무슨 짓을 했다고 생각하는 거요?"

"한 아가씨의 가슴을 찢어 놓았지. 그녀는 눈이 빠지도록 울었소."

앨릭은 잠시 아무 말도 하지 않았다.

"리지 칼라일은 나보다 훨씬 더 좋은 사람을 만날 수 있을 거요."

랙퍼드는 테이블 중앙에 놓인 쟁반에서 깨끗한 브랜디 잔 하나를 집어들어 술을 따랐다.

"내가 도와 줄 수도 있어. 만약 돈이 문제라면 내가 빌려 줄……."

"고맙지만 난 지금 새로운 상황에 처해 있소. 듣지 못했나?"

앨릭이 날카롭게 냉소적으로 그의 말을 잘랐다.

"만약 남자라면 아주 즐거운 직업이지."

"그렇겠지. 만약 그 뒤에도 제정신으로 살 수 있다면 말이지만."

"난 불평하지 않을 거요."

"왜 진심으로 당신을 사랑하는 아가씨를 버리려는 거지?"

앨릭이 화난 듯 으르렁거리며 머리를 뒤로 젖혀 천장을 쳐다보았다.

"랙퍼드, 비츠는 최고요. 성실하고 암사슴처럼 순진하오. 그리고 차가운 이성만 있을 뿐 상식이라고는 조금도 없지."

"그렇지 않소. 칼라일 양은 아주 똑똑한 아가씨야."

앨릭이 콧방귀를 뀌었다.

"만약 날 사랑한다면 똑똑한 게 아니지. 지금쯤이면 비츠도 분명 훨씬 더 현명해졌을 거요."

랙퍼드는 천천히 몸을 세우며, 자기 자신을 지키려고 필사적인 앨릭의 시선을 마주 보았다.

"정신 차려, 이 친구야. 바보같이 굴지 말라고. 만약 그녀를 놓치면 평생 후회하게 될 거야."

그 순간 앨릭은 모든 허세를 버렸다. 그는 몸을 앞으로 숙인 채 멍한 눈을 하더니 가만히 한숨을 내쉬며 고개를 흔들었다.

"그녀에게 미안하다고 전해 주시오. 그렇게 해 주겠소?"

"자기 입으로 말하시지."

엄한 눈길로 앨릭을 쳐다본 다음 랙퍼드는 클럽을 나왔다.

"지금 같은 때에 혼자 있으면 안 돼."

다음 날 저녁, 기다리고 있는 역마차로 랙퍼드와 함께 리지를 배웅하면서도 제이신다는 고집을 부렸다.

"용기가 사라지기 전에 떠나야만 해. 세상에서 어떤 일이 날 기다리고 있을지 누가 알겠어? 게다가 겨우 요크에 가는 거잖아."

어렸을 때 이후로 쭉 그랬던 것처럼 리지는 그녀를 안심시켰다. 리지는 제이신다를 꼭 껴안은 뒤 애써 용감한 미소를 지어 보였다.

"나도 이제 호크스클리프의 둥지를 떠날 때가 된 거야."

"그럼 잠시 동안만이야. 편지 쓰겠다고 약속해."

제이신다가 말했다.

"물론이지."

"앨릭의 마음을 바꾸어 놓지 못해서 유감이오, 칼라일 양."

랙퍼드가 부드럽게 말했다.

"어쨌든 난 그가 제정신이 아닌데다 우둔하고 멍청한 바보라고 생각하오."

리지는 웃음을 터뜨리더니 인상을 쓰며 그를 껴안았다.

"오, 랙퍼드 경. 모든 남자들이 당신 같다면 얼마나 좋을까요. 경은 노력을 하셨잖아요. 그것만으로도 제게 경은 백마 타고 온 기사예요."

그녀의 친절한 말에 누그러진 랙퍼드는 리지의 뺨에 키스를 한 뒤 마차에 타도록 도와 주었다. 제이신다는 다른 승객들을 보고서 안달했다. 리지는 적당한 우편마차를 전세 내 주겠다는 제이신다의 말을 듣자 자신의 신분에 맞는 교통수단으로 가겠다고 고집을 피우면서 거절했던 것이다.

"두 사람 다 서로를 잘 돌봐 주세요."

리지가 부드럽게 말하고는 열린 창문을 통해 제이신다의 손을 꼭 쥐었다.

"그러겠소."

랙퍼드가 대답했다. 마부가 떠날 준비를 하자 그는 제이신다를 마차 바퀴에서 몇 걸음 뒤로 끌어 당겼다.

리지가 탄 마차가 안뜰에서 완전히 벗어날 때까지 두 사람은 리지에게 손을 흔들었다. 마차가 시야에서 완전히 사라지자 제이신다는 자신을 유심히 쳐다보는 랙퍼드의 눈길을 느꼈다.

그녀는 미소를 지으려고 애쓰며 그에게 몸을 돌렸다.

"리지가 떠났네요."

"그녀는 괜찮을 거요. 갑시다."

랙퍼드는 장갑을 낀 제이신다의 손을 들어 올려 손등에 키스를 했다.

그는 제이신다를 이륜마차에 태우고 기분 전환을 위해 스케이트를 탈 수 있는 건터로 데려갔다. 하지만 여전히 우울해 하는 그녀를 보자 이번에는 아예 왁자지껄한 도심을 벗어나 프림로즈 힐로 데리고 갔다. 언덕 밑에서 그는 마차를 마부에게 맡겼다.

무도회가 한창 벌어지고 있는 저택의 은밀하고 어두운 침실이 아니라 훤한 대낮에 바깥에서? 샤프롱도 없는데? 제이신다는 생각했다. 하지만 리지가 떠난 마당에 굳이 예법에 맞게 행동하는 것은 별로 적절치 않은 것 같았다. 하루만에 인생은 너무나 심각해졌다. 그래서 침착하고, 강하고, 한결같은 랙퍼드의 존재가 옆에 있어 주는 것이 너무 기뻤다. 두 사람은 함께 꽃이 만발한 초원을 지나 정상으로 향했다.

해가 지고 있었다. 두 사람은 늙고 커다란 떡갈나무 근처의 무성한 수풀 위에 나란히 앉아 생각에 잠긴 채 멀리 런던의 경치를 내려다보았다.

통통한 상점 주인의 가족들이 근처 언덕 아래에서 소풍을 즐기고 있었다. 그들은 풀밭 위에 담요를 깔고서 수많은 음식 바구니를 늘어놓고 있었으며 세 아이가 언덕을 활기차게 뛰어내려가고 있었다. 아이들의 날카로운 웃음소리가 저녁 공기를 타고 희미하게 두 사람에게까지 들려 왔다.

그 가족만 제외하면 프림로즈 힐에는 오로지 두 사람뿐이었다.

시선을 돌리던 제이신다는 랙퍼드가 자신을 지켜보고 있는 것을 발견했다. 붉은 석양이 검게 탄 그의 피부에 반사되어 단단한 얼굴과 각진 선을 부드럽게 만들었다. 신비한 녹색 눈 안쪽에는 황금색이 감돌았다.

"괜찮소?"

그가 조용히 물었다.

"괜찮아요. 그래도 당신이 남아 있는걸요, 그렇죠?"

그녀가 애처롭게 미소를 지으며 그의 손을 잡아 다정하게 쥐었다.

그녀의 말에 한순간 놀란 그가 기다란 속눈썹을 깜박였다.

"물론이오."

그의 얼굴이 벌겋게 되었다.

그 모습이 그녀를 매혹시켰다. 그 순간 그녀는 손을 뻗어 그의 뺨을 어루만졌다.

"친애하는 랙퍼드 경."

그녀가 한숨을 쉬더니 말을 멈췄다.

"경에게…… 할 말이 있어요."

그가 뭐냐는 듯 눈썹을 치켜올렸다.

"고마워요."

그녀가 부드럽게 말했다.

"뭐가 말이오?"

"꼭 말해야 하나요?"

웃음을 터뜨리던 그녀는 저도 모르게 살짝 얼굴을 붉혔다.

"아, 그 날 밤 이야기를 하는 거요?"

랙퍼드는 붉은 사과를 외투자락에 문질러 닦더니 한 입 베어 물었다.

사과를 먹던 그의 모습을 지켜보던 그녀의 얼굴이 더 붉게 달아올랐다.

“물론 멋지긴 했지만 내 말은 그게 아니에요. 집에서 도망치던 날 막아 줘서 고맙다는 거예요.”

그가 먹던 동작을 멈추고 그녀를 바라보더니 입에 든 사과를 꿀꺽 삼켰다.

“뭐라고?”

그녀가 고개를 숙여 풀을 뽑자 곱슬머리가 앞으로 내려와 얼굴을 가렸다.

“인정하기가 쉽진 않지만 당신 말이 옳았어요. 그 일로 당신에게 신세를 졌어요.”

그녀가 억지로 시선을 들어 그를 바라보았다. 부끄러웠지만 미소를 지으면서.

“그 때는 몰랐어요. 하지만 그 일이 재앙이 될 수도 있었을 거예요.”

그녀의 표정이 진지해졌다.

“당신 덕분에 가족과의 관계를 완전히 망치지 않을 수 있었어요. 가족들은 나에게 이 세상의 그 무엇보다도 소중하거든요. 오, 미안해요! 용서해 주세요…….”

“뭘 말이오?”

그가 멍한 표정으로 물었다.

“당신 가족들이 당신에게 그런 짓을 했는데 난 가족들을 너무나 사랑한다고 말하다니. 너무 생각 없는 말이었어요.”

“트루로 경 부부 말이오?”

랙퍼드는 노골적으로 콧방귀를 뀌며 어깨를 으쓱하고는 팔꿈치를 대고 풀밭에 기댔다.

“피를 나누긴 했지만 그들은 내 가족이 아니오.”

그는 오랫동안 그녀를 쳐다보았다.

“내 가족은 당신이지.”

그녀를 바라보며 그가 다시 사과를 한 입 베어 물었다. 사과를 베어 먹는 소리가 커다랗고 달콤하게 들렸다.

그의 말에 제이신다는 숨을 살짝 죽였다. 어떻게 반응해야 할지 모른 채로 그의 눈을 바라보던 그녀는 갑자기 리지나 다른 샤프롱, 혹은 무도회장을 가득 채운 매 같은 눈의 손님들도 없다는 사실을 깨달았다. 두 사람이나 그들의 억눌린 욕망을 가로막는 사람이 아무도 없다는 사실을.

그녀의 얼굴에 드러나는 감정을 지켜보던 랙퍼드가 사과를 내밀었다. 빨라지는 심장 고동을 느끼며 그녀는 몸을 앞으로 내밀어 입을 벌리고 달콤하고 촉촉한 과일을 맛보았다.

그녀가 사과를 씹자 랙퍼드는 그녀의 입을 뚫어지게 쳐다보았다. 그가 몸을 숙여 깊고 달콤한 키스를 해 오자 그녀는 사과를 하마터면 그냥 삼킬 뻔했다. 그에게서는 달콤한 사과 맛과 따뜻하고 남성적인 욕망이 느껴졌다. 그의 입술이 급박하게 그녀의 입술을 벌리자 그녀는 숨을 헐떡였다. 모든 생각이 사라지고 말았다. 제이신다는 어지러운 감각의 소용돌이 속에서 몸을 지탱하기 위해 그의 어깨에 손을 올렸다. 처음으로 같이 왈츠를 추던 때처럼.

그의 목을 끌어안으며 그녀가 강렬한 욕망을 담아 키스를 되돌렸다. 다음 순간 그가 그녀를 부드러운 풀밭 위에, 데이지와 앵초와 작은 미나리아재비로 된 침대에 눕혔다.

두 사람은 웃자란 풀 속에서 함께 움직였다. 맞닿은 그의 몸이 그녀의 혈관에 불을 지폈다. 그녀는 그의 어깨를 꼭 안으며 하얀 장갑을 낀 손으로 등을 쓰다듬었다. 그녀의 손길에 랙퍼드가 즐거운 듯 신음소리를 내자 그녀는 한층 대담해졌다. 그녀는 더욱 열렬한 키스를 보내고 근육질의 가슴을 애무하며 그의 강한 힘을 맛보았다.

난 정말 레이디 캠피언 같은 사람이 되고 싶은 걸까? 누가 상처를 받든 상관없이 자기 자신과 쾌락만을 위해 사는 그런 사람이?

마치 엄마처럼.

그녀가 머리카락을 만지자 그가 갑자기 얼굴을 찡그렸다.

“아우.”

그녀가 즉시 손을 멈추며 물었다.

“왜 그래요?”

“아무 것도 아니오. 키스해 주시오.”

그가 다시 그녀에게 손을 뻗었지만 늦게나마 정신을 차린 그녀는 그를 제지했다.

“달링, 우린 이러면 안 돼요.”

“아니, 이래도 되오.”

그녀가 미소를 지었다.

“누가 보면 어떡해요?”

그가 인상을 찌푸렸다.

“오, 이런.”

“머리를 다쳤어요?”

일어나 앉은 뒤 그녀가 물었다.

“아무 것도 아니오. 정말이오.”

랙퍼드가 소년처럼 멋쩍은 표정을 지으며 뒤통수를 만졌다.

“오, 랙퍼드. 대체 무슨 일이 있었던 거죠? 보여 줘요.”

그는 별것 아니라고 나직이 중얼거렸지만, 짙은 그의 금발을 이리저리 넘기던 제이신다는 생긴 지 얼마 안 되는 뒤통수의 상처를 보고는 커다랗게 헐떡였다.

“빌리! 오, 달링!”

그녀가 보호하듯이 그를 꼭 껴안았다.

“불쌍한 당신 머리에 무슨 일이 있었던 건지 당장 말해 줘요.”

“아무 것도 아니라니까.”

그가 항의하며 부드러운 키스를 훔쳤다.

“윌리엄.”

“당황스럽군.”

“윌리엄 스펜서.”

"못…… 못에 머리를 박았소."

"못이라뇨?"

그는 시치미를 뚝 떼고 고개를 끄덕였다.

"마구간에서 말이오. 말이 날 슬쩍 미는 바람에 넘어졌소. 마구를 걸어 두는 커다란 못이 박힌 기둥 옆이었는데 거기로 넘어졌지 뭐요. 바보 같은 짓이었다고 내가 말했잖소."

그녀가 잠시 그를 뚫어지게 쳐다보았다.

"당신 아버지가 그런 거예요?"

"뭐라고?"

"당신 아버지가 그랬냐고요?"

"아니오! 그런 게 아니라니까."

"약속할 수 있어요?"

"아버지는 이 일과 아무 상관이 없소."

"오, 이런 바보."

그녀가 그를 안았다. 다음 순간 그는 만족스러운 한숨을 내쉬며 그녀의 무릎을 베고 누웠다.

"앞으로는 보잘것없는 오래된 못이라도 꼭 조심해요."

제이신다는 그를 내려다보며 살짝 흰 그의 귀족적인 코를 손끝으로 어루만진 뒤 몸을 숙여 눈썹 위에 일그러진 별 모양으로 난 흉터에 키스를 했다.

그는 희미하게 미소를 지으며 속눈썹이 기다란 눈을 감았다.

그가 자신의 무릎에 누워 있는 동안 제이신다는 뒷골목에서 처음 둘이 만났던 그 날 밤을 떠올리며 그가 자신에게 이렇게까지 방어막을 낮췄다는 게 경이롭다고 생각했다. 그는 마치 그녀의 손길 앞에서만 부드러워지는 야수 같았다. 그것은 적지 않은 명예였다. 그가 얼마나 거친 경험들을 통해 단련되었는지 알기 때문에 더욱 그렇게 여겨졌다. 그런데도 그가 그녀에게 마음을 열다니. 지금도 그녀는 그의 연약함을 느낄 수 있었다. 스스로를 믿어도 되는지 자신도 확신할 수 없는데 그가 이렇게나 그녀를 믿어 준다는 사실에 그녀의 마음이 떨렸다. 랙퍼드를 너무나 원하고 있었으니만큼 그녀로서는 그의 욕망을 가볍게 받아들일 수 없었다. 특히 그가 얼마나 많은 고통을 겪었는지 알고 있으므로. 그에 대한 감정이 변한 것은 사실이었지만 두려움과 스스로에 대한 불신은 아직 남아 있었다. 어떻게 네가 이런 남자를 사랑할 수 있겠어? 너무 많은 책임이 뒤따르는데. 너처럼 어리석고 버릇없는 사교계의 젊은 아가씨가 감정적 희생에 대해 뭘 알아? 교활하게도 그녀의 두려움이 속삭였다. 만약 네가 엄마 같은 사람이라면 어떻게 할 거지? 어머니가 아버지에게 상처를 준 것처럼 그에게 상처를 주게 된다면? 사랑에 대한 그의 갈망과 신뢰가 얼마나 드물고 귀한 것인지 알면서도 사랑하는 빌리에게 상처를 주겠다고?

하지만 초조한 눈으로 그를 본 순간, 두려움이 옅어지면서 부드러운 감정이 느껴졌다. 근처 나무에서 나이팅게일이 지저귀고 있었지만 그녀에게 들리는 것이라고는 절대 이 남자에게 상처를 주는 일은 없을 거라는, 자신의 영혼이 하는 약속뿐이었다. 그녀가 원하는 사람은 오로지 랙퍼드뿐인데 무엇 때문에 바람을 피운단 말인가?

그녀는 혼란스러운 생각을 떨쳐 버리고 그를 꼭 껴안았다.

두 사람은 교교히 흐르는 강물 위로 갖가지 색깔을 반사하며 지는 저녁 노을을 지켜보았다.

밤이 되자 별들 사이로 런던의 풍경이 사라졌다. 귀뚜라미가 울어 댔다.

"재스?"

랙퍼드가 부드럽고 낮은 목소리로 애칭을 부르자 그녀는 저도 모르게 미소를 지었다.

"왜 그래요, 빌리 보이?"

그녀는 그를 내려다보고 상처를 건드리지 않도록 조심하며 부드럽게 머리를 쓰다듬었다.

"저……."

그가 말을 멈추고 그녀의 얼굴을 쳐다보았다.

그녀가 그의 앞머리를 매만졌다.

"으음?"

"집에 가야 할 것 같은데. 너무 늦었소."

그가 재빨리 일어나며 중얼거렸다.

그녀가 눈썹을 찌푸렸다. 뭔가 다른 말을 하려 했던 것 같았지만 그는 가만히 있었다. 그녀는 랙퍼드가 일어서서 내민 손을 잡았다. 그는 부끄럽다는 듯 시선을 돌렸지만 그 직전 그녀는 그의 눈에서 간절한 열망을 본 것 같았다. 감동적일 정도로 경건하고 사려 깊은 태도로 그는 내내 그녀를 보호하며 기나긴 언덕길을 내려왔다.

결국 그를 신사로 만들었어. 랙퍼드가 이륜마차에 태워 주자 제이신다는 생각했다. 마차에 올라탄 그는 고삐를 잡고 직접 마차를 몰았다.

그의 근사한 모자부터 흠 한 점 없는 크러뱃과 우아한 황갈색 코트를 훑어보며 그녀는 왠지 아깝다고 유쾌한 심정으로 생각했다. 무뢰한일 때의 그가 더 좋다는 느낌이 들었다.

15

그녀에게 거짓말을 했다는 게 괴로웠지만, 아무리 생각해 봐도 어젯밤 프림로즈 힐은 제이신다에게 자신이 빈민굴을 드나든다고 말하기에 적당한 시간도, 장소도 아니었다. 그녀는 리지와 작별한 일만으로도 충분히 혼란스러워하는 상태였으므로 그는 최선을 다해 조심스럽고 부드럽게 그녀를 배려하기로 했다. 지금 그녀에게 필요한 것은 자신이 앤서니 경의 명령을 어기고 아직도 밤에 야만인처럼 싸운다는 충격적인 사실이 아니라 든든한 힘이 되어 주는 것이었다. 더구나 자신이 꼬리를 내리고 도망쳤다는 사실을 그녀에게 알릴 필요는 더더욱 없었다.

복수를 하고 싶어 안달이 난 상태였음에도 그는 다시 빈민굴로 찾아가기 전에 상처가 낫기를 기다렸다. 사실 제이신다를 독차지한 지금은 그다지 서두르고 싶지도 않았다. 돌아오지 못하게 될지도 몰랐으니까.

리지가 떠난 뒤 며칠 동안 두 사람은 계속 붙어 지냈다. 제이신다가 드러먼드 경과 결혼하겠다는 계획에 회의를, 랙퍼드에 대한 그녀 자신의 깊어지는 감정에 의문을 품고 있음을 그는 알아챘다.

그는 제이신다가 순진하게도 매력적인 남작 부인을 자신의 이상으로 삼고 있었다는 걸 알고 있었다. 하지만 레이디 캠피언이 앨릭을 연인으로 삼아 저도 모르게 리지에게 상처를 입혔다는 사실에 충격을 받고서 스스로의 계획을 의심하고 있다는 것도 알았다. 비록 그러한 사실은 언제나처럼 쾌활한 모습 뒤에 감추어져 있었지만 그의 눈을 속일 수는 없었다.

그러는 게 당연해, 랙퍼드는 매 시간마다 깊어져만 가는 그녀에 대한 갈망에도 불구하고 초조한 마음을 애써 다독이며 생각했다. 그는 절대 제이신다가 에바 캠피언 같은 매춘부가 되게 내버려두지는 않을 작정이었다. 레이디 캠피언은 그가 사교계에 등장한 뒤 두 번이나 유혹을 해 왔다. 하지만 제이신다가 어떤 반응을 보일지 불을 보듯 뻔했기 때문에 굳이 말을 하지는 않았다. 그녀는 다른 사람의 말을 듣기에는 당나귀처럼 고집이 셌기 때문에 스스로 깨닫게 내버려둬야 했다.

그는 대프니 테일러만으로도 충분히 머리가 아팠다.

제이신다가 사교계의 규칙을 세세하게 가르쳐 준 게 다행이었다. 그렇지 않았다면 그는 이미 몇 주 전에 억지로 대프니 테일러와 결혼을 할 수밖에 없었을 터였다. 그 붉은 머리 아가씨는 몇 번이나 그와 단둘이 있으려고 갖은 애를 써 댔다. 아마도 그의 작위와 건장한 몸을 원하는 것이리라. 하지만 그는 그 어느 것도 그녀에게 줄 생각이 없었다. 그녀는 심지어 그를 유혹해 키스를 얻어내려 했지만 그는 매끄럽게 그녀의 유혹을 뿌리치며 오히려 그녀를 에이서 로링에게 떠밀었다.

그 밉살스러운 멋쟁이야말로 버릇없는 대프니를 달래줄 수 있는 유일한 사람이었다. 똑같이 거만한 두 사람은 정말로 잘 어울리는 한 쌍이었다. 하지만 슬프게도 로링은 쓸 만한 지위와 작위가 없었기 때문에, 설령 남몰래 그를 좋아하고 있다 해도, 대프니는 고집스럽게 그를 본 척 만 척했다.

그러니 대프니가 랙퍼드를 쫓아다니는 모습을 보고 에이서가 반쯤 미친 것도 이상할 게 없었다.

올맥에서 무도회가 있던 그 날 밤, 마침내 그와 춤을 출 수 있는 표를 획득한 대프니는 그를 춤으로 이끌었다. 하룻밤에 제이신다와 춤추는 것은 두 번밖에 허락되지 않았기에 그는 경계심을 늦췄다. 첫 번째 춤은 이미 초저녁에 허겁지겁 추어 버렸고, 나머지는 마지막을 위해 아껴 둔 참이었다. 오케스트라가 복잡한 왈츠를 연주하기 시작한 시각은 11시 15분이었다. 인정하고 싶지는 않았지만 대프니는 유연하고 우아하게 춤을 추었다.

그녀는 황홀한 표정으로 그를 올려다보았다. 일부러 그러는 게 분명했다. 지루한 대화를 이어 가며 무도회장을 돌고 있으려니 갑자기 제이신다가 드러먼드 경과 다시 이야기를 나누는 모습이 보였다. 그녀가 또다시 늙은 토리당 사형 집행인과 같이 있는 광경을 본 순간 예기치 않게 격한 분노가 치솟았다. 강렬한 분노에 그만 그의 조심성이 달아나고 말았다. 대프니가 살짝 비명을 질렀다.

"랙퍼드 경, 절 너무 꽉 잡으셨어요!"

자신이 손에 힘을 주었다는 것도 몰랐던 그는 힘을 뺐다.

"미안하오."

그녀가 보조개를 지으며 웃어 보였다.

"경께서 원하신다면 절 얼마든지 꽉 껴안으셔도 돼요. 온 세상 사람들이 지켜보는 올맥 무도회장 한가운데에서는 말고요."

랙퍼드의 입술에 차가운 미소가 떠올랐지만 눈은 웃지 않았다. 그는 제이신다를 훑어보았다. 어린 시절의 친구가 곁에 없어 그녀가 많이 상심하고 있다는 걸 알았기에 리지가 떠난 후로 그는 완벽한 신사답게 굴었다. 그로서는 대단한 일이었다. 그녀를 압박하고 싶지 않았지만 커져만 가는 욕망을 무시한 채 이타적으로 굴기란 정말 힘이 들었다. 그런데 맙소사, 그녀는 여전히 에바 캠피언 2세가 되기로 작정한 것처럼 늙다리와 시시덕거리고 있었다!

"랙퍼드 경?"

눈을 가늘게 뜨고 제이신다를 쳐다보던 그는 대프니를 내려다보 았다.

"괜찮으세요?"

그녀가 물었다.

자신의 팔에 안겨 있는 시즌 최고의 미인을 내려다본 순간, 그는 갑자기 자신이 잘못된 생각을 하고 있는 곱슬머리 금발 아가씨에게 너무 쉽게 구는 게 아닌가 하는 생각이 들었다.

전에 제이신다가 잠깐 질투심을 드러낸 적이 있었다. 약간의 질투 심만으로도 그녀의 자기 만족을 깰 수 있지 않을까? 그래, 그 편이 나을 것 같았다. 이 순간까지도 자신이 얼마나 원하는 것에 근접했는 지 몰랐던 그는 냉정하게 머리를 굴렸다.

"으음."

랙퍼드가 날씬한 허리를 바싹 끌어당기며 등 뒤에 손을 얹자 대프 니가 가르랑거렸다.

그는 미소를 지어 보였다. 그리고는 왈츠를 추며 제이신다와 늙은 영감이 서 있는 곳을 지나가다가 대프니의 어리석은 말에 큰 소리로 웃음을 터뜨렸다. 자신의 웃음소리가 제이신다의 관심을 끌었다는 걸 알았지만 그는 대프니에게서 시선을 떼지 않았다.

"언제 저를 방문하실 거죠, 랙퍼드 경? 경이 무시하시는 바람에 전 외롭답니다."

대프니가 입을 삐죽거렸다.

"이런, 대프니 양. 저도 노력은 했지만, 댁의 문 앞에 진을 치고 있 는 구애자들을 뚫고 들어갈 수가 없던걸요."

"아뇨, 경은 노력도 안 하신걸요. 제가 알아요."

그녀가 일부러 말을 멈췄다.

"대신 경은 언제나 나이트 하우스를 방문하시잖아요. 아시겠지만, 거긴 경이 낚시를 하시기에는 위험한 물이에요."

“네?”

“선대 호크스클리프 공작 부인에 관한 소문을 들으셨겠죠. 대단한 바람둥이였다는 소문 말이에요.”

“그런 종류의 이야기를 들은 것 같군요.”

“만약 제 어머니와 그 친구분들이 아니었다면, 그 끔찍한 여자는 아마 아직까지도 추잡한 행위로 사교계를 더럽혔을 거예요.”

그녀가 거만하게 콧방귀를 뀌었다.

“그 딸을 참아 내야 한다는 것만으로도 충분히 끔찍하거든요.”

그녀가 도전하듯이 그를 쳐다보았지만 랙퍼드는 미끼를 물지 않았다.

그는 제이신다를 싸고돌면 대프니의 악의만 돋울 뿐이라는 걸 알 만큼 여자들에 대해 훤했다. 하지만 대프니는 그의 사교적인 침묵에 만족하지 않았다.

“모두들 공작 부인의 딸도 공작 부인처럼 될 거라고들 수군거려요. 바보가 아니라면 누가 그런 여자를 아냇감으로 생각하겠어요?”

“아가씨, ‘모든 사람들’이 다 틀릴 때도 종종 있죠.”

“불쌍한 랙퍼드 경, 절대 그녀의 매력에 속으시면 안 돼요! 미모 뒤에는 종종 사악한 마음이 숨겨져 있답니다.”

“맞는 말입니다.”

그가 냉소적으로 말했지만 대프니는 자신을 가리키는 말인 줄 몰랐다. 무도회장의 반대쪽을 슬쩍 건너다본 랙퍼드는 제이신다의 관심이 온통 자신에게로 쏠려 있음을 알아챘다.

하지만 음악이 끝날 때까지도 에이서 로링 역시 그에게 주의를 기울이고 있다는 사실만은 몰랐다.

클럽에서 방금 전에 도착한 최고의 멋쟁이 로링은 술에 취한 채 수심에 잠겨 있었고, 평소의 완벽한 옷차림과는 달리 좀 흐트러진 모습이었다. 우아한 왈츠의 마지막 소절이 무도회장에 울려 퍼지자 에이서는 비틀거리며 사람들을 뚫고 랙퍼드와 대프니 쪽으로 다가왔다.

그 오만한 얼굴에는 대프니가 어디서 굴러먹던지도 모르던 야만인에게 자신을 던지는 꼴을 보는 게 지겹다는 기색이 노골적으로 험악하게 드러나 있었다.

술에 취한 흐릿한 눈으로 다가오는 그를 경멸하듯 인상을 쓰며 쳐다보던 랙퍼드는 마치 자신에게 다가오는 아버지를 본 것처럼 반사적으로 격렬한 증오를 느꼈다. 며칠 전 밤 그리고 오래 전에 잊혀진 과거에도 트루로 경은 수도 없이 그런 모습으로 그에게 다가왔었다. 과거와 현재가 순간적으로 겹쳐지는 바람에 그는 한순간 자신을 밀치는 에이서에게 반격하지 못했다.

“대프니 양에게서 떨어지시지?”

“에이서!”

대프니가 소리를 질렀다. 두 남자가 자신을 두고 싸움을 벌일지도 모른다는 사실에 그녀의 얼굴이 기쁨으로 달아올랐다.

랙퍼드는 자신들을 둘러싼 사람들이 몇 발짝 물러서면서 숨을 헐떡이며 중얼거리는 소리를 듣지 못했다.

“듣고 있어?”

에이서가 말을 이었다.

“당신의 작위 따윈 빌어먹으라고 해. 당신은 거만한 야만인일 뿐이야. 그러니 그녀에게서 물러서라고.”

에이서가 다시 밀자 랙퍼드의 팽팽한 분노가 폭발했다.

그가 에이서의 입술에 주먹을 날렸다. 그러자 에이서는 나가떨어지며 곁에 있던 웰링턴 공작의 등에 부딪혔다.

대프니가 비명을 지르며 놀라 그에게 몸을 돌렸다.

“에이서를 때리다니!”

“시즌 내내 그렇게 날 모욕해 놓고도 내 손에 죽지 않았으니 이 작자는 운이 좋은 줄을 알아야 할 거요.”

“어서 쳐!”

에이서가 입가에 피를 흘리면서 몸을 가누며 외쳤다. 술에 취한 비참한 눈이 대프니에게로 향했다.

"당신이 다른 사람과 결혼하는 꼴을 볼 바에는 차라리 죽어 버리겠소. 특히 저 무뢰한과 말이오."

"덤벼 보시지."

너무나 화가 나 으르렁거린 랙퍼드는 그만두라고 외치는 워털루의 영웅과 다른 사람들이 눈에 들어오지 않을 정도였다.

그가 덤벼들자 에이서는 뒤로 넘어갔다. 두 사람이 우아한 무도회장에서 난투극을 벌이자 주위의 신사들은 날카롭게 숨을 들이마셨고 숙녀들 역시 비명을 질러 댔다. 기회가 있을 때마다 그를 비웃던 비열한 개자식의 몸 위에 올라탄 랙퍼드가 녀석을 다시 한 대 때리려는 순간 부드러운 손이 그의 팔을 잡았다.

"빌리, 안 돼요!"

본능적으로 가벼운 손길을 뿌리치려던 그가 시선을 돌리자, 화난 눈길로 그를 바라보고 있는 제이신다의 모습이 분노로 흐릿해진 눈에 들어왔다. 분노로 귀가 쾅쾅 울리는 바람에 그녀의 말이 제대로 들리지는 않았지만, 강렬한 갈색 눈은 그를 사로잡았고 단호한 그녀의 목소리는 그를 침착하게 만들었다. 그 덕분에 그는 내면의 파괴적인 성향을 그대로 드러내려던 찰나에 멈출 수 있었다.

"랙퍼드, 그만둬요. 제발 내 말대로 해요. 그는 그럴 가치도 없어요. 그냥 질투를 하는……."

"질투라고?"

벌떡 일어서며 팔을 빼낸 그가 제이신다에게 소리를 질렀다. 그녀를 내려다보는 그에게서는 좌절감이 배어 나왔다. 말을 멈출 수가 없었다.

"그래, 저 자식은 질투하는 거야. 하지만 난, 나는 질투를 하면 안 되나? 난 이 빌어먹을 게임이 끔찍하게 지겨워!"

"게임이라뇨?"

제이신다의 얼굴이 창백해졌다.

"랙퍼드 길들이기 게임 말야!"

그가 화를 냈다.

"당신은 내가 당신을 사랑한다는 걸 알면서도 내 앞에서 다른 남자와 시시덕거리지. 하지만 난 영원히 기다리지는 않을 거야. 절대로 그러지 않을 거라고!"

마음속 깊은 곳에서는 아마 그 반대일지도 모른다고 생각했지만, 그는 무시무시한 어조로 그녀에게 경고했다.

그녀의 몸이 굳었다.

"랙퍼드 경, 제정신이 아니시군요."

그녀의 뻣뻣한 말투에 랙퍼드는 새삼스럽게 주위를 의식했다. 가슴을 벌렁거리며 그는 불길한 표정으로 주위를 둘러보았다. 심장이 내려앉았다.

맙소사, 이 곳은 콘월이 아니었다. 빈민굴은 더더욱 아니었다.

대프니가 멍한 얼굴로 피를 흘리고 있는 에이서에게 달려가자, 랙퍼드는 번쩍이는 무도회장과 마치 미친개라도 보듯 혐오스러운 표정으로 그를 쳐다보는 거만한 귀족들을 돌아보았다.

천천히 그리고 조용히, 그가 혐오스럽다는 듯 씁쓸한 웃음을 터뜨렸다. 벌거벗은 기분이었다.

"내 춤 순서는 이미 날아갔겠군. 그렇지 않소? 미안하오, 아가씨."

그는 당황한 제이신다의 눈을 억지로 마주했다.

"당신이 최선을 다했다는 걸 신은 아실 거요. 하지만 절대 정글을 떠나지 못하는 야수도 있는 법이오. 이게 나요. 그리고 영원히 그럴 거요. 용서하시오."

그는 오만하게 허세를 부리며 그녀에게 절을 한 뒤, 턱을 높이 쳐든 채 분노로 굳어진 얼굴로 걸어 나갔다.

입구로 향하는 동안 그가 지옥의 불 같은 눈으로 사람들을 노려보자 다들 재빨리 길을 내 주었다.

그래, 이걸로 끝이야, 뼛속까지 수치심을 느끼며 그가 생각했다.

제이신다에게 구애하고, 즐겁게 해 주고, 오래 전에 부서진 심장마저
다 바쳐서 그녀를 사랑했지만 한순간의 충동으로 모든 것이 끝났다.
그는 아버지처럼 이성을 잃었던 것이다.

오늘 밤이야, 그는 차가운 대기 속으로 나가기도 전에 생각했다.
그는 보도에서 초조하게 마차를 기다리며 담배에 불을 붙였다. 분노
의 여파로 손이 가늘게 떨렸고 머릿속에서 들려 오는 소리가 너는
실패자라고 끊임없이 속삭였다.

사악하고, 어리석고, 쓸모 없고, 나약해빠진 놈.

어떻게 그렇게 이성을 잃을 수가 있었지? 그것도 올맥에서.

이제 제이신다는 절대 그를 원치 않을 것이다. 아니, 방금 그런 소
동을 일으킨 그를 절대 용서하지도 않을 것이다. 처음 만난 날 그녀
는 무슨 일이 있어도 사교계 사람들이 바라는 대로 절대 스캔들을
일으키지는 않을 거라고 말했다. 그런데 자신이 그런 짓을 하다니.

그는 제이신다를 마음속에서 몰아내고 분노를 단단히 억눌렀다.
맹세코 오늘 밤 오딜을 죽이든가 아니면 자신이 죽든가 할 것이다.
자신이 죽는다 해도 상관없었다.

그는 담배 연기를 한 모금 뿜어내고 마부가 가지고 온 마차의 고
삐를 잡았다.

제이신다는 멍한 표정으로 무도회장의 한가운데에 서서 떠나는 그
의 뒷모습을 지켜보았다. 얼마나 많은 사람들이 방금 그가 그녀에게
퍼부은 날카로운 비난을 들었을까? 그를 '빌리'라고 부르는 자신의
말소리를 들었을까? 그를 그렇게 부르는 건 두 사람이 정도 이상으
로 가깝다는 사실을 드러내는 것이었고, 그것만으로도 충분한 스캔들
감이었다. 하지만 지금 이 순간 그녀는 그의 끔찍한 말에 놀라 그저
가만히 서 있었다. 그의 면전에서 시시덕거렸다고? 그게 그를 길들이
기 위한 게임이라고?

그녀의 망설임을 그렇게 해석했던 걸까?

더욱 당황스러운 느낌으로 그녀는 무도회장의 건너편을 바라보았다. 충격을 받아 창백해진 대프니가 에이서 로링의 곁에 앉아 있었다. 대프니가 경이로운 눈으로 바라보는 가운데 에이서가 뭔가를 진지하게 말하고 있었다. 대프니가 조심스럽게 손을 들어 피가 묻은 그의 입가를 손수건으로 닦아 주었다.

그들이 같이 있는 모습을 보자 제이신다는 이상한 슬픔이 몰려드는 것을 느꼈다. 오, 내가 무슨 짓을 한 거지? 그녀는 절망에 빠져 생각했다. 랙퍼드가 화를 내고 나간 순간 그녀는 진실을 깨닫게 되었다…….

랙퍼드가 그녀를 필요로 한다는 사실을.

진실로 필요로 한다는 사실을. 여태껏 그녀를 필요로 한 사람은 아무도 없었다. 아무도…….

갑자기 누군가가 팔에 손을 얹는 게 느껴지면서 신랄한 목소리가 그녀의 생각을 뚫고 들어왔다.

"천국에 문제가 생긴 건가?"

깜짝 놀라 몸을 돌리니 드러먼드 경이 서 있었다.

"당신의 성질 급한 그 젊은이가 이런 비슷한 짓을 하지 않을까 하고 생각했었지."

드러먼드 경이 포트 와인 잔 너머로 콧방귀를 뀌었다.

제이신다가 털을 곤두세웠다.

"랙퍼드 경을 면전에서 모욕한 건 로링 씨예요."

"그래도 저 급진주의자는 성질이 급해. 난 그를 믿지 않아, 당신도 믿어서는 안 돼."

그녀는 화가 나 눈썹을 찌푸리며, 이 늙은이를 낚아채려는 쓸데없는 계획 따위는 내팽개쳐 버렸다.

레이디 캠피언이 콧수염 달린 기병대 장교와 함께 하이드 파크를 마차로 달리는 광경이 마음속에 떠올랐지만 허상은 곧 망각의 안개 속으로 사라졌다. 그것은 그녀가 원하는 삶이 아니었고 자신은 그런 사람도 아니었다.

그녀는 랙퍼드에 대한 감정을 더 이상 부정하지 않았다. 비록 남편으로서 그의 권위를 받아들이고, 자신이 그에게 진실하고 헌신적인 아내가 될 수 있다고 믿어야 한다고 해도 말이다. 사실은 그녀 역시 그가 필요했다. 어쩌면 그의 사랑이 어머니와 똑같은 길을 가게 될 운명에서 그녀를 이미 구해 준 것인지도 몰랐다. 어머니는 결코 한 남자에게 자신을 완전히 내어 준 적이 없었다. 그게 바로 어머니의 영광이자 몰락의 원인이었다.

드러먼드 경이 투덜거렸다.

"정말 놀라운 건 당신 오빠인 호크스클리프가 그렇게 신중한 사람이면서도, 지난 15년 동안 어디 있었는지도 말하지 않는 인간을 당신의 구애자로 묵인했다는 거요. 분명히 말하는데 저 젊은이는 문제거리……."

"친애하는 드러먼드 경."

제이신다는 몸을 곧추세우며 오만하게 말허리를 끊었다.

"제 미래의 남편에 대해 함부로 말씀하지 않으셨으면 합니다."

그 말과 함께 그녀는 그에게 잡힌 팔을 빼고는 문을 향해 몸을 돌렸다. 드레스를 펄럭이며.

"이런, 무슨? 이렇게 뻔뻔스럽다니! 남편이라고? 아주 정신이 나갔군! 레이디 제이신다! 어디 가는 거요?"

화가 나 침을 튀기며 말하는 드러먼드 경을 무시한 채 제이신다는 단호한 태도로 나아갔다. 방 안에 가득한 올맥의 귀족 회원들 사이를 지나가는 동안 기쁨과 공포로 관자놀이가 뛰었다. 형언할 수 없을 정도로 아찔하게 자유로워진 기분이 들었다. 그녀는 자신의 감정을 말할 수 있도록, 랙퍼드가 밖에서 아직 마차를 기다리고 있기를 기도했다.

그가 어떤 반응을 보일지 두려웠다.

그의 인내심이 바닥난 것은 분명했지만 사랑한다고, 영원히 그에게 헌신할 준비가 되었다고 말한다면 그의 마음을 돌릴 방법이 있을 것이다. 그동안 그녀는 자기 자신의 두려움에 대해서만 생각하느라고 그가 필요로 하는 부드러운 사랑을 가볍게 생각하고 있었다. 그런 자신을 랙퍼드가 용서해 주기만을 바랐다.

그를 붙잡아야 한다는 생각만으로도 다리가 흔들렸지만 그녀는 꿋꿋이 앞으로 나아갔다. 그런데 문득 그녀의 곁에 갑자기 랙퍼드의 오랜 친구인 렉 벤팅크와 저스틴 처치가 나타났다.

"레이디 제이신다!"

"벤팅크 씨, 처치 씨."

그들이 길을 막자 초조한 마음을 감추려고 애쓰며 제이신다는 떨리는 목소리로 인사를 건넸다.

"안…… 안녕하세요?"

"그런 인사는 그만두고. 할 말이 있어요!"

"제가 좀 바빠서……."

"잠시면 돼요."

렉이 그녀에게 고개를 가까이 가져왔다.

"랙퍼드가 당신에게 '정글' 이야기를 하는 걸 들었습니다. 그동안 그가 있었던 곳이 그 곳이죠? 인도의 정글요, 맞죠? 군대에 있었던 건가요? 그럴 줄 알았다니까!"

"오, 벤팅크 씨……."

"말해 주세요! 어서요. 우린 그의 친구예요. 랙퍼드가 털어놓지 않는다면 당신이라도 이야기해 주세요. 인도죠, 그렇죠?"

저스틴이 애원했다.

"아무한테도 이야기하지 않을게요."

"여러분, 전 말할 수 없어요."

"대신 우정의 표시로 저희들이 다른 걸 알려 드리면 말해 주시겠어요?"

렉이 말했다.

은밀한 말투에 제이신다는 그의 눈을 보았다.

"뭔데요?"

저스틴과 렉은 어두운 얼굴로 서로를 쳐다보았고 다음 순간 저스틴이 낮은 목소리로 입을 열었다.

"우린 그 친구가 집을 도망쳤던 그 날 밤 거기에 있었어요."

"뭐라고요?"

제이신다가 놀라서 그에게 몸을 돌렸다.

"그가 그동안 어디 있었는지 말해 준다면 우리도 그 때 본 광경을 말해 드리죠……. 토캐로에서 보냈던 그 끔찍했던 날 밤에 목격한 광경을요."

렉이 말했다.

제이신다는 미동도 하지 않고 그를 쳐다보았다. 심장이 마구 두근거렸다.

"거기 있었다고요? 정말이세요?"

그들이 고개를 끄덕였다.

랙퍼드가 어린 시절의 친구들과 그녀를 항상 떼어 놓으려 했던 것도 이상할 게 없었다. 아마 그가 없는 곳에서 그들과 이야기를 나누지 못하게 하기 위해서였을 것이다.

그녀는 그들이 그 날 밤 무엇을 보았는지 듣고 싶어 죽을 지경이었다. 하지만 결국은 천천히 고개를 저었다.

"그럴 수 없어요. 비밀을 지키기로 맹세했는걸요. 그리고 랙퍼드가 적당한 때 그 날 밤 일을 말해 주길 기다리는 게 나을 것 같아요."

그들이 항의했지만 제이신다는 마음을 바꾸지 않았다. 정말로 그 이야기를 듣고 싶었지만 그들의 이야기를 들으려면 대신 랙퍼드의 어두운 과거를 말해 주어야만 했다. 절대로 그럴 수는 없었다. 렉과 저스틴이 아무리 헌신적이라고 해도 빌리 블레이드에 관해서는 한 마디도 할 수 없었다. 어렵게 얻은 그의 신뢰는 그 무엇과도 바꿀 수 없었다.

"실례지만 전 가야 해요."

제이신다는 서둘러 그들을 지나쳐 달빛이 가득한 차가운 어둠 속으로 달려 나갔다. 하지만 랙퍼드는 이미 가고 없었다. 심장이 내려앉았다.

안으로 다시 돌아온 그녀는 로버트를 찾아가 두통을 핑계로 삼아 집에 가도 좋다는 허락을 구했다. 나이트 하우스에 도착하자마자 그녀는 혹시나 랙퍼드가 화를 낸 걸 후회하며 사과의 편지를 보냈을까 싶어서 연락이 온 게 없냐고 물어 보았지만 아무 연락도 없었다는 집사의 대답만이 돌아왔다.

낙심한 채 어떻게 해야 할지 몰라 그녀는 방으로 올라갔다. 하녀인 앤이 우아한 드레스를 벗도록 도와 주었다. 제이신다는 비단 가운을 걸치고는 하녀에게 물러가라고 고개를 끄덕였다. 그녀는 화장대 앞에 앉아 렉과 저스틴이 그 날 밤 토캐로에서 무엇을 보았는지, 왜 랙퍼드가 그 이야기를 해 주지 않았는지 궁금해하며 거울을 물끄러미 바라보았다. 그가 자신에게는 모든 걸 다 이야기한다고 생각했건만 실상은 그렇지 않았던 것이다.

초조해서 가만히 앉아 있을 수 없었던 그녀는 다시 일어나 창가로 다가갔다. 커튼을 열어젖히고 런던의 풍경을 바라보던 그녀의 얼굴에 잠시 후 단호한 결심이 서렸다. 아침까지 기다릴 수는 없었다. 그를 봐야 했다. 같이 있어야 했다.

바로 오늘 밤에.

그녀는 커튼을 내리고 옷을 갈아입으러 갔다.

빈민굴에서 그 날 밤 그에게 들은 말을 떠올린 그녀는 보석 장신구를 풀고 가진 옷 중 제일 평범하게 보이는 능직 드레스를 입었다. 그리고 마차 삯을 지불하기 위해 약간의 돈을 주머니에 넣은 뒤 서랍장 밑단을 열어 벨벳에 감싸인 나무 상자를 꺼냈다. 그녀는 상자를 열어 대미언 오빠가 스페인에서 보내 준 우아한 숙녀용 권총을 꺼냈다.

그녀는 잠시 권총을 달빛에 비춰 보았다. 반짝이는 톨레도산 은으로 만들어진 권총은 무기라기보다는 예술품 같았다. 개머리판에는 진주로 그녀의 이름 머릿글자가 새겨져 있었다.

그녀가 사격 연습을 좋아한다는 걸 알고, 멀리 전쟁터에 있느라 그녀의 사교계 데뷔 날에 참석하지 못했던 대미언이 선물로 보내 준 것이었다. 그는 편지에 장난스럽게 쓰기를, 자신이 런던에 없어서 몰려드는 수많은 구애자들에게서 그녀를 보호해 주지 못하니까 남자들이 함부로 다가오지 못하도록 그녀가 무기를 가지고 있어야 한다고 했었다. 총은 앨릭의 결투용 권총보다 총신이 7, 8센티미터나 길어 멀리서도 정확하게 목표물을 맞힐 수 있었고 총알도 여섯 개나 들어갔다.

우아하면서도 무시무시한 총을 반장화 속에 찔러 넣은 그녀는 모자가 달린 평범한 망토를 드레스 위에 걸쳤다. 해가 진 뒤 안전하게 돌아다니려면 이러저러해야 한다는 그의 명령을 잘 지킨 걸 알면 랙퍼드도 좋아할 거라는 생각이 들었다. 흥분이 점차 커져 갔다.

망토의 두건으로 얼굴을 가린 뒤 그녀는 베란다 문을 통해 집 밖으로 나와 몰래 정원을 가로질렀다. 집에서 도망치던 그 날 밤처럼. 하지만 이번에는 사랑하는 사람에게 가는 길이었으므로 마음이 가벼웠다.

자신이 그를 사랑한다고 말할 때 그가 어떤 표정을 지을지 너무나 궁금했다.

세인트 제임스가를 지나가는 첫 번째 마차를 잡아 탄 그녀는 링컨스 인 필즈로 향했다. 초조한 기대감으로 맥박이 빨라졌다. 마차가 트루로 경 부부의 집 앞에 도착하자, 하루 종일 랙퍼드를 감시하는 두 명의 보 스트리트 경관이 보였다. 그녀는 입술을 깨물며 자신이 사교계의 숙녀라는 걸 그들이 깨닫지 못할 핑계거리를 재빨리 생각해 내려 했다.

하지만 막 마차에서 내리려던 차에, 20미터 정도 떨어진 어둠 속에서 무엇인가가 움직이는 것이 보였다. 민첩하고 탄탄한 그림자가 정원 담 위로 가볍게 뛰어오르더니 그 너머로 조용히 사라졌다. 그녀는 눈썹을 찌푸렸다.

설마 랙퍼드?

그림자는 이미 사라지고 없었다……. 마치 밤도둑처럼. 그 생각이 떠오르자 금방 걱정이 몰려왔다. 랙퍼드는 대체 뭘 하려고 집을 몰래 빠져나가는 걸까?

"무슨 일이시죠, 아가씨?"

경관 한 명이 그녀 쪽으로 다가오며 물었다.

그녀는 산만한 얼굴로 경관을 바라보았다.

"아니에요."

그녀는 불쑥 대답하고는 마부에게 몸을 돌렸다.

"저 쪽으로 가 주세요."

그런 뒤 경관에게 고개를 까닥했다.

"그럼."

경관이 의심스럽다는 표정으로 그녀에게 인사했다. 마차가 거리를 따라 내려가기 시작하자 제이신다는 설명할 수 없는 두려움에 휩싸인 채 랙퍼드를 찾아 어둠 속을 두리번거렸다.

"오딜!"

랙퍼드의 고함 소리가 빈민굴을 쩌렁쩌렁 울리며 벽돌 건물과 판석이 깔린 어두운 거리로 퍼져 나갔다.

마침내 그가 자신의 이전 본거지 앞에 당당하게 모습을 드러낸 것이다.

허리춤에 무기를 차고 있기는 했지만 지금 현재는 빈손이었다. 그는 온몸을 팽팽히 긴장시킨 채 건물 앞에 다리를 벌리고 섰다.

몰래 공격하는 건 이제 그만두기로 했다. 빌어먹을 올맥에서 그녀를 당황스럽게 만들었으니 앞으로 제이신다는 그를 거절할 게 분명했다. 그렇다면 다른 것 따위는 아무 것도 중요하지 않았다. 이 일을 완전히 끝장낼 때가 되었다.

"오딜! 어서 나와, 이 겁쟁이야!"

랙퍼드가 다시 고함을 질렀다.

그의 고함 소리를 들은 재칼파 일당이 술집에서 기어 나와 조심스럽게 다가왔다. 그가 미친 게 아닌가 걱정스럽다는 듯이. 적어도 열 개의 총구가 그를 겨누었지만 천천히 다가오는 그에게 좀 당황했는지 아무도 총을 쏘지는 않았다. 그의 대담한 접근에 녀석들은 다소 겁을 집어먹은 듯했다. 함정이라고 생각하는 것 같았다. 랙퍼드는 오딜의 추종자와 경호원들을 보았다. 그들에 대한 오딜의 지배력은 근래 점점 약해지고 있었으므로 그는 그 점을 이용해 오딜에게 공개적으로 모욕을 줄 작정이었다.

"어이! 오딜을 네놈들 등 뒤에 숨겨 줄 작정인가 보지?"

랙퍼드가 비아냥거렸다.

그들이 불편한 듯 몸을 들썩거렸다.

"그 놈은 어디 있지? 겁을 집어먹은 모양이지?"

대답이 없었다.

"네놈들은 그런 인간을 두목이라고 부르나?"

그가 명령투로 말했다.

"그럼 하나 묻지. 그 놈 때문에 네 녀석들의 사정이 나아졌나, 아님 나빠졌나? 그 대답은 이미 알고 있다. 오딜은 너희들에게 문제와 슬픔만 가져다 주었어. 녀석은 두목이 아니라 흉악범이야. 게다가 겁쟁이지."

"우리 중에 겁쟁이는 없다, 블레이드!"

티번 팀이 소리쳤다.

다른 남자들 역시 웅성거리며 동의했다.

"없다고? 그럼 왜 누가 가서 오딜을 데려오지 않는 거지? 단둘이서 남자답게 끝내자고 전해."

"이런, 위대한 빌리 블레이드가 아니신가!"

오딜이 거들먹거리며 술집에서 나왔다. 좁다란 얼굴에 증오감이 가득했지만, 눈에는 두려움이 떠올라 있었다.

"위대한 남자가 될 수 있는지 한수 가르쳐 주시기 위해 저승에서 돌아온 모양이지, 엉?"

랙퍼드의 입술이 얇아지며 차가운 증오의 미소가 떠올랐다.

오딜이 부하들을 보았다.

"저 자식을 죽여."

아무도 움직이지 않았다.

티번 팀만이 총을 들어 랙퍼드를 겨누었을 뿐이었지만 그나마 올리버 스트레이혼이 그 총구를 아래로 내리게 했다.

"직접 죽이시지, 오딜."

키가 큰 젊은이는 냉정하게 오딜에게 도전했다.

"내가 보기에는 당신과 블레이드 둘만의 문제인 것 같은데. 그의 말대로 두렵지 않다면 말이야."

"스트레이혼, 이 치사한 자식. 난 아무도 두려워하지 않아, 너도 그리고 저 놈도."

오딜이 날카롭게 외쳤다.

"잘됐군. 그럼 공정하게 싸워."

스트레이혼이 다른 남자들을 향해 짧게 고개를 끄덕이자, 남자들은 무기를 내리며 몇 걸음 뒤로 물러섰다.

랙퍼드는 스트레이혼에게 고맙다는 눈길을 보내고 오딜에게 시선을 고정했다. 부하들을 둘러보던 오딜은 자신이 심각한 곤경에 빠졌음을 깨달은 듯했다.

그는 이제 랙퍼드와 싸운다면 죽을지도 몰랐고, 싸우지 않는다면 체면을 완전히 구긴 채 두목의 지위를 빼앗길 참이었다.

"이런 남색가 같은 놈들."

단단히 결심한 얼굴로 부하들을 쳐다보며 오딜이 중얼거렸다. 그

는 총을 티번 팀에게 건넨 뒤 차가운 금속성 소리를 내며 칼을 뽑아
들고는 랙퍼드에게 다가왔다.

오딜이 칼자루를 단단히 움켜잡았다. 싸울 태세를 취하는 랙퍼드
의 혈관 속으로 야만적인 활력이 솟구쳤다. 그와 오딜은 서로를 평가
하듯 천천히 원을 그렸다.

오딜이 그를 향해 재빨리 칼을 휘둘렀지만 그 손길은 허공을 그었
을 뿐이었다. 능숙하게 몸을 피한 랙퍼드는 곧 반격에 나섰다. 오딜
이 공격을 피했다. 빈민굴에서 단련된 그의 본능은 랙퍼드 못지 않게
뛰어났다.

주위가 점점 더 빨리 돌기 시작했다. 지켜보는 남자들의 표정이
마구 뒤섞였다. 자신의 심장 고동 소리가 랙퍼드의 귀를 울리는 듯
했다.

"그동안 어디 있었나, 블레이드? 솜씨가 녹이 슨 것 같군."

오딜이 비아냥거렸다.

랙퍼드는 으르렁거렸다. 다음 순간 그의 공격으로 두 사람은 땅바
닥에 넘어지며 굴렀다. 랙퍼드는 오딜의 칼을 빼앗으려 했다. 그가
오딜의 손목을 판석 위에 꼼짝 못하게 누르려 하자 오딜은 미친 듯
이 반항했다. 상대를 압도하려 하자 두 사람의 근육이 팽팽해졌다.

눈썹에서 떨어진 땀이 들어가는 바람에 랙퍼드의 눈이 따끔거렸다.

그 틈을 타서 오딜의 칼끝이 그의 턱을 지나갔다. 그는 욕설을 내
뱉으며 오딜의 손을 땅바닥으로 내리 눌렀지만 갑자기 배에 오딜의
발길질이 들어오는 바람에 뒤로 나가떨어졌다. 몇 걸음 뒤로 물러난
랙퍼드는 중심을 잡고 다시 한 번 싸울 준비를 했다.

오딜이 일어서더니 땀으로 끈적거리는 이마를 팔로 훔친 다음 그
에게 씩 웃어 보였다.

"덤비라고, 빌리. 이번에 네놈을 영원히 죽여 줄 테니. 네 목을 잘
라서 기념삼아 내 방 벽에 걸어 둘 거야. 어때?"

오딜의 소름 끼치는 웃음소리가 주위를 둘러싼 공동 주택의 벽면

에 반사되었다. 랙퍼드는 지독히 경멸스럽다는 듯이 오딜을 쳐다보며 그의 바보 같은 허세에 어깨를 으쓱했다. 하지만 오딜의 끔찍한 위협을 듣자 녀석이 에디를 위협했던 때가 떠올랐다.

뉴게이트에서 그 말을 들었던 그 날 오후가 마치 어제인 양 에디의 지저분하고 동그란 얼굴이 생생하게 떠오르며 아이의 새된 목소리가 들리는 듯했다. *자기를 돕지 않으면 제 가죽을 벗겨 지갑을 만들 거라고 오딜이 말했어요!*

분노가 끓어오르면서 랙퍼드의 눈이 가늘어졌다. 오딜은 생각했던 것보다 강했다. 하지만 온몸에 멍이 든 채 겁에 질려 있던 에디를 떠올리자 어디서인지 모르게 그의 몸에 새로운 힘이 솟아났다. 그는 모든 정신을 손에 집중했다.

그가 확신이 넘치는 강한 동작으로 무자비하게 공격을 퍼붓자 오딜은 뒤로 물러났다. 그가 막무가내로 번개처럼 빠르게 찌르고 주먹을 날리자 오딜은 막아내느라 급급했다. 랙퍼드의 칼날은 연달아 빠르고 정확하게 오딜의 어깨와 옆구리를 파고들었다.

오딜은 욕설을 내뱉으며 그를 막으려고 크게 발을 휘둘렀지만 랙퍼드는 잽싸게 그의 다리를 잡아 비틀었다. 오딜이 비명을 지르며 바닥에 처박혔다. 오딜이 나가떨어지는 순간 그의 손에서 칼이 떨어졌다.

랙퍼드는 즉시 칼을 그의 손이 닿지 않는 곳으로 차 버렸다.

"블레이드, 이 빌어먹을 자식아!"

티번 팀이 소리를 질렀지만 스트레이혼과 그를 따르는 남자들이 팀을 막아섰다.

랙퍼드는 오딜을 끝장내 버리기 전에 천천히 그의 주위를 돌았다.

오딜이 땅바닥에 주저앉아 그를 올려다보았다. 그의 가슴이 숨가쁜 듯 오르내렸다.

"저 놈을 막아!"

오딜이 부하들에게 명령했지만 스트레이혼은 그들을 움직이지 못하게 했다.

"오딜, 이건 명예로운 결투였고 당신은 졌어. 사실 우린 당신이 여기를 어슬렁거리는 게 신물이 나."

"네놈을 죽이고 말겠다."

오딜이 스트레이혼에게 고함을 질렀다.

"네놈은 이제 아무도 죽이지 못할걸."

랙퍼드가 중얼거렸다.

블레이드가 그의 머리카락을 쥐고 고개를 뒤로 젖힌 채 칼을 목에 갖다 대자 오딜이 비명을 질렀다.

"기다려! 제발, 그러지 마, 블레이드. 난…… 난 네게 해를 입힌 적이 없잖아."

오딜이 애원했다.

랙퍼드가 오딜의 머리를 뒤로 바싹 잡아당기자 오딜은 공포로 눈을 커다랗게 뜬 채 다시 비명을 질렀다. 위협적인 두목이 사실은 겁쟁이였다는 것이 만천하에 드러나자 주변에 둘러선 재칼파 일당들은 서로 불편한 표정을 주고받았다.

"네놈은 내 구역을 침범했고 내 부하들이 체포당하게 만들었어. 내 친구였으면서도 날 배신했지. 네놈과 개 같은 부하들은 내 보호 하에 있는 사람들에게 잔인무도한 짓을 저질렀어. 머피의 딸이 기억나나?"

"그건 그 애가 원했던 거야!"

그 말에 랙퍼드는 오딜의 목을 찔렀다. 상처는 깊지 않았지만 오딜이 부끄러운 줄도 모르고 목숨을 구걸하기에는 충분한 피가 흘렀다.

"블레이드, 넌 날 죽일 수 없어. 너와 네이트는 혼자 힘으로는 살아남지 못했을 거야. 너희들을 거둬서 알고 있는 모든 걸 가르친 건 바로 나잖아. 그 날 밤 일은, 모든 게 그 날 밤 때문이었지만, 내 잘못이 아니야. 잘못한 건 옐로 케인이라고."

오딜이 훌쩍거렸다.

그 끔찍했던 날 밤 겁에 질려 있던 어린 시절의 오딜이 떠오르자 연민이 일었으므로 랙퍼드는 멈칫했다. 그 날 이후 왠지 그 자신도 오딜의 행동에 대해 희미한 죄책감을 느끼고 있었기 때문이었다.

그는 끝장을 내기 위해 오딜의 턱을 쳐들었지만 손이 떨리면서 결심이 약해지는 것을 느낄 수 있었다.

"빌어먹을, 왜 그냥 우리와 같이 있지 않았어? 네이트와 다른 친구들과 같이 말야. 그랬으면 우리가 널 돌봐 줬을 텐데!"

"블레이드, 날 죽이지 마. 제발. 넌 내 목숨을 한 번 구해 준 적이 있잖아."

랙퍼드는 천천히 오딜의 머리를 움켜쥐고 있던 손을 풀었다. 분노와 연민, 슬픔과 고통이 뒤범벅된 혼란스러운 감정 때문에 숨이 가빠지며 어깨가 오르락내리락 했다. 주저앉아 있는 이 불쌍한 자식의 목을 냉정하게 따 버릴 수가 없었다. 그럴 수가 없었다. 더 이상은. 오딜은 패했고 부하들 앞에서 체면을 잃었다. 그리고 무장도 하지 않은 상태였다. 게다가 한때는 그의 친구였다. 사실 마음 깊은 곳에서 오딜을 진심으로 증오한 적은 없었다. 다만 변해 가는 그를 막지 못한 자신에게 더 화가 났다.

"스트레이혼!"

랙퍼드가 어두운 목소리로 불렀다.

젊은이가 다가와 무슨 일이냐는 듯 그를 보았다.

"오딜과 티번 팀의 목에는 커다란 보상금이 걸려 있으니 저 놈들을 보 스트리트에 넘기면 그 돈은 자네 것이 될 거야."

랙퍼드의 엄한 눈길에 스트레이혼은 살짝 고개를 끄덕였다.

"그러죠. 약속합니다."

"그럼 여기서 내 볼일은 끝난 것 같군."

랙퍼드가 부드럽게 말했다. 그는 마지막으로 자신의 집이었던 곳을 바라보고 칼을 칼집에 꽂은 채 몸을 돌렸다. 그리고 지친 듯 발걸음을 옮기기 시작했다.

등을 돌리고 있던 그는 오딜이 코트 밑에 숨겨 놓은 권총을 꺼내는 것을 몰랐다. 스트레이혼이 제지하기도 전에 오딜은 바닥에 주저 앉은 채로 손을 뻗어 랙퍼드의 등을 겨눴다.

짧은 총소리가 울렸다.

랙퍼드가 몸을 휙 돌리자 오딜이 머리에 총을 맞은 채 바닥으로 쿵 쓰러졌다.

사람들이 고함을 지르며 당황한 얼굴로 주위를 둘러보았다. 오딜의 손에 들린 권총을 본 랙퍼드는 순간 오딜이 자살한 줄로만 알았다.

"저기 위야!"

누군가가 소리쳤다.

랙퍼드가 눈을 들자, 예전에 보초를 세워 두곤 했던 반대편 건물 지붕 위에 작은 사람의 형체가 보였다. 별이 총총한 밤 하늘 아래로 저격수의 커다란 망토가 서늘한 밤바람에 살짝 부풀어올랐다. 그가 지켜보는 가운데 그 사람은 망토의 두건을 벗었다. 길고 유연한 곱슬 머리가 달빛에 드러나자 그의 눈이 커졌다.

제이신다.

"저건 뭐야?"

억제되지 않은 분노로 가득한 목소리가 곁에서 중얼거렸다. 눈 깜짝할 새 티번 팀이 스트레이혼의 추종자 중 하나가 들고 있던 자신의 총을 빼앗아 그녀를 겨냥했다.

랙퍼드의 머릿속에는 순간 아무 생각도 나지 않았다. 그는 칼을 뽑아 티번 팀에게 던졌다. 칼이 티번 팀의 갈비뼈를 파고드는 순간 총소리가 울렸다. 팀이 비명을 지르는 순간, 총알이 제이신다의 바로 아래쪽 벽돌 난간에 박혔다.

제이신다는 움찔하지도 않았다.

"블레이드, 이제 거기에서 나와요!"

그녀가 마치 암사자처럼 그를 내려다보며 소리를 질렀다.

"내가 엄호할게요."

스트레이혼이 상황을 이해한 듯 눈을 반짝이며 그에게 몸을 돌렸다.

“내가 당신이라면 저 여자 말대로 하겠습니다.”

다시 한 번 눈을 들어 자랑스러운 그녀의 모습을 본 순간 랙퍼드의 얼굴에 천천히 미소가 떠올랐다. 달빛 속에 반짝이는 연한 금발. 하늘의 수많은 별들 중에 가장 강렬하고 아름답고 눈부신 별이라고 그는 생각했다.

그런 그녀가 자신을 뒤쫓아오다니.

그녀가 방금 그의 목숨을 구했다니.

16

제이신다는 버려진 낡은 건물의 어둠 속에서 감각만으로 길을 찾았다. 계단을 한꺼번에 몇 단씩 뛰어 내리고 거미줄이 드리워진 기둥을 비틀거리며 돌아 밖으로 나오자 랙퍼드가 막 입구로 다가오고 있었다.

그녀는 문에서 달려나가 즉시 그의 품에 몸을 던지며, 보호해 주고 싶다는 듯 그를 꼭 끌어안았다.

그의 팔이 자신을 감싸 오자 그녀는 까치발로 서서는 그를 끌어당겨 열렬히 키스했다.

랙퍼드는 격렬하게 반응했다. 그의 입술이 억제되지 않는 욕구를 담아 그녀의 입술에 파고들었다. 제이신다는 랙퍼드가 그런 위험에 자기 몸을 내맡긴 것에 대한 분노와 그가 무사하다는 안도감 때문에 눈물이 나서 눈을 꼭 감았다.

그녀는 소유욕이 넘치는 그의 키스에 입술을 더욱 벌리며 손으로 그의 몸을 쓰다듬었다. 다행히 그가 정말로 다치지 않았다는 사실을 확인이라도 하듯이. 자신이, 제이신다 나이트가 방금 배신자 컬린 오딜을 죽였다는 사실을 생각하면 아직도 마음이 떨렸다. 랙퍼드의 등

을 향해 총을 들어 올리는 오딜의 모습을 본 순간에는 그를 죽인다
고 생각해도 아무런 죄책감도 들지 않았건만.
랙퍼드가 키스를 끝내고는 손으로 그녀의 얼굴을 감싸 눈을 들여
다보았다.
"여기서 뭘 하고 있는 거요?"
"가요. 마차 안에서 설명해 줄게요."
그녀는 그의 손을 잡고 서둘러 삯마차가 기다리고 있는 모퉁이로
데려갔다.
마부가 이런 위험한 곳에 마차를 세워 두고 있자니 초조해지는 것
을 가라앉히려고 말들을 달래는 소리가 들렸다.
"진정해, 선더. 이제 괜찮아. 그냥 뒷골목의 고양이가……."
"마부 아저씨!"
랙퍼드와 함께 마부에게 다가가며 제이신다가 불렀다.
자그마한 남자가 뒤를 돌아보더니 다행이라는 듯 어깨를 들썩였다.
"아가씨, 오, 무사히 돌아오시다니 다행이군요!"
제이신다는 주기로 한 작은 돈주머니를 마부에게 던졌다.
"링컨스 인 필즈로 다시 가 주세요!"
"알겠습니다, 아가씨."
랙퍼드가 마차 문을 열어 주자 그녀는 어두운 마차 안으로 올라갔
다. 그가 뒤따라 들어와 문을 닫자 마부가 서둘러 말을 재촉했다.
"피가 나잖아요."
그가 옆에 앉자 그의 턱에 난 상처를 보고 제이신다가 걱정스럽게
말했다.
"아무 것도 아니오."
소매 끝으로 턱의 상처를 닦아 내며 랙퍼드가 중얼거렸다.
그녀가 그의 얼굴을 감싸고는 자세히 살폈다.
"오, 불쌍한 빌리."
그래도 그 외에 더 심한 상처는 없었으므로 그녀는 감사의 기도를

올리며 그의 뺨에 키스를 했다.

랙퍼드가 갑자기 그녀를 끌어당겨 무릎에 앉혔다.

"어떻게 된 거요? 제이신다. 당신이 그렇게 뛰어난 저격수라는 말은 여태 해 준 적이 없잖소! 목표물에서 20미터는 떨어져 있었던데다 빛도 거의 없었잖소. 그런데도 그 녀석의 미간을 정확하게 맞히다니!"

그의 칭찬이 기뻤지만 그녀는 인상을 찌푸렸다.

"오, 그냥 운이 좋았을 뿐이에요. 오빠들이 항상 눈을 가린 채 사격 연습을 시켰거든요. 그 정도는 아무 것도 아니에요. 당신, 당신이야말로 정말 대단했어요! 너무 용감하고 강했어요."

그의 얼굴에 얼굴을 갖다 대며 제이신다가 감탄했다.

"너무 용감했어요."

손으로 그의 가슴을 어루만지며 그녀가 덧붙였다.

"용감했다고?"

그가 중얼거렸다.

"네."

장난꾸러기 같은 미소를 지으며 그녀가 그의 셔츠의 맨 위쪽 단추를 풀었다.

"제이신다?"

"왜요, 랙퍼드?"

두 번째 단추를 풀며 그녀가 속삭였다.

"뭘 하는 거지?"

그녀는 일부러 한숨을 내쉬며 몸을 움직여 치마를 걷어올리고 그의 무릎에 걸터앉았다. 그리고는 그의 목을 껴안고 한참 동안 눈을 들여다보았다.

"오, 빌리. 오늘 밤 올맥에서 있었던 일 덕분에 난 정신을 차렸어요. 당신이 떠난 다음에 곧장 나도 무도회장을 떠났죠……."

"화를 내서 미안하오."

그가 부끄러워했다.

"자제력을 잃었소. 에이서 로링한테 그렇게 걸려들면 안 되는 거였는데. 당신에게 했던 말도 미안……."

제이신다가 부드럽게 그의 입술에 손가락을 대며 말을 막았다.

"그 사람은 그런 일을 당해도 싸요. 나도 그렇고. 올맥 따위는 지옥으로 가라고 해요. 만약 귀부인들이 무도회에 당신을 초대하지 않는다면 나도 그런 곳에는 가고 싶지 않아요. 차라리 빈민굴이나 지붕 위, 아니 달이 더 좋아요. 당신이 있는 곳이라면요. 당신을 사랑해요, 빌리. 당신에게 이 말을 하러 와야만 했어요. 그리고 만약, 혹시라도 당신의 청혼이 아직 유효하다면……."

그녀가 망설이더니 기대감이 뒤섞인 눈으로 떨면서 그의 눈을 들여다보았다.

"당신의 아내가 되는 건 내겐 커다란 영광이에요."

충격을 받은 듯 랙퍼드가 그녀를 뚫어지게 쳐다보았다.

"날…… 날 사랑한다고?"

그녀가 얼굴을 붉히며 열렬히 고개를 끄덕였다.

"나와 결혼하겠다고? 진심이오, 제이신다? 확신하오?"

그가 그녀의 어깨를 잡았다.

"평생 이렇게 뭘 확신해 본 적이 없어요."

기쁨의 웃음을 터뜨린 랙퍼드는 순간 그녀를 푹신한 좌석에 홱 눕히고 즐거운 신음소리를 내며 위로 올라왔다.

"그러니까 나와 결혼하겠다는 말이지? 당신이, 앙증맞은 사격의 명수가 말야?"

"네."

"날 존경하고?"

"완벽하게요."

"소중히 여기고?"

"영원히 그럴 거예요."

"복종하고?"

그가 의심스럽다는 듯이 물었다.

그녀가 교활한 미소를 지으며 눈을 가늘게 떴다.

"우리, 너무 앞서 가지는 말아요."

랙퍼드는 부드럽게 웃음을 터뜨렸다. 하지만 그의 눈에는 동경이 가득했다. 그가 그녀의 머리채 한 다발을 손가락으로 감았다.

"당신, 진짜야? 어떻게 이런 일이 일어난 거지? 만약 이게 꿈이라면 깨고 싶지 않아."

"진짜예요."

그녀가 그의 뺨을 쓰다듬으며 그의 눈을 보았다.

"사랑해요, 빌리. 무슨 일이 있어도 그 사실은 변하지 않을 거예요, 당신이 어디를 가든 난 항상 그 곳에 있을 거예요. 그리고 설령 당신이 귀찮아한다 해도 당신을 보살펴 줄 거고요."

랙퍼드가 그녀의 손을 잡아 자신의 가슴에 대며 감동했다는 눈길로 그녀를 보았다.

"나의 레이디, 당신은 내 심장을 가졌소."

그가 속삭였다.

"소중히 간직할게요."

그녀는 눈을 감고 그의 눈썹에, 일그러진 별 모양의 상처 바로 위에 키스를 했다. 그녀가 뒤로 물러서자 그의 눈이 소나무 숲처럼 색이 짙어지며 경건한 표정이 감돌았다. 그녀가 부드럽게 그의 뺨을 만졌다.

"왜 그래요, 달링?"

"그게……, 당신은 어떤 남자라도 가질 수 있었을 거요. 당신이 내 어떤 점을 좋게 보았는지 모르겠소."

"친애하는 친구 랙퍼드이자 나의 야만인인 블레이드를 좋게 본 거죠. 내가 사랑하는 남자이자 내가 갈망하는 남자요. 키스해 줘요."

그녀가 속삭였다.

그는 그녀를 부드럽게 안으며 그녀의 말대로 했다. 따뜻하고 남성적인 그의 체취를 맡으며 그녀가 그의 셔츠자락을 벌렸다.

"당신 아버지가 콘월로 가셨다면서요?"

키스 사이사이에 그녀가 중얼거렸다.

"그렇소."

"당신 어머니도요?"

"으…… 음."

그녀의 목에 나른하게 키스하며 그가 가르랑거렸다. 그의 손이 그녀의 몸 아래로 내려갔다.

"집이…… 온통 내 차지지."

그녀가 그의 넓은 어깨를 안았다.

"오늘 밤은 당신과 같이 있고 싶어요."

그녀의 말에 욕망으로 몸이 떨렸다. 하지만 그는 손으로 부드럽게 그녀의 얼굴을 감싸고 눈을 들여다보았다.

"정말 그러고 싶소?"

그녀가 천천히 고개를 끄덕였다. 그에 대한 갈망으로 눈길이 타오르고 맥박이 빨라졌다.

그녀의 말없는 대답에 그의 눈 빛깔이 짙어졌다.

"그럼 아가씨, 초대라고 생각하시죠."

그가 속삭였다.

그의 집에 도착할 때쯤 그들은 참을 수 없을 정도로 달아올라 있었다. 그녀의 키스로 그의 입술은 부풀어올라 있었고, 그녀의 손길에 머리는 헝클어져 있었다. 마차가 멈추자마자 랙퍼드는 달빛이 가득한 어둠 속으로 뛰어 내린 뒤 마차에서 내리는 그녀를 도와 주기 위해 몸을 돌렸다. 그는 그녀를 안고 집으로 향하는 동안에도 계속 키스를 해 댔다.

"문을 열어."

랙퍼드가 쉰 목소리로 키스 중간에 속삭였다. 마차가 길 아래로 내려가는 소리가 들렸다. 따그닥거리는 말발굽 소리가 조용한 거리에 울려 퍼졌다. 제이신다가 더듬거리며 철 빗장을 찾았다. 그녀가 막 빗장을 열자, 그의 집 바깥을 지키고 있던 보 스트리트의 경관들이 다가왔다.

"랙퍼드 경?"

"경? 나가신 줄 몰랐습니다."

"뒷문으로 나갔소. 남자란 모름지기 때때로 여자가 필요한 법이지 않소?"

경관들이 유쾌한 시선을 주고받았다. 경관들의 앞에서 자신을 매춘부로 가장시키려는 랙퍼드의 의도를 깨달은 제이신다는 발끈했다.

"쯧쯧."

키 작은 경관이 사람 좋게 그를 꾸짖었다.

"경께서는 어떤 이유로도 저희들에게 아무 말씀 없이 밖으로 나가시면 안 된다는 것이 앤서니 경의 말씀이셨습니다."

"좀 봐주게, 여보게들. 난 성인이 아니라 스물여덟 살 먹은 건장한 남자니까."

그들이 웃음을 터뜨렸다.

"알겠습니다. 괜찮은 여자인데요, 경."

"그 여자는 얼마나 합니까?"

다른 경관이 웃으며 물었다.

"자네한테는 이 여자를 살 만한 돈이 없을걸."

킬킬거리며 대답한 그는 제이신다가 화가 난 듯 옆통수를 살짝 때리자 더 큰 소리로 웃었다. 그녀를 달래기 위해 키스를 했지만 시간이 갈수록 키스는 더 급박해졌다. 그의 침실로 가는 도중 두 사람 다 다른 사람은 쳐다보지도 않았다. 현관문을 열어 주던 집사도, 여자를 안고 넓은 계단을 올라가는 주인을 보고 놀라 숨을 헐떡이는 가정부도 그들의 안중에는 없었다.

잠시 후 두 사람은 방에 도착했다. 테이블에 놓인 희미한 촛불에 의지해 제이신다는 재빨리 방 안을 둘러보았다. 윤나는 비단 천이 덮인 벽면, 묵직해 보이는 푸른 벨벳 커튼, 바닥에 깔린 값비싼 페르시아 양탄자 등을. 가구들은 전부 부분적으로 금박을 입힌 최신 유행 로마 스타일이었다. 하지만 랙퍼도가 옆에 붙어 있는 침실로 그녀를 데리고 가자 제이신다는 가구 따위에 대해서는 까맣게 잊어버렸다.

그녀는 문가에 서서 커다란 사주식 침대를 바라보았다. 떨면서 침대와 그를 번갈아 보던 그녀는 생각했다. 바로 저 침대에서 처녀성을 잃게 되는 것이다.

황제에게 어울리는 침대였다. 높다란 천개에서 커튼과 어울리는 푸른 벨벳 천이 폭포처럼 아래로 늘어져 있었다. 짙은 자단목 침대 머리판을 장식하고 있는 섬세한 원 안에는 로마의 신들이 그려져 있었다. 랙퍼드가 촛불을 켜자 그녀는 망토를 벗었다.

그녀에게 몸을 돌린 랙퍼드는 동그래진 그녀의 눈을 보고 사랑스럽다는 듯이 미소를 지었다. 그가 괜찮다는 듯 그녀의 뺨을 어루만졌다. 잠시 후 그의 시선이 아래로 내려가자 제이신다도 그의 시선을 따라 자신이 입고 있던 능직 면 드레스를 내려다보았다. 그녀는 치마를 매만지며 불안한 듯 그를 쳐다보았다. 그의 앞에서 이런 소박한 드레스를 입기는 처음이었기 때문이다. 만약 오늘 밤 처녀성을 잃게 될 줄 알았다면 제일 좋은 드레스를 입었을 텐데, 그녀가 초조해하며 생각했다. 하얀 비단 드레스에 보석을……

랙퍼드가 그녀의 턱을 부드럽게 꼬집었다.

"아름다워."

언제나 그렇듯 그녀의 생각을 읽은 그는 그녀를 달래 주었다.

"사실…… 난 이런 모습의 당신이 더 좋아. 당신이 여신처럼 차려입으면 남자들은 주눅이 들거든."

"내가요?"

그녀의 기분이 나아졌다.

랙퍼드는 나른하게 씩 웃어 보이고 재킷을 벗으며 몸을 돌렸다.

"괜히 그 말을 머릿속에 담아 두지 마시오."

그가 한구석의 세면대 쪽으로 다가가는 동안 그녀는 콧방귀를 뀌며 반장화를 벗었다. 랙퍼드가 대야에 물을 붓더니 머리 위로 셔츠를 벗었다.

그를 쳐다보던 제이신다는 입술을 깨물었다. 오늘 밤은 그의 매혹적이고 크고 단단하고 늘씬한 몸에, 볕에 타고 문신이 새겨진 몸의 유혹에 저항할 생각 따윈 없었다.

랙퍼드가 대야로 몸을 숙여 재빨리 얼굴에 물을 끼얹으며 격렬한 싸움의 흔적을 씻어 내기 시작하자 제이신다는 그 옆으로 다가갔다. 그녀는 곁에 서서 물결치는 그의 등으로 손을 미끄러뜨리며 날개를 편 불사조 문신을 손끝으로 만졌다. 그의 피부는 따뜻하고 부드러웠다. 작은 애무에도 기뻐하는 그를 느낄 수 있었다.

돕고 싶어서 그녀는 위에 걸려 있던 수건을 들어 대야의 물에 적셨다. 열기가 느껴지는 여름밤인데도 물은 시원했다. 랙퍼드가 상체를 일으켜 그녀 쪽으로 향하자 제이신다는 수건의 물기를 짰다. 그는 뒤에 있던 화장용 테이블에 엉덩이를 기댄 채 그녀가 젖은 수건으로 천천히 가슴과 목, 근육질의 복부를 닦아 내는 모습을 지켜보았다. 그녀는 단단한 어깨를 닦은 다음 힘찬 팔도 닦아 내렸다. 그의 눈에 열기가 타올랐다.

다시 수건을 적시기 위해 몸을 돌린 제이신다는 자신을 태울 것처럼 강렬한 그의 시선을 느낄 수 있었다. 그녀가 미처 몸을 돌리기도 전에 그가 바로 뒤로 다가왔다. 그가 얼굴을 그녀의 머리카락 속에 묻으며 허리를 안았다. 그의 다른 손이 목을 감싸 오자 제이신다는 그의 어깨 위에 기댄 머리를 살짝 들어 올려 그의 급박한 키스를 받았다.

그가 그녀의 길다란 앞머리를 밀어내더니 능숙한 손으로 서둘러 드레스 단추를 풀고는 눈으로 그녀의 등을 훑었다.

"맙소사, 너무나 오랫동안 당신을 원했소."

그가 드레스를 어깨 아래로 내리며 그녀의 목덜미에 키스했다.

드레스가 바닥으로 흘러내리자 그녀의 심장이 두근거렸다. 그녀는 옷에서 발을 빼낸 뒤 그를 유혹하듯 얇고 하얀 슈미즈를 벗어 던지며 천천히 침대로 갔다. 눈을 강렬하게 빛내며 그가 검은 바지를 벗었다. 제이신다는 양말 대님과 하얀 비단 스타킹만을 몸에 남긴 채 침대 가에 앉아 랙퍼드가 딱딱한 남성을 드러내는 것을 붉어진 얼굴로 지켜보았다. 그리고는 그의 남성을 보고 흥분하는 동시에 손을 들어 겁에 질린 듯 그를 만졌다. 그녀는 부드러우면서도 강철같이 단단한 그를 조심스럽게 손끝으로 쓰다듬었다.

랙퍼드가 쾌락으로 몸을 움찔거렸다. 그의 가슴이 가쁘게 오르내렸다. 그는 옷을 마저 벗기 위해 조금 물러섰다. 제이신다는 모로 누워 손에 뺨을 올려놓은 채 장화와 바지를 벗는 그를 지켜보았다. 완전히 벌거벗은 랙퍼드가 그녀의 옆에 눕더니 부드럽게 그녀의 몸 위로 올라왔다. 두 사람의 벌거벗은 몸이 처음 닿은 순간 제이신다는 숨을 죽였다. 그의 단단한 가슴이 그녀의 맨 가슴을 눌러 왔다. 고동치는 그의 심장이 느껴졌다.

그의 입술이 내려온 순간부터, 그 때부터는 설령 그녀가 원한다 해도 되돌릴 수 없었다. 그의 입술이 그녀의 입술에 파고들었다. 그녀의 머리카락을 만지며 확신에 찬 따뜻한 손길로 그녀의 온몸을 어루만지는 손길이 그녀를 매혹시켰다. 맙소사, 이것이야말로 그녀가 오랫동안 갈망하고 꿈꿔 왔던 것이었다. 그의 품에 안겨 자신을 완전히 잊어버리는 것 말이다.

랙퍼드는 몸을 뗀 뒤 그녀의 젖가슴을 쳐다보며 세차게 어루만졌다. 그가 고개를 숙여 가슴에 키스하자 그녀가 나른하게 미소를 지었다. 그리고는 그의 머리를 토닥이며 굶주린 듯 젖꼭지를 빨아들이는 그의 모습을 지켜보았다. 잠시 뒤 그의 입술이 아래로 내려가면서 그의 손이 다리 사이를 파고들었다.

쾌락에 몸을 떨며 제이신다 역시 확신에 찬 손길을 뻗어 그를 살

짝 만졌다. 랙퍼드가 신음 소리를 내며 그녀의 손을 잡은 뒤 그녀를
매트리스 위에 눌러 댔다.

"준비됐소, 달링?"

그가 몸을 내리자 제이신다는 날뛰는 욕망에 눈을 깜박였다. 그녀
가 팔로 그의 목을 감쌌다.

"사랑해요, 랙퍼드."

그녀가 속삭였다.

"나도 사랑하오, 나의 레이디."

그가 그녀의 다리 사이에 엎드리자 맥박이 고동치는 남성이 그 곳
에 닿는 느낌이 왔다.

"제이신다."

마치 마법의 주문을 읊는 양 랙퍼드가 천천히 그녀의 이름을 속삭
였다.

"사랑하오, 천사. 당신이 상상하는 것보다 훨씬 더 당신을 사랑해."

그가 그 누구의 손도 닿지 않았던 그녀의 입구를 벌리며 자신의
딱딱하면서도 부드러운 남성을 집어넣자, 제이신다는 그를 갈망하며
기다릴 수 없다는 듯 허리를 들었다. 그녀의 입에서 희미한 비명이
터져 나왔다. 지금 자신의 몸 안에 들어와 있는 이 남자보다 그녀가
더 원했던 것은 없었다. 랙퍼드가 그녀를 안은 팔에 힘을 주었다. 그
녀를 단단히 끌어안은 채 그는 그녀의 눈썹에 뜨거운 키스를 퍼부으
며 그녀의 몸 안 깊숙이 자신을 찔러 넣었다. 그가 처녀막을 뚫고 들
어오자 제이신다는 부드럽게 비명을 지르며 머리를 베개에 기댔다.
드디어 그들은 하나가 되었다. 아팠다. 제이신다는 뒤늦게야 공포를
느꼈다. 이게 현명한 생각인지, 자신이 실수를 한 게 아닌지, 그가 정
말 자신을 사랑하는지 두려웠다. 하지만 곧 랙퍼드는 그녀의 두려움
을 없애 주었다.

멍한 의식 속으로 잠시나마 아프게 해서 미안하다는 그의 걱정스
러운 속삭임이 들어왔다. 그가 그녀의 머리를 어루만지며 밀어를 중

얼거렸다.

"제이신다, 난 언제나 당신을 소중히 여길 거요. 당신도 알지, 그렇지? 당신을 절대 혼자 놔두지도, 버려 두지도 않을 거야."

그의 숨소리가 거칠어졌다. 은밀히 감추어진 그의 영혼 깊숙한 곳에서 말들이 터져 나왔다.

"당신은 내가 믿는 유일한 사람이야. 당신은 날 돕고 보살폈어. 날 늑대들에게 던져 버릴 수도 있었는데도 날 구해 줬지. 내 천사, 내 황금빛 여신. 난 당신이 너무나 필요해, 제이신다. 사랑해. 절대 내 곁을 떠나지 마. 정말 당신을 사랑해."

그의 말이 부드러운 실처럼 그녀를 감쌌다. 그녀의 몸이 자신을 받아들이길 기다리면서 그녀가 얼마나 아름다운지를 그가 속삭여 주자 그녀의 눈에 눈물이 고였다. 그는 그녀가 얼마나 감미로운지, 그녀의 체취와 걸음걸이, 웃음소리, 초콜릿보다 더 진하고 달콤한 그녀의 눈을 얼마나 사랑하는지 속삭였다.

그의 매끄러운 유혹에 점차 불편함이 사라졌다. 그녀는 말없이 그에게 고개를 돌리고 눈을 들여다보며 서로의 입술을 머뭇머뭇 맞비볐다. 그가 그녀의 손을 잡아 깍지를 끼며 살짝 나른하게 키스를 되돌렸다. 제이신다는 다른 한 손으로 조심스럽게 그를 만졌다. 오른손으로 그의 옆구리를 상하로 천천히 쓰다듬고는 늘씬하면서도 탄탄한 그의 엉덩이와 허벅지를 만졌다.

그의 키스가 끝나자 제이신다는 준비를 끝낸 채 아무 망설임 없이 그를 원하며 그의 눈을 올려다보았다. 그녀는 항복하는 것에 대해 별로 아는 게 없었지만, 그가 다시 깊숙이 키스하며 어떻게 하면 그를 위해 자신을 열 수 있는지 부드럽게 가르쳐 주었다. 그의 가르침대로 그녀는 입술을 크게 벌렸다. 채워지는 황홀한 기쁨에 숨도 쉴 수 없을 정도로 그의 혀가 깊숙이 들어올 수 있게 해주었다. 남자가 자신을 맘대로 할 수 있도록 철저히 복종하는 것에서 이렇게 커다란 기쁨을 맛볼 수 있을 줄은 꿈에도 몰랐다.

랙퍼드가 그녀의 허벅지를 붙잡아 자신의 몸에 다리를 감게 했다. 그의 낮은 신음 소리를 듣자 그녀의 몸에 흥분이 치달렸다. 그녀는 그의 목을 꼭 안고 랙퍼드가 손을 매트리스에 짚은 채 몸을 일으켜 자신을 사랑해 주는 모습을 매혹된 듯 지켜보았다.

그의 짙은 금발이 헝클어졌다. 그의 그늘진 눈의 깊숙한 곳에서 폭풍 같은 열정이 피어올랐다. 그렇게 두 사람은 타올랐다. 조각 같은 그의 몸에 땀이 배어 나왔다. 촛불이 밝혀진 방 안에 두 사람의 헐떡임 소리와 낮은 신음 소리, 침대가 삐거덕거리는 소리가 가득했다. 손을 아래쪽으로 내린 그가 자신이 들어 있는 그녀의 쾌락의 중심부를 손끝으로 문지르자 그녀는 새로운 절정에 올랐다. 제이신다가 눈을 뜨자 황홀한 열정으로 일그러진 그의 아름다운 얼굴이, 근사한 쾌락에 감긴 그의 눈이 보였다. 그녀가 시선을 그의 복부로 내렸다. 그가 걸신들린 듯 그녀의 몸 안으로 들어올 때마다 근육이 물결치며 땀이 빛에 반사되었다.

그의 남성적인 아름다움은 숨이 멎을 정도였다. 그녀는 다가오는 절정을 느끼며 부르르 떨고 키스하기 위해 서둘러 그를 아래로 끌어 당겼다.

"빌리."

자신을 쾌락 속으로 빠져들게 하는 그의 입술에 대고 그녀가 숨을 헐떡였다.

"오, 맙소사, 달링. 멈추지 말아요."

랙퍼드는 더욱 깊숙이 그녀의 허벅지 사이를 파고들었다. 그가 단호하게 다시 또 다시 파고들자 그녀의 영혼이 어두운 감각의 하늘로 붕 날아갔다. 연달아 밝은 빛이 불꽃처럼 터졌다. 랙퍼드가 커다란 신음 소리를 내며 그녀의 이름을 헐떡였다. 다음 순간 그의 몸이 빳빳해지더니 온몸을 떨며 해방을 맞았다. 절정이 그를 사로잡는 동안 그녀는 자신의 안에 들어 있는 그의 딱딱한 남성이 펄떡이며 점점 더 부풀어오르다 쥐어짜듯 온몸을 비틀며 자신의 자궁에 정자를 뿌리는 것을 느꼈다.

그가 경이로운 표정으로 숨을 헐떡이며 자신의 위에 털썩 쓰러질 때 즈음 그녀도 현실로 돌아왔다.

"사랑해."

그가 속삭이더니 아이처럼 달콤하게 그녀의 뺨에 키스하고는 아직까지도 떨리는 가슴 위에 머리를 올려놓았다.

제이신다는 그를 껴안았다. 이교도의 문신을 한 그는 마치 꿈에나 나올 것 같은 아도니스 같았다. 그의 무거운 머리를 가슴에 안고 사랑을 나눈 후의 달콤한 기쁨을 느끼며 그녀는 천장을 쳐다보았다. 사랑을 나눈 후에 생겨난 이런 따뜻하고 강한 유대감을 전에는 느껴 본 적이 없었다. 전에도 살아 있었던 건가? 그를 만나기 전에도? 그에게 자신을 내어 줌으로써 다시 태어난 기분이 들었다.

그의 손이 방금 전 철저히 소유했던 제이신다의 온몸에 마치 자신의 것이라는 낙인을 찍듯 그녀를 어루만졌다.

그의 소유욕이…… 지나치다는 느낌이 들었지만 놀랍게도 기분은 좋았다.

17

　다음 날 아침 랙퍼드는 근사한 기분으로 잠에서 깼다. 온몸이 묵직하고, 충분히 만족하고, 편히 쉰 기분이었다. 너무 편안해서 움직이고 싶지 않았다. 리넨 시트 아래로는 따뜻했지만, 드러난 어깨와 팔에 와 닿는 공기는 서늘했다.

　보슬비가 내리고 있었다. 그는 눈을 감은 채 음악처럼 부드러운 빗소리에 귀를 기울였다. 거리 건너편의 넓은 공원에서 빗줄기에 실려 오는 신선하고 상쾌한 새소리가 침대 가의 살짝 열린 창문으로 들어왔다. 그는 가르랑거리며 몸을 살짝 틀어 베개에 얼굴을 묻었다. 그는 사랑에 빠져 있었고 그걸로 충분했다.

　그는 제이신다가 실제로 이 곳에 있는지, 아니면 모든 게 관능적인 꿈이었는지 확인하기 위해 흐트러진 침대 건너편으로 손을 뻗었다. 그의 눈이 번쩍 뜨였다. 놀랍게도 그녀는 이 곳에서, 그의 곁에서 꾸벅꾸벅 졸고 있었다. 요정 같은 몸은 태어났을 때 그대로 알몸이었고 눈부신 곱슬머리가 그의 베개 위에 펼쳐져 있었다. 짙은 속눈썹이 사과처럼 달콤하고 붉은 뺨 위로 그늘을 드리웠다.

　어젯밤 제이신다가 사랑한다고 말했던 것이 떠오르자 마음속에서 강렬한 기쁨이 솟아났다. 그녀는 자신과 결혼하겠다고도 했다!

그는 경건한 몸짓으로 그녀에게 다가갔다. 꼭 안아 주자 제이신다가 한숨을 내쉬었다.

그는 그녀의 머리에서 나는 딸기와 재스민 냄새를 들이마시며, 평화로운 이 순간이 언제까지나 절대 잊혀지지 않으리라고 생각했다. 땅속 깊은 곳을 흐르는 샘물처럼 순간순간이 그의 마음 깊은 곳에 스며들었다. 그가 여태껏 흘리지 못하고 담아 두었던 눈물들이 투명하고 신선한 생명수처럼 정화된 그의 영혼 깊숙한 곳에서 뿜어 나오는 것 같았다.

제이신다가 그의 손길에 몸을 살짝 움직이는 것 같았다. 랙퍼드는 그녀의 우아한 엉덩이를 어루만지며 귀에 키스를 했다. 그녀가 몸을 뒤로 살짝 휘자 부드러운 엉덩이가 딱딱하게 솟은 그의 남성에 닿았다. 참을 수가 없었다.

"오, 랙퍼드."

제이신다가 눈을 감은 채 유혹적인 웃음을 터뜨리며 그를 나무랐다.

"좋은 아침이오."

그가 짓궂은 목소리로 물었다.

"아침으로 뭘 먹고 싶소, 아가씨?"

"뭘 줄 거죠? 소시지?"

그녀의 야한 농담에 그가 웃음을 터뜨렸다.

"맙소사, 난 정말 이 여자를 사랑해."

"누구? 나요?"

그녀가 시치미를 떼고 물으며 똑바로 누웠다.

"그래, 당신을 사랑해."

랙퍼드는 고개를 내려 그녀의 콧등에 키스했다.

그가 조금 뒤로 물러나자 그녀가 머리카락을 손가락에 감으며 미소를 지어 보였다. 노골적인 의도를 드러내며 그의 손이 천천히 그녀의 몸 아래로 내려갔다.

제이신다는 얼굴을 살짝 찌푸렸지만 그를 제지하지는 않았다.

"랙퍼드, 난 방금 일어났어요. 틀림없이 끔찍해 보일 거예요."

"당신은 원한다고 해도 절대 '끔찍해' 보일 수 없다오, 아가씨."

"아첨쟁이."

그녀가 눈을 비비며 하품을 했다.

"어쨌든 품위 있는 사람이라면 아침에 그런 짓을 하지는 않을 거예요."

"아니라는 걸 알게 되면 당신도 놀랄걸."

다음 순간 그녀는 완벽하게 준비가 된 그의 상태를 알아차리고 팔꿈치로 몸을 지탱해 일어나더니 딱딱하게 일어선 그의 남성을 오랫동안 바라보았다. 그녀가 눈썹을 치켜들더니 고개를 저였다.

"당신은 정말 무뢰한이에요."

"맞아. 그것 때문에 당신이 날 사랑하잖아."

장난스럽게 으르렁거리며 그가 그녀를 덮쳤다. 그리고는 그녀의 나긋나긋한 몸에 지분거리는 키스를 퍼부으며 항복할 때까지 간지럼을 태웠다.

소녀 같은 웃음소리는 곧 욕망의 신음 소리로 바뀌었다. 두 사람이 침대 위를 구르자 시트가 그의 엉덩이로 흘러내렸다. 그의 몸 위로 올라온 제이신다는 금세 그 자세가 마음에 드는 듯했다.

고양이 같은 미소를 지으며 그녀가 그에게 침대 머리판에 기대어 앉으라고 재촉했다. 그녀가 위에 걸터앉아 뜨거운 눈길로 눈을 들여다보자 랙퍼드는 심장이 두근거리는 가운데에서도 자제하려고 애썼다. 그녀가 천천히 몸을 내리자 그의 딱딱한 남성이 열기가 가득한 그녀의 몸 속으로 깊숙이 파묻혔다. 그는 그녀의 엉덩이를 쥐고 주물렀다. 그녀가 팔로 그의 목을 감고 꼭 끌어당겼다. 그녀가 움직이기 시작하자 그는 그녀의 목에 키스했다.

그의 품에서 그녀의 몸이 격렬하게 움직였다. 그녀가 몸을 살짝 뒤틀며 허리를 젖히자 부풀어오른 젖꼭지가 그의 어깨와 가슴을 눌러 댔다. 랙퍼드는 차례로 젖꼭지를 빨아들이며 손을 아래로 내려 엄지를 부드러운 꽃잎 안으로 살짝 넣었다. 그녀가 욕망으로 몸을 떨었다.

"맙소사, 당신을 사랑해."

그가 거칠게 중얼거렸다.

그녀는 눈을 감은 채 부드러운 신음 소리를 내며 절정을 향해 치달았다.

빗줄기가 더 빨리, 세차게 내려꽂혔다. 그는 그녀의 엉덩이를 쥔 채 그녀가 쾌락을 즐기도록 하면서 자신의 움직임을 통제했다. 그녀가 고개를 뒤로 젖힌 채 천천히, 깊게, 나른하게 움직였다. 그녀가 움직일 때마다 맹목적인 쾌락이 그의 영혼을 뒤흔들었다. 어떤 여자도 그에게 이런 기분을 안겨 주지는 못했다. 이렇게 강렬하고 헌신적인 기분을. 그녀를 위해서라면 살인이라도 할 수 있을 것 같았다. 자신의 목숨을 내놓을 수도 있을 것 같았다.

그녀의 요구가 많아지면서 그녀는 그를 밀어 침대에 눕히더니 점점 더 빨리 움직였다. 그는 보드라운 그녀의 엉덩이를 잡고 자신의 남성 위로 깊숙이 끌어내렸다. 빡빡한 그녀의 입구가 그를 매혹시켰다. 어깨 위에서 흔들리던 머리카락은 그녀가 움직임을 빨리 하자 그의 얼굴을 부드럽게 스치고 지나갔고, 탄력 있는 가슴은 마구 흔들렸다. 그는 이를 악물고 제이신다가 절정의 비명을 지를 때까지 참았다. 열정의 한가운데에서 그녀가 헐떡이며 그의 이름을 부르자 그의 자제력이 사라졌다. 그녀의 절정이 따뜻하고 촉촉한 바다처럼 그를 집어 삼켰다. 그는 완전히 항복하고는 그의 짝이자 신부인 이 여자의 감촉과 체취 외에는 모든 것을 다 잊었다.

폭풍우 같은 사랑이 지나가는 동안, 두 사람은 난파된 배에서 해변으로 떠내려 온 두 명의 생존자처럼 서로의 품에 안겨 있었다. 그의 손가락은 그녀의 머리카락에, 그녀의 팔은 그의 목에 느슨하게 감겨 있었다.

“제이신다.”

한동안 평화롭게 천국을 떠다니던 랙퍼드가 속삭였다.

“빌리 보이.”

그녀가 가르랑거렸다.

“난 당신 이름이 좋아. 내가 말한 적이 있었던가? 마치 봄바람을 타고 날아오는 교회 종소리 같아.”

그녀가 고개를 들고 천천히 미소를 지어 보였다. 하지만 대답하는 대신 그의 구부러진 코에 키스를 했다. 그리고 잠시 생각하더니 위로 올라와 그의 눈썹 위에 난 흉터에도 키스했다.

그녀가 그 곳에 키스를 하자 생각에 잠긴 듯 그의 미소가 사라졌다. 그녀가 마치 자신의 자리라는 듯 다시 밑으로 내려와 그의 가슴에 머리를 기대자 긴 눈썹이 가슴을 간질였다. 그의 마음속에서 뭔가가 깨어났다. 새롭고 희망에 찬 자그마한 무엇인가가. 노래하고 싶은 동시에 울고 싶게 만드는 무엇인가가. 물론 그는 노래하지도 울지도 않았다. 대신 그녀를 안은 팔에 힘을 주었다. 요정처럼 강하면서도 섬세한 이 여자가 어젯밤 그의 목숨을 구했다는 사실이 떠올랐다. 사실 그녀는 그의 생명 이상의 것을 구했다. 그녀가 알고 있는지 궁금했다. 그녀 자신이 그의 영혼을 구했다는 사실을 말이다.

“몇 시쯤 됐을까요?”

그녀가 중얼거렸다.

“아직 7시도 안 됐을 거야.”

팔꿈치를 짚고 몸을 일으켜 선반 위의 시계를 보던 그의 눈이 갑자기 경악하듯 커졌다.

“열 시야.”

그녀가 놀라서 벌떡 일어났다.

“열 시라고요? 맙소사! 하녀가 매일 아침 열 시 반에 날 깨우러 오는데!”

공작이나 다른 식솔들이 그녀가 사라졌다는 걸 알아채기 전에 귀가하기 위해 두 사람은 즉시 침대에서 내려와 서둘러 옷을 입었다.

"맙소사."

다리 사이의 핏자국을 지우고 칸막이 뒤로 들어가며 그녀가 중얼거렸다.

랙퍼드는 정확히 3분 만에 옷을 다 입었다. 제이신다는 드레스를 입은 채 칸막이 뒤에서 나와서 그에게 달려오더니 어젯밤 그가 서둘러 벗겼던 단추를 채워 달라고 했다. 그 일이 끝나자 그녀는 돌아서서 그의 크러뱃을 매어 주었다. 그녀가 아는 것은 '우편 마부'라는 최근 유행하는 매듭 하나뿐이었지만 오빠를 다섯이나 둔 덕분에 크러뱃을 매는 데는 익숙했다. 들통날지도 모른다는 생각에 손이 떨려 속도가 느렸지만 곧 그의 옷차림은 짜증나는 난쟁이 시종 없이도 만족할 만한 상태가 되었다.

몇 분 후 마차에 올라탄 두 사람은 세인트 제임스가와 그린 파크를 향해 쏜살같이 마차를 달렸다. 비는 그쳤지만 하늘은 여전히 흐렸다. 랙퍼드는 가랑비가 다시 올 경우를 대비해 마차에 검은 가죽 포장을 씌웠다.

"자, 이렇게 하자고. 당신은 일찍 일어나서 공원에 산책을 간 척해. 그동안 나는 집에 가서 공작의 신경을 다른 데로 돌려놓을 테니."

"어떻게요?"

"당신과 결혼하겠으니 허락해 달라고 할 거야."

"오!"

그녀가 한숨을 내쉬었다. 구름 뒤로 나타나는 햇살처럼 그녀의 얼굴에 미소가 번졌다.

그린 파크의 나무 뒤에서 제이신다가 마차를 내리기 전에 두 사람은 다시 한 번 급하게 키스를 나눴다. 그가 마차를 몰고 그녀의 집으로 가는 동안 그녀는 애써 지겹다는 표정을 지으며 공원을 어슬렁거렸다.

하지만 잠시 후 혼자 남은 그녀는 주위를 둘러본 뒤 순수한 기쁨에 웃음을 터뜨리며, 두 팔을 벌린 채 흔들리는 나뭇가지 아래에서 맴을 돌았다. 오, 사랑이라니! 얼마나 근사한지! 어서 리지에게 결혼 소식을 알려 주고 싶었다.

한편 랙퍼드는 평소에도 자주 찾아갔듯 일상적인 방문을 하는 것처럼 나이트 하우스로 갔다. 언제나 그렇듯 월시가 현관문을 열었다. 랙퍼드는 모자를 벗어 들고 공작께서 집에 계시냐고 물었다. 잠시 후 그는 로버트의 서재로 안내되었다. 심장이 두근거렸다.

진지한 검은 눈의 공작이 악수를 청했다.

"랙퍼드, 무슨 일인가?"

랙퍼드는 제이신다에게 충분한 시간을 주었기를 바라며 목을 가다듬었다.

"공작 각하, 다시 한 번 레이디 제이신다에게 청혼을 하러 왔습니다. 이번에는 제 청혼이 받아들여질 거라고 믿을 만한 충분한 이유가 있습니다."

저런, 너무 과소평가한 말인걸. 최근의 자기 행동에 커다란 만족감을 느끼며 그가 생각했다. 간신히 건방진 미소를 억누를 수 있었다.

"그래. 어젯밤 올맥에서 그런 난투극이 있었는데도 자네는 제이신다가 청혼을 받아들일 거라고 믿는다는 말이지? 꽤 충격적인 광경이었네, 경."

공작이 턱을 들고는 날카로운 검은 눈으로 그를 꿰뚫듯 바라보았다.

랙퍼드가 잘못했다는 듯이 고개를 숙였다.

"그 일은 사과 드립니다, 공작. 하지만 로링 씨가 절 모욕했습니다."

"그럼 그냥 그에게 결투를 신청하지 그랬나?"

"그랬다면 로링 씨는 전혀 가망이 없었을 겁니다."

그가 말했다.

공작이 짓궂은 미소를 천천히 지었다.

"내 동생을 사랑하나, 랙퍼드?"

솔직한 질문에 랙퍼드는 놀랐다. 남자답게 감정을 드러내지 않고 대답하는 방법이 없을까? 마음을 감추지 못하고 얼굴이 붉어지는 것만으로도 끔찍했다. 공작이 눈썹을 치켜들었다.

"네, 경. 상상했던 것보다도 더욱더 많이 사랑합니다."

자신의 감정을 인정하고 난 뒤 랙퍼드는 멋쩍은 듯 시선을 떨어뜨렸다. 뭔가를 재듯 유심히 쳐다보는 공작의 시선이 느껴졌다. 그는 간신히 턱을 들어 공작의 시선을 마주했다.

공작은 만족스럽다는 듯 고개를 끄덕이고 종을 울려 집사를 불렀다.

"레이디 제이신다를 모셔 오게."

집사가 물러가자 그는 다시 랙퍼드를 쳐다보았다.

"자네가 무슨 일을 하고 있는지 알길 바라네. 그 아이를 책임지는 일은 쉽지 않을 걸세."

몇 분이 지나도 제이신다가 오지 않자, 선 채로 그녀를 기다리고 있던 랙퍼드는 그녀가 몰래 집으로 들어오다 들킨 게 아닌가 걱정이 되었다.

"왜 이렇게 꾸물거리는 거지?"

공작이 중얼거렸다.

"너무 일찍 온 모양입니다."

랙퍼드가 조심스럽게 말했다.

"나중에 다시 오겠습니다."

"아닐세, 랙퍼드 경. 나도 젊은이가 청혼을 하기 위해 찾아오는 게 얼마나 초조한 일인지 모를 만큼 둔한 사람은 아니야. 자네가 용기를 냈으니 그 애는 적어도 침대에서 일어나기는 해야지."

공작이 짜증스럽다는 듯 종을 더 크게 울리려는 차에 제이신다가 뛰어 들어왔다. 흐트러진 모습이 매력적이었다.

"불렀어요, 로버트 오빠? 오, 랙퍼드 경! 웬일이세요?!"

그녀가 새된 목소리로 외쳤다. 그를 본 순간 그녀의 뺨이 붉게 달아올랐다.

그녀는 형편없는 배우였다. 자연스럽게 행동하지 않으면 둘 사이가 들통나겠다고 경고하는 의미에서 랙퍼드는 그녀에게 얼굴을 찌푸렸다.

로버트가 다정한 눈으로 제이신다를 잠시 쳐다보더니 슬쩍 미소를 지으며 고개를 숙였다.

"동생아, 오늘 아침 널 부른 건 이 훌륭한 젊은이에게서 아주 관대한 제안을 받았기 때문이란다. 저 친구가 너와 결혼하고 싶다는구나."

그녀의 작은 비명 소리는 진짜였다.

랙퍼드는 열렬한 눈으로 그녀를 살짝 훔쳐보았다. 그녀의 얼굴이 기쁨으로 환하게 빛났다. 그것이 자신 때문이라니 믿을 수가 없었다.

"으흠, 랙퍼드 경 말로는 네가 청혼을 받아들일 거라고 믿을 만한 이유가 있다던데?"

공작이 날카로운 눈으로 두 사람을 번갈아 바라보았다.

"아아, 맞아요."

제이신다는 지나치게 열렬히 단언했다.

"그게, 그러니까, 이유가 있다는 거예요. 제 말은, 저도 완벽하게 동의한다는 뜻이에요."

눈을 동그랗게 뜬 채 그녀가 열심히 고개를 끄덕이자 곱슬머리가 등 뒤에서 찰랑거렸다.

세련된 제이신다답지 않게 들뜬 그녀의 태도를 보고 공작이 눈썹을 치켜들었다.

"내가 너무 솔직하다면 용서해라. 하지만 난 알아야겠다, 제이신다. 이 남자를…… 사랑하니?"

다시 한 번 오빠를 향해 고개를 끄덕이는 그녀의 눈에 눈물이 고였다.

"네."

눈물 섞인 목소리로 그녀가 대답했다.

공작은 오랫동안 그녀를 쳐다보았다. 권력과 가장으로서의 그의 자제력은 무너져 내렸다. 제이신다의 눈과 똑같은 공작의 진갈색 눈에 물기가 서렸다.

"마침내 네게 맞는 남자를 찾아 낸 모양이구나. 그럼 너희들의 결혼을 축복해 주마. 서로 사랑하거라."

제이신다는 기뻐서 작게 흐느끼며 의자에서 벌떡 일어나 오빠에게 달려가 안겼다. 공작이 아버지처럼 자랑스럽게 그녀를 안더니 머리에 키스를 하고는 랙퍼드와 진심이 담긴 악수를 나눴다.

"다른 식구들한테도 말해야죠."

잠시 후 그녀가 훌쩍이며 말했다.

"오, 난 리지가 당장 필요해요! 벨 언니가 결혼식 계획을 세우는 걸 도와 줄 거예요. 미랜다 언니도요. 물론 앨리스 언니도! 먼저 앨리스 언니와 의논해야 해요. 언니는 이런 일을 아주 잘 하거든요. 얼마나 빨리 결혼할 수 있을까요? 뭘 입어야 하죠? 랙퍼드, 우리 리전트 파크 근처에 새로 집을 지을 수 있을까요? 요즘 거기가 인기거든요. 약혼 발표를 위해 오늘 밤 여기서 만찬을 열어야겠죠?"

"제이신다."

어린 동생을 보내야 한다는 사실을 침착하게 받아들일 시간이 필요하다는 듯 공작이 커다란 책상 위에 놓인 쓸데없는 편지들을 보며 그녀의 이름을 불렀다.

"정신 없이 굴기 전에 제발 잠깐만 조용히 해 다오."

"왜요?"

제이신다는 왜 그러느냐는 듯 그에게 몸을 돌렸다.

"어험. 이런 말을 해도 될지 모르겠다만, 드레스를 뒤집어 입었구나."

공작은 알 만하다는 듯 랙퍼드를 엄하게 쳐다본 뒤 손을 살짝 흔들어 그들을 물러가게 했다.

　3주 후의 어느 날 늦은 아침에 제이신다와 랙퍼드는 가족들이 모인 나이트 하우스에서 결혼식을 올렸다. 50명 남짓한 손님들을 수용하기 위해 살롱을 나누고 있던 하얀 문들이 죄다 열렸다. 로버트가 그녀의 손을 잡고 꽃을 장식한 응접실에 임시로 만든 통로를 지나 물기 어린 눈으로 신랑에게 제이신다를 건네주었다.
　랙퍼드가 팔짱을 끼고 있던 제이신다의 손을 꼭 잡으며 확신 어린 목소리로 '맹세합니다'라고 말하자 제이신다의 곁에 서 있던 유일한 신부 들러리 리지가 감동해서 훌쩍였다.
　제이신다는 아름다운 올케들이 감동한 듯한 표정을 주고받는 모습을 힐끗 보았다. 그동안 랙퍼드가 새로운 가족으로 받아들여지는 것을 마치 아이처럼 부끄러워하면서도 기뻐했으므로 올케들은 그를 아주 마음에 들어했다. 그들은 그를 가엾게 여겼다. 그에게 면박을 주기 위해 그들의 부모님이 유감이지만 결혼식에 참석하지 않겠다고 했기 때문이다. 후작 부인은 불참에 대한 핑계를 대었지만 노골적인 냉대라는 건 분명했다.
　목사가 진지하게 제이신다 쪽으로 몸을 돌렸다.
　"그리고 그대, 레이디 제이신다 나이트는 이 남자를 법적인 남편으로 맞아 부유할 때나 가난할 때나, 병들었을 때나 건강할 때나, 영원히 사랑하고 존경하고 복종할 것을…… 맹세하는가?"
　랙퍼드와 제이신다는 웃으며 의미심장한 눈길을 나눴다.
　제이신다가 너무나 오랫동안 말이 없자 랙퍼드는 놀란 표정으로 그녀를 바라보았다. 그녀가 그에게 짓궂은 미소를 지어 보였다.
　"네, 노력하겠습니다."
　목사가 그녀의 대답에 당황한 표정을 지었다. 하지만 랙퍼드의 부탁으로 신랑 들러리를 섰던 루시언은 웃음을 감추기 위해 헛기침을 했다.

그 뒤 결혼식은 여느 결혼식과 다름없이 끝났다. 목사는 기뻐했고, 신부는 얼굴을 붉혔고, 신랑은 겉으로는 침착하고 당당해 보였지만 속으로는 떨고 있었다.

"이제 두 사람이 남편과 아내가 되었음을 선포합니다. 신랑은 신부에게 키스하십시오."

목사가 말했다.

랙퍼드는 눈을 장난스럽게 반짝이며 그녀에게 몸을 돌렸다. 하지만 감탄스러울 만큼 자제력을 발휘해 신부의 입술에 살짝 키스하는 정도로 그쳤다. 두 사람이 결혼 증명서에 서명을 하자 가족들과 친구들은 박수를 쳤다. 모두가 그들의 주위로 몰려들었다. 리지가 제이신다를 꼭 껴안았다. 랙퍼드는 남자답게 얼굴을 붉히며 새로운 가족들의 축하를 받았다.

결혼식이 끝난 후 벨이 근사한 점심 식사와 더불어 굉장한 결혼 케이크를 내놓았다. 식사를 하는 동안 랙퍼드가 너무나 자주 제이신다의 손을 잡는 바람에 제이신다는 영원히 그에게 속한다는 징표인 손가락에 낀 금반지를 예민하게 의식할 수밖에 없었다.

"두 사람이 3개월 내내 유럽 대륙을 여행한다니 믿어지지가 않아요."

질투가 뒤섞인 한숨을 내쉬며 리지가 고개를 흔들었다.

"맞아요!"

렉과 저스틴이 동의했다.

"좀 사치스럽다고 생각하긴 하지만, 리전트 파크에 짓는 새 집이 다 완공되려면 그 정도 시간이 필요하다고 건축업자들이 말했어요."

제이신다가 유쾌하게 대답했다.

랙퍼드의 친구들은 신랑 신부의 테이블 한쪽 가에 앉아 있었다. 제이신다는 리지에 대한 그들의 관심이 기뻤다. 앨릭이 방 저쪽에 놓인 다른 테이블에 그리피스 경, 대미언, 미랜다와 같이 앉아 있었기 때문이었다. 그 비열한 인간은 지난 몇 주 동안 레이디 캠피언의 시골 별장에 가 있었다. 아마 빚을 갚느라 '일'을 하고 있었을 것이다. 앨릭이 축하 인사를 건넸지만 제이신다는 그의 포옹에 쌀쌀맞게 응대했다. 발목도 다 나았고 언제나 그렇듯 건강하고 잘생긴 모습이었지만 그의 푸른 눈은 쓸쓸하고 멍해 보였고 미소도 냉소적이고 씁쓸해 보였다. 비열한 인간은 그래도 싸다는 생각이 들었다.

리지는 일부러 앨릭 쪽을 쳐다보지도 않았다.

"너무 근사할 것 같아. 여행은 어디로 갈 거야?"

리지가 억지로 미소를 지으며 물었다.

"다 가 볼 거야! 본격적인 대규모 관광이 될 거야, 그렇죠, 달링? 랙퍼드는 외국에 가 본 적이 없으니까."

그의 손을 꼭 잡으며 그녀가 미소를 지어 보였다.

"파리, 로마, 피렌체……."

"어쩌면 칼레에서 에이서와 대프니를 만나게 될지도 모르겠네요."

렉이 말했다.

"내 생각에 그 사람들은 북쪽으로 갔을 것 같은데."

저스틴이 반박했다.

"그레트나 말이죠? 다들 그렇게 말하더군요."

제이신다가 동의했다.

이번 시즌의 스캔들은 둘째 가라면 서러울 멋쟁이와 시즌 최고의 미인이 올맥에서 벌어진 난투극 이후 함께 도망쳤다는 것이었다. 고위 귀족을 유혹하라고 대프니에게 계속 압력을 넣었던 건 에러드 부인이었다고 헬레나와 아멜리아가 제이신다에게 말해 주었다. 두 사람이 잘된 것 같아서 제이신다는 기뻤다. 서로에게 맞는 상대라면…….

"난 베네치아에 제일 가보고 싶소. 그 곳이 정말로 카날레토의 그림 같은지 궁금하거든."

랙퍼드가 짓궂게 그녀에게 윙크를 하더니 닭고기를 한 입 베어 먹었다.

"물론 베네치아에도 가야죠. 새 집에 걸어 둘 근사한 그림도 사고요."

"그림을 산다고?"

랙퍼드가 의미심장하게 물었다.

"달링."

제이신다가 그를 향해 장난스럽게 얼굴을 찌푸리더니 와인을 한 모금 마시고 리지에게 몸을 돌렸다.

"나중에 빈에도 갈 거야, 그리고 내키면 페테르부르크에도 갈지 몰라."

"너무 근사하겠다."

"나중에 우리랑 합류하자, 리지. 정말 넌 언제나 환영이야……."

"네 신혼여행에 끼어들고 싶지는 않아. 게다가 이번 주말에 좀 흥미 있는 일이 있을 거야."

"뭔데?"

리지는 벨의 아버지이자 전 옥스퍼드 석좌 교수인 앨프레드 해밀턴 노교수와 다정한 눈길을 주고받았다. 노교수는 리지처럼 책을, 특히 고서를 좋아했다.

"친애하는 칼라일 양, 틀림없이 재미있을 거요. 그렇지 않소?"

"이런, 칼라일 양. 우릴 그만 궁금하게 하세요."

저스틴이 상냥하게 항의했다.

"맞아요, 어서 말해 주세요!"

리지가 미소를 지었다.

"요크셔로 돌아가기 전에 해밀턴 박사님께서 제게 독일어 원고를 영어로 번역할 사람을 찾는 라이프치히의 출판사 대표를 소개시켜 주시기로 했어요."

"그 출판업자가 여자를 고용하겠대? 굉장히 진보적인 사람이네."

제이신다가 눈썹을 치켜들며 물었다.

리지가 비딱한 미소를 지었다.

"물론 책은 익명으로 낼 거야. 하지만……."

그녀가 더 가까이 몸을 기울였다.

"해밀턴 박사님 말이, 그 독일 출판업자가 비밀을 유지해야 할 원고를 가지고 있대. 박사님과 난 그게 뭔지 궁금해서 미칠 지경이야. 그렇죠, 박사님?"

"적당한 때가 되면 모든 것이 밝혀질 겁니다."

불을 붙이지 않은 담배 파이프를 입에 문 채 은발의 노신사가 미소를 지었다.

바로 그 때 루시언의 아내인 앨리스가 앞쪽으로 나갔다.

"조용히 해. 조용히 하라고."

루시언이 종을 울려 사람들을 조용히 시켰다.

앨리스가 미소를 지으며 신부와 신랑이 있는 테이블로 몸을 돌려 살짝 절을 했다.

"랙퍼드 경과 랙퍼드 부인, 두 분의 결혼을 기념해서 여흥을 준비했습니다. 미랜다, 도와 주시겠어요?"

늘씬한 붉은 머리의 미인이 의자에서 일어나 사뿐히 방을 가로질러 앨리스의 곁으로 다가가 섰다. 쌍둥이 형제의 부인들은 시끄러운 나이트 가문 형제들의 함성과 박수 소리가 가라앉기를 기다렸다.

"거기 악당들, 좀 조용히 해 주세요."

앨리스가 꾸짖었다.

"우리 공연자들이 겁을 집어먹겠어요."

그녀가 고개를 끄덕여 신호를 보내자 하인이 문을 열었다.

보모들이 아이들을 데리고 들어왔다. 앨리스의 조카이자 피후견인인 해리는 글렌우드 남작으로 얼마 안 있으면 다섯 살이 될 참이었다. 해리는 벨과 로버트의 두 살 된 아들이자 엄마에게는 보비라 불리는 몰리 백작의 손을 잡고 있었다. 작위를 가진 두 아이는 수줍어하며 방 중앙으로 나왔다. 머리를 단정히 빗은 아이들은 작은 맞춤 코트와 바지, 크러뱃 차림이었다.

앨리스의 지시에 따라 해리가 절을 했다. 따라 하던 몰리는 거의 바닥에 머리를 찧을 뻔했다. 제복을 입은 보모 하나가 앨리스와 루시언의 한 살배기 딸 피파를 사촌들 앞에 내려놓았다. 아이들은 미랜다의 도움을 받아서 두 사람의 안전한 여행을 기원하는 노래를 불렀다. 피파는 거의 숱이 없는 머리를 미랜다의 무릎에 기댄 채 신이 나서 손을 흔들어 댔다.

딸의 귀여운 모습에 홀딱 반한 루시언은 웃음을 터뜨리고 고개를 설레설레 저으며 딸을 바라보았다. 그런데 해리가 노래하는 도중에 무대 공포증으로 얼어붙는 사태가 발생했다. 아이는 손가락을 입에 문 채 나이 든 유모 페그를 보았다. 아빠를 꼭 닮은 진지한 몰리는 미랜다를 바라보며 최선을 다해 노래를 따라 불렀다.

"브라보!"

아이들의 노래가 끝나자 제이신다가 탄성을 질렀다. 나머지 가족들도 뒤를 따랐다.

피파가 사람들을 향해 활짝 웃었다. 사실 가족들은 그녀가 아무리 사소한 일을 해도 늘 환호성을 올려 주었다. 해리는 가장 좋아하는 앨릭 삼촌에게 쏜살같이 달려들었고 몰리는 제이신다에게로 왔다. 아이는 제이신다가 자신을 안아 올려 무릎에 앉힐 때까지 물끄러미 그녀를 바라보았다.

"몰리, 정말 근사한 노래였어! 오늘 아주 잘생겨 보이는구나. 이 신사분이 누군지 아니?"

제이신다가 남편에게 몸을 돌리며 아이에게 물었다.

그제야 제이신다는 오빠들이 아이들과 노는 모습을 랙퍼드가 조심스럽고 어리둥절한 표정으로 바라보고 있음을 알아챘다. 사교계가 그에게 낯선 세계였다면, 사랑으로 끈끈히 맺어진 가족들의 일원이 되는 것은 그에게 더욱더 낯선 모양이었다. 젊은 아버지들이 자식들에게 부드럽게 대하는 데 충격을 받은 랙퍼드를 보자 그녀의 시선이 부드러워졌다. 루시언은 피파에게 아빠와 코를 문지르는 법을 가르치고 있었다. 아이는 그 장난을 너무 좋아했다. 아이 아버지가 아이를 눈에 넣어도 아프지 않을 만큼 사랑한다는 것은 확연해 보였다. 떠나기 전에 신혼부부에게 인사를 해야 하니 쌍둥이 에드워드와 앤드루를 데려오라고 미랜다가 유모에게 일렀다. 리지는 우렁차게 울어대는 앤드루를 안아 볼 수 있냐고 물었고, 대미언은 다가와서 미랜다를 안으며 에드워드가 자신의 손가락을 얼마나 힘주어 잡는지를 자랑했다.

눈에 무수한 질문을 담은 채 랙퍼드가 그녀를 쳐다보자, 제이신다는 사랑과 보살핌이 결여되었던 그의 어린 시절을 떠올리고 마음이 아팠다. 그녀는 몸을 내밀어 그의 뺨에 부드럽게 키스했다.

오후의 그림자가 점점 더 길어지면서 나이트 하우스를 떠날 시간이 다가왔다. 두 사람은 일단 도버로 가 그 곳에서 배에 마차를 실은 채 해협을 건널 예정이었다. 두 사람이 탈 마차 한 대와 하인들이 탈 마차 한 대, 그리고 오랫동안의 여행에 대비한 산더미 같은 짐을 실은 마차까지 해서 전부 세 대였다. 그녀는 랙퍼드에게 호화롭게 여행하는 기쁨을 누리게 해 줄 생각이었다.

휴가나 축하할 일이 있을 때는 언제나 작별 인사가 길었던 만큼 이번에도 예외는 아니었다. 현관까지 가는 데만도 30분이 걸렸다. 제이신다가 루시언, 앨릭과 둘러선 채 농담을 나누고 있으려니 조카인 해리와 몰리가 달려왔다.

"제이신다 고모! 제이신다 고모!"

"왜 그러니, 애들아?"

아이들을 가까이 끌어당기며 제이신다가 물었다.

"우리가 편지를 찾았어요!"

몰리가 외쳤다.

"고모가 의자 밑에 떨어뜨렸나 봐요."

해리가 거만하게 편지를 내밀었다.

"고마워라."

편지에 찍힌 트루로 가문의 문장을 보니 랙퍼드의 주머니에서 떨어진 편지가 틀림없었다.

"뭐라고 쓰여 있어요?"

해리가 엄숙하게 물었다.

"랙퍼드 경한테 온 편지 같은데. 우리가 보면 안······."

하지만 랙퍼드는 토캐로에서 그 날 밤 있었다던 일을 아직 그녀에게 말해 주지 않았다. 렉과 저스틴은 알고 있다던 바로 그 일을. 게다가 이미 아이들이 편지를 뜯어 본 상태였다.

그녀는 급하게 쓴 것 같은 큼직하고 독특한 필체를 슬쩍 훔쳐보았다. 하지만 첫 줄을 읽자마자 아주 나쁜 일이 생겼다는 것을 즉시 알 수 있었다. 그의 사생활 따위는 지옥에나 가라고 생각하며 그녀는 편지의 나머지를 읽었다.

사랑하는 윌리엄.

내가 전에 보낸 편지를 받지 못했니? 아직 답장이 없구나. 제발 와 다오. 네가 화가 났다는 건 알지만 엄마에 대한 연민이 조금이라도 있다면 내가 이 어려운 시기에 널 필요로 한다는 걸 알 게다.

의사 말로는 네 아버지가 오래 살지 못한대. 발작으로 왼쪽이 마비되었단다. 게다가 곧 두 번째 발작이 있을지도 모른다고 하는구나. 의사들이 피를 뽑고 최선을 다해 보살피고 있지만 아버지는 나날이 나빠지고 있단다. 틀림없이 네가 올 거라고 믿는다. 네가 오길 손꼽아 기다리며.

사랑을 담아
엄마가

제이신다는 자신의 눈을 믿을 수가 없어 편지를 다시 읽었다. 트루로 경이 죽어 가고 있다고? 대체 무슨 일이 있었던 걸까? 그녀는 웃으며 오빠들과 이야기를 나누고 있는 남편에게 천천히 시선을 돌렸다. 아버지가 죽어 가고 있다는 사실을 그가 말해주지 않았다니 믿어지지 않았다.

그녀는 재빨리 편지를 접고 남편의 손을 잡은 다음 손님들과 가족들에게 마지막으로 서둘러 인사를 하고는 기다리고 있던 마차로 그를 데려갔다.

"마부, 도버로 갑시다."

랙퍼드는 즐거운 목소리로 외치고 다시 한 번 사람들에게 손을 흔들어 보인 다음, 꽃과 리본으로 장식된 마차에 올라타는 제이신다를 돕기 위해 손을 내밀었다.

그가 시치미를 떼고 있는 게 아닌가 싶었다. 제이신다는 마차 계단에서 멈춰 섰다.

"그 명령은 취소예요. 잠깐만 기다려 주세요. 여보, 잠시 이야기 좀 할 수 있을까요?"

그녀가 랙퍼드를 마차 안으로 끌어당겼다.

"참을 수가 없나 보지, 내 사랑?"

랙퍼드가 마차로 뛰어올라 의기양양하게 씩 웃으며 반대편 좌석에 몸을 던졌다.

그녀는 입을 꼭 다문 채 그에게 편지를 건넸다.

"당신이 떨어뜨린 거예요. 대체 무슨 일인지 설명해 줄래요?"

그의 미소가 순식간에 사라졌다. 랙퍼드는 편지를 받아 한쪽으로 던져 버리고는 거만한 표정을 지었다.

"사실이 아냐."

"무슨 일이 있었는데요?"

그가 눈을 굴리더니 시선을 돌렸다.

"늙은 개자식이 발작으로 쓰러졌다던가, 그 비슷해."

"랙퍼드! 언제요?"

"일주일 전에."

랙퍼드가 혐오스럽다는 듯 한숨을 내쉬었다.

"어머니 말로는 트루로 경이 결혼을 알리는 내 편지를 받은 후 며칠 동안 기분이 안 좋았대. 그러다 하인 하나가 사소한 일로 분노에 불을 지피자 폭발했다지. 물론 술에 취해 있었고. 하인에게 고함을 지르다 발작을 일으켰대. 바닥에 쓰러져 경련을 일으키다가 만 하루 동안 의식을 잃었다고 하더군. 의식이 돌아왔을 때에는 몸의 왼쪽이 마비되어 있었고."

그녀가 놀란 눈으로 그를 보았다.

"내게는 아무 말도 안 하다니 믿을 수가 없어요, 랙퍼드."

"그래서 어떻게 하자는 거요, 제이신다?"

랙퍼드가 지겹다는 투로 물었다.

그녀가 그의 눈을 뚫어지게 쳐다보았다.

"우리가 당연히 가야죠."

"절대 안 돼, 여보. 우리는 유럽 대륙으로 갈 거요. 그렇게 하기로 약속했잖아. 그 개자식 때문에 우리의 신혼여행을 망칠 수는 없소. 예약도 다 끝났다고."

"그건 연기할 수 있어요. 이게 더 중요하다고요, 랙퍼드. 콘월로 가야 해요."

"아니, 그건 중요하지 않아. 사람들이야 매일 죽어 나가잖아. 그렇지 않소?"

"하지만 지금 죽어 간다고 하는 사람은 당신 아버지잖아요."

"그러니까 안 가겠다는 거요."

"달링, 당신이 그 분한테 아주, 아주 화가 나 있다는 건 알아요. 당연히 그렇겠죠. 하지만 당신 어머니를 생각해 봐요. 혼자서 이런 일을 당하시게 내버려둘 수는 없잖아요."

"왜 안 되지? 어머닌 수도 없이 여러 번 나 혼자 그 악당을 대면하도록 내버려뒀는데. 난 살아남았소. 어머니도 그럴 거요."

"랙퍼드!"

"제이신다, 난 절대 콘월에는 안 갈 거요. 그 분들은 우리의 방문을 받을 자격이 없소. 당신을 모욕했다고. 만약 우리가 행복해지길 원했다면, 내가 선택한 신부감에 대고 화를 낼 게 아니라 우리 결혼식에 왔어야지. 그랬다면 이런 일도 없었을 거고. 자업자득이오. 그 악당은 지옥으로나 가라고 하고, 우리는 프랑스로 가자고."

그는 마차 지붕을 톡톡 두드려 마부에게 출발하라는 신호를 보냈지만 제이신다가 막았다.

"제발 이성적으로 굴어요! 만약 그 분이 돌아가신다면 그건 당신이 모든 걸 물려받는다는 걸 의미해요. 그 분과 이야기를 나누고 모든 걸 제대로 해 놓는 게 현명하다는 생각이 들지 않아요? 작위를 물려받기 전에 당신이 알아야 할 것들이 있을지도 모르잖아요."

"내가 알아야 할 건 변호사가 다 알려 줄 거요."

"어머니의 편지에 답장도 쓰지 않을 거예요? 겁에 질려 계시잖아요."

"어머닌 언제나 겁에 질려 있었소, 제이신다. 내 동정을 사려고 과장하는 거요. 그저 평범한 매일이 어머니에게는 재앙이라오."

"이번에는 진짜예요, 랙퍼드. 어쩌면 이번이 아버지와 화해할 수 있는 마지막 기회일지도 몰라요."

"나와 화해할 사람은 바로 아버지요."

그가 씁쓸하게 말했다.

"맞아요, 내 말이 바로 그거예요."

그녀가 속삭였다.

"난 절대 콘월로 돌아가지 않겠다고 맹세했소."

"여보, 이제는 사정이 달라졌어요. 난 왜 당신이 피하려는 건지 모르겠어요. 당신 아버지가 죽으면 당신이 트루로 앤드 세인트 오스텔 후작이자 토캐로의 영주가 되고 당신 아들이 뒤를 잇게 되잖아요. 작위에는 책임이 따르죠. 내가 사랑하는 남자는 절대 책임을 회피하지 않는 사람이라는 걸 난 알아요."

랙퍼드가 눈을 감고 고개를 돌렸다.

"당신은 지금 내게 어떤 부탁을 하는지 모를 거요."

"아뇨. 알아요."

그녀는 말을 고르는 동안 손을 뻗어 그의 어깨를 어루만졌다.

"랙퍼드, 언제쯤 나에게 말해 줄 거죠? 난 당신이 도망쳤던 날 밤 렉과 저스틴이 그 곳에 있었다는 걸 알고 있어요."

그가 약간 핏기가 가신 얼굴로 그녀를 돌아보았다. 각진 얼굴에 서서히 충격이 아로새겨졌다.

"알고 있다고?"

그녀가 고개를 끄덕였다.

"그 얘기를 하고 싶어요?"

"맙소사, 아니."

"내 생각은 달라요, 랙퍼드. 난 당신이 콘월로 갈 거라고 확신해요. 당신 아버지를 위해서가 아니라 당신 자신과 앞으로 태어날 우리 아이들을 위해서요. 끔찍한 증오는 끝을 내야 해요."

두 사람은 오랫동안 서로를 쳐다보았다. 그녀는 랙퍼드가 스스로와 싸움을 벌이는 모습을 지켜보았다. 그의 눈이 씁쓸한 분노로 이글거렸고 턱이 단단해졌다.

"혼자서 맞서지는 않을 거예요, 달링."

그의 손을 잡으며 제이신다가 부드럽게 말했다.

"당신이 가는 곳마다 내가 같이 있을게요. 그리고 나서 유럽으로 가요. 약속해요."

랙퍼드는 무시무시한 태도로 그녀의 눈을 뚫어지게 쳐다보았다. 하지만 그녀가 격려하듯 고개를 끄덕이자 그는 마차에서 내려 마부에게 새로운 지시를 내렸다. 도버가 있는 동쪽이 아니라 서쪽으로 가자고.

콘월로.

가는 도중 내내 여인숙에서 말을 바꿔 가며 그들은 나흘 동안 힘들게 여행을 했다. 매일매일 기나긴 여름 해가 완전히 사라지는 열 시경까지 말을 달렸고 새벽에 다시 길을 나섰다. 그렇게 길을 재촉한 사람은 랙퍼드였다. 빨리 도착하고 싶어서가 아니라 그저 시련을 빨리 끝내고 싶다는 일념에서였다. 여행 중에 그는 기분이 좋지 않았다. 여인숙의 형편없는 음식과 더위, 먼지, 끝없이 삐거덕거리는 마차 바퀴 소리, 몇 시간 동안이나 지루하게 마차 안에 앉아 있어야 하는 것 등등 모든 게 못마땅하다는 듯 투덜거렸다.

"이건 내가 생각했던 신혼여행이 아니야!"

랙퍼드는 몇 시간마다 불평을 해 댔다.

오래 전 잔인한 아버지에게서 도망쳤던 곳을 다시 방문하는 것보다 더 힘든 일은 없다는 걸 알고 있었던 제이신다는 그에게 부드럽게 대하려고 애썼다. 그나마 남편은 마차 위에 올라가 코트를 벗은 채 짐 사이에 편안하게 누워 얼굴에 햇볕을 받고 있을 때는 조금 기분이 나아지는 것 같았다. 제이신다는 그가 아버지가 아니라 오래 전의 고통스러운 과거를 대면할 준비를 하고 있다는 걸 알았다. 한편 시부모님들이 자신을 어떻게 대할지도 궁금했다.

날씨도 도와 준데다 엑시터까지는 길도 문제가 없어 빨리 왔다. 하지만 작은 지방 도로로 들어서서 서쪽으로 향하자 속도가 상당히 느려졌다. 지형이 거친 다트무어 지방을 힘겹게 지나 마침내 타마 강을 건너자 콘월로 들어설 수 있었다. 볼 만한 경치가 없었던 건 잠깐이었다. 보드민 무어로 들어서자마자 넓게 펼쳐진 황량하고 우수에 찬 아름다운 황무지가 나타났다. 제이신다는 랙퍼드와 같이 마차 지붕에 앉아 넓은 계곡과 바람 부는 언덕에 구름이 드리우는 그림자를 구경했다.

점점 좁아지는 반도 안쪽으로 들어가는 동안 랙퍼드는 아버지의 칭호에 붙은 마을 중 하나인 오스텔이 15킬로미터 정도 동쪽에 있다고 말해 주었다. 그 곳은 도자기 흙이 좋기로 유명하고, 그 흙들은 미들랜드의 도자기 공장들로 보내져 영국 최고의 도자기나 접시들을 만드는 데 쓰인다고도 했다. 아름다운 대성당이 있고 좀더 큰 트루로는 남쪽으로 15킬로미터 아래쪽에 있다고 했다.

4일째 되는 날 저녁 일곱 시 반경 그들은 작은 어촌 마을인 페란포스 근처에 도착해 구불구불한 언덕을 올라갔다. 그러자 풍파에 시달리며 대서양의 부서지는 파도를 내려다보고 서 있는 불길한 성이 눈에 들어왔다.

제이신다는 랙퍼드를 힐끗 쳐다보았다. 그는 토캐로 성을 내려다보며 깊은 생각에 잠겨 있었다. 바람이 그의 모랫빛 머리를 헝클어뜨렸다.

18

옆에 있는 제이신다의 존재가 그의 머릿속에서 '넌 쓸모없어'라고 속삭이는 악마에게 대항할 힘을 주었다. 그는 오랫동안 품어 온 분노와 놀랄 정도로 강렬한 어린애 같은 두려움에 주먹을 꼭 쥐고 멀리서 토캐로를 쳐다보았다. 그는 복잡한 감정을 숨기려고 최선을 다했다. 하지만 그들의 마차가 긴 진입로에 들어서자 제이신다도 그 자신의 커져 가는 슬픔을 느낀 것 같았다.

랙퍼드가 애써 슬픔에 냉정하게 대처하려는 동안 그녀는 그의 손을 잡고 말없이 든든한 위안을 건넸다. 이 곳에서 잃어버린 것 때문에 자신이 눈물을 흘리는 모습 따위는 누구에게도, 심지어 그녀에게조차도 보이고 싶지 않았다.

그래서 그는 쓸쓸한 기억들 대신에 행복했던 순간을 떠올리며, 형과 같이 긴 그네를 타고 놀았던 나무들과 새끼 올빼미의 둥지를 발견했던 정원을 가리켰다. 바다에 가까워지자 공기가 바뀐 게 느껴졌다. 소금기가 밴 바닷바람이 불어오자 영원히 잊어버린 줄만 알았던 수많은 기억들이 떠올랐다.

성으로 좀더 가까이 다가갔을 때 그는 가족 납골당에 대해 제이신다에게 말해 줄 용기가 나지 않았다.

그리스 신전을 본떠 지은 그 작은 건물은 화려한 연못이 있는 고요한 떡갈나무 숲 한가운데에 있었다. 퍼시 형이 선조들과 같이 저 곳에 묻혀 있었다. 정말 아버지가 발작을 일으켰다면 그 역시 그 곳에 묻히게 될 것이다.

아버지가 죽어 가고 있다는 어머니의 말을 들었음에도 랙퍼드는 아직 믿을 수가 없었다. 그에게 있어서 아버지는 항상 영원히 살 것처럼 느껴졌기 때문이었다. 사악하고 힘센 도깨비가 어떻게 죽을 수 있을까?

현관 입구에 도착하자 제이신다가 불안한 듯 그를 쳐다보았다.

"그 분들이 날 미워하겠죠?"

랙퍼드가 그녀의 손에 키스했다.

"그들이 미워하는 건 당신이 아냐, 재스. 날 조종할 수 없다는 게 싫은 거요. 그러니 괜히 마음 쓰지 마시오."

여섯 명의 하인이 즉시 달려 나와 쭉 늘어서고, 앞치마를 두른 뚱뚱한 중년 부인과 집사가 서둘러 현관 밖으로 나오는 걸 보니, 오지 않겠다는 그의 전언에도 불구하고 어머니는 언제라도 그를 맞을 준비를 하라고 하인들에게 일러둔 게 분명했다.

"오, 빌리 주인님이야! 빌리 주인님이 돌아오셨어!"

뚱뚱한 여자가 다른 하인들에게 소리를 쳤다. 더 많은 하인들이 서둘러 집 앞으로 나왔다.

랙퍼드가 믿을 수 없다는 듯이 쳐다보았다.

"이런, 요리사인 랜드리 부인이잖아! 그리고 베켓 집사! 다들 아직도 여기 있다니 믿을 수가 없어!"

랙퍼드가 마차에서 뛰어내려 그들에게 달려갔다.

제이신다는 그가 태어나기 전부터 이 곳에 있던 친절한 늙은 하인들과 열광적으로 인사를 나누는 광경을 따뜻한 눈으로 지켜보았다.

"사랑하는 쿠키, 집에 돌아와서 제일 좋은 건 쿠키를 다시 만난 거야."

그는 뚱뚱한 여자를 오래오래 끌어안고는, 도망치던 날 밤 가방에
몰래 돈을 넣어 주어서 고맙다고 속삭였다. 그의 뺨을 다정하게 톡톡
치는 랜드리 부인의 푸른 눈이 반짝였다.

"빌리 주인님, 주인님이 돌아오신 것을 기념해 특별한 간식을 준비
해 뒀답니다."

"클로티드 크림이겠지?"

그가 잔뜩 기대하며 외쳤다.

"검은 당밀을 곁들여서요. 주인님이 가장 좋아하시는 거죠."

랜드리 부인이 당연하다는 듯 대답했다.

랙퍼드는 커다란 웃음을 터뜨리며 몸을 휙 돌렸다.

"제이신다! 달링, 이리로 와서 우리 요리사인 랜드리 부인이랑 인
사해. 맛 좋은 코니시 크림을 먹어 보기 전에는 여태까지 제대로 산
거라고 말할 수 없지. 게다가 랜드리 부인의 당밀은 이 나라에서 최
고야."

"오, 조용히 하세요, 빌리 주인님. 주인님은 어렸을 때부터 언제나
듣기 좋은 말만 해 주셨죠."

랜드리 부인이 기쁨에 얼굴을 붉히며 나무랐다.

"이렇게 훌륭하게 자라시다니 믿을 수가 없어요!"

그는 웃음을 터뜨리며 아름다운 어린 신부에게 하인들을 소개했다.
하인들은 처음에는 제이신다의 눈부신 아름다움과 런던에서 배운 세
련된 태도 때문에 어려워하는 것 같았지만, 곧 그녀의 따뜻한 태도와
유쾌하게 빛나는 갈색 눈을 편안하게 여겼다.

얼마 후 집사가 두 사람을 집 안으로 안내했다.

"랙퍼드 경, 그리고 부인, 방은 이미 준비해 두었습니다. 이쪽으로
오시죠. 후작 부인께서 두 분을 기다리고 계십니다."

두 사람은 방에서 옷을 갈아입고 키스를 할 만큼만 꾸물거린 다음
매무새를 가다듬고 레이디 트루로를 만나러 갔다.

그들이 도착했다는 소식을 전해 들은 후작 부인은 후작의 병실 바깥쪽 복도에서 그들을 맞았다.

"어머니."

랙퍼드는 어머니를 볼 때마다 일어나는 짜증을 누르며 고개를 숙여 그녀의 뺨에 의무적인 키스를 했다.

"어떻게 지내셨어요?"

"난 지쳤단다."

후작 부인이 마치 순교자처럼 한숨을 쉬었다.

"하지만 네가 오니까 좋구나, 윌리엄. 네가 올지 확신이 없었거든."

"그 점에 대해서는 제 아내에게 고마워하셔야 할 겁니다."

랙퍼드가 의미심장하게 말했다.

후작 부인이 경계하듯 제이신다에게 몸을 돌렸다.

제이신다가 절을 했다.

"부인."

"만나서 반가워요."

후작 부인이 차갑게 말했다.

"트루로 경이 겪으시는 고통은 정말 유감이에요. 틀림없이 후작 부인께서도 많이 힘드셨을 거예요."

그녀의 동정심 어린 말에 랙퍼드와 후작 부인은 긴장을 풀었다. 내 아내는 원한다면 루시언처럼 수완 좋게 사람을 대할 수도 있구나, 랙퍼드는 생각했다.

"고마워요."

후작 부인이 제이신다에게 고개를 끄덕이며 조심스럽게 대답했다.

"여기 있는 동안 편안하게 지내요. 산책하고 싶으면 정원에도 꽃이 한창이고 해변도 일 년 중 요맘때가 가장 좋아요. 하지만 양산을 꼭 잊지 말고 가져가도록 해요. 햇볕이 아주 강해서 당신의 사랑스러운 피부를 망칠지도 모르니까요."

"고맙습니다, 부인. 잊지 않을게요."

랙퍼드는 감동했다. 후작 부인은 18세인 제이신다의 우윳빛 피부를 부럽다는 듯이 쳐다보았지만 아무 말도 하지 않았다.

그렇지만 그는 어머니가 결혼을 축하한다는 말도, 심지어 제이신다에게 '가족이 된 걸 환영한다'는 말도 하지 않은 것을 놓치지 않았다. 하지만 그는 짜증스러운 생각을 떨쳐 버렸다.

"아버지는 어떠세요?"

"약해지셨어."

후작 부인이 말을 멈췄다.

"놀라기도 했고. 마비 때문에 말도 잘 못 하신단다. 윌리엄, 아버지를 화나게 하지 마라……."

"전 한 번도 일부러 아버지를 화나게 하려고 한 적이 없는데요, 어머니."

"의사인 플림턴 씨가 지금 같이 있단다. 의사 말이 절대적인 안정을 취해야 한대. 다시 화를 내면 두 번째 발작이 일어날 수도 있다고 말이다. 만약 발작이 일어나면 이번에야말로 돌아가실 거라더구나."

랙퍼드가 오랫동안 생각에 잠겼다.

"그럼 제가 들어가면 안 되겠군요. 절 보기만 하셔도 펄펄 뛰실 테니까요."

"오, 네가 온 걸 알면 기뻐하실 거야. 들어가 봐야 해. 그러려고 온 거잖니."

"네, 그것도 제 신혼여행에 말이죠."

랙퍼드는 허리에 손을 얹은 채 후작 부인에게 자신의 결혼 사실을 상기시켰다.

"그랬지."

후작 부인이 시선을 돌렸다.

어색한 침묵이 흘렀다.

랙퍼드는 제이신다에게 기운 내라는 표정을 지어 보였다. 그녀가 살짝 고개를 끄덕였다.

"알았어요. 어서 끝내도록 하죠. 유쾌하지 않을 테니까 당신은 같
이 들어갈 필요 없소."

"같이 갈래요."

제이신다가 그의 손을 잡으며 단호하게 말했다.

그녀가 한 발짝 뒤에서 따라오는 가운데 랙퍼드는 방문을 열었다.
하지만 아버지의 방으로 들어서던 그는 그녀의 손을 놓고 걸음을 멈
췄다. 맙소사.

의사가 몇 번이나 환자의 피를 뽑아 냈던 상처에 붕대를 감고 있
었다. 아버지는 유령처럼 창백했다. 한때 건장하고 위협적이었던 트
루로 후작은 이제 거대한 침대에 무너진 신처럼 왜소한 모습으로 누
워 있었다. 랙퍼드가 그를 마지막으로 보았던 것이 몇 주 전이 아니
라 20년은 더 된 것처럼 나이 들어 보였다. 불그스레한 피부도 창백
하게 색이 바래 있었고 검던 머리도 하얗게 변해 있었다. 뺨은 푹 꺼
졌고 눈도 푹 들어간데다 왼쪽 입가도 비뚤어져 있었다. 하지만 그들
을 쳐다보는 시선은 여전히 예전처럼 날카롭게 번쩍였다.

"이런, 독수리 떼들이 벌써 맴을 돌고 있군."

후작은 간신히 들릴 정도로 천천히 불분명하게 말을 내뱉었다.

후작의 비아냥을 듣고 제이신다가 눈을 커다랗게 떴다. 침착을 유
지하기 위해 천천히 숨을 들이마시는 랙퍼드의 콧구멍이 벌렁거렸다.

"경, 기뻐하는 건 참아 주시죠. 제가 여기 온 건 어머니 때문이니
까요."

랙퍼드가 거만한 태도로 방 안으로 들어갔다.

플림턴 씨가 놀라서 그를 쳐다보았다.

"경, 제발 후작을 화나시게 하면 안 됩니다."

후작이 콧방귀를 뀌었다.

"저 사생아 자식은 태어나는 날부터 날 화나게 했소."

"제가 사생아라고요, 아버지? 그래서 절 미워하신 건가요?"

다리가 긴 마호가니 장롱에 몸을 기대며 랙퍼드가 경쾌한 목소리

로 물었다.

"뭐라고?"

트루로 경이 투덜거렸다.

제이신다가 불편한 얼굴로 두 사람을 번갈아 쳐다보았다.

"걱정하지 마시오, 부인. 난 적자요. 닮은 게 보이지 않소?"

그가 씁쓸하게 물었다.

"랙퍼드."

그녀가 부드럽게 경고했다.

랙퍼드가 얼굴을 찌푸리더니 팔짱을 끼고 시선을 내렸다. 여기에는 왜 왔던가? 그를 상처입히고 모욕할 마지막 기회를 아버지에게 주기 위해서, 그것도 아내 앞에서? 트루로 경이 화를 내는 것은 거만한 자존심 때문이었다. 마치 잔인한 행동에 대한 벌을 받은 것처럼 쓰러져 약해진 자신의 모습을 다른 사람에게 보여 주고 싶지 않기 때문에. 그는 그 점을 알고 있었지만 그 역시 기분이 나빴다. 어리석은 자신의 일부가…… 후작에게 마음을 쓰고 있다는 걸 다시 한 번 보여 줄 커다란 위협을 무릅쓰고 그 먼 길을 달려 여기까지 온 이상 아버지의 모욕을 묵인할 수는 없었다.

제이신다가 걱정스럽다는 듯 그를 쳐다보더니 격렬한 침묵을 깼다.

"경, 이런 일을 겪으셔서 정말 유감이에요. 가능한 한 빨리 회복하시도록 저희가 도와 드릴 일이 없을까 해서 왔어요."

"듣기 좋은 말이구나. 하지만 난 바보가 아니다."

후작이 랙퍼드에게서 시선을 돌려 그녀를 바라보았다.

랙퍼드는 즉시 보호 본능이 이는 것을 느꼈다.

"내 환심을 사 영지뿐만 아니라 재산도 물려받으려고 온 걸 알고 있다."

심술궂기로 유명한 드러먼드 경을 몇 주 동안 상대한 덕분에 제이신다는 트루로 경의 무례한 말에도 미소를 지을 수 있었다.

"바보처럼 굴지 마세요, 경. 전 수십만 파운드의 지참금이 있고 허

트퍼드셔에 제 영지까지 갖고 있답니다. 8대 호크스클리프 공작이자,
저속하게 표현하자면 크로이소스처럼 부자인 아버지께서 결혼 선물
로 신탁을 들어주신 거죠. 따라서 랙퍼드와 전 굶지는 않을 거예요.”

자신의 지위를 상기시키는 그녀의 목소리는 약간 날카로웠다.

“꽤 건방진 아이구나, 그렇지?”

“전 받은 만큼 돌려 드릴 뿐입니다, 경.”

“건방진 수작 마시지, 아가씨…….”

“아버지, 지금 얘기를 나누는 상대가 제 아내라는 걸 기억해 주십
시오.”

랙퍼드가 이를 악물고 경고했다.

“랙퍼드 경과 부인께서는 그만 나가시는 게 낫겠습니다.”

플림턴 씨가 걱정스럽게 말했다.

“아니, 있으라고 해. 이런 것들 때문에 내가 흥분할 것 같나?”

트루로 경이 투덜댔다.

“아닙니다, 아버지. 의사 말에 따르셔야죠. 나갑시다, 제이신다.”

랙퍼드가 차갑게 말했다.

하지만 제이신다는 움직이지 않았다. 그녀는 트루로 경의 침대 옆
에 서서 팔짱을 낀 채 그를 유심히 살폈다.

“왜 그러냐, 내 침대에 기어들고 싶은 거냐?”

“아버지!”

랙퍼드가 놀라서 외쳤지만 제이신다는 기가 막힌다는 듯 천장을
쳐다보기만 했다.

“아시겠지만, 경은 쉽사리 제게 겁을 주지도, 놀라게 하지도 못하
십니다.”

“네 어머니가 어떤 여자인지를 생각한다면 별로 놀랄 일도 아니
지.”

“그만 하세요, 경!”

랙퍼드는 아버지가 아내에게 한 번만 더 품위 없는 말을 한다면

자신이 발작을 일으킬 것 같았다.

"괜찮아요, 랙퍼드. 아버님의 말씀 때문에 불편하지는 않아요. 적어도 내 앞에서 대놓고 말씀을 해 주시잖아요. 확실히 좀 괴팍하시기는 하지만 내 생각에는…… 아버님 나름대로 친근감을 표시하시는 것 같은데요."

랙퍼드의 경악한 얼굴을 본 제이신다는 아무렇지도 않게 말했다.

일그러진 트루로 경의 입술이 벌어졌다. 해적인 양 비뚤어진 웃음을 짓는 것처럼.

"건방진 매춘부 같으니라고! 당장 나가!"

"흥, 그럼 괴팍하신 아버님께서는 그만 쉬시지요. 운이 좋다면, 쉬는 게 성질이 좋아지는 데 도움이 될지도 모르니까요."

제이신다가 대답했다.

랙퍼드는 그녀의 몸에 팔을 두르고 병실 밖으로 안내해 나왔다. 복도로 나서자 제이신다는 그가 쏟아 내는 끝없는 사과를 나지막한 웃음으로 물리쳤다.

"당장 떠나자고……."

"말도 안 돼요. 아버님한테 10분도 안 돼서 우릴 쫓아 버렸다는 만족감을 드리고 싶어요? 자, 이제 날 부엌으로 안내해 주세요! 그 유명하다는 코니시 크림을 맛보고 싶어요."

랙퍼드는 잠시 유심히 그녀를 살펴보다가 어깨를 으쓱하고 한숨을 내쉬더니 고개를 설레설레 흔들었다. 제이신다가 미소를 지으며 작은 손으로 팔짱을 끼어 오자 그는 집 뒤의 부엌으로 그녀를 안내했다.

잠시 후 두 사람은 부엌의 낡은 나무 작업대 곁에 앉아 있었다. 열린 창문으로 저녁 바람이 불어 들어왔다. 요리사는 노래를 흥얼거리고 웃으며 잽싸게 일을 하면서도 그가 없는 동안 누가 누구와 결혼했다는 둥 마을 주민들의 소식을 전해 주었다. 즐거운 가운데에서도 랙퍼드는 어두운 기억들이 마치 현재의 표면 아래 몰래 숨어 있는 상어처럼 주위를 맴돌고 있는 기척을 느꼈다. 그는 미소를 잃지 않으려고 엄청나게 노력했다.

랜드리 부인이 희색이 만면한 얼굴로 자랑스럽게 두 사람 앞에 크림 그릇 두 개를 갖다 놓더니 따뜻한 검은 당밀을 부었다.

"여기 있습니다, 빌리 주인님. 좋아하시던 그대로예요. 비록 15년이나 늦게 오셨지만요. 아무리 드셔도 절대 질리지 않으실 거예요."

그녀가 부드럽게 말했다.

랙퍼드는 무너진 것 같은 얼굴로 랜드리 부인을 보았다. 15년이라니.

"오, 정말 맛있어요, 랜드리 부인!"

맛을 본 제이신다가 감탄했다. 하지만 랙퍼드는 뻣뻣하게 몸을 굳힌 채 충격을 받은 상태로 그저 가만히 접시를 내려다볼 뿐이었다. 눈물 때문에 앞이 잘 보이지 않았다.

그 끔찍했던 날 밤의 모든 기억들이 고통스러울 정도로 생생하게 떠올랐다. 손이 떨리는 광경을 볼 때까지도 그는 자신이 떨고 있음을 깨닫지 못했다. 그의 손은 마치 무기인 양 숟가락을 힘줄이 보일 정도로 꽉 쥐고 있었다.

비록 눈으로는 걸쭉한 당밀과 크림을 보고 있었지만 마음은 먼 곳에 가 있었다.

"빌리? 여보?"

제이신다가 즉시 걱정스러운 목소리로 부르며 그의 팔을 부드럽게 만졌다.

"실례하겠소, 미안해. 난…… 실례하겠소."

랙퍼드가 갑자기 테이블에서 일어나 주방을 나갔다. 눈물 때문에 앞이 보이지 않았다. 그는 목 뒤로 쌓여 가는 고통스러운 흐느낌을 참느라 이를 악물었다. 울음을 터뜨릴 수는 없었다.

"빌리!"

문이 삐거덕거리면서 제이신다가 그를 쫓아오는 소리가 들렸다. 하지만 그녀가 다가와 그를 어루만지자 그는 팔을 뺐다. 거칠게 머리를 쓸어 올리며 그녀와 눈을 마주치지도 않았다.

"잠시 혼자 놔두시오. 좀 걸어야겠어."

"내가 같이……."

"아니, 그냥……, 난 괜찮을 거요. 됐소?"

제이신다가 그의 얼굴을 유심히 살폈다.

"정말로요?"

그녀를 슬쩍 쳐다보고 짧게 고개를 끄덕인 그는 손을 바지 주머니에 넣은 채 사라지는 석양을 뚫고 해변으로 터벅터벅 걸어갔다.

제이신다는 심란한 마음으로 멀어져 가는 랙퍼드의 넓은 등을 바라보았다.

오, 정말 복잡한 가족이야, 그녀는 생각했다. 그에 눈에 드러난 상처를 본 이상 그를 몇 분씩이나 홀로 내버려둘 생각은 없었다. 랙퍼드가 어느 방향으로 가는지 살펴본 뒤 그녀는 돌아서서 집 안으로 들어왔다.

그녀는 랜드리 부인과 걱정스러운 표정을 주고받은 뒤 친절한 대접에 고맙다는 인사를 하고 트루로 경의 병실로 다시 올라갔다. 조용히 노크를 하자 의사가 대답했다. 후작은 아직 깨어 있었다. 그녀는 플림턴 씨에게 잠깐만 있겠다고 약속한 후에야 후작을 만날 수 있었다.

"뭣 때문에 다시 온 거지? 이번에는 뭘 원하는 게야?"

그녀가 침대 옆 의자에 앉자 후작이 귀에 거슬리는 거친 목소리로 불분명하게 물었다.

"아버님과 그 아들을 보면 원치 않는 선택을 강요당한다는 오래된 속담이 생각나요."

그녀가 말했다.

"흥, 그 놈은 빌어먹을 정도로 고집불통이야. 어렸을 때부터 그랬지."

제이신다는 후작에게 조심스러운 미소를 보낸 다음 곧 진지한 표정을 했다.

"경, 경께서 윌리엄에게 깊은 상처를 주셨다는 걸 아셔야 해요. 그이는 좋은 사람이에요. 제 생각에는 경께서도 남몰래 그이를 자랑스럽게 생각하시는 것 같은데요."

후작이 콧방귀를 뀌었지만 그녀는 무시했다.

"제발 그에게 그렇다고 말씀해 주세요. 병세가 얼마나 심각한지 플림턴 씨에게서 들으셨잖아요. 또 다른 기회는 없을지도 몰라요. 랙퍼드에게 여기 오는 건 쉽지 않은 일이었죠. 하지만 후작님께 사과할 기회를 드려야 한다고 제가 말했어요."

"사과라니!"

후작이 떨리는 목소리로 말했다.

"이런 건방진 말괄량이 같으니!"

후작은 침대에서 일어나 앉으려다 곧 고통스럽게 얼굴을 찌푸리고 다시 누웠다. 그는 무서운 눈길로 그녀를 노려보았다.

"레이디 랙퍼드, 내가 아버지에게서 뭘 배웠는지 아나? 절대 아무에게도 사과하지 말라는 거야! 이미 너무 늦어 버렸는데, 다시 되돌릴 수도 없는데 사과가 무슨 소용이야?"

"경, 몇 가지는 되돌릴 시간이 아직 있어요. 경께서 용서를 받으실 자격이 있는지는 모르겠지만, 제가 아는 건 경의 아드님이 여기 있다는 거예요. 그리고 그가 경에게서 원하는 건 친절한 말 한 마디뿐이에요."

"난 그 애 목숨을 구해 줬어, 그렇지 않나? 그 애를 뉴게이트에서 빼내 주었다고."

"윌리엄이 보기에, 그건 그이를 염려해서가 아니라 단지 경 자신을 위해 하신 행동이었죠."

"그 애를 염려해? 내가 사 준 마차를 보지 못했나? 말은? 내가 그 애한테 한 주에 150파운드의 수당을 주고 있다는 말은 들었나?"

후작이 반박했다.

"솔직히 그이를 사랑한다고 인정하실 수는 없나요? 그이가 살아 있어 기쁘다고요? 그이는 모르지만 전 바보가 아니에요. 전 경께서 그이를 바라보는 눈길을 봤어요. 경이 그이를 자랑스럽게 여기신다는 걸, 잘못된 방식이긴 하지만 그이를 사랑하신다는 걸 전 알아요. 하지만 경께서 말씀하지 않으시면 그이가 어떻게 알겠어요? 분명 경께는 모든 걸 바꿀 수 있는 단순한 몇 마디를 하실 용기가 있으실 거예요. 경의 영혼을 구원하는 것치고 그게 그렇게 비싼 대가인가요?"

"잔인하구나."

후작이 머리를 베개에 기대며 시선을 돌렸다. 잠시 후 그가 속삭였다.

"나가거라. 플림턴 씨, 며느리를 밖으로 데려가게."

그녀를 가족으로 인정하는 후작의 뜻밖의 말에 놀란 제이신다는 후작의 오른손을 쥐었다. 발작이 일어난 뒤로 그의 왼손은 뻣뻣하게 곱아 있었기 때문이다. 너무나 자주 어린 빌리의 얼굴을 피투성이로 만들었던 바로 그 손. 그녀는 얼른 손을 놓고는 흐르는 눈물을 막기 위해 잽싸게 눈을 깜박였다.

"신의 자비를, 트루로 경. 언제까지나 경을 위해 기도하겠어요."

그녀는 병실을 나왔다. 복도의 마룻바닥 위를 스치는 그녀의 치맛자락 소리가 들렸다. 아래층으로 내려온 그녀는 랙퍼드를 찾으려고 밖으로 나갔다.

밖으로 나오자마자 바닷바람에 머리카락이 날리고 치마가 우아하게 부풀어올랐다. 뒷문간에 달려 있는 놋쇠 각등 주위에서 모기떼가 앵앵거렸다. 별이 가득한 어두운 밤 하늘에 박쥐들이 날아다녔다. 그녀는 달빛이 가득한 장미 정원을 지나 해변으로 내려가는 낡은 나무 계단으로 향했다.

저 멀리 해변에 등대가 있는 외딴 섬이 보였다. 등대의 불빛이 일정한 속도로 어두운 파도를 천천히 비추었다. 하지만 외로운 불빛도 아래쪽 모래사장의 어둠을 비출 정도로 강하지는 못했다.

제이신다는 거친 난간을 꼭 잡은 채 감각에만 의지해서 조심스럽게 계단을 내려갔다. 바위에 부서지는 자장가 같은 잔물결에 뒤이어 커다란 파도가 몰려오는 소리가 들렸다. 아니, 정말로 느껴졌다. 집의 불빛이 닿지 않는 짙은 어둠에 눈이 천천히 익숙해지자 파도의 하얀 포말이 보였다.

위험한 나무 계단 아래에 도착하자 모래사장의 한가운데에 솟아나 있는 기괴한 암석이 희미한 별빛 속에 드러났다. 부드러운 녹색 이끼가 덮여 있고 구멍이 숭숭 뚫린 거무스름한 아치형 돌기둥이었다. 그 주위로 부드러운 모래사장이 창백하게 빛났다. 모래가 마치 담요처럼 모든 소음을 집어삼켰기 때문에 그녀는 파도가 부서지는 커다란 검은 바위들 위에 서 있는 남편을 보고도 소리쳐 부르지 않았다.

등대 불빛이 스쳐 지나가자 그의 모습이 드러났다. 랙퍼드는 생각에 잠긴 황량한 옆얼굴을 보이며 바다를 뚫어지게 쳐다보고 있었다. 짙은 금빛을 띤 긴 앞머리와 헐렁한 하얀 셔츠가 바람에 휘날렸다.

제이신다는 잠시 걸음을 멈추고 신발과 스타킹을 벗은 다음 푹푹 빠지는 차가운 모래사장을 지나 그에게 다가갔다. 그는 크러뱃을 풀고 그녀처럼 맨발이었으며 검은 바지를 종아리까지 걷어올리고 있었다. 코트를 부엌 의자에 걸어 두고 그냥 나온데다 조끼 단추 역시 풀어놓고 있었다. 바다를 향해 돌을 던지고 있던 그는 다가오는 그녀의 모습을 보자 동작을 멈췄다.

그는 크고, 늘씬하고, 너무나도 잘생긴 한창 때의 남자였다. 하지만 그녀에게 몸을 돌린 그의 얼굴은 고뇌하는 흔적이 역력했고, 눈은 외로운 어린 소년의 눈 같았다.

제이신다는 뭐라고 말을 해야 할지 몰랐다. 그가 몸을 앞으로 숙여 그녀에게 손을 내밀었다. 그녀는 치마를 발목까지 들어 올리고 바닷물로 이루어진 바위 둘레의 작은 웅덩이를 건너가 그의 따뜻한 손을 잡았다. 그가 그녀를 바위 위로 끌어올렸다. 바위로 올라가자

마자 바닷물의 거품이 얼굴 앞에서 부서지는 바람에 그녀는 숨을 헐떡였다.

랙퍼드가 몸을 숙여 그녀의 뺨에 키스를 하며 소금기를 핥았다. 그리고는 뒤로 물러서는 대신 이마를 그녀의 이마에 맞댄 채 눈을 감았다. 제이신다는 그의 얼굴을 부드럽게 감쌌다.

"괜찮아요?"

그녀가 속삭였다.

"모르겠어."

그가 뒤로 물러서서 그녀의 눈을 들여다보자 달빛이 딱딱한 그의 얼굴에 음영을 드리웠다.

"어쩌면 당신이 나에게 한 가지는 말해 줄 수 있을지 모르지."

"뭔데요, 달링? 노력해 볼게요. 당신을 돕고 싶어요."

그녀는 그의 눈을 들여다보며 머리카락을 쓰다듬어 주었다.

"날 사랑하는 이유가 뭐요?"

거의 들리지 않을 만큼 낮은 목소리로 그가 물었다.

그녀는 그의 질문에 놀랐지만 가슴속은 애틋한 사랑으로 부풀어올랐다. 그녀는 그의 얼굴을 천천히 어루만졌다.

"이유야 많죠. 당신은 똑똑하고, 용감하고, 헌신적이고, 강하고, 자상하고, 부드럽고, 명예롭고, 신사답고, 매력적이고, 친절하고, 쉽게 용서할 줄도 알고, 인내심도 많고, 현명하니까요."

랙퍼드가 놀란 얼굴로 그녀를 쳐다보았지만 그녀의 말은 아직 다 끝난 게 아니었다.

"당신은 언제나 약속을 지키고, 날 웃게 하고, 내가 하는 말에 귀를 기울이고, 사물에 대한 흥미로운 시각을 갖고 있죠. 게다가 믿을 수 없을 만큼 잘생겼고, 굉장한 연인이고……. 아직 더 계속할 수 있어요."

랙퍼드는 애처로운 미소를 입가에 지으며 좀 부끄러운 듯 시선을 돌렸다.

"난 당신이 그냥 멋진 남편에 사랑스런 친구일 뿐만이 아니라 세상을 좀더 나은 곳으로 바꿀 운명을 타고난 위대한 사람이라고 생각해요. 특히 투표권이 없는 사람들을 위해서 말이죠. 그게 내가 당신과 결혼한 이유예요. 물론 당신 문신도 빼놓을 수는 없죠."

"그 말이 정말 다 진심이오?"

바다를 보며 랙퍼드가 물었다.

"진심이에요."

그에게 팔을 두르며 그녀는 천천히 한 글자 한 글자 또박또박 말했다.

"당신은 지금까지 내가 만나 본 사람 중에 제일 좋은 사람이에요."

"날 좋은 사람이라고 생각하오?"

그가 놀라서 그녀에게 몸을 돌리며 물었다.

"물론이죠. 당신은 그렇게 생각 안 해요?"

랙퍼드는 어깨를 으쓱하고는 말없이 그녀의 어깨에 머리를 기댔다.

바람에 날리는 머리카락을 귀 뒤로 넘기며 그녀는 울퉁불퉁한 바위 위에 놓인 자신의 발가락을 내려다보다 조심스럽게 그를 바라보았다.

"왜 그런 질문을 한 거죠, 랙퍼드?"

그는 대답 없이 잠시 칠흑 같은 바다 위를 비추는 등대 불빛을 바라보았다.

"그냥…… 생각을 하던 중이었소."

그는 그녀의 품에서 빠져 나와 왼발로 높다란 바위를 문질렀다. 그는 바지 주머니에 손을 집어넣은 채 멍한 눈으로 수평선을 바라보며 생각에 잠겼다.

"여기 서서 끔찍한 기억들을 떠올리며……, 난 지각 있는 성인이고 그런 대접을 받을 만한 짓을 하지 않았다고 나 자신을 납득시키려고 애쓰고 있었소."

"오, 빌리, 여보. 물론 당신은 그런 대접을 받을 만한 짓을 하지 않았어요. 당신은 그저 어린 아이였을 뿐인걸요."

"난 그런 생각이 들지 않아."

"아니라니까요."

"어떻게 사람이 그럴 수 있지? 어떻게 아버지가 나에게 그럴 수 있단 말이오?"

그는 쓸쓸하게 토캐로를 힐끗 쳐다보더니 절박하고도 분노에 찬 시선으로 그녀를 바라보았다. 굳은 턱과 무례한 시선에도 불구하고 제이신다는 그가 자신의 대답을 기다리고 있다는 것을, 확신을 주기를 절박하게 기다리고 있음을 알 수 있었다.

"여보, 세상에는 맹목적이고 가엾은 바보들이 너무 많아요. 누구에게나 결점은 있고, 때때로 끔찍한 실수를 저지르기도 하죠. 당신 아버지의 끔찍한 실수가 당신 잘못일지도 모른다고 생각하면 절대 안 돼요. 그렇지 않아요."

그녀가 부드럽게 말했다.

그는 눈을 깜박이며 그녀의 말을 들었다. 하지만 다시 시선을 돌리며 고개를 저었다.

"당신이 그렇게 말해 주기까지 하고, 나 역시 당신 말이 옳다는 걸 알지만, 또 너무나 당신 말을 믿고 싶지만, 때때로 내가 뭔가를 잘못했을 거라는 생각을 떨쳐 버릴 수가 없소."

"왜 당신이 그런 생각을 하는지 이해할 수 있어요. 왜냐하면 우리가 아이였을 때 배운 것은 평생을 가니까요. 하지만 여보, 이제는 분명 마음 한구석에서 그게 사실이 아니라는 걸 알 거예요."

"하지만 내가 무슨 짓을 한 게 분명해. 아버지는 퍼시 형에게는 그러지 않았소. 오직 나한테만 그랬지."

"당신은 결백해요. 후작은 당신한테 맞을 짓을 했다고 말하는 것으로 자신의 죄책감을 회피했겠죠. 자기 자식에게 끔찍하게 폭력을 휘둘렀다는 걸 인정하지 않기 위해 당신에게 책임을 뒤집어씌운 거예요."

"부당한 짓이었어."

그가 갑자기 속삭였다.

"아버지는 미친 듯이 날 때렸소. 방학을 보내러 함께 온 렉과 저스틴 앞에서 말이오. 내가 한 짓이라곤 아버지의 바보 같은 망원경을 빌린 것뿐인데."

랙퍼드가 냉정하게 고개를 흔들었다.

눈물이 가득한 눈으로 제이신다가 그에게 팔을 벌렸다.

"나한테 와요. 안아 줄게요."

그는 다가오지 않은 채 획 고개를 돌렸다.

"왜 그래요?"

"그런 눈으로 날 보지 마."

"어떻게요?"

"마치 구해 줘야 할 불쌍한 아이처럼 보고 있잖아. 내겐 이미 어머니가 있소. 그걸로 충분해."

제이신다가 말없이 팔을 내렸다.

"날 거부하지 말아요, 랙퍼드."

"당신이 이 모든 걸 아는 게 싫어! 너무나 수치스러워. 당신이 그날 밤, 처음 만난 날 밤 뒷골목에서 날 보았다는 게 싫어. 난 당신에게 어울리지 않아……."

그가 외쳤다.

"그만 해요, 랙퍼드. 난 당신을 사랑해요. 당신한테 절대 상처를 주지 않을 거예요."

랙퍼드는 그녀에게 몸을 돌려 말없이 오랫동안 쳐다보았다. 격렬한 감정이 오락가락하는 그의 얼굴을 등대 불빛이 비추고 지나가자 두 사람은 다시 어둠 속에 묻혔다.

"날 사랑한다고?"

그가 어두운 어조로 말하며 가까이 다가와 그녀를 내려다보았다.

"당신도 알잖아요."

그녀가 용감하게 고개를 뒤로 젖혀 그의 시선을 마주했다.

그의 눈에 격렬한 욕망이 끓어올랐다.

"증명해 봐."

그는 그녀의 머리를 부드럽게 만지다가 한 움큼 움켜쥐었다. 눈이 열기로 번뜩였다.

"내게 보여 달라고."

그가 속삭였다.

그녀는 꼼짝도 할 수 없었다.

"지금? 여기서요?"

"그래, 지금."

그녀는 망설였다. 그의 강렬함이 그녀를 두렵게 했다. 하지만 강렬한 그의 눈을 올려다보자 감히 싫다고 말할 수가 없었다. 그의 뻔뻔스러운 요구 뒤에 숨어 있는 복잡한 마음을 알 수 있었기 때문이다. 그는 자존심 강한 전사였다. 하지만 그 자존심은 깊은 상처를 입은 상태였다. 상처 입은 무력한 아이라는 자신의 약한 모습을 그녀에게 보인 뒤이니 자신의 힘에 대한 확신을 가지고 싶어하는 그의 욕구를 이해할 수 있었다. 어쩌면 그는 겁을 주어 그녀를 멀리 쫓아 버리려는 것인지도 몰랐다. 그럼 아무도 그를 사랑하지 않을 거라는 스스로의 주문이 사실이 될 테니까. 그러나 무슨 대가를 치르더라도 그런 일이 생기게 내버려둘 수는 없었다.

화난 그의 눈을 깊숙이 들여다보며 제이신다는 조심스럽게, 정말 조심스럽게 움직여야 한다는 걸 알았다.

"좋아요. 어떻게 할까요?"

손을 들어 그의 허벅지를 만지며 그녀가 속삭였다.

그는 바람을 맞으며 어둡고 위험한 모습을 한 채 그녀의 시선을 놓지 않았다. 기꺼이 따르겠다는 그녀의 말이 의심스럽다는 표정으로.

"누워."

랙퍼드가 그녀의 손을 잡고 바위 아래로 끌어내렸다.

그녀는 모래 위로 내려가 천천히 등을 대고 누웠다. 그가 그녀의 다리 사이에 무릎을 꿇고 위로 올라왔다. 만져 달라는 듯 그녀의 손을 자신의 남성 위에 올려놓으며, 원시적인 굶주림을 드러내며 그녀의 입술을 삼켰다.

거칠고 분노에 찬 그의 욕망에 제이신다는 압도당했다. 그의 손이 치마 안으로 들어와 옷자락을 위로 들어 올렸다. 그는 마치 삼켜 버릴 듯 그녀에게 키스했다. 하지만 친숙한 그의 맛과 품이 주는 느낌에 곧 그녀의 열정은 불타올랐다. 그의 헝클어진 머리, 각진 턱, 넓은 어깨가 별들이 가득한 하늘 아래 떠올랐다.

"아주 순종적인 아내군."

그가 중얼거리며 바지 단추를 풀었다.

그의 비아냥거림에 그녀는 잠깐 움찔했지만 그의 악마 같은 성질 앞에서 물러서지는 않았다. 만약 그가 그녀의 사랑의 한계를 시험해 보아야 한다면 그를 실망시킬 수는 없었다. 그가 바지를 벗자 그녀는 손을 뻗어 그를 어루만졌다. 그녀가 그의 몸을 자신의 안으로 인도하는 동안 그는 그녀의 손을 만졌다.

"당신은 이걸 사랑해, 그렇지?"

딱딱한 일어선 남성을 쥔 그녀의 손을 꽉 누르며 그가 물었다.

"난 당신을 사랑해요."

그녀가 정정했다.

"난 좋은 사람이 아니야, 제이신다. 그렇게 믿지 마. 난 살인자에 도둑이야. 난 당신을 실망시킬 거라고."

"난 운명에 따를 거예요."

그녀가 단호하게 대답했다.

그가 시선을 아래로 내리자 갈색 눈썹이 눈을 가렸다. 그가 무릎을 꿇고는 그녀의 다리를 벌렸다.

그리고 그녀의 중심을 애무하며 손가락으로 그녀의 부드러운 신음 소리를 짜냈다. 그는 자신의 손길에 맞춰 몸을 움직이는 그녀를 한참 동안 지켜보다가 위로 올라왔다. 그녀가 그를 열렬히 환영하며 두 팔로 안았다. 그가 안으로 들어오자 그녀는 쾌락 때문에 부드럽게 헐떡였다. 뿌리 끝까지 자신을 그녀의 몸에 묻은 채 그는 움직임을 멈췄다. 두 사람은 맥박만이 고동치는 고요함 속에서 하나가 된 느낌을 만끽하며 그렇게 꼭 껴안고 있었다.

"당신은 절대 날 실망시키지 않을 거예요, 빌리. 난 언제나 당신을 믿었어요. 그래서 당신에게 내 다이아몬드 목걸이를 준 거예요."

그의 머리를 애무하며 그녀가 속삭였다.

그는 아무 말 없이 그녀의 허벅지를 잡아 자신의 날렵한 허리에 감고는 그녀의 무릎을 만졌다. 그리고는 커다랗고 따뜻한 손으로 발목을 잡은 다음 그녀의 발에 사랑스럽다는 듯이 장난을 쳤다. 제이신다는 커져 가는 욕망으로 인해 허리를 들어 올렸다.

"날 사랑해 줘요, 빌리. 당신이 필요해요."

그가 몸을 내려 그녀를 어루만지며 절정으로 이끌었다. 그러자 그녀는 그를 두 팔로 끌어당겨 꼭 껴안았다. 오래된 상처와 외로움으로 얼룩진 그의 영혼을 끌어안으며 흉터마다 키스를 퍼부었다. 처음에는 부끄럽다는 듯 조심스러웠지만 키스는 점점 더 격렬해졌다. 그가 절정을 향해 치달리는 것이 느껴졌다.

그의 움직임이 바위에 들이치는 광포한 파도에 맞춰 점점 더 격렬해져 갔고 그는 연신 그녀의 이름을 불러 댔다. 그의 등 뒤로 하늘에 점점이 박힌 별들이 마치 다이아몬드처럼 반짝였다. 제이신다는 자신의 사랑을 받고 있지만 너무나 많은 상처를 간직한 그의 얼굴에 키스를 했다. 입 안에 느껴지는 소금기가 자신의 눈물인지, 아니면 그의 눈물인지, 그것도 아니면 바닷물인지 알 수 없었다. 아는 것이라고는 두 사람이 막 절정의 문턱에 도달했다는 것뿐이었다. 그녀는 욕망으로 흐려진 눈을 한 채 그에 대한 사랑에 푹 빠졌다. 랙퍼드는 폭풍처럼 강렬한 감정에 몸을 떨었다.

"미안하오, 제이신다. 미안해."

"아니에요, 빌리. 당신은 너무 좋은 사람이에요. 당신을 사랑해요, 여보."

그가 고통으로 으르렁거렸다. 강렬한 욕망으로 그의 팔이 그녀를 꽉 죄었다.

"절대 날 떠나지 마. 이 빌어먹을 세상에서 날 사랑하는 사람은 당신뿐이야."

"사랑해요, 빌리. 언제까지나 당신을 사랑할 거예요. 절대 다른 사람이 당신을 상처입히게 내버려두지 않을 거예요."

랙퍼드는 거칠게 헐떡이며 절정을 느껴 보라고 말했다. 제이신다는 그의 몸 아래에서 어쩔 수 없는 갈망에 몸을 뒤틀며 그의 말대로 했다. 그는 그녀의 몸 안에 자신을 깊이 묻은 채 곧이어 어둡고 달콤한 절정을 맞았다.

등대 불빛이 그를 스치고 지나가자 날카로운 쾌락으로 얼룩진 그의 얼굴이 드러났다. 영혼에서 울려 나오는 것 같은 그의 깊은 신음 소리가 그녀의 넋을 앗아갔다. 다음 순간, 그는 그녀의 몸 위로 털썩 쓰러지더니 꼼짝도 하지 않았다.

제이신다는 그의 머리카락에 뺨을 대고 그를 토닥여 주며 머리에 키스를 했다. 밤 공기는 차가웠지만 그의 품은 따뜻했다. 마침내 랙퍼드가 그녀의 옆으로 몸을 굴렸다. 그러더니 팔베개를 하고는 애처로운 한숨을 내쉬며 그녀에게 미소를 지었다.

"왜요?"

그녀가 중얼거렸다.

그가 고개를 살짝 저었다.

"난 잘 모르겠어."

그가 사랑스럽다는 듯이 그녀의 가슴을 감쌌다.

"내가 당신을 잠깐 바보로 만들어 그 틈에 낚아챈 게 아닌가 하는 생각이 들어. 그렇지 않다면 날 그렇게 잘 아는 당신이 어떻게 날 사랑할 수 있을까 싶거든."

그녀가 미소를 지었다.

"뒷골목에서 그 날 밤 당신을 처음 보았을 때 난 콘래드가 살아서 나타난 줄 알았어요. 바로 그 순간 당신을 사랑하게 되었죠."

"콘래드가 누구요?"

"<해적>에 나오는 사람이에요. 바이런 경의 책 말이에요."

"해적에 관한 그 말도 안 되는 책?"

"말도 안 되는 게 아니에요. 콘래드는 해적이긴 하지만 나쁜 해적이 아니라 좋은 해적이에요."

그녀가 반박했다.

"아주 당당한걸. 내가 처음 당신을 사랑하게 된 게 언제인지 알고 싶소?"

"말해 줘요."

제이신다는 그에게 달라붙으며 킬킬거렸다.

랙퍼드는 그녀의 손을 잡아 부드럽게 주먹을 쥐어 준 다음 손등에 키스했다.

"당신이 플래허티의 얼굴에 주먹을 날렸을 때야."

"골목에서요?"

그녀가 외쳤다.

그가 웃음을 터뜨리며 고개를 끄덕였다.

"당신은 쓰레기더미 위에 마치 시바의 여왕처럼 앉아 있었지. '난 아주 편안해요'라면서. 난 절대 그 때의 당신 얼굴을 잊지 못할 거요. 그러고는 플래허티의 얼굴에 주먹을 날리고……."

"그 사람은 그런 짓을 당해도 싸요."

"그래서 난 혼자 생각했소. '조심해, 친구. 이 여잔 위험해'라고."

"위험하다고요? 그 말 마음에 드네요."

그녀는 고양이처럼 기지개를 켜고 만족스러운 한숨을 내쉬며 그의 품에 파고들었다.

랙퍼드는 그녀를 바짝 끌어당기며 바다를 바라보았다.

“우리 둘 다 여기 별과 달 아래서 밤을 지새워야 할 것 같은
데…….”

“내 생각에는 우리 둘 다 별로 자지는 못할 것 같은데요. 당신은
만족할 줄 모르는 짐승이니까.”

“신선한 바닷바람 때문이야. 내 안의 해적을 일깨우거든.”

그가 장난스럽게 으르렁거렸다.

그의 장난에 그녀가 웃음을 터뜨렸다. 랙퍼드는 부드럽게 웃으며
그녀를 덮치더니 키스를 해 왔다.

“음…….”

제이신다가 눈을 감고 부드러운 열정으로 키스를 되돌리고 있으려
니 갑자기 위쪽 곳에서 목소리가 들렸다.

“랙퍼드 경! 랙퍼드 경, 랙퍼드 부인! 거기 계세요? 여보세요?”

“맙소사!”

제이신다는 숨을 들이마시며 서둘러 치마를 발목까지 끌어 내렸다.

“걱정하지 마. 어두워서 보이지 않을 거요. 여기야!”

파도 소리 때문에 크게 고함을 질러야만 했다.

“무슨 일이지?”

“트루로 경께서 찾으십니다. 어서 오세요! 후작님이 두 번째 발작
을 일으키셨어요!”

두 사람은 걱정스러운 시선을 주고받은 뒤 다른 말 없이 일어나
서둘러 매무새를 가다듬었다. 그리고 벗어 놓은 신발을 들고 집으로
달렸다.

“오, 빌리 주인님. 이번에는 후작님이 시력을 잃으셨습니다!”

랙퍼드와 제이신다가 낡은 나무 계단을 올라가자 기다리고 있던
집사는 어쩔 줄 몰라 앙상한 손을 비틀어 댔다.

“맙소사!”

랙퍼드가 중얼거렸다.

"플림턴 씨 말씀으로는 아침까지도 버티지 못하실 거라고 했습니다. 후작님께서 경을 찾으십니다."

제이신다가 어떻게 하겠느냐는 듯 그의 얼굴을 보았다.

"만나겠소."

그가 조심스럽게 말했다.

두 사람은 집 안으로 들어와 후작의 침실이 있는 북쪽 날개 건물로 올라갔다. 복도에 접어들었을 때 후작 부인이 조용히 흐느끼며 남편의 침실에서 나왔다. 그들이 다가가자 후작 부인이 달려와 아들의 품에 안기며 큰 소리로 울었다.

"오, 윌리엄! 네 아버지가 정말 죽는 걸까? 그럴까 봐 두려워."

"진정하세요, 어머니. 제이신다, 어머니를 응접실로 모시고 가서 진정할 수 있도록 와인 한 잔을 드리겠소? 어머니, 잠시 쉬세요. 제가 아버지한테 가 볼게요."

랙퍼드는 침착하게 말했다.

"자, 이리로 오세요."

제이신다가 후작 부인의 곧 부서질 것 같은 어깨를 안은 채 응접실로 데려갔다.

랙퍼드는 마음의 준비를 한 채 병실로 들어갔다.

"윌리엄, 너냐?"

아버지가 귀에 거슬리는 쉰 목소리로 물었다.

"네, 아버지."

"가까이 오너라."

불분명하고 귀에 거슬리는 목소리가 났다.

랙퍼드는 힘들게 침을 삼키고 그의 말에 따랐다. 임종을 눈앞에 둔 아버지의 모습은 충격적이었다. 그는 의사와 어두운 표정을 나눴다. 의사가 다시 피를 뽑기 위해 도구를 꺼내는 게 보였다.

"관두시오."

랙퍼드가 의사에게 손을 저었다. 아버지의 얼굴에는 이미 죽음의 그림자가 감돌고 있었다. 빈민굴에서 수도 없이 보았기 때문에 잘못 볼 리는 없었다.

후작이 아무 것도 보이지 않는 눈으로 쳐다보았다. 하지만 에메랄드 빛깔의 눈은 여전히 강렬하고 단호했다.

"내 아들과 단둘이 이야기하고 싶소."

"네, 경."

의사가 조용히 나갔다.

"의사가 나갔니?"

트루로 경이 물었다.

"네."

랙퍼드가 침대 곁 의자에 앉으며 대답했다.

후작의 숨소리가 거칠었다.

"윌리엄, 난…… 죽어 가고 있다."

그는 무슨 말을 해야 할지 몰랐다.

"네."

그가 뻣뻣하게 대답했다.

"네…… 네 어머니를 돌봐 주거라."

"네."

"소작인들이 널 속이지 못하게 해. 그들이 온갖 수단을 다 쓴다는 건 신이 아신다."

후작이 그의 살짝 비뚤어진 불경한 미소를 보지 못해서 다행이었다. 랙퍼드가 고개를 숙였다.

"네, 아버지."

"이제 너한테 할 말이 있다."

후작의 솔직한 어조에 랙퍼드는 몸을 굳혔다.

"네가 나한테 부당한 대접을 받았다고 느낀다는 건 알고 있다."

후작은 단어 하나하나를 말하는 데 커다란 힘이 든다는 듯 천천히 말했다.

"네, 경."

랙퍼드는 짤막하게 대답했다.

"하지만 그게 바로…… 내 아버지가 날 대했던 방식이었다는 걸
말해 주고 싶구나."

랙퍼드가 후작을 뚫어지게 쳐다보았다.

"뭐라고요?"

후작은 침대 곁에 놓인 쟁반에서 천천히 물잔을 들어 조심스럽게
한 모금 마시더니 입술을 적셨다.

"들었을 텐데? 내가 널 불쌍해한다고 생각하느냐? 난 네가 받은
꼭 그대로 당했다. 그렇지만 그게 나에게 해를 입히지는 못했지. 그
리고 너도 잘 자라지 않았느냐."

랙퍼드는 충격 속에서 초췌한 아버지의 얼굴을 유심히 살폈다.

"내 말 듣고 있니? 딱 한 번만 이야기하겠다."

"네, 아버지."

후작이 머뭇거렸다.

"네가 도망쳤을 때, 난 어느 정도는 기뻤다. 우리 둘 다를 위해서
말이다. 나도 어렸을 때 도망치고 싶었지만 감히 그러지 못했지. 비
록 너를 찾으라고 사람을 보내기는 했지만 그 사람들이 널 찾지 못
해서 기뻤다……. 널 사랑하는 내 마음속의 일부는 그렇게 느꼈단다.
그 일부는 만약 널 찾으면 파괴시키고 말리라는 걸……, 지금의 나처
럼 만들게 된다는 걸 알고 있을 만큼 충분히 좋은 아버지였어."

랙퍼드는 후작을 뚫어지게 쳐다보았다.

숨쉬기가 힘겹다는 듯 후작의 가슴이 무거워지고 숨소리가 약해
졌다.

"대신 넌 훨씬 더 나은 사람이 되었지. 내가 가르쳐 줄 수 있는 것
보다 훨씬 더 말이다. 그 점은 인정한단다. 네 나이였을 때 내가 아
는 거라곤 파괴하는 것뿐이었다. 하지만 넌 제 발로 빈민굴로 걸어
들어갔음에도 파괴하는 대신에 만들어 냈지."

후작이 말을 멈추었다. 말하기가 힘들고 어려운 모양이었다.

"넌 그 사람들이 널 두려워하게 만들 수도 있었어. 하지만 그들은 널 사랑했지. 넌 그들을 착취해서 부자가 될 수도 있었지만 그러는 대신 그들에게 음식과 집을 주고 그들을 부자로 만들어 줬어. 어느 누구도…… 나만큼 아들을 자랑스러워하지는 못할 거다. 네…… 가 자랑스럽다, 윌리엄."

랙퍼드는 의자에서 일어나 뼈만 앙상하게 남은 쇠약한 아버지를 꼭 끌어안았다.

"용서하거라, 아들아. 널 볼 때마다 난 내 자신을 보았어. 내 아버지가 증오하도록 가르친 바로 내 자신을 말이다."

후작이 그의 품에서 무너져 내리며 울음을 터뜨렸다.

"용서할게요, 아버지."

랙퍼드는 속삭이며 후작의 관자놀이에 키스했다.

그는 밤새 아버지 곁에 앉아 있었다. 그 일을 감당할 수 없었던 어머니는 두통을 핑계삼아 자신의 방으로 돌아갔지만 제이신다는 곁에 남아 후작에게 랜드리 부인의 당밀과 크림을 갖다 주기도 했다. 밤이 깊어 가자 그녀는 의자 위에서 잠이 들었다.

랙퍼드는 그녀를 부드럽게 깨워 침대로 가라고 했다. 눈을 뜰 수도 없었던 그녀는 복도 건너편 응접실에서 잠시 자겠다고 했다. 그 때부터 랙퍼드는 혼자 아버지 곁에서 밤을 지새웠다. 자신에게는 악마이자 전능한 신 같았던 남자에게서 마침내 인정을 받고 나니 너무나도 이상한 기분이 들었다.

새벽이 될 무렵 평화가 후작을 찾아오자 그는 자기 어머니와 학창 시절의 행복했던 기억들에 대해 이야기했다. 랙퍼드는 말없이 모든 것들을 마음속에 새겼다. 그 어느 때보다도 이 마지막 몇 시간 동안 아버지와 더더욱 가까워진 기분이었다. 그는 빈민굴에서 있었던 몇 가지 모험을 아버지에게 이야기해 주었다. 카드 게임에서 집시 아가씨인 칼로타를 얻었다고 이야기하자 후작이 킬킬거리며 웃었다.

"아버지도 칼로타를 보셨으면 마음에 드셨을 거예요."

"네 금발 아가씨만큼은 아닐 게다. 성깔이 대단한 아가씨지. 그 앨 어떻게 만났니?"

랙퍼드가 미소를 지으며 쓰레기더미에서 시바의 여왕을 발견하게 된 경위를 이야기하자 후작은 다시금 웃음을 터뜨렸다.

문 저쪽에서 남자들의 웃음소리가 들리자 제이신다는 살짝 미소를 지었다. 비록 무슨 이야기를 하는지는 몰랐지만 상관없었다. 새우잠 에서 깨어난 참에 두 사람을 살펴보러 온 것이었지만 이제야 친해진 아버지와 아들을 방해하고 싶지 않았다.

어쩌면 후작은 회복할지도 모르는 일이었다. 하품을 하며 팔로 몸 을 감싼 그녀는 신선한 공기를 쐬기 위해 잠시 산책을 하기로 했다.

새벽녘의 희끄무레한 연회색 대기 속에 새들의 노랫소리가 들렸다. 공기는 촉촉하고 차가웠다. 나른한 바람에 묻어 오는 소금기가 코끝 에 감돌았다. 바다가 그녀를 불렀다.

그녀는 특별한 목적지 없이 걷기 시작했다. 하지만 곧 바다가 내 려다보이는 곳에 도달할 수 있었다. 그녀의 등 뒤 동쪽에서 태양이 수평선 위로 떠오르고 있었다. 분홍빛 햇살이 절벽 꼭대기의 평평한 녹색 잔디 위에 부드러운 금빛을 던졌다. 하늘처럼 엷은 청록색의 바 다는 조용했다.

부드럽게 밀려드는 파도가 반짝이는 바위를 때리며 하얀 포말을 쏟아 냈다. 갈매기들조차 조용했다. 몇 마리는 공기의 흐름을 따라 나른하게 날고 있었고, 몇 마리는 파도 위를 떠 다녔다. 바닷가에 서 자 바람이 더 강해졌지만 무섭지는 않았다. 바람이 절벽 위로 거세게 불며 긴 머리카락을 어깨 뒤로 날리고 치마를 흔들었다. 제이신다는 영국의 서쪽 끝에 서서 눈을 감은 채 부드러운 바람의 감촉을 즐겼 다. 아마 인생을 새로이 발견한 덕분일 것이다. 아니면 죽음을 가까이서 보았거나, 어쩌면 그저 잠이 부족해서일지도 모른다. 하지만 살아 있다는 게 이렇게 근사하게 느껴진 적은 한 번도 없었다.

소금기 밴 공기를 깊숙이 들이마시며 해변으로 내려가기 위해 낡은 나무 계단 쪽으로 몸을 돌렸을 때 잔디밭을 가로질러 다가오는 랙퍼드가 보였다. 그녀는 그를 기다렸다. 초췌한 그의 얼굴이 눈에 들어오자 그녀의 눈길이 부드러워졌다. 그는 성큼성큼 걷고 있었지만 지쳐 보였다. 머리도 헝클어져 있었고 옷차림도 엉망이었다. 그가 다가오자 그의 눈에 나타난 경건한 슬픔을 보고 그녀는 후작이 죽었다는 걸 알 수 있었다.

그가 옆으로 오자 제이신다는 그를 안았다. 두 사람은 아무 말 없이 오랫동안 서로를 껴안고 있었다.

"돌아가셨나요?"

그녀가 물었다.

랙퍼드가 고개를 끄덕였다.

"너무 유감이에요, 여보."

그녀는 그의 머리카락을 애무하고 자신의 어깨에 머리를 기대게 했다. 그리고 속으로 말없이 시아버지를 위해 기도를 올렸다.

몇 분 후 랙퍼드는 떨면서 길게 숨을 들이마시고는 일어나서 멀리 바다를 바라보았다. 그녀 역시 몸을 돌려 바다를 바라보았다. 그는 그녀의 등 뒤에 서서 팔을 그녀의 허리에 감았다. 그녀는 배 위에 놓인 그의 손을 어루만졌다.

잠시 후 랙퍼드가 고개를 숙여 그녀의 귀에 입술을 갖다 댔다.

"고맙소, 제이신다. 당신이 아니었으면 이런 일은 일어나지 않았을 거요. 아버지는 마음을 바꾸지 않았을 테고 난 어제 저녁에 이미 이곳을 떠났을 거요. 아니, 당신이 아니었다면 애초에 이 곳에 오지도 않았겠지. 당신은 나에게…… 아주 특별한 선물을 준 거요."

"당신이야말로 특별한 사람인걸요."

제이신다는 미소를 지으며 그의 따뜻하고 강한 가슴에 머리를 기댔다.

"다른 사람이었다면 그런 아버지를 용서하지 못했을 거예요."

랙퍼드가 단어를 고르듯 조심스럽게 천천히 말했다.

"이제는 왜 그런 일이 일어났는지 이유를 알고 있소. 수많은 세월 동안 고통스러웠지만 이제는 내가 집에서 도망친 일로 생긴 좋은 면을 알게 됐소. 아버지의 말에 따르면 우리 집안의 '저주'가 깨진 거지. 나로서는, 나와 같은 신분인 대부분의 사람들이 볼 수 없는 걸 빈민굴에서 경험할 수 있었고, 이제는 뭔가를 할 수 있는 기회도 생겼잖소. 어쨌든 당신이 없었다면 이 모든 걸 견뎌내지 못했으리라는 사실을 알아 주었으면 해."

그가 부드럽게 그녀를 돌려세웠다.

그녀는 애정이 담긴 눈길로 그의 청록색 눈을 바라보았다. 그의 부드러운 말을 듣자 갑자기 기막힌 생각이 떠올랐다.

"랙퍼드, 우리 여기서 잠시 머물면 안 돼요? 콘월은 너무 아름다운 걸요."

그가 손등으로 그녀의 뺨을 문질렀다.

"당신이 원한다면 안 될 이유가 없지. 어쨌든 이제 이 곳은 당신 집이니까. 우리 집 말이오."

그가 멀리 우뚝 솟아 있는 토캐로를 향해 고개를 끄덕였다.

아침 안개 속에 회갈색 성벽이 희미하게 보였다. 성 밑에는 수면 밑에서 태양을 토해 내며 검정색과 황금색, 분홍색이 뒤섞인 숨막힐 듯 아름다운 풍광을 뿜어 내는 바다가 있었다.

제이신다는 이제 그가 트루로 앤드 세인트 오스텔 후작이라는 사실을 깨닫고 놀라 성을 힐끗 바라본 다음 그를 쳐다보았다. 그녀도 이제 후작 부인이자 영지의 안주인이 된 것이다. 다음 순간 그의 거뭇거뭇한 눈가를 발견한 그녀는 다정하게 그의 뺨을 감쌌다.

"서서 잠들기 전에 어서 침대로 가요."

"당신은 언제나 날 보살펴 주는군."

서로에게 팔을 두른 채 집으로 발걸음을 옮기며 랙퍼드가 짓궂게 말했다.

"오, 당신이 그런 보살핌을 정말 필요로 하지 않는다는 건 알아요. 하지만 난 당신을 보살피는 게 행복한걸요."

그녀가 여느 아내처럼 눈을 반짝이며 말했다.

"내가 필요로 하지 않는다고?"

그가 부드럽게 말했다.

고집스럽게 모든 도움을 거절하던 그의 모습을 뚜렷이 기억하고 있던 그녀는 놀라서 그를 쳐다보았다. 랙퍼드는 다 안다는 듯 애처로운 미소를 지어 보이며, 애정 어린 손길로 그녀의 어깨를 살짝 쥐고는 그녀에게 내내 살짝 기댄 채 집으로 향하는 발걸음을 옮겼다.

<끝>

옥스퍼드 백작 부인의 실제 이야기를 알고 있는 독자라면, 그 섭정 시대의 귀부인이 스캔들 메이커인 호크스클리프 공작 부인의 모델이라는 사실을 알아채셨을 겁니다. 대부분의 사교계 사람들은 옥스퍼드 백작 부인의 아이들이 남편이 아닌 애인들의 자식이었다는 걸 알고 있었답니다. 하지만 보들리언 도서관 기증자로 유명한 그녀의 남편 옥스퍼드 백작은 아이들을 다 자기 자식으로 인정했다고 합니다.

자료 조사를 하다 우연히 이 이야기를 알게 되자 이 이야기로 가족 시리즈를 만들어야겠다는 생각이 번뜩 떠올랐어요. 전 원래부터 가족 시리즈물을 읽는 것도 쓰는 것도 좋아했거든요. 서로 다른 배경의 아버지를 둔 장성한 자식들의 이야기를 쓰겠다는 이 복잡한 프로젝트는 작가인 저에게는 섬세하고 독특한 즐거움이었답니다.

여러분들도 제가 느끼는 즐거움을 누릴 수 있으시길 바랍니다. 각각의 이야기마다 다양한 여러 인물들을 만들어 낼 수 있었을 뿐 아니라, 지금까지 이 시리즈를 읽으셨다면 아마 여러분도 눈치채셨겠지만, 조지아나의 사랑의 모험 덕분에 장성한 자식들은 사랑에 대해 다소 신중하고 냉소적인 태도를 갖게 되었기 때문입니다. 그들 각자의 냉소주의에 도전하고 신중한 태도를 극복해 마침내 억눌려 있던 사랑하는 능력을 일깨워 줄 강하고 가치 있는 '적수'를 찾아 주는 일은 제게 큰 기쁨이었습니다. 일단 그런 일이 일어나면 나이트 가문의 형제들은(여동생도 물론 포함되죠!) 사랑을 영원한 것으로 만들기 위해 단호하고 헌신적인 사람으로 변한답니다.

만약 이 책이 나이트가 시리즈 중 처음 읽으시는 책이라면 이미 출간된 아래의 다른 책들도 읽어보시길 바랍니다.

The Duke(로버트와 벨의 이야기)
Lord of Fire(루시언과 앨리스의 이야기: 나를 사랑한 스파이)
Lord of Ice(대미언과 미랜다의 이야기)

이제 시리즈가 겨우 반 정도 진행되었다는 게 기쁘답니다. 아직 괴롭혀야 할 두 형제(앨릭과 잭)가 남아 있고, 어쩌면 제이신다가 '또 다른 오빠'라고 부르는, 흠잡을 데 없이 예의바르지만 상심에 차 있는 그리피스 후작 이안 프레스코트의 이야기를 쓸지도 모르니까요.

다음에는 제이신다의 '똑똑한' 말벗인 리지 칼라일의 이야기를 쓸 계획입니다. 나이트 가족과 같이 자란 리지를 전 나이트 집안의 일원이라고 생각하거든요.

출간 예정은 2002년 말이나 2003년 초쯤입니다. 만약 제 새 책 소식을 받아 보고 싶으시다면 제 웹사이트 www.gaelenfoley.com을 방문하셔서 e-mail 뉴스를 신청하시기 바랍니다. 그럼 <그대는 나의 천사>를 즐겁게 읽어 주시기 바랍니다. 읽어 주셔서 다시 한 번 감사 드립니다.

여러분들께 좋은 일만 있으시길 바라며
갤런 폴리